마음

마음
こころ

나쓰메 소세키 장편소설 양윤옥 옮김

KOKORO
by NATSUME SOSEKI (1914)

이 책은 실로 꿰매어 제본하는 정통적인 사철 방식으로 만들어졌습니다.
사철 방식으로 제본된 책은 오랫동안 보관해도 손상되지 않습니다.

상
선생님과 나
7

중
부모님과 나
109

하
선생님과 유서
161

역자 해설
순수한 탓에 안타까운 청춘의 초상
313

나쓰메 소세키 연보
325

상

선생님과 나

1

나[1]는 그 사람을 항상 〈선생님〉[2]이라고 불렀다. 그래서 여기에서도 그냥 선생님이라고 하고 본명은 밝히지 않을 것이다. 세간에 이름이 알려질까 염려해서라기보다 그게 나로서는 더 자연스럽기 때문이다. 그 사람의 기억을 떠올릴 때마다 나는 반드시 〈선생님〉이라고 하고 싶어진다. 펜을 든 지금도 그런 기분은 마찬가지다. 데면데면한 알파벳 머리글자 같은 건 도저히 쓸 마음이 나지 않는다.

선생님을 알게 된 것은 가마쿠라[3]에서였다. 그때 나는 아

---

1 〈나〉는 1912년에 대학을 졸업한 것으로 미루어 보아 1887년 전후에 태어난 인물이다. 〈선생님〉을 처음 만난 것은 고등학교 1~2학년 무렵으로 나이는 18~19세 때였다. 이하 모든 주는 옮긴이의 주이다.

2 〈선생님〉은 1902년 전후에 대학을 졸업한 것으로 나온다. 즉 〈나〉보다 열 살쯤 손윗사람으로, 처음 만났을 때 막 30대에 접어든 무렵이었다.

3 옛 가마쿠라 막부의 유적지로, 풍광이 좋고 해수욕장이 많은 데다 도쿄와 가까워서 예로부터 관광지, 별장지로 유명한 곳이다.

직 어린 학생이었다. 여름 방학을 이용해 해수욕을 간 친구에게서 꼭 와달라는 엽서가 도착했기 때문에, 나는 약간의 돈을 마련해 가보기로 했다. 그 돈 마련에 2~3일이 걸렸다. 그런데 가마쿠라에 도착하고 사흘도 안 된 참에 나를 불러들인 그 친구는 갑자기 고향에 돌아오라는 전보를 받았다. 전보에는 모친이 병환이 나셨으니, 라는 이유가 적혀 있었지만 그 친구는 믿지 않았다. 이전부터 고향의 부모님이 내키지 않는 결혼을 강요했기 때문이다. 그는 요즘 세대의 유행으로 보면 결혼하기에는 아직 어린 나이였다. 게다가 가장 중요한 상대 여성이 마음에 들지 않았다. 그래서 여름 방학에 당연히 고향에 내려가야 하는데도 일부러 피하며 도쿄 근처에서 놀고 있었던 것이다. 그는 내게 전보를 보여 주면서 어떻게 하면 좋겠느냐고 물었다. 나도 어떻게 해야 좋을지 알 수 없었다. 하지만 실제로 어머니가 병환이 나셨다면 마땅히 집에 가봐야 할 터였다. 결국 그는 돌아가기로 했다. 어렵사리 왔던 나만 혼자 남겨졌다.

개학 때까지 아직 날짜가 많이 남아서[4] 가마쿠라에 있든 도쿄로 돌아가든 상관없는 처지였던 나는 당분간 원래 숙소에 그대로 머물기로 마음먹었다. 그 친구는 주고쿠[5]의 어느 자산가의 아들로 경제적으로 부족함이 없었지만, 학교가 엄하기도 했고 나이도 아직 어릴 때라서 생활 수준은 나와 별

4 당시 새 학기는 9월 11일에 시작했으며, 여름 방학은 7월 11일에서 9월 10일까지 2개월가량이었다.
5 현재의 히로시마, 오카야마, 돗토리, 야마구치, 시마네의 다섯 개 현을 포함하는 지역을 말한다.

반 다를 것이 없었다. 그래서 나 혼자 남았어도 따로 알맞은 숙소를 찾아야 하는 번거로움도 없었다.

숙소는 가마쿠라에서도 한쪽 외진 곳에 있었다. 당구나 아이스크림 같은 하이칼라[6] 유행은 기나긴 논두렁길을 건너가지 않고서는 접할 수 없었다. 인력거로 가려 해도 20전은 내야 했다. 하지만 개인 별장은 여기저기 많이 들어서 있었다. 게다가 바다와 아주 가까워서 해수욕을 하기에 무척 편리한 위치였다.

나는 날마다 바다에 수영을 하러 나갔다. 칙칙하게 빛바랜 낡은 초가지붕 사이를 지나 바닷가에 내려서면, 이 근처에 이렇게 많은 도회지 사람들이 살고 있었나 싶을 만큼 피서를 하러 온 남녀가 모래사장 위를 오가고 있었다. 어느 날은 바다 안이 대중목욕탕처럼 새까만 사람 머리로 북적북적한 적도 있었다. 그중에 아는 사람이 하나도 없는 나도 그런 북적거리는 경치에 묻혀 모래 위에 눕기도 하고, 무릎팍에 파도를 맞으며 일대를 뛰어다니는 일이 여간 유쾌한 게 아니었다.

바로 그런 북새통 속에서 나는 선생님을 발견했다. 그때 바닷가에는 매점 겸 탈의실이 두 군데 있었다. 나는 어쩌다 보니 그중 한 곳에 자주 드나들게 되었다. 하세(長谷) 쪽에 큰 별장을 가진 이들과는 달리 개인 탈의실이 없는 이 근처 피서객에게는 반드시 그런 공용 탈의실 같은 곳이 필요했다. 그들은 거기서 차도 마시고 잠시 쉬기도 할 뿐만 아니라, 해

---

6 양복의 높은 목깃에 빗대어, 근대에 서양식 유행을 따라 하는 풍조를 가리키는 말로 쓰였다.

수욕복을 빨아 달라고 하거나 소금기 묻은 몸을 씻기도 하고 모자며 양산을 맡기기도 했다. 해수욕복이 없는 나도 소지품을 도난당할 우려가 있었기 때문에 바다에 들어갈 때마다 그 매점에 모든 것을 훌훌 벗어 놓고 나오곤 했다.

2

내가 그 매점에서 선생님을 본 것은 마침 그가 옷을 벗고 막 바다에 들어가려고 할 때였다. 반대로 나는 젖은 몸에 바람을 맞으며 물에서 막 올라온 참이었다. 둘 사이에는 시선을 가로막는 수많은 사람들의 검은 머리가 움직이고 있었다. 특별한 사정이 없었다면, 어쩌면 나는 선생님을 그냥 지나쳤을지도 모른다. 그럴 만큼 백사장이 혼잡하고 내 머릿속이 산만했는데도 금세 선생님을 발견한 것은 그 곁에 한 서양인이 함께 있었기 때문이다.

그 서양인의 유난히 하얀 피부색이 매점에 들어서자마자 내 주의를 끌었다. 순수한 일본식 유카타[7]를 입은 그는 그것을 걸상 위에 벗어 두고 팔짱을 낀 채 바다 쪽을 바라보며 서 있었다. 그는 우리가 입는 짧은 잠방이 속곳 하나 말고는 아무것도 몸에 걸치지 않은 채였다. 나는 무엇보다 그게 가장 신기했다. 그 이틀 전에 나는 유이가하마[8] 백사장에 쪼그리

7 여름철 혹은 집 안에서 입는 긴 두루마기식 무명 홑옷.
8 가마쿠라의 약 2킬로미터에 달하는 해변 전체를 가리키는 지명이다.

고 앉아 서양인이 바다에 들어가는 모습을 오랫동안 구경했었다. 내가 자리 잡은 곳은 약간 높직한 언덕 위였고, 그 바로 옆이 호텔 뒷문이라서 가만히 앉아 지켜보는 동안 상당히 많은 사람들이 바닷물을 맞으러 나왔지만, 모두 다 몸통과 팔과 허벅지는 가리고 있었다. 여자는 특히나 몸을 거의 감추다시피 했다. 대부분 고무 수영 모자를 써서 적갈색이며 감색, 남색 머리통이 파도 사이에 둥둥 떠 있었다. 그런 모습을 목격했던 내 눈에는 일본식 잠방이 하나만 걸치고 사람들 앞에 서 있는 그 서양인이 그야말로 진기하게 보였다.

그는 이윽고 옆을 돌아보며 그곳에 허리를 숙이고 있던 일본인에게 뭐라고 한두 마디를 건넸다. 그 일본인은 모래 위에 떨어진 수건을 집던 참이었지만, 그것을 줍자마자 머리를 싸매고 바다 쪽으로 걸음을 옮겼다. 그 사람이 바로 선생님이었다.

나는 단순히 호기심 때문에 나란히 바닷가로 내려가는 두 사람의 뒷모습을 지켜보았다. 그러자 그들은 곧장 파도 속에 발을 내디뎠다. 그러고는 얕은 곳에서 와글와글 떠드는 수많은 사람들 사이를 뚫고 비교적 널찍한 곳으로 나가 둘 다 헤엄을 치기 시작했다. 그들은 머리가 조그맣게 보일 때까지 먼 바다 쪽을 향해 나아갔다. 그러고는 몸을 돌려 다시 일직선으로 바닷가로 되돌아왔다. 매점으로 돌아오더니 우물물도 끼얹지 않고 얼른 몸만 닦고는 옷을 주워 입고 냉큼 어딘가로 가버렸다.

그들이 나간 뒤, 나는 그대로 걸상에 앉아 담배를 피웠다.

멀거니 선생님에 대해 생각했다. 아무래도 어디선가 본 적이 있는 얼굴 같았다. 하지만 아무리 생각해 봐도 언제 어디서 만난 사람인지 기억이 나지 않았다.

그때의 나는 아무 걱정 없이 태평했다기보다 오히려 무료함에 시달리고 있었다. 그래서 그다음 날도 선생님을 만났던 시각을 노려 일부러 매점에 가보았다. 그러자 서양인은 오지 않고 선생님 혼자 밀짚모자를 쓰고 나타났다. 선생님은 안경을 벗어 선반 위에 놓고 곧장 수건으로 머리를 싸매더니 성큼성큼 모래사장으로 내려갔다. 선생님이 그 전날처럼 소란스러운 해수욕객 사이를 뚫고 혼자 헤엄치기 시작했을 때, 나는 문득 그 뒤를 따라가고 싶어졌다. 얕은 물을 머리 위까지 튀기며 상당히 깊은 데까지 들어가 거기서 선생님을 목표로 누키데[9]로 헤엄쳐 갔다. 그러자 선생님은 어제와는 다르게 일종의 호(弧)를 그리며 묘한 방향으로 바닷가를 향해 돌아가기 시작했다. 그래서 내 목적은 결국 이루지 못했다. 내가 뭍으로 올라와 물이 뚝뚝 떨어지는 팔을 흔들며 매점에 들어가자, 선생님은 벌써 옷을 다 입고 나오는 반대로 밖으로 나갔다.

9 옛 수영법의 하나. 두 팔을 번갈아 물 위로 뻗으면서 다리를 앞뒤로 펼쳐 물을 차는 동작이다.

3

다음 날도 같은 시각에 바닷가에 나가서 선생님의 얼굴을 찾아보았다. 그다음 날에도 같은 일을 되풀이했다. 하지만 우리 사이에는 말을 건넬 기회도, 인사를 할 일도 생기지 않았다. 게다가 선생님의 태도는 오히려 비사교적이었다. 일정한 시각에 초연히 나타났다가 다시 초연히 사라졌다. 주위가 아무리 떠들썩해도 전혀 주의를 기울이는 기척이 없었다. 처음에 함께 왔던 서양인은 그 뒤로 전혀 모습을 드러내지 않았다. 선생님은 늘 혼자였다.

어느 날 항상 하던 대로 선생님이 바다에서 성큼성큼 올라와 항상 그 자리에 벗어 두는 유카타를 입으려고 했는데, 왜 그런지 그 유카타에 모래가 잔뜩 묻어 있었다. 선생님은 그걸 털어 내려고 뒤로 돌아서서 유카타를 두어 번 흔들었다. 그러자 옷 밑에 있던 안경이 판자 틈새로 떨어졌다. 선생님은 검은 점무늬의 흰 유카타에 헤코 허리띠[10]를 묶고 나서, 그제야 안경이 없어진 것을 알았는지 급히 근처를 둘러보기 시작했다. 나는 얼른 걸상 밑으로 머리와 손을 디밀어 안경을 주웠다. 선생님은 고맙다면서 그것을 내 손에서 받아 갔다.

다음 날, 나는 선생님을 뒤따라가 바다에 뛰어들었다. 그렇게 선생님과 같은 방향으로 헤엄쳐 갔다. 2백 미터쯤 나아

---

10 약 30센티미터의 폭에 약 210센티미터 길이의 긴 천을 바느질 없이 그대로 묶는 허리띠. 겹으로 된 딱딱하고 폭이 좁은 남성용 허리띠 〈가쿠오비(角帶)〉보다 간편하고 저렴해서 당시 남성용으로 널리 사용했다.

가자 선생님은 뒤를 돌아보며 내게 말을 건넸다. 넓고 푸른 바다 위에 떠 있는 사람이라고는 그 근처에 우리 둘밖에 없었다. 그리고 강렬한 햇빛이 눈이 가닿는 데까지 물과 산을 쨍쨍 비추고 있었다. 나는 자유와 환희로 가득한 근육을 놀려 바닷속에서 마구 춤을 췄다. 선생님은 또 팔다리의 움직임을 멈추고 하늘을 향해 파도 위에 드러누웠다. 나도 따라 했다. 파란 하늘빛이 눈을 찌르듯이 통렬한 색깔로 내 얼굴에 쏟아졌다. 〈와아, 기분 좋네요〉라고 나는 큰 소리로 외쳤다.

잠시 뒤, 바닷속에서 벌떡 일어서듯이 자세를 바로잡은 선생님은 〈그만 갈까?〉라고 내게 권했다. 비교적 강인한 체력의 나는 물속에서 좀 더 놀고 싶었다. 하지만 선생님이 그렇게 권했을 때 즉각 〈예, 그러죠〉라고 흔쾌히 답했다. 그렇게 둘이 아까 왔던 대로 다시 헤엄쳐서 바닷가로 돌아왔다.

그때부터 나는 선생님과 친해졌다. 하지만 선생님이 어디에 사는지는 아직 알지 못했다.

그 뒤로 이틀이 지나고 정확히 사흘째 오후였을 것이다. 매점에서 만났을 때, 선생님이 갑작스럽게 내게 〈자네는 아직 한참 더 여기에 있을 건가?〉라고 물었다. 별 생각이 없었던 나는 그 질문에 대답할 준비가 되어 있지 않았다. 그래서 〈아직 어떻게 될지 모르겠어요〉라고 대답했다. 하지만 빙그레 웃는 선생님의 얼굴을 보자 나는 갑자기 머쓱해졌다. 〈선생님은요?〉라고 되묻지 않을 수 없었다. 그게 내 입에서 나온 선생님이라는 호칭의 시작이었다.

그날 저녁에는 선생님의 숙소에 찾아갔다. 숙소라고 해도 평범한 여관과는 달리 넓은 절 경내에 있는 별장 같은 건물[11] 이었다. 그곳에 사는 사람이 선생님의 가족이 아니라는 것도 알았다. 내가 자꾸 선생님, 선생님, 이라고 하자 그는 쓴웃음을 지었다. 나는 그것이 연상인 사람에 대한 내 입버릇이라고 해명했다. 나는 지난번의 서양인에 대해 물어보았다. 선생님은 그가 좀 색다른 사람이고 이미 가마쿠라에 없다는 것 등 여러 가지 이야기를 한 끝에, 일본인과도 별반 교제가 없는데 그런 외국인과 가까워진 게 이상하다고 말하기도 했다. 나는 마지막으로 선생님에게 어디선가 뵌 것 같은데 아무래도 생각나지 않는다고 말했다. 아직 순진했던 나는 그때 은근히 상대도 나와 비슷한 느낌을 가졌을 거라고 생각했다. 그래서 내심 선생님의 그런 대답을 예상하고 던진 말이었다. 그런데 선생님은 잠시 잠잠하더니 〈글쎄, 자네 얼굴을 본 기억은 없는데? 누구 다른 사람하고 착각한 게 아닌가?〉라고 했다. 나는 묘한 실망감을 느꼈다.

4

나는 월말에 도쿄로 돌아왔다. 선생님이 피서지를 떠난 건 그 훨씬 전이었다. 선생님과 헤어질 때 〈앞으로 가끔 선생님

11 당시 가마쿠라에는 밀려드는 관광객 수요에 맞춰 절에서도 별장처럼 숙박 손님을 받는 곳이 많았다.

댁에 찾아가도 되겠습니까?〉라고 물었다. 선생님은 그저 〈응, 놀러 와〉라고 할 뿐이었다. 그때는 선생님과 꽤 친해졌다고 생각했기 때문에 좀 더 자상한 말을 기대했었다. 그래서 뭔가 좀 미흡한 그 대답에 나는 자존심에 약간의 상처를 입었다.

그런 식으로 나는 번번이 선생님에게서 실망감을 맛보았다. 선생님은 그걸 짐작한 것 같기도 하고, 전혀 모르는 것 같기도 했다. 나 역시 가벼운 실망감을 거듭 느끼면서도 그런 것 때문에 선생님을 멀리할 생각은 들지 않았다. 오히려 그 반대로 불안감이 들 때마다 좀 더 앞으로 나아가고 싶었다. 좀 더 앞으로 나아가면 내가 예상하는 뭔가가 언젠가는 내 눈앞에 흡족하게 나타날 것 같았다. 나는 아직 어렸다. 하지만 모든 사람에 대해 내 젊은 피가 그렇게 순하게 작동했을 거라고는 생각하지 않는다. 나는 왜 선생님에 대해서만 그런 마음이 생겨나는지 알지 못했다. 그러다가 선생님이 세상을 떠난 지금에야 비로소 조금씩 이해가 된다. 처음부터 선생님은 나를 싫어한 게 아니었다. 선생님이 내게 이따금 드러낸 무뚝뚝한 인사나 냉담한 몸짓은 나를 멀리하려는 불쾌감의 표현이 아니었다. 가엾게도 선생님은 자신에게 다가오려는 이에게, 그럴 만한 가치가 없는 사람이니 그러지 말라는 경고를 보낸 것이었다. 타인의 다정함에 응하지 않았던 선생님은 그 타인을 경멸했다기보다 우선 자신을 경멸했던 것이다.

나는 도쿄로 돌아올 때 당연히 선생님을 찾아갈 생각이었다. 개학까지 아직 2주일쯤 시간이 남아 있어서 그사이에 한

번 가봐야겠다고 마음먹었다. 하지만 돌아와서 2~3일 지나는 동안에 가마쿠라에서의 흥분이 점점 옅어져 갔다. 그리고 그 위에 칠해진 대도시의 분위기가 기억의 부활에 따른 강한 자극과 함께 내 마음을 짙게 물들였다. 나는 거리에서 다른 학생들을 볼 때마다 새 학년에 대한 희망과 긴장감을 느꼈다. 그렇게 한동안 선생님에 대해서는 잊고 지냈다.

개학을 하고 한 달쯤 지나자 내 마음에 다시 느슨한 곳이 생겨났다. 항상 뭔가 미진한 얼굴을 하고 길거리를 돌아다녔다. 뭔가를 갈구하듯이 내 방 안을 둘러보곤 했다. 내 머릿속에 다시 선생님의 얼굴이 떠올랐다. 나는 다시 선생님을 만나고 싶어졌다.

처음 선생님 댁을 찾았을 때 선생님은 외출 중이었다. 두 번째로 찾아간 것은 그다음 일요일이었던 것으로 기억한다. 맑은 하늘이 몸속에 스며들 것처럼 햇살 좋은 날이었다. 그날도 선생님은 집에 없었다. 가마쿠라에서 만났을 때 선생님은 거의 대부분 집에 있다고 말했었다. 오히려 외출을 싫어한다는 얘기도 했었다. 두 번을 왔는데 두 번 다 만나지 못한 나는 그 말을 떠올리며 마음속 어딘가에서 이유도 없는 불만을 느꼈다. 선뜻 현관 앞을 떠나지 못했다. 하녀의 얼굴을 보면서 미적미적 서 있었다. 지난번에 명함[12]을 받아 간 기억이 있는 그 하녀는 나를 세워 놓고 다시 안으로 들어갔다. 그러자 부인인 듯한 사람이 대신 나왔다. 아름다운 분이었다.

부인은 공손히 선생님이 간 곳을 알려 주었다. 선생님은

12 당시에는 고등학생이나 대학생이 명함을 사용하는 게 일반적이었다.

매달 그날이면 조시가야 묘지[13]의 어떤 이에게 헌화하러 가는 습관이 있다고 했다. 〈방금 나간 참이에요, 10분이 될까 말까 하는데〉라고 부인은 딱하다는 듯이 말했다. 나는 인사를 하고 밖으로 나왔다. 번화한 시내 쪽으로 1백 미터쯤 걸어가다가 나도 산책 삼아 조시가야에 가보자는 생각이 퍼뜩 떠올랐다. 선생님을 만날 수 있을까 없을까 하는 호기심도 발동했다. 그래서 얼른 발길을 돌렸다.

5

나는 묘지 앞의 묘목밭 왼편으로 들어가 양쪽에 단풍나무를 심어 둔 넓은 길을 따라 안쪽으로 들어갔다. 그러자 저 끝에 보이는 찻집 안에서 선생님인 듯한 사람이 쓱 나왔다. 나는 그의 안경테가 햇빛을 반사하는 것이 보일 만큼 가까이 다가갔다. 그리고 불쑥 〈선생님〉 하고 큰 소리로 불렀다. 선생님은 흠칫 멈춰 서서 나를 쳐다보았다.

「어떻게…… 어떻게…….」

선생님은 똑같은 말을 되풀이했다. 그 말은 한산한 대낮 속에 기묘한 느낌으로 반복되었다. 나는 선뜻 대답이 나오지 않았다.

13 현재 미나미이케부쿠로의 〈조시가야 영원(靈園)〉이다. 아오야마 묘지, 야나카 묘지와 함께 도쿄에서 가장 오래된 묘지 중 하나이다. 나쓰메 소세키도 이곳에 묻혔고, 나가이 가후, 이즈미 교카 등의 작가를 비롯해 각계 저명 인사의 묘가 있다.

「내 뒤를 밟은 건가? 왜?」

선생님의 태도는 오히려 차분했다. 목소리는 나지막했다. 하지만 그 표정 속에는 정확히 표현하기 어려운 어떤 그늘이 있었다.

나는 내가 왜 이곳에 왔는지 선생님에게 말했다.

「누구를 성묘하러 갔는지, 아내가 얘기했나?」

「아뇨, 그런 말은 안 하셨어요.」

「그래? 하긴 처음 만난 자네에게 그런 말을 했을 리가 없지. 말할 필요도 없는 일이고.」

선생님은 그제야 마음이 놓인 기색이었다. 하지만 나는 뭐가 뭔지 전혀 알 수 없었다.

선생님과 나는 큰길로 나가려고 무덤 사이를 빠져나왔다. 이사벨라 아무개, 하느님의 종복 로긴 등의 이름이 적힌 묘비 옆에 일체중생실유불성(一切衆生悉有佛性)[14]이라고 쓰인 솔도파(率塔婆)[15]가 세워져 있었다. 전권 공사[16] 아무개라고 적힌 묘비도 있었다. 나는 안득렬(安得烈)이라는 비명이 새겨진 작은 무덤 앞에서 〈이건 어떻게 읽는 건가요?〉라고 선생님에게 물었다. 〈앙드레라는 이름을 그렇게 썼을 거야〉라면서 선생님은 쓴웃음을 지었다.

14 〈모든 중생은 부처의 성품을 갖고 있다〉라는 뜻이다.
15 영묘(靈廟)의 범어 〈스투파〉의 한자어로, 〈조상의 영혼을 모신 사당〉이라는 뜻이다. 일본에서는 공양을 위해 경문이나 계명 등을 적어 묘 주위에 높직이 세우는 길둥근 목판을 말한다.
16 외국에 상주 혹은 임시로 파견되어 대사와 함께 국가의 의사를 표하는 임무를 맡는 외교관이다.

선생님은 그 묘비가 보여 주는 제각기 다른 양식에 대해 나만큼 해학도 아이러니도 품지 않는 기색이었다. 내가 둥근 묘석이며 길쭉한 화강암 비석들을 가리키며 쉴 새 없이 이래 저래 늘어놓는 말을 처음에는 잠자코 듣고 있다가 마지막에 는 〈자네는 아직 죽음이라는 것을 제대로 생각해 본 적이 없는 모양이군〉이라고 말했다. 나는 입을 다물었다. 선생님도 그뿐, 더 이상 아무 말도 하지 않았다.

묘지의 구획이 나뉘는 곳에 큰 은행나무 한 그루가 하늘을 가리듯이 서 있었다. 그 아래까지 갔을 때, 선생님은 높은 우 듬지를 올려다보며 〈조금 더 있으면 아주 아름답지. 이 나무 가 완전히 노랗게 물들면 이 일대는 바닥이 온통 금빛 낙엽 으로 뒤덮이거든〉이라고 말했다. 선생님은 한 달에 한 번은 반드시 이 나무 아래를 지나가는 것이다.

맞은편에서 울퉁불퉁한 땅을 판판하게 다져 새 묘지를 만 들던 사람이 곡괭이 든 손을 잠시 쉬면서 우리를 바라보고 있었다. 우리는 거기서 왼편으로 꺾어져 곧장 큰길로 나섰다.

그다음에 어딘가 갈 예정이 없었던 나는 그저 선생님이 가 는 대로 따라갔다. 항상 그렇듯이 선생님은 말수가 적었다. 그래도 나는 별로 답답한 줄도 모르고 휘적휘적 함께 걸었다.

「바로 집으로 가실 건가요?」

「응, 따로 들를 곳도 없고.」

우리는 다시 말없이 남쪽으로 언덕길을 내려갔다.

「선생님 집안 묘지가 거기에 있습니까?」 내가 다시 입을 열었다.

「아니야.」

「그럼 어떤 분의 무덤이지요? 친척의?」

「아니야.」

선생님은 그 이외에 어떤 대답도 하지 않았다. 나도 그 얘기는 그걸로 끝냈다. 그런데 1백 미터쯤 간 참에 선생님이 갑작스레 다시 그 얘기를 꺼냈다.

「거기에 내 친구의 무덤이 있어.」

「친구의 무덤에 매달 성묘를 하신다고요?」

「응.」

선생님은 그날 그것밖에는 말하지 않았다.

6

그 이후로 나는 이따금 선생님을 찾아갔다. 갈 때마다 선생님은 집에 있었다. 선생님을 만나는 횟수가 거듭되면서 나는 점점 더 빈번하게 그 집 현관으로 발길을 옮겼다.

하지만 나를 대하는 선생님의 태도는 처음 인사했을 때도, 친해진 뒤에도 별반 다를 게 없었다. 선생님은 항상 조용했다. 어느 날은 너무 조용해서 적적할 정도였다. 나는 처음부터 선생님에게는 곁에 다가가기 힘든 신비한 데가 있다고 생각했다. 그러면서도 가까이 다가가지 않고는 견딜 수 없다는 느낌이 마음속 어디선가 강하게 작동하고 있었다. 선생님에게 그런 느낌을 품었던 것은 수많은 사람들 중에 어쩌면 나뿐인지도 모른다. 하지만 그런 나만의 직감이 나중에 사실로 입증되었기 때문에 내가 아직 어렸다느니 바보 같았다느니 하는 비웃음을 사더라도 그것을 알아차린 나 스스로의 직감만은 어쨌든 미덥게, 그리고 기쁘게 생각한다. 인간을 사랑할 줄 아는 사람, 사랑하지 않고서는 견딜 수 없는 사람, 그러면서도 자신의 품에 들어오려는 사람을 팔 벌려 껴안아 주지 못하는 사람, 그게 선생님이었다.

앞서 말한 대로 선생님은 늘 조용했다. 차분했다. 하지만 이따금 기묘한 그늘이 그 얼굴을 스쳐 가곤 했다. 창에 검은 새 그림자가 스쳐 가는 것처럼. 스쳐 가는가 싶다가 금세 사라지기는 했지만. 내가 선생님의 미간에서 처음으로 그런 그늘을 발견한 것은 조시가야의 묘지에서 불쑥 선생님을 불렀을 때였다. 그 기묘한 순간에 나는 그때까지 기분 좋게 흐르던 심장의 혈류가 잠깐 느려지는 것 같은 느낌이었다. 하지만 그것은 단순히 일시적인 결체(結滯)[17]에 지나지 않았다. 내 마음은 채 5분도 안 되어 평소의 탄력을 회복했다. 그리고 그뿐, 나는 그 어두워 보이던 흐린 그늘을 잊어버렸다. 뜻하지 않게 다시 그 일이 생각난 것은 소춘(小春)[18]도 저물어 가던 어느 날 저녁의 일이었다.

선생님과 이야기를 나누던 중에 나는 문득 그때 선생님이 일부러 알려 준 은행나무 거목이 눈앞에 떠올랐다. 계산을

17 심장 기능의 장애나 쇠약으로 맥박이 불규칙하거나 때로로 박동이 멈추는 증세.
18 음력 10월의 다른 이름. 이따금 봄처럼 따스한 날씨가 나타난다는 데서 붙여진 이름이다.

해보니 선생님이 다달이 빠짐없이 성묘를 간다는 날이 정확히 사흘 뒤였다. 사흘 뒤라면 내 수업이 오전에 끝나는 편한 날이었다. 나는 선생님에게 말했다.

「선생님, 조시가야의 은행나무 잎은 벌써 다 떨어졌을까요?」

「아직 민둥 나무는 아닐걸.」

선생님은 그렇게 대답하면서 내 얼굴을 빤히 쳐다보았다. 그렇게 잠시 동안 눈을 떼지 않았다. 나는 얼른 말했다.

「다음에 성묘 가실 때 함께 가도 될까요? 선생님과 함께 그 근처를 산책하면 좋겠는데요.」

「나는 성묘를 가는 거지 산책하러 가는 게 아니야.」

「하지만 그 참에 산책도 하면 좋잖아요.」

선생님은 아무 대답도 하지 않았다. 잠시 뒤 〈나는 정말로 성묘만 할 건데〉라면서 어디까지나 성묘와 산책을 별개로 구분하려는 눈치였다. 나와 같이 가고 싶지 않다는 핑계인지 뭔지, 그때 나는 선생님이 그야말로 어린애 같고 어딘지 이상하다고 생각했다. 나는 다시 얘기를 해보고 싶어졌다.

「그럼 성묘라도 좋으니 함께 데려가 주세요. 저도 성묘를 할 테니까요.」

실제로 나에게는 성묘와 산책의 구별이 거의 무의미하게 여겨졌다. 그러자 선생님의 미간이 살짝 흐려졌다. 눈 속에도 이상한 빛이 감돌았다. 그것은 성가심이라고도 혐오라고도 두려움이라고도 정의하기 어려운, 희미한 불안 같은 것이었다. 나는 그 순간 조시가야에서 큰 소리로 그를 불렀을 때의 기억이 생생히 떠올랐다. 그때와 지금의 표정이 완전히 똑같았던 것이다.

「나는…….」 선생님이 말했다. 「자네에게 얘기할 수 없는 이유가 있어서 다른 사람과 함께 성묘하러 가고 싶지 않아. 내 아내도 아직 데려간 적이 없어.」

7

뭔가 이상하다고 생각했다. 하지만 나는 선생님을 탐색하려고 그 집에 드나든 것이 아니었다. 나는 그 얘기를 그대로 넘겼다. 지금 생각하면 그때의 내 태도는 내 삶 속에서 오히려 소중하게 여겨야 할 것 중 하나였다. 그런 태도 덕분에 선생님과 인간적인 따뜻한 교제가 가능했다고 생각한다. 만일 내 호기심이 발동하여 조금이라도 선생님의 마음을 탐색하듯이 대했더라면, 우리 둘 사이를 이어 주는 정감의 끈은 가차 없이 그때 뚝 끊기고 말았을 것이다. 아직 어렸던 나는 전혀 나 자신의 태도를 자각하지 못했다. 그렇기 때문에 더욱 더 소중한 것이겠지만, 만일 잘못해서 그 반대로 나갔다면 둘 사이에 어떤 결과가 빚어졌을까. 상상만으로도 오싹하다. 그러잖아도 선생님은 차가운 눈빛으로 탐색의 대상이 되는 것을 끊임없이 우려해 왔던 것이다.

나는 한 달에 두세 번은 반드시 선생님 댁을 찾아갔다. 내 발걸음이 점점 빈번해지던 어느 날, 선생님이 갑작스럽게 내게 물었다.

「자네는 왜 그렇게 나 같은 사람 집에 자주 찾아오지?」

「딱히 특별한 이유는 없어요. 아, 그런데 방해가 됐습니까?」

「방해가 된다는 얘기는 아냐.」

실제로 폐가 된다는 기색은 선생님에게서 찾아볼 수 없었다. 나는 선생님의 교제 범위가 지극히 좁다는 것을 알고 있었다. 그 무렵 선생님의 옛 동창 중에 도쿄에 사는 사람은 거의 두세 명밖에 없다는 것도 알고 있었다. 선생님과 동향인 학생들이 이따금 응접실에서 동석하는 경우도 있었지만, 그들 중 누구도 나만큼 선생님과 친한 것처럼 보이지 않았다.

「나는 외로운 사람이야.」 선생님은 말했다. 「그러니 자네가 찾아오는 게 참 반갑지. 그래서 왜 그렇게 자주 오느냐고 물어본 거야.」

「그건 또 무슨 뜻입니까?」

내가 되물었을 때, 선생님은 아무 대답도 하지 않았다. 그저 내 얼굴을 보며 〈자네가 지금 몇 살이지?〉라고 물었다.

그 문답은 내게 도무지 영문 모를 것이었지만, 그때는 더이상 캐묻지 않고 그대로 돌아왔다. 게다가 그 뒤 나흘도 안 되어 다시 선생님을 찾아갔다. 선생님은 응접실로 나오자마자 피식 웃어 버렸다.

〈또 왔어?〉라고 말했다.

〈예, 왔습니다〉라고 말하며 나도 웃었다.

만일 다른 사람에게서 그런 말을 들었다면 나도 분명 비위가 상했을 것이다. 하지만 선생님에게서 그런 말을 들었을 때는 완전히 그 반대였다. 비위가 상하기는커녕 도리어 유쾌했다.

「나는 외로운 사람이야.」 선생님은 그날 밤 다시 지난번의 말을 되풀이했다. 「나는 외로운 사람이지만, 어쩌면 자네도 외로운 게 아닐까? 나는 외로워도 나이를 먹었으니 돌아다니지 않아도 괜찮지만, 아직 젊은 자네는 그럴 수 없겠지. 돌아다닐 수 있을 만큼 돌아다니고 싶을 거야. 돌아다니면서 뭔가에 부딪쳐 보고 싶겠지…….」

「저는 전혀 외롭지 않은데요?」

「젊은 시절만큼 외로운 것도 없지. 아니면 왜 그렇게 자주 우리 집에 오겠어?」

여기서도 지난번의 그 말이 다시 선생님의 입에서 되풀이되었다.

「자네는 나를 만나도 분명 어딘가에 아직 외로움이 있을 거야. 나는 자네를 위해 그 외로움을 뿌리째 뽑아 줄 만한 힘이 없으니까. 자네는 머지않아 다른 쪽으로 손을 내밀지 않으면 안 되겠지. 이제 곧 우리 집 쪽으로는 발길도 향하지 않을걸.」

선생님은 그렇게 말하며 쓸쓸하게 웃었다.

8

다행히 선생님의 예언은 결국 실현되지 않았다. 인생 경험이 없던 당시의 나는 그 예언에 포함되어 있는 분명한 의미조차 이해하지 못했다. 나는 여전히 선생님을 만나러 다녔다. 그러다가 어느새 선생님의 식탁에서 밥도 먹었다. 자연스럽게 부인과도 말을 나눌 수밖에 없었다.

여느 사람들과 마찬가지로 나는 여자에 대해 냉담하지 않았다. 하지만 나이 어린 그때의 내 처지에서는 여자와는 거의 교제다운 교제를 해본 적이 없었다. 그것이 원인인지 어떤지는 모르겠으나, 내 관심은 대부분 길거리에서 스치는 알지도 못하는 여자를 향해 작동할 뿐이었다. 선생님의 부인에게서는 처음 현관에서 만났을 때 아름답다는 인상을 받았다. 그리고 다시 만날 때마다 똑같은 인상을 받지 못한 적은 없었다. 하지만 그 외에는 부인에 대해 딱히 어떻다고 얘기할 만한 건 아무것도 없었다.

그건 부인에게 특색이 없어서라기보다 특색을 드러낼 기회가 없었기 때문이라고 해석하는 게 옳을지도 모르겠다. 하지만 나는 부인을 항상 선생님에 속한 한 부분이라는 생각으로 대했다. 부인도 자기 남편을 찾아온 학생이니까, 라는 호의에서 나를 대했던 것 같다. 그래서 중간에 있는 선생님을 빼면 즉시 부인과 나는 별개의 존재가 되었다. 그래서 처음 봤을 때의 부인에 대해서는 그저 아름답다는 것 외에는 아무 느낌도 남아 있지 않았다.

어느 날 나는 선생님 댁에서 술대접을 받았다. 그때 부인이 나와 옆에서 잔을 채워 주었다. 선생님은 평소보다 유쾌해 보였다. 부인에게 〈당신도 한잔 마셔요〉라면서 자신이 비운 잔을 내밀었다. 부인은 〈나는……〉 하며 사양하다가 마지못한 듯 잔을 받았다. 부인은 아름다운 두 눈썹을 당기고 내가 반쯤 따라 준 잔을 입 끝으로 가져갔다. 부인과 선생님 사이에 다음과 같은 대화가 시작되었다.

「웬일이에요, 나한테 술을 권한 적은 없었는데?」

「당신이 싫어하니까 그랬지. 하지만 어쩌다 한 번씩 마셔 보면 괜찮아. 기분이 좋아지거든.」

「전혀 좋지 않은데요? 힘들기만 하고. 하지만 당신은 정말 기분이 좋아 보여요, 술을 좀 마시면.」

「응, 때에 따라 아주 유쾌해지지. 하지만 항상 그런 건 아니야.」

「오늘 저녁은 어때요?」

「오늘 저녁은 아주 기분이 좋군.」

「앞으로 매일 저녁마다 조금씩 드시면 좋겠네요.」

「그럴 수야 없지. 그게 마음대로 되나.」

「드세요, 그러는 게 적적하지 않아서 좋으니까.」

선생님의 집에는 부부와 하녀뿐이었다. 갈 때마다 대부분 조용히 가라앉아 있었다. 높직한 웃음소리 따위는 전혀 들린 적이 없었다. 언젠가는 집 안에 있는 사람이 선생님과 나뿐인 것 같기도 했다.

「아이라도 있으면 좋을 텐데.」 부인이 나를 보며 말했다. 나는 〈그렇지요〉라고 대답했다. 하지만 마음속으로는 전혀 공감이 되지 않았다. 아이를 가져 본 적이 없는 그때의 나는 아이를 그저 귀찮게만 생각했기 때문이다.

「한 명 데려올까?」선생님이 말했다.

「데려온 아이는 좀……. 그렇지?」부인이 다시 나를 보았다.

「아이는 아무리 시간이 지나도 생길 리 없어.」선생님이 말했다.

부인은 입을 다물었다. 〈왜요?〉라고 내가 대신 물었을 때, 선생님은 〈천벌이니까〉라면서 크게 웃었다.

9

내가 아는 한 선생님과 부인은 금실 좋은 부부였다. 물론 그 가정의 일원으로 살았던 적 없으니 깊은 속사정까지는 알지 못했지만, 응접실에서 나와 마주 앉아 있을 때 선생님은 뭔가 일이 있을 때마다 하녀를 부르지 않고 부인을 부르곤 했다(부인의 이름은 〈시즈〉였다). 선생님은 〈이봐요, 시즈〉라고 항상 장지문 쪽을 돌아보며 아내를 불렀다. 그 말투가 나에게는 정감 있게 들렸다. 대답하는 부인의 기색은 아주 순했다. 이따금 식사 대접을 받게 되어 부인이 자리에 나오는 경우에는 그 관계가 두 사람 사이에 한층 더 분명하게 그려지는 것 같았다.

선생님은 이따금 부인과 함께 음악회며 연극 등을 보러 갔다. 그리고 부부가 나란히 일주일쯤 여행을 다녀온 적도 내 기억에 따르면 두세 번이 넘는다. 하코네에서 보내 준 그림 엽서를 나는 아직도 갖고 있다. 닛코에 갔을 때는 편지 봉투

속에 단풍잎을 한 장 넣어 보내 준 적도 있었다.

당시의 내 눈에 비친 선생님과 부인 사이는 우선 그런 것이었다. 그중 단 한 번의 예외가 있었다. 어느 날 내가 항상 하던 대로 선생님 집 현관에서 안내를 부탁하려는 참에 응접실 쪽에서 누군가의 이야기 소리가 들렸다. 가만히 들어 보니 그것은 심상한 대화가 아니라 아무래도 말다툼인 것 같았다. 선생님 집은 현관 앞이 바로 응접실이라서 격자문 앞에 서 있는 내 귀로도 그 말다툼의 분위기만은 대략 짐작할 수 있었다. 그래서 그중 한 사람이 선생님이라는 것도 이따금 높아지는 남자 쪽 목소리로 알았다. 상대는 선생님보다 낮은 목소리였기 때문에 누구인지 확실치는 않았지만, 아무래도 부인인 것 같았다. 울고 있는 것 같기도 했다. 나는 웬일인가 싶어서 현관 앞에서 머뭇거렸지만, 얼른 마음을 돌려 그대로 하숙집으로 돌아왔다.

묘하게 불안한 마음이 덮쳐 왔다. 나는 책을 읽으면서도 이해할 능력을 잃어버렸다. 한 시간쯤 지났을 때, 선생님이 하숙집 창문 밑에서 나를 불렀다. 놀라서 창문을 열었다. 길 아래쪽에서 선생님이 산책을 하자고 청했다. 조금 전에 허리띠 틈에 넣어 두었던 시계를 빼보니 벌써 8시가 지난 시각이었다. 나는 하숙집에 돌아왔을 때의 차림 그대로 하카마[19]를 입고 있었다. 얼른 하숙집 앞으로 나갔다.

그날 밤 나는 선생님과 함께 맥주를 마셨다. 선생님은 원래 주량이 적은 편이었다. 어느 정도 마셔도 취하지 않으면

19 남자가 입는 폭이 넓은 외출용 바지.

다시 취할 때까지 마신다는 모험은 하지 않는 사람이었다.

「오늘은 영 안 되겠네.」 선생님이 쓴웃음을 지었다.

「기분이 좋아지지 않습니까?」 나는 딱하다는 듯이 물었다.

조금 전의 일이 계속 마음에 걸렸다. 생선 가시가 목에 걸렸을 때처럼 껄끄러웠다. 솔직하게 물어볼까, 아니, 역시 관두는 게 좋겠지, 하는 마음의 동요가 나를 안절부절못하게 만들었다.

「자네, 오늘 밤 좀 이상하네.」 선생님 쪽에서 먼저 말을 꺼냈다. 「실은 나도 좀 이상해. 자네도 알지?」

나는 아무 대답도 할 수 없었다.

「실은 아까 아내와 잠깐 다퉜어. 괜히 신경이 날카로워져 버렸어.」 선생님이 다시 말했다.

「어쩌다…….」

나로서는 다툼이라는 말이 입 밖에 나오지 않았다.

「아내가 나를 오해했어. 그게 오해라고 잘 타일렀는데도 받아 주지 않더라고. 그래서 나도 모르게 화를 내버렸어.」

「어떤 오해를 했는데요?」

선생님은 그 물음에 답하지 않았다.

「내가 아내가 생각하는 그런 사람이라면 이렇게까지 괴롭지는 않을 거야.」

선생님이 얼마나 괴로워하는지, 그것도 나로서는 쉽게 짐작할 수 없는 문제였다.

10

돌아오는 길에, 1백 미터, 2백 미터를 걷는 내내 계속 침묵이 이어졌다. 그러다가 갑작스럽게 선생님이 입을 열었다.

「내가 잘못했어. 화를 내고 나왔으니 아내가 몹시 걱정할 거야. 생각해 보면 여자는 참 가엾어. 내 아내도 나 말고는 전혀 의지할 사람이 없는데.」

선생님의 말은 거기서 잠깐 끊겼지만, 딱히 내 대답을 기다리는 기색도 없이 곧장 그다음으로 옮겨 갔다.

「이렇게 말하면 남편인 내가 꽤 강한 사람인 것 같아서 좀 우습군. 자네 눈에는 어떻게 보이지? 강한 사람으로 보이나, 아니면 약한 사람으로 보이나?」

「중간쯤으로 보이는데요.」 나는 대답했다. 이건 선생님에게 약간 의외의 대답이었던 모양이다. 선생님은 다시 입을 다물고 말없이 걸음을 옮겼다.

선생님 집으로 가려면 내 하숙집 바로 옆을 지나는 게 순로(順路)였다. 그곳에 도착해 길모퉁이에서 그냥 헤어지기가 미안한 마음이 들었다. 나는 〈내친 김에 댁까지 함께 갈까요?〉라고 말했다. 선생님은 얼른 손을 들어 가로막았다.

「너무 늦었으니 어서 들어가. 나도 빨리 집에 가봐야겠어, 아내를 위해.」

선생님이 마지막으로 덧붙인 〈아내를 위해〉라는 말은 묘하게 그 순간 내 마음을 따뜻하게 해주었다. 그 말 때문에 하숙집에 돌아온 다음에도 안심하고 잠들 수 있었다. 나는 그 뒤로도 오랫동안 〈아내를 위해〉라는 그 말을 잊을 수 없었다.

선생님과 부인 사이에 일어난 파란이 그리 대단한 게 아니라고 그걸로 알게 되었다. 또한 그런 일이 웬만해서는 없다는 것도 그 후 끊임없이 드나든 나는 대략 짐작할 수 있었다. 그뿐인가, 선생님은 언젠가 내게 이런 감상까지 내비쳤다.

「나는 세상에서 여자라고는 단 한 사람밖에 알지 못하네. 아내 이외의 여자에게는 거의 매력을 느끼지 못해. 아내 쪽에서도 나를 천하에 단 하나뿐인 남자라고 생각해 주지. 그런 의미에서 보자면 우리는 가장 행복한 한 쌍의 남녀였어야 하는데.」

이제는 그 앞뒤의 전말을 잊어버려서 선생님이 무엇 때문에 그런 말을 털어놓았는지는 확실하게 얘기할 수 없다. 하지만 선생님의 태도가 진지했던 것과 우울해 보였던 것은 아직도 기억난다. 다만 그때 내 귀에 이상하게 들린 것은 〈가장 행복한 한 쌍의 남녀였어야 하는데〉라는 마지막 부분이었다. 선생님은 왜 행복한 남녀라고 단정하지 않고 〈였어야 하는데〉라는 단서를 붙였을까? 나로서는 그게 의아했다. 특히 그 부분을 힘주어 말한 것이 이상했다. 선생님은 과연 정말로 행복한가, 또한 행복했어야 하는데 그만큼은 행복하지 않다는 것인가? 마음속으로 의문을 품지 않을 수 없었다. 하지만 그 의문은 아주 잠깐 스쳐 갔을 뿐, 어딘가에 묻혀 버렸다.

나중에 내가 그 집에 갔을 때, 선생님이 안 계셔서 부인과 마주하고 이야기할 기회가 있었다. 선생님은 그날 요코하마에서 출항하는 기선(汽船)을 타고 외국으로 떠나는 친구를 신바시 역까지 배웅하러 가느라 집에 없었다. 그 무렵에는 요코하마에서 배를 타려면 신바시에서 아침 8시 30분 기차를 타는 것이 보통이었다. 나는 어떤 책에 대해 문의할 게 있어서 선생님에게 미리 승낙을 받고 약속한 9시에 방문한 것이었다. 선생님이 신바시에 간 것은 그 전날 일부러 작별 인사를 하러 온 친구에 대한 예의로 그날 아침 갑작스럽게 정해진 일이었다. 선생님은 곧 돌아올 테니 자신이 집에 없더라도 기다리고 있으라는 말을 남기고 갔다. 그래서 나는 응접실에 들어가 선생님을 기다리는 동안 부인과 이야기를 나누게 된 것이다.

11

그때 나는 이미 대학생이었다. 처음 선생님 댁을 찾았을 때에 비하면 나도 이제 성인이 된 기분이었다. 부인과도 상당히 친숙해진 뒤였다. 나는 부인에게 전혀 스스럼이 없었다. 늘 마주 앉아 이런저런 이야기를 나눴지만, 그건 별 특색 없는 단순한 대화였기 때문에 이제는 다 잊어버렸다. 그중에 단 한 가지 내 귀에 남은 것이 있었다. 하지만 그 얘기를 하기 전에 미리 설명해 둘 것이 있다.

선생님은 대학 출신[20]이다. 이건 나도 처음부터 알고 있었

20 도쿄 제국 대학 졸업생을 가리킨다. 1897년 교토에 대학이 설립되기 전까지는 일본에서 대학은 도쿄 제국 대학 단 한 곳뿐이었기 때문이다. 그 후

다. 하지만 선생님이 아무 일도 하지 않고 지낸다는 것은 도쿄에 돌아와서 한참 지난 뒤에야 비로소 알게 되었다. 나는 그때 어떻게 놀고 지낼 수 있는가, 하고 의아했다.

선생님은 세상에 전혀 이름이 알려지지 않은 사람이었다. 그래서 선생님의 학문이나 사상에 대해서는 그와 밀접한 관계를 가진 나 말고는 경의를 표할 사람이 있을 리 없었다. 나는 그걸 항상 안타까운 일이라고 얘기했다. 선생님은 〈나 같은 사람이 세상에 나가 떠들어 댄다면 죄송스럽지〉라고 대답할 뿐 상대해 주지 않았다. 그 대답이 지나치게 겸손해서 도리어 세상을 냉담하게 비판하는 말처럼 들렸다. 실제로 선생님은 이따금 옛 동창들 중에 이제는 저명인사가 된 이 사람 저 사람을 지목하며 서슴없이 비판하는 일이 있었다. 그래서 나는 노골적으로 그 모순을 짚어 가며 몇 마디 해보았다. 나로서는 반항의 의미라기보다 세상이 선생님을 모르고 있는 것이 유감스러웠기 때문이었다. 그때 선생님은 침울한 기색으로 〈어쨌든 나는 세상에 나가 일할 자격이 없는 사람이라서 어쩔 수 없어〉라고 말했다. 선생님의 얼굴에는 뭔가 깊은 감정이 생생하게 새겨져 있었다. 그게 실망인지 불만인지 비애인지는 알 수 없었지만, 아무튼 더 이상 어떻게 해볼 수 없을 만큼 강경한 말투였기 때문에 나는 더 이상 아무 말도 할 엄두가 나지 않았다.

도호쿠, 규슈 등에 대학이 설립된 뒤에도 한동안 〈대학 출신〉이라면 단지 도쿄 제국 대학 졸업생을 가리키는 말로 쓰였다. 따라서 당시에 〈대학 출신〉이라면 최고의 엘리트였다.

부인과 이야기를 하다 보니 자연히 화제가 그런 선생님에 관한 것으로 흘러갔다.

「선생님은 왜 집에서 공부만 하고 세상에 나가서 활동을 안 하실까요?」

「그 사람은 안 돼, 그런 일을 싫어해서.」

「그런 건 다 하찮은 일이라고 깨달으신 건가요?」

「나야 여자라서 잘 모르지만, 깨닫고 말고 하는 그런 의미는 아닐 거야. 역시 뭔가 하고 싶겠지. 그런데도 못 하는 거야. 그러니 딱하지.」

「하지만 어딘가 건강이 안 좋으신 것도 아니잖아요?」

「건강하지. 지병 같은 건 없어.」

「그런데 왜 활동을 못 하시는 거예요?」

「나도 그걸 모르겠어. 그걸 알면 나도 이렇게까지 걱정하지는 않을 거야. 모르니까 딱해서 견딜 수가 없어.」

부인의 말투에는 크게 동정하는 마음이 담겨 있었다. 그래도 입가에는 미소를 보였다. 겉으로 보기에는 내 쪽이 오히려 더 심각했다. 나는 못마땅한 얼굴로 입을 꾹 다물었다. 그러자 부인이 갑자기 생각난 듯 다시 말했다.

「젊었을 때는 저런 사람이 아니었어. 그때는 전혀 달랐거든. 그런데 완전히 변해 버렸어.」

「젊었을 때라니, 언제쯤인데요?」 내가 물었다.

「학생 시절이지.」

「학생 시절부터 선생님을 알고 지내셨어요?」

부인은 갑자기 발그레 얼굴을 붉혔다.

12

부인은 도쿄 사람이었다. 그건 예전에 선생님에게서도 부인 자신에게서도 들어서 알고 있었다. 부인은 〈실은 혼혈[21]이야〉라고 말했었다. 부친은 아마 돗토리인지 어딘지 출신인데, 모친 쪽은 아직 에도라고 하던 시절의 도쿄 이치가야[22]에서 태어난 사람이기 때문에 반쯤 농담 삼아 그렇게 말했던 것이다. 그런데 선생님은 전혀 다른 지역인 니가타현 사람이었다. 그래서 부인이 만일 선생님의 학생 시절을 알고 있다면 고향 관련으로 맺어진 인연이 아니라는 건 분명했다. 하지만 발그레 얼굴을 붉힌 부인이 더 이상 깊은 얘기는 하고 싶어 하지 않는 눈치여서 나도 더 이상 캐묻지 않았다.

선생님을 알고 나서 그가 세상을 떠날 때까지 나는 상당히 다양한 화제로 그의 사상이나 정서를 접했지만, 결혼 당시의 상황에 대해서는 거의 아무 얘기도 듣지 못했다. 나는 때로는 그것을 선의로 해석하기도 했다. 선생님이 나보다 연상이라서 아직 어린 학생에게 연애에 얽힌 회상 따위를 들려주는 건 일부러 삼가는 것이라고 생각했다. 때로는 그것을 좋지 않은 쪽으로 받아들이기도 했다. 선생님도 그렇고 부인도 그렇고, 두 분 다 나에 비하면 구시대의 인습 속에서 성인이 된 사람들이라서 그런 연애에 관련된 화제가 나오면 솔직하게

---

21 일본 국내에서도 타 지역 사람과의 결혼을 〈혼혈〉이라고 표현하곤 했다. 이를 통해 지역을 기반으로 강한 혈연이 맺어지던 시대의 흔적을 엿볼 수 있다.

22 현재의 도쿄 신주쿠구 동부 지역.

자신을 보여 줄 만한 용기가 없는 것이라고 생각했다. 물론 양쪽 다 추측에 지나지 않았다. 그리고 어느 쪽 추측이든 두 사람의 결혼의 깊은 내막에는 화려한 로맨스가 있을 거라고 가정했다.

나의 가정은 역시나 틀리지 않았다. 하지만 나는 사랑의 반쪽만을 상상으로 그려 냈던 것에 지나지 않았다. 선생님은 아름다운 연애 뒤에 무서운 비극을 갖고 있었다. 그리고 그 비극이 선생님에게 얼마나 비참한 것이었는지는 상대인 부인에게도 전혀 알려지지 않았다. 부인은 지금도 그것을 알지 못한다. 선생님은 그것을 부인에게 감춘 채 세상을 떠났다. 부인의 행복을 파괴하기 전에 먼저 자신의 목숨을 파괴해 버린 것이다.

나는 그 비극에 대해 아직은 어떤 말도 하지 않을 것이다. 그 비극 때문에 생겨났다고 할 수 있는 두 사람의 연애에 대해서는 앞서 말한 대로였다. 두 사람 모두 나에게는 거의 아무것도 말해 주지 않았다. 부인은 조심스러운 마음 때문에, 선생님은 또 그보다 더 깊은 이유 때문에.

다만 한 가지, 내 기억에 남아 있는 일이 있다. 언젠가 꽃이 필 무렵, 선생님과 함께 우에노 공원에 갔다. 그리고 그곳에서 아름다운 한 쌍의 남녀를 보았다. 그들은 서로에게 몸을 기대듯이 붙어서 정답게 꽃 아래를 걷고 있었다. 장소가 장소인 만큼 꽃보다 그쪽에 눈길을 던지는 사람이 더 많았다.

「신혼부부 같군.」 선생님이 말했다.

「사이가 좋아 보이네요.」 내가 답했다.

선생님은 쓴웃음조차 짓지 않았다. 두 남녀가 시선에 잡히지 않는 쪽으로 발길을 돌렸다. 그리고 선생님이 내게 이렇게 물었다.

「자네는 사랑을 해본 적이 있나?」

나는 없다고 대답했다.

「사랑을 해보고 싶지는 않은가?」

나는 대답하지 못했다.

「하고 싶지 않은 건 아니겠지?」

「예.」

「자네는 방금 저 남녀를 보고 비웃었어. 그 차가운 비웃음 속에는 자네가 사랑을 원하면서도 상대를 얻지 못한 것에 대한 불쾌감이 섞여 있었을 거야.」

「그렇게 들렸습니까?」

「응, 그렇게 들리더군. 사랑의 만족감을 맛본 사람은 좀 더 따스한 목소리를 내는 법이지. 하지만…… 하지만 사랑은 죄악이야. 알고 있나?」

나는 흠칫 놀랐다. 어떤 대답도 하지 못했다.

13

　우리는 군중 속에 있었다. 사람들은 모두 환한 얼굴이었다. 그곳을 빠져나와 꽃도 사람도 보이지 않는 숲속으로 갈 때까지 같은 화제를 입에 올릴 기회가 없었다.

「사랑은 죄악입니까?」 내가 불현듯 물었다.

「죄악이지, 틀림없이.」 그렇게 대답할 때 선생님의 말투는 앞서와 같이 강경했다.

「왜 그렇지요?」

「왜 그런지 머지않아 알게 될 거야. 머지않은 게 아니지, 이미 알고 있을걸. 자네 마음은 이미 오래전부터 사랑에 의해 움직이고 있잖아.」

나는 일단 내 마음속을 들여다보았다. 하지만 그곳은 의외로 공허했다. 짚이는 것은 아무것도 없었다.

「제 마음속에는 이렇다 할 대상이 하나도 없어요. 선생님에게 아무것도 감출 생각이 없는데도.」

「대상이 없으니 움직이는 거야. 대상이 있으면 안정될 것 같아서 한사코 그쪽으로 움직이는 것이지.」

「지금 그다지 움직이는 것도 없습니다.」

「자네는 뭔가 미흡하기 때문에 내게로 왔겠지?」

「그럴지도 모르지요. 하지만 그건 사랑과는 다르잖습니까.」

「사랑으로 올라가는 단계지. 이성을 품에 안기 전의 단계로서 우선 동성인 내게로 온 거야.」

「제 생각에는 두 가지가 전혀 성격이 다른 것 같은데요.」

「아니, 똑같아. 나는 인간으로서 도저히 자네에게 만족감을 줄 수 없는 사람이야. 그리고 어떤 특별한 사정이 있어서 더욱더 자네에게 만족감을 줄 수 없어. 나는 실은 딱하게 생각해. 자네가 나한테서 다른 곳으로 가는 건 어쩔 수 없어. 나는 오히려 그걸 바라고 있지. 하지만…….」

나는 묘하게 슬퍼졌다.

「제가 선생님을 멀리할 거라고 생각하신다면 그야 어쩔 수 없지만, 아직 그런 생각은 해본 적이 없습니다.」

선생님은 내 말에 귀를 기울여 주지 않았다.

「그나저나 조심해야 돼. 사랑은 죄악이니까. 나한테서는 만족감을 얻을 수 없는 대신 위험도 없지만…… 자네는 검고 긴 머리칼에 꽁꽁 묶인 기분을 알고 있나?」

나는 상상으로는 알고 있었다. 하지만 실제로는 알지 못했다. 어찌 됐든 선생님이 말하는 죄악은 뜻이 모호하기만 해서 잘 이해할 수 없었다. 게다가 나는 약간 불쾌한 마음도 있었다.

「선생님, 죄악이라는 말의 의미를 좀 더 분명하게 알려 주십시오. 그게 아니면 이 화제를 이쯤에서 접어 주세요. 제가 죄악이라는 말을 정확히 이해할 수 있을 때까지.」

「아, 미안해. 나는 자네에게 진실을 얘기하려는 것이었어. 그런데 실제로는 자네를 답답하게 만들었군. 내가 잘못했네.」

선생님과 나는 박물관[23] 뒷길을 지나 우구이스다니[24] 쪽으로 천천히 걸어갔다. 담장 틈새로 널찍한 정원 한쪽에 무성한 얼룩조릿대가 그윽하게 보였다.

「자네는 내가 왜 매달 조시가야 묘지에 묻힌 친구의 무덤에 가는지 알고 있나?」

23 현재 우에노 공원의 국립 박물관.
24 에도 시대 때부터 휘파람새(우구이스)의 명소로 알려진 곳으로, 이제는 지하철 야마노테선의 역 이름으로만 남아 있다.

선생님의 물음은 그야말로 갑작스러운 것이었다. 게다가 선생님은 내가 그 물음에 답하지 못하리라는 것도 잘 알고 있었다. 나는 잠시 대답하지 않았다. 그러자 선생님은 문득 생각난 것처럼 이렇게 말했다.

「또 엉뚱한 소리를 했군. 답답하게 만든 게 미안해서 설명해 주려고 했는데, 그 설명이 다시 자네를 답답하게 만드는 결과를 낳았어. 어쩔 수가 없네. 이 화제는 이제 그만 접기로 하지. 어쨌든 사랑은 죄악이야, 알겠지? 그리고 또한 신성한 것이야.」

나는 선생님의 말이 점점 더 이해되지 않았다. 하지만 그뿐, 선생님은 더 이상 사랑이라는 말을 입에 올리지 않았다.

14

아직 어린 나는 자칫하면 외골수로 내달리는 경향이 있었다. 적어도 선생님의 눈에는 그렇게 비친 모양이었다. 나에게는 학교 강의보다 선생님과의 담화가 더 유익했다. 교수님의 의견보다 선생님의 사상이 더 진기했다. 단적으로 말하면, 교단에서 나를 지도해 주는 높으신 분들보다 오로지 고독을 지키며 많은 것을 말하지 않는 선생님 쪽이 더 훌륭해 보였다.

「나한테 너무 빠져들면 안 돼.」 선생님이 말했다.

「제가 냉정하게 판단한 결과인데요.」 그렇게 대답했을 때 나에게는 충분한 자신감이 있었다. 그 자신감을 선생님은 받아 주지 않았다.

「자네는 열에 들떠 있어. 그 열기가 식으면 분명 싫어지겠지. 나는 지금 자네가 그렇게까지 나를 생각해 주는 게 힘겹게 느껴져. 하지만 앞으로 자네에게 일어날 변화를 예상해 보면 더욱더 힘들어지는군.」

「저를 그렇게까지 가벼운 사람이라고 생각하십니까? 그렇게까지 저를 믿지 못하십니까?」

「나는 자네가 딱해서 그래.」

「딱하기는 해도 믿어 줄 수는 없다는 말인가요?」

선생님은 번거롭다는 듯 정원 쪽으로 시선을 돌렸다. 그 정원에 얼마 전까지 묵직해 보이는 강렬한 붉은색으로 방울방울 피어 있던 동백꽃은 이제 하나도 보이지 않았다. 선생님은 응접실에서 그 동백꽃을 즐겨 바라보곤 했다.

「믿어 주지 않다니, 딱히 자네를 믿지 않는다는 게 아니야. 인간 전체를 믿지 않는 것이지.」

그때 울타리 너머에서 금붕어 장수[25]가 외치는 소리가 들렸다. 그 외에는 아무 소리도 들리지 않았다. 큰길에서 2백여 미터나 안으로 꺾어진 골목길은 의외로 조용했다. 집 안은 평소처럼 고요히 가라앉았다. 나는 옆방에 부인이 있는 것을 알고 있었다. 하지만 그것도 완전히 잊어버렸다.

「그럼 부인도 믿지 않으십니까?」 선생님에게 물었다.

25 에도 시대 후기부터 등장한 금붕어 장사꾼으로, 낭랑하고 독특한 목소리로 외치며 금붕어를 팔러 다녔다.

선생님은 약간 불안한 표정을 보였다. 그리고 직접적인 대답을 피했다.

「나는 나 자신조차 믿지 않아. 즉 나 스스로를 믿지 못하니까 남도 믿을 수 없는 것이지. 나 자신을 저주하는 것밖에 달리 어쩔 도리가 없어.」

「그렇게 어렵게 생각하면 누구든 미심쩍지 않은 사람이 없겠지요.」

「아니, 생각한 게 아니야. 저지른 것이지. 저지른 뒤에야 깜짝 놀랐어. 그리고 몹시 두려워졌어.」

나는 조금 더 같은 화제를 더듬어 가고 싶었다. 그런데 장지문 뒤에서 〈여보, 여보〉 하고 부르는 부인의 목소리가 두 번 들려왔다. 선생님은 두 번째에 〈응, 무슨 일이야?〉 하고 대꾸했다. 부인은 〈잠깐만요〉라면서 선생님을 옆방으로 불렀다. 두 사람 사이에 어떤 볼일이 있었는지 나는 알지 못한다. 예상할 여유를 주지 않을 만큼 금세 선생님은 다시 응접실로 돌아왔다.

「어쨌든 나를 너무 믿어서는 안 돼. 머지않아 후회할 테니까. 그다음에는 사기를 당한 대가라면서 잔인한 복수를 하게 될걸.」

「그건 무슨 말씀입니까?」

「예전에 그 사람 앞에 무릎을 꿇었던 기억이 나중에는 그 사람 머리 위에 발을 얹게 하는 거야. 나는 미래의 모욕을 피하기 위해 지금의 존경을 물리치려는 것이지. 지금보다 한층 더 외로운 미래의 나를 견디는 것보다 지금의 쓸쓸한 나를

46

견디려는 거야. 자유와 자립과 자아가 넘치는 현대를 살아가는 우리는 그 대가로 하나같이 이런 외로움을 맛보지 않으면 안 되겠지.」

나는 그런 각오를 품은 선생님을 향해 어떤 말을 해야 할지 알 수 없었다.

15

그 뒤로 나는 부인의 얼굴을 볼 때마다 신경이 쓰였다. 선생님은 부인도 항상 그런 태도로 대하는 걸까? 만일 그렇다면 부인은 그걸로 만족할까?

부인의 모습을 봐서는 만족스러운지 불만족스러운지 판단할 수 없었다. 그럴 만큼 부인을 가까이에서 접할 기회가 없었기 때문이다. 그리고 부인은 나를 만날 때마다 항상 태연했기 때문이다. 마지막으로는 선생님이 있는 자리가 아니고서는 부인과 좀체 얼굴을 마주할 일이 없었기 때문이다.

그 밖에도 아직 더 의혹이 남아 있었다. 인간에 대한 선생님의 그런 각오는 어디에서 나온 것일까? 단지 냉철한 눈빛으로 자신을 성찰하고 현대를 관찰해 온 결과일까? 선생님은 앉아서 생각에 잠기는 성격의 사람이다. 선생님 정도의 두뇌라면 방 안에 앉아 세상을 바라봐도 그런 각오가 저절로 나오는 것일까? 단지 그것뿐이라고는 생각되지 않았다. 선생님의 각오는 살아 있는 각오인 것 같았다. 불에 탄 뒤에 차갑게 식어 버린 석조 가옥의 윤곽과는 다르다. 내 눈에 비친 선생님은 분명 사상가였다. 하지만 그 사상가가 완성해 낸 주의(主義)의 이면에는 강한 현실이 반영된 것 같았다. 자신과는 동떨어진 타인의 현실이 아니라 자신이 통절하게 맛본 현실, 피가 끓어오르고 맥박이 멈춰 버릴 정도의 현실이 첩첩 담겨 있는 것 같았다.

그건 내 마음대로 추측한 것이 아니었다. 선생님 스스로 이미 그렇다고 고백한 것이다. 다만 그 고백이 뜬구름 같은 것이었다. 내 머리 위에 정체를 알 수 없는 두려움을 씌워 버렸다. 그리고 왜 그것이 두려운지 나 스스로도 알지 못했다. 선생님의 고백은 막연한 것이었다. 그런데도 분명하게 내 신경을 파르르 떨게 했다.

나는 선생님의 그런 인생관의 기점에 어떤 강력한 연애 사건이 있을 거라고 가정해 보았다(물론 선생님과 부인 사이에 일어난). 선생님이 전에 사랑은 죄악이라고 말했던 것을 통해 조합해 봤더니 그게 약간의 단서가 되었다. 하지만 선생님은 실제로 부인을 사랑한다고 내게 말했다. 그렇다면 두 사람의 사랑에서는 그런 염세에 가까운 각오가 나올 리 없다. 〈예전에 그 사람 앞에 무릎을 꿇었던 기억이 나중에는 그 사람 머리 위에 발을 얹게 하는 거야〉라고 했던 선생님의 말은 요즘 세상 사람들에게나 해당되는 것이지 선생님과 부인 사이에는 들어맞지 않는 것 같았다.

조시가야의 누군지 알 수 없는 사람의 무덤…… 그것도 내 기억 속에서 이따금 꿈틀거렸다. 선생님과 깊은 연고가 있는 무덤이라는 것은 알고 있었다. 선생님의 삶에 가까이 다가갔으면서도 좀체 가까워질 수 없었던 나는 선생님의 머릿속에 존재하는 생명의 단편(斷片)으로서 그 무덤을 내 머릿속에도 받아들였다. 하지만 나에게 그 무덤은 완전히 죽은 것이었다. 두 사람 사이에 있는 생명의 문을 열어 주는 열쇠는 되지 못했다. 오히려 두 사람 사이를 가로막고 자유로운 왕래를 방해하는 마물(魔物)인 것 같았다.

그럭저럭하는 사이에 다시 부인과 마주 앉아 이야기를 나눌 기회가 생겼다. 하루하루 해가 짧아져 마음이 조급해지는 가을 무렵, 누구든 문득 살갗으로 쌀쌀함을 느끼는 계절이었다. 선생님의 집 근처에서 사나흘 연달아 도둑이 든 일이 있었다. 매번 초저녁 무렵의 일이었다. 집집마다 그리 큰 것을 훔쳐 가지는 않았지만, 일단 도둑이 들었다 하면 뭔가는 집어 갔다. 부인은 불안해했다. 그러던 참에 선생님이 어느 날 저녁 외출해야 할 일이 생겼다. 선생님의 동향 친구 중에 지방의 병원에서 일하던 이가 도쿄에 올라오게 되어, 다른 친구 두세 명과 함께 어딘가에서 그에게 식사를 대접하기로 했기 때문이다. 선생님은 내게 그런 사정을 얘기하면서 자신이 돌아올 때까지 집을 좀 봐달라고 부탁했다. 나는 곧바로 그러마고 했다.

16

내가 찾아간 것은 아직 불이 켜질까 말까 하는 해질 무렵이었지만, 착실한 선생님은 벌써 집을 나간 뒤였다. 「약속 시간에 늦으면 안 된다고 방금 전에 나가셨어.」 그렇게 말하며 부인은 나를 선생님의 서재로 안내해 주었다.

서재에는 테이블과 의자 외에 수많은 책들이 아름다운 가죽 장정의 등 부분을 내보이며 유리문 너머에서 줄줄이 전등 불빛을 받고 있었다.[26] 부인은 화로 앞에 놓인 방석을 권해 주고 잠깐 책이라도 읽고 있으라면서 방을 나갔다. 마치 주인을 기다리는 손님 대접을 받는 것 같아서 민망했다. 그래서 나는 오그리고 앉은 채 담배를 피웠다. 부인이 안방 쪽에서 하녀와 뭔가 이야기하는 소리가 들려왔다. 서재는 안방 앞의 마루를 지나 꺾어지는 모퉁이에 있었기 때문에 집의 위치로 보자면 응접실보다 오히려 한갓진 조용함을 누리고 있었다. 한동안 들리던 부인의 말소리가 그치자 다시금 고요해졌다. 나는 도둑에 맞설 채비를 한다는 마음가짐으로 지그시 사방에 신경을 집중했다.

30분쯤 지나자 부인이 다시 서재 문 앞에 얼굴을 내밀었다. 어머, 하고 놀란 눈빛으로 이쪽을 보았다. 그러고는 손님처럼 점잔을 빼며 앉아 있는 내가 우습다는 듯이 쳐다보았다.

---

26 유리 달린 장식장에 가죽을 씌운 많은 서적이 줄지어 꽂혀 있는 서재의 모습을 통해 선생님의 부유함을 엿볼 수 있다. 더구나 당시에는 웬만한 부자가 아니고서는 전기를 쓸 수 있는 집이 드물었다.

「그러고 있으면 답답하지 않아?」

「아뇨, 답답하지 않습니다.」

「하지만 심심할 텐데.」

「아뇨, 도둑이 올까 봐 잔뜩 긴장해서 심심하지도 않습니다.」

부인은 손에 홍차 잔을 든 채 웃으며 서 있었다.

「그런데 서재는 구석진 방이라 집을 지키는 데는 별로 좋지 않은 것 같습니다.」 내가 말했다.

「그럼, 실례지만 집 한가운데로 나올래? 심심할 것 같아 차를 내왔는데, 안방 쪽이라도 괜찮다면 그쪽에 차릴 테니까.」

나는 부인의 뒤를 따라 서재를 나왔다. 안방에서는 멋진 장화로(長火爐)[27]에 올려 둔 철제 주전자가 보글보글 끓고 있었다. 거기서 나는 차와 과자를 대접받았다. 부인은 잠을 못 자면 안 된다면서 찻잔에 손을 대지 않았다.

「선생님은 이따금 이런 모임에 참석하십니까?」

「아니야, 좀체 나간 적이 없어. 요즘에는 점점 더 사람 얼굴 보기가 싫어진 모양이야.」

그렇게 말하는 부인의 얼굴에 그다지 난감해하는 기색이 없어서 나도 모르게 대담해졌다.

「그러면 부인만 예외입니까?」

「아니, 나도 싫어하는 사람 중 하나야.」

「그건 거짓말이지요.」 내가 말했다. 「부인께서도 거짓말인 줄 알면서 그렇게 말씀하시는 거예요.」

----

27 구리 난로를 고급 화장목 가구에 끼워 넣은 화로를 말한다. 옆에 칸칸이 서랍을 달아 긴 직사각형 모양이 된다.

「왜?」

「제가 보기에는 부인을 좋아해서 세상이 싫어지신 것 같습니다.」

「학문을 하는 분이라 말장난이 아주 능숙하네. 세상이 싫어져서 나까지 싫어졌다고 할 수도 있지 않을까, 똑같은 논리로?」

「양쪽 다 맞는 말이지만, 이 경우는 제 쪽이 옳습니다.」

「말씨름은 하기 싫어. 남자들은 늘 그러더라니까. 그게 재미있나? 질리지도 않는지 빈 잔으로 권커니 잣거니 하는 것 같은 일을 하고 있어.」

부인의 말은 상당히 신랄했다. 하지만 그게 귀에 거슬렸는가 하면 결코 그렇지는 않았다. 부인은 자신의 두뇌가 명석하다는 것을 상대에게 과시하고, 거기서 일종의 자부심을 느낄 만큼 현대적인 여성이 아니었다. 그보다는 더욱 깊은 곳에 자리한 감정을 더 소중히 여기는 것처럼 보였다.

17

나는 아직 더 할 말이 있었다. 하지만 공연히 말씨름을 거는 것처럼 보이면 곤란하다 싶어서 관두기로 했다. 부인은 다 마신 홍차 잔을 들여다보며 잠자코 앉아 있는 나를 보더니 〈한 잔 더 줄까?〉라고 물었다. 나는 얼른 찻잔을 부인에게 내밀었다.

「몇 개? 하나 아니면 둘?」

묘한 기구로 각설탕을 집어 든 부인이 내 얼굴을 보며 찻잔 속에 넣을 설탕 개수를 물었다. 부인의 태도는 내게 교태를 부린다고 할 정도는 아니었지만, 방금 전의 신랄한 말을 애써 지우려는 듯 상냥함이 가득했다.

나는 묵묵히 차를 마셨다. 다 마신 뒤에도 잠자코 있었다.

「입을 꾹 다물어 버렸네?」 부인이 말했다.

「뭔가 얘기하면 또 말씨름을 건다고 혼이 날 것 같아서요.」 나는 대답했다.

「아이, 설마.」 부인이 다시 말했다.

그걸 실마리 삼아 우리는 대화를 재개했다. 그리고 우리의 공통 관심사인 선생님을 다시 화제에 올렸다.

「조금 전 그 얘기를 해도 될까요? 부인께는 말장난으로 들릴지도 모르지만, 저는 그저 건성으로 하는 얘기가 아니거든요.」

「그럼 얘기해 봐.」

「지금 부인이 갑자기 사라진다면 선생님은 지금처럼 살아갈 수 있을까요?」

「나야 모르지. 그런 건 선생님에게 직접 물어봐야 하지 않을까? 나한테 물어볼 문제가 아니네.」

「저는 지금 진지해요. 그러니 도망치시면 안 됩니다. 솔직하게 대답해 주셔야지요.」

「솔직하지. 솔직히 말해서 난 모르겠다는 거야.」

「그럼 부인은 선생님을 얼마나 사랑하시지요? 이건 선생

님에게 묻는 것보다 오히려 부인께 물어볼 질문이니까 직접
묻겠습니다.」

「그런 게 뭐 그렇게 정색하고 물어볼 일이야?」

「굳이 진지하게 물을 것도 없다, 즉 뻔한 일이다, 라는 뜻
입니까?」

「글쎄, 그렇겠지?」

「그 정도로 선생님에게 충실한 부인께서 갑작스레 사라진
다면 선생님은 어떻게 될까요? 세상 어디를 둘러봐도 별 재
미가 없다는 선생님은 부인이 갑자기 사라지면 그 뒤에 어떻
게 될까요? 선생님의 입장을 묻는 게 아니에요. 부인이 보시
기에 어떠냐는 것이지요. 부인이 보시기에 선생님은 행복해
질까요, 아니면 불행해질까요?」

「그야 내 입장에서는 아주 잘 알지, 그이는 그렇게 생각하
지 않는지도 모르지만. 그이는 나와 헤어지면 불행해질 뿐이
야. 어쩌면 살 수 없을지도 몰라. 이렇게 말하면 자화자찬 같
지만, 나는 지금 그이를 인간으로서 가능한 한 행복하게 해
주고 있다고 믿고 있어. 어느 누구도 나만큼 그이를 행복하
게 해줄 사람은 없다고 굳게 믿고 있지. 그렇기 때문에 이렇
게 조용히 차분하게 지낼 수 있는 거야.」

「저는 그 믿음이 선생님의 마음에 좋게 비쳐질 거라고 생
각합니다.」

「아니, 그건 또 다른 문제야.」

「역시 선생님이 싫어하신다는 말씀인가요?」

「나를 싫어한다고는 생각하지 않아. 싫어할 리가 없는걸.

하지만 그이는 세상을 싫어하잖아. 세상이라기보다 요즘에
는 인간을 싫어하지. 그러니 그 인간 중 한 명인 나도 그리 좋
아할 리가 없지 않겠어?」

자신을 싫어한다는 부인의 말뜻을 나는 그제야 이해할 수
있었다.

18

나는 부인의 이해력에 감탄했다. 부인의 태도가 구식 여성
같지 않은 것도 내 주의를 끄는 자극이 되었다. 그러면서도
부인은 요즘 유행하는 새로운 말 따위는 거의 쓰지 않았다.

나는 여성과는 깊이 사귀어 본 경험이 없는 세상 물정 모
르는 학생이었다. 남자로서 이성을 향한 본능에 따라 동경의
대상으로 항상 여성을 꿈꾸기는 했다. 하지만 그건 막연히
그리운 봄날의 구름을 바라보는 기분으로 꿈꾼 것에 지나지
않았다. 그래서 실제 여성 앞에 나서면 내 감정은 갑작스레
이상해지곤 했다. 내 앞에 나타난 여성에게 마음을 빼앗기는
대신 정작 그 자리에서는 오히려 이상한 반발심이 생기는 것
이었다. 하지만 부인에게는 그런 마음이 전혀 들지 않았다.
일반적으로 남녀 사이에 가로놓인 생각의 차이 같은 것도 거
의 없었다. 나는 부인이 여성이라는 것도 잊어버렸다. 단지
선생님의 성실한 비평가이자 이해심 깊은 사람으로만 보
였다.

「제가 지난번에 왜 선생님은 좀 더 활동을 하지 않으시냐고 물었을 때, 그런 말씀을 하셨지요? 원래는 그렇지 않았다고.」

「그랬지. 실제로 그렇지 않았거든.」

「그러면 원래는 어땠습니까?」

「학생이 원하는 대로, 그리고 내가 원하는 대로 믿음직한 사람이었어.」

「그런데 왜 갑자기 변하신 걸까요?」

「갑자기가 아니야. 차츰차츰 그렇게 바뀌었지.」

「부인은 그동안 내내 선생님과 함께 계셨잖아요.」

「물론 함께 있었지. 부부인데.」

「그럼 선생님이 점점 그렇게 변한 원인을 아실 텐데요?」

「그러니 내가 난감하지. 학생에게 그런 말을 들으니 더욱더 괴롭지만, 나는 아무리 생각해 봐도 알 수가 없어. 내가 지금까지 몇 번이나 그 사람에게 제발 사실대로 말해 달라고 애원했는지 모른다니까.」

「선생님은 뭐라고 하셨는데요?」

「아무것도 얘기할 게 없다, 아무것도 걱정할 거 없다, 내가 이런 성격이 됐으니까, 라고만 할 뿐 상대를 해주지 않아.」

나는 잠자코 있었다. 부인도 말이 끊겼다. 건넌방에 있는 하녀는 찍소리도 내지 않았다. 나는 도둑에 대한 것은 완전히 잊어버리고 있었다.

「학생은 나한테 책임이 있다고 생각하겠지?」 부인이 불쑥 물었다.

「아닙니다.」 내가 대답했다.

「제발 숨기지 말고 말해 봐요. 나를 그런 식으로 봤다면 몸이 끊어질 듯이 괴로우니까.」 부인이 다시 말했다. 「그래도 나는 남편을 위해 내가 할 수 있는 건 다 하고 있다고 생각하는데.」

「그야 선생님도 그렇게 인정해 주신 일이잖습니까. 괜찮아요. 안심하세요, 제가 보증합니다.」

부인은 화로의 재를 뒤적여 평평하게 골랐다. 그러고는 물통의 물을 철 주전자에 다시 채웠다. 철 주전자의 물 끓는 소리가 금세 잠잠해졌다.

「더 이상 견딜 수가 없어서 그이에게 물어봤어. 내가 잘못한 게 있으면 서슴없이 말해 달라고, 고칠 수 있는 결점이라면 고치겠다고. 그랬더니 그이는, 당신에게는 결점 같은 건 없다, 결점은 자기한테 있다, 라고 했어. 그런 말을 들으니 너무 슬퍼서 어쩔 줄을 모르겠더라고. 눈물이 쏟아지면서 점점 더 내가 뭘 잘못했는지 궁금해졌어.」

부인의 눈에는 눈물이 그렁그렁했다.

19

처음에 나는 부인을 이해력이 뛰어난 여성으로 대했다. 그런 마음으로 얘기하다 보니 부인의 태도가 점점 바뀌었다. 부인은 내 두뇌에 호소하는 대신 내 심장을 흔들기 시작했다.

자신과 남편 사이에는 아무런 앙금도 없다, 그리고 아무것도 없을 텐데도 역시 뭔가가 있다, 눈을 크게 뜨고 그것을 찾아보려고 하면 역시 아무것도 없다. 부인이 고민하는 요점은 거기에 있었다.

부인은 처음에는 세상을 보는 선생님의 시선이 염세적이기 때문에 그 결과 자신도 싫어하는 것이라고 단언했다. 그렇게 단언했으면서도 전혀 그것을 확신할 수는 없었다. 더 깊이 파헤쳐 보고 오히려 그 반대를 생각하고 있었다. 선생님이 자신을 싫어하기 때문에 결국 세상까지 싫어진 모양이라고 추측하는 것이다. 하지만 아무리 애를 써봐도 그 추측을 파악해서 사실로 만들 수는 없었다. 선생님의 태도는 어디까지나 남편다웠다. 친절하고 다정했다. 의혹 덩어리를 하루하루의 애정으로 감싸 가만히 가슴속에 넣어 두었던 부인은 그날 밤 그 보퉁이 속을 내 앞에서 열어 보였다.

「학생은 어떻게 생각해?」 부인이 물었다. 「나 때문에 그렇게 됐을까? 아니면 학생이 말하는 인생관인지 뭔지 때문에 그렇게 됐을까? 숨기지 말고 말해 줘.」

나는 아무것도 숨길 생각은 없었다. 하지만 내가 알지 못하는 뭔가가 거기에 있는 것이라면 내 대답이 어떤 것이든 그걸로 부인이 만족할 수 있을 리 없었다. 그리고 나는 거기에 내가 알지 못하는 뭔가가 있다고 생각했다.

「저는 잘 모르겠습니다.」

그 순간, 부인은 예상을 벗어났을 때의 가련한 표정을 드러냈다. 나는 얼른 말을 덧붙였다.

「하지만 선생님이 부인을 싫어하지 않는다는 것만은 보증합니다. 저는 선생님의 입을 통해 직접 들은 그대로 부인께 전했을 뿐입니다. 선생님은 거짓말을 하지 않는 분이잖습니까.」

부인은 어떻다고도 대답하지 않았다. 잠시 뒤에 이렇게 말했다.

「실은 내가 짚이는 것이 있긴 한데…….」

「선생님이 저렇게 된 원인에 대해서요?」

「응. 만일 그게 원인이라면 내 책임은 아니니까 그나마 한결 마음이 편해질 텐데…….」

「어떤 일인데요?」

부인은 머뭇거리며 무릎 위에 놓인 자신의 손을 바라보았다.

「학생이 판단해 봐. 얘기해 줄 테니까.」

「제가 할 수 있는 판단이라면 해보겠습니다.」

「모두 다 얘기할 수는 없어. 다 얘기하면 혼이 날 테니까. 혼나지 않을 부분까지만 얘기할게.」

나는 긴장해서 침을 꿀꺽 삼켰다.

「그이가 아직 대학에 다니던 시절에 아주 절친한 친구가 한 명 있었어. 그분이 졸업하기 얼마 전에 죽었어. 갑자기 죽은 거였지.」

부인은 내 귀에 대고 속삭이는 것처럼 작은 목소리로 〈실은 자살이었어〉라고 말했다. 그것은 〈왜요?〉라고 되묻지 않을 수 없는 말이었다.

「거기까지밖에는 말 못 해. 하지만 그 일이 있고 나서부터 였어. 그이의 성격이 점점 변하기 시작한 게. 그분이 왜 죽었는지, 나는 잘 모르겠어. 그이도 아마 모를 거야. 하지만 그 뒤로 그이가 변하기 시작한 걸 보면 뭔가 알고 있는 것 같기도 하고.」

「그 사람의 무덤입니까, 조시가야에 있는 게?」

「그것도 말하지 않겠다고 약속했기 때문에 얘기하면 안 돼. 하지만 친구 한 명을 잃었다고 사람이 그렇게 변할 수 있을까? 나는 그게 궁금해서 못 견디겠어. 그래서 그걸 학생이 좀 판단해 줬으면 좋겠어.」

내 판단은 오히려 그런 일 때문은 아니라는 쪽으로 기울었다.

20

나는 내가 파악한 사실을 바탕으로 최대한 부인을 위로하려고 했다. 부인 또한 가능한 한 나에게서 위로를 받으려는 것 같았다. 그래서 둘이 같은 문제를 두고 한참 동안이나 이야기를 했다. 하지만 나는 애초에 일의 근원을 파악하지 못하고 있었다. 부인의 불안도 실은 거기에 떠도는 흐릿한 구름 같은 의혹에서 나온 것이었다. 사건의 진상 속으로 들어가면 부인 자신도 잘 알지 못했다. 알고 있는 것도 내게 모두 다 얘기할 수가 없었다. 따라서 위로하는 나도, 위로받는 부인도 함께 파도에 둥둥 떠서 흔들리는 꼴이었다. 흔들리면서도 부인은 어떻게든 손을 내밀어 미더운 데도 없는 내 판단에 매달리려고 했다.

10시쯤 선생님의 구두 발소리가 현관 쪽에서 들렸을 때, 부인은 갑자기 지금까지의 모든 것을 잊어버린 사람처럼 앞에 앉아 있는 나는 거들떠보지도 않고 자리에서 일어섰다. 그리고 격자문을 열고 마침 들어서는 선생님을 맞이했다. 혼자 남겨졌던 나는 부인을 뒤따라갔다. 하녀는 잠깐 잠이라도 들었는지 따라 나오지 않았다.

선생님은 아주 기분이 좋아 보였다. 하지만 부인은 그보다 더 기분이 좋아보였다. 방금 전에 부인의 아름다운 눈 속에 고였던 눈물의 반짝임과 검은 눈썹 끝이 그려 낸 여덟팔자를 기억하는 나는 그 변화를 뭔가 기이한 것인 양 주의 깊게 바라보았다. 만일 그게 거짓이 아니라면(실제로 그게 거짓이라고 생각되지는 않았지만), 여태까지 부인의 호소는 센티멘털(感傷)을 즐기기 위해 굳이 나를 상대로 지어낸 한 여자의 쓸데없는 장난으로 볼 수도 있었다. 하긴 그때의 나는 부인을 그런 식으로 비판적으로 바라볼 생각은 없었다. 부인의 기색이 갑작스럽게 밝아진 것을 보고 오히려 마음이 놓였다. 저 정도라면 그리 걱정할 것도 없겠다, 라고 다시 생각했다.

선생님은 웃으면서 〈정말 수고했어. 도둑은 안 왔나?〉라고 물었다. 그러고는 〈도둑이 안 와서 섭섭했던 거 아니야?〉라고 말했다.

돌아올 때 부인은 〈아휴, 미안해서 어떻게 해〉라고 인사했다. 그 말투는 바쁜 참에 시간을 빼앗아서 미안하다기보다 모처럼 이렇게 와줬는데 도둑이 들지 않아 딱하다, 라는 농담처럼 들렸다. 부인은 인사를 하면서 아까 내놓았던 서양과자 남은 것을 종이에 싸서 내 손에 쥐여 주었다. 나는 그것을 품속에 넣고 행인이 드문 쌀쌀한 밤의 골목길을 돌아 번화한 시내 쪽으로 걸음을 서둘렀다.

나는 그날 밤의 일을 기억 속에서 끄집어내 여기에 상세히 적었다. 써야 할 필요가 있어서 쓴 것이지만, 사실을 말하자면 부인에게서 과자를 받아 돌아올 때는 그럴 만큼 그날 밤의 대화를 중하게 생각하지 않았다. 그다음 날 점심을 먹으러 학교에서 집에 왔다가 간밤에 책상 위에 놓아둔 과자 봉지를 보고 냉큼 초콜릿을 씌운 다갈색 카스텔라를 꺼내 덥석 베어 먹었다. 그리고 이 과자를 내게 챙겨 준 두 남녀는 분명 행복한 부부로 이 세상에 존재하는 것이라고 자각하면서 맛있게 먹었다.

가을이 저물어 가고 겨울이 오기까지 별다른 일은 없었다. 나는 선생님 댁에 드나드는 참에 옷을 뜯어 빨아 다시 바느질하는 일을 부인에게 부탁했다. 그때까지 주반[28]이라는 건 입어 본 적도 없었던 내가 셔츠 위에 검은 칼라가 달린 옷을 겹쳐 입게 된 것도 그 무렵부터였다. 아이가 없는 부인은 그런 뒷바라지가 오히려 심심풀이가 되어 결국 자신에게 약이 된다느니 하는 얘기를 했다.

28 기모노를 입을 때 속셔츠 위에 겹쳐 입는 홑겹의 긴 속옷. 당시 학생들은 귀찮아하며 일부러 생략하는 경우가 많았다.

「이건 손으로 짠 것이네? 이런 질 좋은 옷감은 아직 바느질해 본 적이 없어. 그 대신 이건 바느질하기가 어려워. 바늘이 잘 들어가지 않더라니까. 그 바람에 두 개나 부러졌지 뭐야.」

그렇게 툴툴거릴 때조차 부인은 그리 귀찮아하는 기색은 아니었다.

21

겨울이 되자 나는 고향에 가봐야 할 일이 생겼다. 어머니가 보내 준 편지에 아버지의 병환이 아무래도 심상치 않다는 내용과 함께, 지금 당장 어떻게 될 정도는 아니지만 나이도 있는 만큼 가능하면 시간을 내서 집에 오도록 하라고 당부하듯이 덧붙여 있었다.

아버지는 예전부터 신장이 좋지 않았다. 중년 이후의 사람들이 으레 그렇듯이 아버지의 그 병은 만성이었다. 그 대신 조심하기만 하면 갑작스러운 변고는 없는 병이라고 아버지 본인도, 가족들도 믿어 의심치 않았다. 실제로 아버지는 병을 잘 다독거린 덕분에 여태까지 그럭저럭 넘겨 왔다는 얘기를 손님이 찾아올 때마다 하곤 했다. 어머니의 편지에 따르면, 그 아버지가 마당에 나가 뭔가 일을 하던 참에 돌연 현기증으로 쓰러졌다. 집안사람들은 가벼운 뇌일혈이라고 잘못 판단하고 즉각 그에 따른 처치를 했다. 나중에 의사에게서 아무래도 그게 아닌 것 같다, 역시 지병의 결과일 것이다, 라

는 진단을 받고서야 비로소 졸도와 신장병을 연결 지어 생각
하게 되었던 것이다.

겨울 방학[29]은 아직 좀 더 기다려야 했다. 학기가 끝난 다
음에 내려가도 별 지장은 없겠다 싶어서 하루 이틀 그대로
있었다. 그러자 그 하루 이틀 사이에 아버지가 몸져누운 모
습이며, 어머니의 걱정하는 얼굴이 자꾸만 눈에 밟혔다. 그
때마다 어쩐지 마음이 편치 않아서 나는 마침내 고향에 내려
가기로 결심했다. 고향에서 여비를 우송해 주는 수고와 시간
을 줄이기 위해, 나는 잠시 떠난다는 소식도 전하고 인사도
할 겸 선생님을 찾아가 우선 필요한 만큼의 돈을 빌리기로
했다.

선생님은 감기 기운 때문에 응접실까지 나오기가 번거롭
다며 나를 서재로 불렀다. 겨울철에 보기 드문 반갑고 부드
러운 햇살이 서재 유리문으로 책상 위에 비쳐 들었다. 선생
님은 햇볕 잘 드는 그 방에 큼직한 화로를 들여놓고 다리쇠
위의 놋대야에서 피어오르는 수증기로 호흡하기 편하도록
하고 있었다.

「큰 병이라면 어쩔 수 없지만 이런 어중간한 감기 같은 게
더 싫다니까.」 선생님은 그렇게 말하고 쓴웃음을 지으며 내
얼굴을 보았다.

선생님은 병이라고는 걸려 본 적이 없는 사람이었다. 그
말을 들은 나는 웃음이 터졌다.

「저는 감기쯤은 견디겠지만 그보다 큰 병은 질색인데요.

29 당시 대학의 겨울 방학은 12월 25일부터 이듬해 1월 7일까지였다.

64

선생님도 마찬가지일 걸요. 시험 삼아 한번 앓아 보시면 알 겁니다.」

「그럴까? 나는 병에 걸릴 거라면 아예 죽을병에 걸리고 싶은데?」

나는 선생님의 그런 말에 별반 주의를 기울이지 않았다. 곧장 어머니의 편지 얘기를 하고 돈의 융통을 부탁했다.

「저런, 난처하겠군. 그 정도라면 지금 수중에 있을 테니까 가져가도록 해.」

선생님은 부인을 불러 필요한 금액을 내 앞에 챙겨 주었다. 그 돈을 찬장인지 어딘지의 서랍에서 꺼내 온 부인은 하얀 종이에 꼼꼼히 싸주면서 말했다. 「여간 걱정이 아니겠네.」

「졸도를 여러 번 하셨어?」 선생님이 물었다.

「편지에는 그런 말은 없었습니다. 그런데 그렇게 여러 번 쓰러지는 병인가요?」

「그야 그렇지.」

선생님의 장모님도 우리 아버지와 같은 병으로 세상을 떠났다는 것을 그때 처음 알았다.

「어차피 낫기는 어려울 것 같습니다.」 내가 말했다.

「그럴 거야. 내가 대신해 드릴 수만 있다면 그렇게 해드려도 좋으련만. ……토하기도 하셨어?」

「글쎄요, 편지에 별말이 없었던 걸 보면 그렇지는 않은 모양입니다.」

「토하지만 않으면 그나마 괜찮아.」 부인이 말했다.

나는 그날 밤 기차로 도쿄를 떠났다.

22

아버지의 병세는 예상했던 것만큼 나쁘지는 않았다. 그래도 내가 도착했을 땐 아버지는 이불 위에 책상다리를 하고 앉아 〈다들 걱정하는 통에 이렇게 꾹 참고 가만히 있었지. 뭐, 이제 일어나도 괜찮아〉라고 말했다. 하지만 다음 날부터는 어머니가 말리는 것도 듣지 않고 결국 이부자리를 걷으라고 했다. 어머니는 마지못해 올 굵은 비단 이불을 개키면서 〈네가 돌아오니 아버지가 갑자기 괜찮은 척하시는구나〉라고 말했다. 내 눈에는 아버지의 거동이 그렇게 허세를 부리는 것처럼 보이지는 않았다.

형은 어떤 공직을 맡아 머나먼 규슈에 가 있었다. 만일의 경우가 아니고서는 쉽게 부모님 얼굴을 볼 자유를 갖기 힘든 사람이었다. 여동생은 타 지역으로 시집을 갔다. 그쪽 역시 급박할 때 늦지 않게 얼른 불러들일 만한 처지가 아니었다. 자식 셋 중에서 가장 편한 사람은 역시 학생인 나뿐이었다. 그런 내가 어머니의 당부대로 학교 수업을 내던지고 방학도 하기 전에 돌아왔다는 게 아버지에게는 크게 만족스러운 일이었다.

「이 정도 병으로 학교를 쉬게 해서야 딱하지 않겠냐. 네 어머니가 너무 호들갑을 떨면서 편지를 보낸 게 탈이라니까.」

아버지는 입으로는 그렇게 말했다. 그렇게 말했을 뿐만 아니라 여태 누워 있던 이부자리를 걷어치우게 하고 평소와 같은 건재함을 내보였다.

「섣불리 일어나셨다가 다시 병이 도지면 안 돼요.」

나의 그런 주의를 아버지는 유쾌한 듯이, 하지만 지극히 가볍게 받아넘겼다.

「괜찮아, 이제는 평소처럼 조심하기만 하면 돼.」

실제로 아버지는 괜찮은 것 같았다. 집 안을 자유로이 왕래해도 숨이 차지 않고 현기증도 나지 않았다. 단지 안색은 보통 사람보다 좋지 않았지만, 이 또한 어제오늘 시작된 증상이 아니기 때문에 우리는 별로 신경 쓰지 않았다.

나는 선생님에게 편지를 보내 여비를 빌려준 것에 대해 감사를 표했다. 정월에 도쿄에 갈 때 가져갈 테니 그때까지만 기다려 달라고 양해를 구했다. 그리고 아버지의 병세가 생각한 만큼 심각하지는 않다, 이 정도면 당분간 안심이다, 현기증이나 토하는 일도 없다, 라는 것 등을 써 내려갔다. 끝으로 선생님의 감기에 대해서도 몇 마디 문안을 덧붙였다. 선생님의 감기쯤은 가볍게 생각했기 때문이다.

편지를 부치면서도 나는 결코 선생님의 답장을 기대하지는 않았다. 보낸 뒤에 아버지 어머니와 선생님에 대한 이야기를 나누면서 아득히 머나먼 선생님의 서재를 머릿속에 떠올렸다.

「다음에 도쿄에 갈 때 표고버섯이라도 갖다드려라.」

「예, 그런데 선생님이 말린 표고버섯 같은 걸 드실지 모르겠네요.」

「맛있는 건 아니어도 딱히 싫어하는 사람은 없을 거야.」

나는 표고버섯과 선생님을 연결 지어 생각한다는 게 이상하게 느껴졌다.

　선생님의 답장이 왔을 때는 적잖이 놀랐다. 더구나 특별한 용건이 있어서 보낸 것도 아니라서 더욱 놀라웠다. 그저 친절한 마음에 답장을 보내 준 것이었다. 그렇게 생각하니 그 짧은 편지 한 통이 나에게는 큰 기쁨이었다. 더구나 분명 그건 선생님에게서 받은 첫 번째 편지였다.

　첫 번째 편지라고 하면 나와 선생님 사이에 서신 왕래가 자주 있었던 것처럼 들리겠지만, 실은 전혀 그렇지 않다는 것을 미리 말해 두고자 한다. 선생님 생전에 나는 단 두 통의 편지를 받았을 뿐이다. 첫 번째 편지는 방금 말한 그 짧은 답장이고, 그다음은 선생님이 죽기 전에 특별히 내 앞으로 남긴 장문의 편지이다.

　아버지는 병의 특성상 운동을 삼가야 했기 때문에 자리를 털고 일어난 뒤에도 거의 문밖 출입을 하지 않았다. 한 번은 따듯한 날 오후에 마당에 내려온 적이 있었지만, 그때 만일을 대비해 내가 옆에서 따라다녔다. 걱정이 되어 내 어깨를 잡으라고 해도 아버지는 웃기만 할 뿐 응하지 않았다.

23

　심심해하는 아버지를 상대로 나는 자주 장기판을 마주했다. 둘 다 꼼짝하기 싫어하는 성격이라서 고타쓰[30]에 들어앉

---

30 화로나 난로 위에 사각 나무틀을 놓고 그 위에 이불을 덮는 난방 기구.

은 채 장기판을 얹어 놓고 장기 말을 움직일 때만 이불에서 손을 꺼내곤 했다. 이따금 잡은 말이 사라져도 다음 승부 때까지 둘 다 그런 줄도 모르고 있었다. 그걸 어머니가 화로의 재 속에서 찾아내 부젓가락으로 집어내는 우스꽝스러운 일도 있었다.

「바둑판은 높은 데다 다리가 달려서 고타쓰에서는 둘 수 없는데, 그에 비하면 장기판은 아주 좋지, 이렇게 편하게 둘 수 있으니까. 게으른 사람에게는 안성맞춤이야. 한 판 더 둘까?」

아버지는 이겼을 때는 반드시 한 판 더 두자고 했다. 그러면서 졌을 때도 한 판 더 두자고 했다. 한마디로 이기든 지든 고타쓰에 들어앉아 장기를 두고 싶은 것이었다. 처음에는 신기하기도 했고 은퇴한 노인네 같은 이 오락이 나한테도 꽤 흥미로웠지만, 시일이 좀 지나면서 아직 젊은 혈기의 나는 그 정도의 자극에 만족할 수 없었다. 금(金)이며 향차(香車) 등의 장기 말을 쥔 손을 이따금 머리 위로 쭈욱 뻗으면서 늘어지게 하품을 하곤 했다.

도쿄에서의 일이 머릿속에 떠올랐다. 그리고 넘실대는 심장의 혈류 속에서 활동, 활동, 하며 뛰는 박동 소리를 들었다. 이상하게도 그 박동 소리가 어떤 미묘한 의식 상태에서 선생님의 힘으로 더욱 강해지는 것처럼 느껴졌다.

나는 마음속으로 아버지와 선생님을 비교해 보았다. 둘 다 세상의 시선으로 보자면 살았는지 죽었는지 알 수 없을 만큼 조용한 사람들이었다. 타인의 인정을 받는다는 점에서 말하자면 둘 다 빵점이었다. 하지만 자꾸 장기를 두자고 하는 아버지는 단순한 오락 상대로서도 나에게는 어딘지 미흡했다. 유흥을 위해 함께 어울려 다닌 적은 없지만, 선생님은 환락의 교제에서 나오는 친밀함 이상으로 어느새 내 두뇌에 영향을 끼치고 있었다. 다만 두뇌라는 단어는 너무도 차가운 것이라서 나는 가슴이라는 말로 바꾸고자 한다. 내 살갗 속에 선생님의 영향력이 스며들었다고 해도, 내 핏속에 선생님의 생명력이 흐른다고 해도, 그때의 나에게는 조금도 과장이 아닌 것처럼 생각되었다. 아버지가 나의 친혈육이고 선생님은 두말할 것도 없이 생판 타인이라는 명백한 사실을 새삼스럽게 눈앞에 나란히 놓아 보고는, 나는 처음으로 큰 진리를 발견한 것처럼 놀랐다.

슬슬 따분해지기 시작할 즈음, 아버지와 어머니의 눈에도 지금까지 새롭게 비치던 내가 점점 식상해진 모양이었다. 이건 여름 방학 같은 때 고향에 돌아갔던 이들은 누구나 똑같이 경험하는 심정이겠지만, 처음 일주일쯤은 극진하게 떠받들며 환대해 주다가도 그 고비를 넘어서면 그다음부터는 슬슬 가족의 열기도 식어 가고 마지막에는 있든 없든 상관없는 사람처럼 무심해지게 마련이다. 나도 한참 지내다 보니 그 고비를 넘어서고 있었다. 게다가 나는 고향에 돌아올 때마다 아버지와 어머니가 알지 못하는 이상한 것들을 도쿄에서 들고 오곤 했다. 옛날로 치자면 유교 집안에 크리스천 냄새를 몰고 온 것처럼 내가 가져온 것은 아버지와도 어머니와도 조화를 이루지 못했다. 물론 나는 그것을 감추고 있었다. 하지만 애초에 몸에 배어 버린 것이라서 드러내지 않으려고 마음 먹어도 어느새 아버지와 어머니의 눈에 띄었다. 나는 그만 재미가 없어졌다. 어서 빨리 도쿄에 돌아가고 싶었다.

아버지의 병세는 다행히 현상 유지 상태였고, 전혀 나쁜 쪽으로 진행될 기미는 없었다. 혹시나 해서 일부러 멀리서 의사를 불러다 신중하게 진찰을 받아 봐도 역시 내가 알고 있는 것 외에 다른 이상은 발견되지 않았다. 나는 겨울 방학이 끝나기 며칠 전에 도쿄에 가기로 했다. 사람의 마음이란 묘한 것이어서 떠나겠다는 말을 꺼내자 아버지도 어머니도 반대하고 나섰다.

「벌써 가려고? 너무 빠르지 않아?」어머니가 말했다.

「아직 4~5일 더 있어도 괜찮을 텐데.」아버지가 말했다.

나는 내가 정한 출발 날짜를 바꾸지 않았다.

24

도쿄에 돌아오자 정초의 소나무 장식[31]은 어느새 치워지고 없었다. 거리에는 차디찬 바람만 스쳐 가고, 어디를 둘러봐도 정초다운 분위기는 찾아볼 수 없었다.

나는 곧바로 돈을 갚으러 선생님 댁에 찾아갔다. 얘기했던 표고버섯도 그 참에 가져갔다. 덜렁 건네는 것도 좀 이상해

---

31 정초에 일주일 동안 새해의 복을 비는 뜻으로 대문 앞에 소나무 가지를 장식하는 풍습이 있다.

서, 어머니가 갖다드리라고 했노라고 굳이 덧붙이며 부인 앞
에 꺼내 놓았다. 표고버섯은 새 과자 상자에 담겨 있었다. 부
인은 공손히 감사 인사를 하고 옆방으로 가면서 그 상자를
들어 보고는 너무 가벼워서 놀랐는지 〈이건 무슨 과자일까?〉
라고 물었다. 부인은 친해지면 이런 면에서 아주 담백한 아
이 같은 마음씨를 드러냈다.

　두 분 다 아버지의 병세에 대해 이런저런 걱정스러운 질문
을 거듭하는 사이에 선생님이 이런 말을 해주었다.

　「그래, 아버님의 용태를 들어 보니 당장 별일은 없겠지만,
병이 병인 만큼 아주 조심하지 않으면 안 돼.」

　선생님은 신장병에 대해 내가 모르는 것을 많이 알고 있
었다.

　「병에 걸렸는데도 스스로는 그걸 깨닫지 못하고 태연히 지
내는 것이 그 병의 특징이야. 내가 아는 어떤 장교는 결국 거
기에 딱 걸려들어서 그야말로 거짓말처럼 죽었어. 아무튼 옆
에서 함께 자던 아내가 간병할 틈도 없었을 정도야. 한밤중
에 좀 힘들다면서 아내를 깨우더니, 다음 날 아침에는 이미
죽어 있었다더군. 게다가 아내는 남편이 자는 줄만 알았다더
라고.」

　여태까지 낙관적으로만 내다보던 나는 갑자기 불안해
졌다.

　「우리 아버지도 그렇게 되실까요? 그렇지 않다고 장담할
수는 없겠군요.」

　「의사는 뭐라고 했지?」

「결코 나아지지는 않을 거라고 했습니다. 하지만 당분간은 걱정할 것 없다고 했는데요.」

「그렇다면 괜찮겠지, 의사가 그렇게 말했다면. 방금 내가 얘기한 것은 미처 깨닫지 못했던 사람 얘기고, 게다가 그는 상당히 괄괄한 성품의 군인이었으니까.」

나는 약간 마음이 놓였다. 내 변화를 지그시 지켜보던 선생님이 이렇게 덧붙였다.

「하지만 인간은 건강하든 병이 들었든 어차피 약한 존재야. 언제 어떤 일로 갑작스럽게 죽을지 아무도 모르거든.」

「선생님도 그런 생각을 하십니까?」

「아무리 건강하다지만 나도 그런 생각을 전혀 안 하는 건 아니지.」

선생님의 입가에 미소의 흔적이 보였다.

「가끔 보면 덜컥 죽는 사람이 있잖아, 맥없이. 그리고 눈 깜짝할 사이에 죽는 사람도 있지, 부자연스러운 폭력으로.」

「부자연스러운 폭력이라니, 그게 뭐지요?」

「그게 뭔지 나도 잘 모르겠지만, 자살하는 사람은 모두 부자연스러운 폭력을 쓰지 않나?」

「그러면 누군가에게 살해당하는 것도 역시 부자연스러운 폭력 때문이겠군요.」

「나는 살해당하는 경우는 전혀 생각 못 했어. 맞아, 그러고 보니 그렇군.」

그러고는 그날은 집에 돌아왔다. 돌아와서도 아버지의 병에 대해서는 그리 걱정하지 않았다. 선생님이 말한 맥없이 죽는다든가 부자연스러운 폭력으로 죽는다든가 하는 말도 그 자리에서 어쩌다 튀어나온 가벼운 말이라고 생각했을 뿐, 어떤 문젯거리도 내 머릿속에 남아 있지 않았다. 나는 여태까지 몇 번이나 시작하려다가 중단해 버렸던 졸업 논문을 드디어 본격적으로 써야겠다고 마음먹었다.

25

그해 6월에 졸업 예정인 나는 반드시 이 논문을 규정대로 4월 말까지 써내야만 했다. 2, 3, 4 하고 손가락을 꼽아 가며 남은 일자를 계산해 보고는 나 자신의 태평함에 적잖이 놀랐다. 다른 사람은 한참 전부터 자료도 수집하고 노트도 하며 옆에서 보기에도 바쁘게 돌아가는 것 같았는데, 나만 아직 아무것도 손을 대지 않고 있었다. 그저 해가 바뀌면 열심히 하자는 결심밖에 없었다. 그 결심으로 쓰기 시작했다. 그러고는 이내 옴짝달싹 못 하게 되었다. 여태까지 큰 주제를 놓고 공상만 하면서 뼈대는 거의 만들어졌다는 정도로 생각했던 나는 머리를 싸매고 고민하기 시작했다. 그래서 논문의 주제를 좁혔다. 그렇게 만들어 낸 사상을 계통적으로 정리하는 절차를 줄이기 위해, 그냥 책 속에 있는 자료를 늘어놓고 거기에 적당한 결론을 조금 덧붙이기로 했다.

내가 선택한 주제는 선생님의 전공과 관련이 있었다. 예전에 그 선택에 대해 의견을 물었을 때 선생님은 〈꽤 좋은데?〉

라고 말했다. 난감한 심정이었던 나는 곧장 선생님 댁으로 찾아가 내가 읽어야 할 참고 서적을 문의했다. 선생님은 자신이 아는 모든 지식을 흔쾌히 내준 데다가 필요한 책 두세 권도 빌려주었다. 하지만 선생님은 이 주제에 대해 털끝만큼도 지도해 주는 역할을 맡으려 하지 않았다.

「요즘에는 책을 별로 읽지 않아서 새로운 건 알지 못해. 교수님께 여쭤보는 게 좋을 거야.」

선생님은 한때 굉장한 독서가였지만 언제부턴가 무슨 까닭인지 예전만큼 이 방면에 흥미를 보이지 않는 것 같다고 예전에 부인에게서 들었던 말이 그때 퍼뜩 떠올랐다. 나는 논문은 제쳐 두고 쓸데없는 얘기를 꺼냈다.

「선생님은 왜 예전만큼 책에 흥미를 갖지 못하십니까?」

「딱히 별다른 이유는 없어. ……굳이 말하자면 아무리 책을 읽어도 별로 훌륭해질 게 없다고 생각한 탓인가? 그리고…….」

「그리고 또 있습니까?」

「또 있다고 할 정도의 이유는 아니지만, 예전에는 뭐랄까, 남 앞에 나서거나 남의 질문을 받고 대답을 못 하면 창피하고 겸연쩍었는데, 요즘은 모른다는 게 그리 창피하지도 않아서 억지로 무리해 가며 책을 읽을 기운이 없는 것이겠지. 쉽게 말하면 이제 나도 늙은 거야.」

선생님의 말은 오히려 평정(平靜)했다. 세속을 등진 사람의 씁쓸한 느낌은 없었던 만큼 나는 별다른 인상은 받지 못했다. 선생님이 늙었다고는 전혀 생각하지 않았지만, 훌륭한 말이라고 감탄하는 일도 없이 나는 집으로 돌아왔다.

그 이후 나는 거의 논문 귀신에 쓴 정신병자처럼 눈이 벌게져서 끙끙거렸다. 1년 전에 졸업한 친구들을 찾아가 이런저런 상황을 물어보기도 했다. 그중 한 명은 마감 날에 인력거를 타고 사무실로 달려가 가까스로 시간을 맞췄노라고 했다. 다른 한 명은 5시를 15분쯤 넘겨 들고 가는 바람에 아차하면 통과 못 할 뻔했지만, 주임 교수의 호의로 겨우 받아 주었노라고 했다. 나는 불안함을 느끼는 동시에 다시 마음을 다잡았다. 날마다 책상 앞에서 할 수 있는 한 작업을 이어 갔다. 그러지 않으면 어슴푸레한 서고에 들어가 키 높은 책장을 여기저기 살펴보고 다녔다. 내 눈은 호사가가 골동품을 발굴해 낼 때처럼 책등 표지의 금문자[32]를 샅샅이 훑었다.

매화가 피어나면서 찬바람은 점점 남쪽으로 방향을 바꿔 갔다. 그게 한바탕 지나자 벚꽃 소식이 드문드문 귀에 들려오기 시작했다. 그래도 나는 마차의 말처럼 똑바로 앞만 보면서 논문에 박차를 가했다. 마침내 4월 하순이 되고, 드디어 예정대로 완성해 내기까지 나는 선생님 댁의 문턱을 넘지 않았다.

26

내가 자유로워진 것은 천엽벚나무[33] 꽃이 지고 그 가지에

32 가죽 장정본의 서양 책을 가리킨다.
33 꽃이 여러 겹인 도톰한 품종으로, 일반 벚나무보다 늦게 핀다.

어느새 새잎이 돋아난 초여름 무렵이었다. 나는 새장을 빠져나온 작은 새 같은 마음으로 넓은 천지를 한눈에 내려다보며 자유롭게 날갯짓을 했다. 그리고 곧장 선생님 댁으로 찾아갔다. 탱자나무 울타리는 거뭇거뭇한 가지 위에 움트듯이 새순이 돋아나고, 석류의 시든 줄기에서는 반들반들한 다갈색 잎사귀가 부드러운 햇빛을 반사하는 것이 가는 길목마다 내 눈길을 사로잡았다. 나는 태어나서 처음으로 그런 광경을 본 듯한 진기함을 느꼈다.

신이 난 내 얼굴을 보고 선생님은 〈이제 논문은 다 정리했나. 잘했네〉라고 말했다. 나는 〈덕분에 드디어 끝났습니다. 이제 아무것도 할 일이 없습니다〉라고 말했다.

실제로 그때의 나는 해야 할 일이 모두 완료되어 이제부터는 마음껏 놀아도 상관없다는 홀가분한 기분이었다. 내가 써낸 논문에 대해서는 충분한 자신감과 만족감을 갖고 있었다. 나는 선생님 앞에서 쉴 새 없이 그 내용을 떠벌렸다. 선생님은 항상 그렇듯이 〈음, 그래〉라든가 〈그렇군〉이라고 답해 주었지만, 그 이상의 비평은 전혀 덧붙이지 않았다. 나는 뭔가 미흡하다기보다 약간 김이 빠지는 기분이었다. 그래도 그날의 내 기세는 우유부단해 보이는 선생님의 태도에 역습을 시도할 만큼 활기가 넘쳤다. 나는 푸르게 되살아나려고 하는 대자연 속으로 선생님을 데리고 나가기로 했다.

「선생님, 어딘가로 산책을 나가지요. 밖에 나가면 참 기분이 좋아요.」

「어디로?」

나는 어디든 상관없었다. 그냥 선생님과 함께 어딘가 교외로 나가고 싶었다.

한 시간 뒤, 선생님과 나는 목표했던 대로 시내를 벗어나 마을인지 읍인지 구별도 되지 않는 조용한 곳을 정처 없이 걸었다. 나는 홍가시나무 담장에서 여리고 보드라운 잎을 뜯어 나뭇잎 피리를 불어 보았다. 가고시마 출신인 친구가 있어서 그를 흉내 내다가 저절로 배우게 되어, 나는 이 나뭇잎 피리를 부는 게 제법 능숙했다. 의기양양하게 불어 대자 선생님은 모르는 척하는 얼굴로 고개를 돌린 채 걸어갔다.

이윽고 신록에 갇혀 버린 듯 울창한 언덕 위의 집 한 채 쪽으로 좁은 길이 펼쳐졌다. 대문 기둥에 박힌 표찰에 무슨무슨 원(園)이라고 적혀 있어서 개인 주택이 아니라는 건 금세 알 수 있었다. 선생님은 완만한 오르막길의 입구를 바라보며 〈들어가 볼까?〉라고 말했다. 나는 곧바로 〈식목원이네요〉라고 대답했다.

나무 사이를 한 차례 돌아 안으로 들어가자 왼쪽에 집이 있었다. 활짝 열린 장지문 안은 휑해서 인적이라고는 느껴지지 않았다. 다만 처마 밑에 놓여 있는 큼직한 항아리 안에 금붕어가 오락가락하고 있었다.

「조용하군. 인사 없이 들어가도 괜찮을까?」

「괜찮을 거예요.」

우리는 다시 안쪽으로 더 들어갔다. 하지만 그곳에도 사람의 모습은 보이지 않았다. 철쭉이 불타듯이 흐드러지게 피어 있었다. 선생님은 그중에서 주황색의 키 큰 꽃을 가리키며

〈이건 기리시마 철쭉이겠지?〉라고 말했다.

작약도 열 평 남짓 심었지만 아직 철이 아니라서 꽃이 달린 건 한 그루도 없었다. 그 작약밭 옆의 낡은 평상 같은 곳에 선생님은 큰대자로 누웠다. 나는 남은 끝부분 쪽에 자리를 잡고 앉아 담배를 피웠다. 선생님은 한없이 투명한 파란 하늘을 바라보고 있었다. 나는 나를 감싼 신록의 색깔에 마음을 빼앗겼다. 그 잎사귀 색깔을 찬찬히 바라보니 하나하나가 달랐다. 같은 단풍나무라도 똑같은 색깔을 가지에 매달고 있는 것은 하나도 없었다. 호리호리한 삼나무 묘목 위에 휙 던져 둔 선생님의 모자가 바람에 날려 떨어졌다.

27

나는 곧장 그 모자를 주워 왔다. 군데군데 묻은 붉은 흙을 손끝으로 털어 내면서 선생님을 불렀다.

「선생님, 모자가 떨어졌어요.」

「고마워.」

몸을 반쯤 일으키고 모자를 받아 든 선생님은 일어났다고도 누웠다고도 할 수 없는 자세 그대로 내게 이상한 질문을 던졌다.

「갑작스러운 얘기지만, 자네 집에는 재산이 어지간히 있는가?」

「있다고 할 정도는 아닙니다.」

「대략 어느 정도나 될까, 실례 같네만.」

「어느 정도냐…… 산과 전답이 조금 있을 뿐, 돈은 전혀 없을 거예요.」

선생님이 우리 집안의 경제 사정에 대해 질문다운 질문을 던진 것은 그때가 처음이었다. 내 쪽에서는 아직 선생님의 형편에 관해 전혀 물어본 적이 없었다. 선생님을 처음 알게 되었을 무렵에 선생님이 어떻게 아무 일도 하지 않고 생활할 수 있는지 의아했었다. 그 후에도 이 궁금증은 끊임없이 마음속을 떠나지 않았다. 하지만 그런 노골적인 얘기를 선생님 앞에서 꺼내는 것은 예의 없는 짓이라고 생각해서 항상 삼가고 있었다. 신록의 색깔로 지친 눈을 쉬고 있던 내 마음이 우연히 다시 그 궁금증을 건드렸다.

「선생님은 어떻습니까? 재산이 얼마나 되지요?」

「내가 자산가로 보이나?」

선생님은 평소에 오히려 옷차림이 검소했다. 게다가 일하는 사람도 몇 명 안 되었다. 따라서 집도 결코 넓지는 않았다. 하지만 물질적으로 풍요롭다는 것은 집안 사정을 잘 모르는 내 눈에도 분명해 보였다. 한마디로, 선생님의 살림살이는 사치스럽지는 않아도 옹색하게 절약해야 할 만큼 여유가 없는 건 아니었다.

「그러신 것 같은데요.」 내가 말했다.

「그야 어느 정도는 갖고 있지. 하지만 결코 자산가는 아니야. 자산가라면 훨씬 더 큰 집을 지었을 거야.」

그 참에 선생님은 일어나 평상 위에 양반다리를 하고 앉았지만, 말을 마치고는 대나무 지팡이 끝으로 땅바닥에 동그라미 같은 것을 그리기 시작했다. 그러고는 지팡이로 땅을 쿡 찌르듯이 똑바로 세웠다.

「이래 뵈도 원래는 대단한 자산가였는데…….」

선생님의 말은 반쯤 혼잣말 같았다. 그래서 얼른 말을 받지 못한 채 나는 입을 다물고 있었다.

「알겠어? 이래 뵈도 원래는 자산가였어.」 그렇게 다시 말하더니 선생님은 내 얼굴을 보며 미소 지었다. 하지만 나는 어떤 대답도 할 수 없었다. 실은 재치가 없어서 답을 못 했던 것이다. 그러자 선생님이 화제를 다시 다른 데로 돌렸다.

「자네 아버님 병환은 그 뒤에 어떻게 됐지?」

나는 아버지의 병에 대해 정월 이후로는 전혀 알지 못했다. 매달 고향에서 우편환과 함께 보내오는 간단한 편지는 항상 그렇듯이 아버지의 필적이었지만, 아프다는 얘기는 거의 없었다. 게다가 서체도 또렷했다. 이런 종류의 환자에게서 보이는 떨림이 붓끝을 전혀 흐트러뜨리지 않았다.

「별말씀은 없었지만, 이제 괜찮으신 모양이에요.」

「괜찮으시다면 다행이지만, 그 병이 원체 그런 병이라서.」

「역시 힘들까요? 그나마 당분간 더 심해지지는 않을 것 같아요. 별말씀이 없더라고요.」

「그런가.」

나는 선생님이 우리 집안의 재산에 대한 것이며 아버지의 병환에 대해 묻는 것을 일상적인 대화, 그저 마음속에 떠오른 대로 꺼내 본 얘기라는 생각으로 듣고 있었다. 그런데 선생님의 그 말의 밑바탕에는 양쪽을 연결 짓는 큰 의미가 있었다. 선생님 자신의 경험을 공유하지 못했던 나는 물론 그런 것을 알 턱이 없었다.

28

「쓸데없는 참견인지 모르지만, 나는 자네 집안에 웬만큼 재산이 있다면 지금부터 잘 정리해 둬야 한다고 생각해. 아버님이 건재하신 동안에 받을 것은 분명하게 받아 두는 게 어떻겠나. 만에 하나 일이 터진 다음에 가장 번거로운 게 재산 문제거든.」

「예에…….」

나는 선생님의 말에 그리 주의를 기울이지 않았다. 우리 집안에서 그런 일을 걱정하는 사람은 나뿐만 아니라 아버지든 어머니든 한 사람도 없다고 믿고 있었다. 게다가 그 말은 평소의 선생님이 하는 말치고는 너무도 세속적인 것이어서 나는 내심 좀 놀랐다. 하지만 연장자에 대한 평소의 존경심이 내 입을 가로막았다.

「벌써부터 자네 아버님이 돌아가신 것처럼 얘기하는 게 귀에 거슬렸다면 용서해 주게. 하지만 인간이란 반드시 죽게 마련이야. 아무리 건강하던 사람이라도 언제 죽을지 모르는 법이니까.」

선생님의 말투는 드물게도 씁쓸했다.

「그런 건 전혀 신경 쓰지도 않았는데요.」 나는 그렇게 둘러 댔다.

「자네는 형제가 몇이지?」 선생님이 물었다.

선생님은 우리 가족이 몇 명인지, 친척이 있는지, 숙부와 숙모의 상황은 어떤지 등을 물었다. 그러고는 마지막에 이렇게 말했다.

「다들 좋은 사람들인가?」

「딱히 나쁘다고 할 만한 사람은 없는 것 같아요. 거의 다 시골 사람들이니까요.」

「시골 사람들은 왜 나쁘지 않지?」

나는 그 추궁에 당황했다. 하지만 선생님은 대답을 생각할 여유조차 주지 않았다.

「시골 사람은 도회지 사람보다 오히려 더 나쁠 수도 있어. 그리고 자네는 방금 자네 친척들 중 딱히 나쁜 사람은 없는 것 같다고 말했지? 하지만 나쁜 사람이라는 부류의 인간이 이 세상에 따로 있다고 생각하나? 틀로 찍어 낸 듯한 그런 악인은 이 세상에 없어. 평소에는 다들 착한 사람들이지. 적어도 다들 평범한 사람들이야. 그러다가 여차할 때 갑자기 악인으로 돌변하니까 무서운 것이지. 그러니 더더욱 방심할 수 없다는 거야.」

선생님의 말은 그쯤에서 끊길 기미도 없었다. 나는 그 참에 뭔가 한마디 하려고 했다. 그런데 뒤쪽에서 갑자기 개가 짖어 대기 시작했다. 선생님도 나도 놀라서 뒤를 돌아보았다.

평상 옆에서부터 뒤쪽으로 심어 둔 삼나무 묘목 곁에 얼룩조릿대가 땅을 가리듯이 세 평쯤 무성하게 자라나 있었다. 개는 얼굴과 등을 그 얼룩조릿대 위로 드러내고 마구 짖어 댔다. 그리고 거기서 열 살 남짓한 아이가 뛰어나와 개를 꾸짖었다. 아이는 휘장이 붙은 검은 모자를 쓴 채 선생님 앞으로 다가와 인사를 했다.

「아저씨, 들어오실 때 집에 아무도 없었어요?」 아이가 물었다.

「응, 아무도 없었는데?」

「누나랑 어머니가 부엌 쪽에 있을 텐데요.」

「그래? 있었구나.」

「아이참, 아저씨, 계십니까, 라고 한마디 하셨으면 좋았잖아요.」

선생님은 쓴웃음을 지었다. 품속에서 똑딱 지갑을 꺼내 5전짜리 백동전을 아이의 손에 쥐여 주었다.

「어머니께 말씀드려라. 잠시 여기서 쉬었다 가겠다고.」

아이는 영리해 보이는 눈에 웃음을 넘실거리면서 고개를 끄덕였다.

「저는 지금 척후병이에요.」

아이는 그렇게 말하고는 철쭉 사이를 지나 아래쪽으로 뛰어갔다. 개도 꼬리를 높직이 말고 아이 뒤를 쫓아갔다. 잠시 후 비슷한 또래의 아이 두어 명도 척후병이 내려간 쪽으로 뛰어갔다.

29

선생님의 이야기는 그 개와 아이들 때문에 결론까지 가지 못해서 나는 결국 어떤 얘기인지 알지 못한 채 끝이 났다. 그때의 나는 선생님이 마음에 걸려 했던 재산 운운하는 걱정이 전혀 없었다. 내 성격도 그렇고, 당시에 아직 학생 신분이라서 그런 이해(利害) 문제로 고민할 만한 여유가 없었던 것이다. 생각해 보면 그건 내가 사회 경험이 없는 탓이기도 했고, 또한 실제로 그런 상황을 맞닥뜨리지 않은 탓이었겠지만, 어쨌든 아직 젊은 나에게 돈 문제는 어쩐지 먼 일로만 느껴졌다.

선생님의 이야기 중에서 단 한 가지, 끝까지 듣고 싶었던 것은 인간은 여차할 때 누구든 악인이 된다는 말의 의미였다. 단순히 말 자체라면 그 설명만으로도 내가 이해하지 못할 것은 없었다. 하지만 나는 그 부분에 대해 좀 더 알고 싶었다.

개와 아이가 떠난 뒤, 널찍한 신록의 식목원은 다시 원래의 고요함으로 되돌아갔다. 그렇게 우리는 침묵에 갇혀 버린 사람들처럼 한동안 꼼짝 않고 있었다. 화사한 하늘빛이 그때쯤 점점 빛을 잃어 갔다. 눈앞에 보이는 나무는 대부분 단풍나무였지만, 그 가지에 물방울이 뚝뚝 듣듯이 움튼 연초록의 새순이 점점 어두워져 가는 것처럼 느껴졌다. 저 멀리 큰길에서 짐차를 끌고 가는 소리가 덜컹덜컹 들려왔다. 동네 사람이 묘목인지 뭔지를 싣고 신사 축제의 노점에라도 나가는 모양이라고 상상했다. 선생님은 그 소리를 듣자 갑자기 명상에서 깨어난 사람처럼 자리를 털고 일어섰다.

「이제 슬슬 돌아갈까. 해가 제법 길어진 것 같더니만, 역시 이렇게 한가하게 앉아 있는 동안에 어느새 날이 저물어 가는군.」

선생님의 등에는 조금 전 평상 위에 누웠던 흔적이 잔뜩 붙어 있었다. 나는 양손으로 그것을 털어 냈다.

「고마워. 나뭇진이 들러붙지는 않았어?」

「아뇨, 깨끗이 떨어졌습니다.」

「이 겉옷은 바로 얼마 전에 장만한 것이야. 그래서 함부로 더럽힌 채 돌아가면 아내에게 야단을 맞거든. 고마워.」

우리는 다시 휘적휘적 걸어 언덕길 중간에 자리한 집 앞으로 갔다. 들어올 때는 인기척이 없었던 마루에 한 부인이 열대여섯 살쯤 되는 딸을 마주하고 실패에 실을 감고 있었다. 우리는 큼직한 금붕어 항아리 옆에서 〈실례했습니다〉라고 인사를 건넸다. 부인은 〈아뇨, 아무 대접도 못 해드렸는데요〉라고 마주 인사한 뒤, 조금 전 아이에게 건네준 백동전에 대한 감사 인사를 했다.

대문을 나와 2백 미터에서 3백 미터쯤 갔을 때, 나는 마침내 선생님을 향해 입을 열었다.

「아까 선생님이 얘기하신, 인간은 누구나 여차할 때 악인이 된다는 것 말인데요. 그건 어떤 뜻입니까?」

「뜻이라고 해봐야 별 깊은 뜻도 없어. ……말하자면 사실이 그렇다는 것이지. 이론이 아니야.」

「사실이어도 별 상관은 없지만, 제가 말씀드리고 싶은 것은 여차할 때라는 말입니다. 대체 어떤 경우를 가리키는 것이지요?」

선생님은 웃음을 터뜨렸다. 마치 때가 지나 버린 지금은 더 이상 애써 설명해 줄 의욕이 나지 않는다는 듯이.

「이봐, 그야 돈이지. 돈을 보면 어떤 성인군자라도 금세 악인이 되는 거야.」

나에게는 선생님의 대답이 너무도 평범해서 재미가 없었다. 선생님이 별반 흥미를 보이지 않는 것처럼 나도 그만 김이 빠진 기분이었다. 나는 조금 토라져서 성큼성큼 걸음을 옮겼다. 그 바람에 선생님은 자꾸 뒤처졌다. 뒤에서 선생님이 어이, 이봐, 하고 말을 건넸다.

「거봐, 그렇잖아.」

「뭘 말입니까?」

「자네 기분도 내 대답 하나에 금세 바뀌었잖아.」

기다리려고 뒤를 돌아보며 멈춰 선 내 얼굴을 보면서 선생님이 말했다.

30

그때 나는 내심 선생님을 못마땅하게 생각했다. 어깨를 나란히 하고 걸음을 옮기면서도 묻고 싶었던 것을 일부러 묻지 않았다. 하지만 선생님 쪽에서는 눈치를 챘는지 못 챘는지, 전혀 내 태도에 신경 쓰는 기색이 없었다. 늘 하던 대로 침묵에 잠긴 채 침착하기 짝이 없는 발걸음을 태연히 옮기고 있어서 나는 조금 부아가 났다. 어떤 말이든 던져서 선생님을 한 번 뜨끔하게 해주고 싶었다.

「선생님.」

「응, 왜?」

「아까 좀 흥분하셨지요? 그 식목원 뜰에서 쉬고 있을 때요. 선생님이 흥분하시는 건 좀처럼 본 적이 없는데, 오늘은 특이한 면을 목격한 것 같네요.」

선생님은 선뜻 대답하지 않았다. 나는 그것을 공격이 제대로 먹힌 것이라고 생각했다. 한편으로는 빗나간 얘기인 것처럼 느껴지기도 했다. 별수 없이 더 이상 말하지 않기로 했다. 그러자 선생님이 갑작스럽게 길 가장자리로 다가갔다. 그러더니 가지런히 깎아 낸 산울타리 밑에서 옷자락을 걷어붙이고 소변을 보았다. 선생님이 볼일을 보는 동안 나는 멍하니 그곳에 서 있었다.

「아, 실례.」

선생님은 그렇게 말하며 다시 걸음을 옮겼다. 나는 결국 선생님을 몰아세우는 것을 단념했다. 우리가 지나가는 길은 점차 번화해졌다. 여태까지 드문드문 보이던 넓은 비탈 밭이며 평지가 전혀 눈에 띄지 않을 만큼 좌우로 집들이 줄줄이 이어졌다. 그래도 군데군데 공터 한 귀퉁이에서 완두콩 넝쿨이 대나무를 휘감고 올라가고 철조망 닭장 안에 닭을 키우는 풍경 등이 한가롭고 평화로워 보였다. 시내에서 돌아오는 짐마차가 쉴 새 없이 지나갔다. 그런 것에 한눈을 파는 동안 나는 조금 전까지 가슴속에 있던 문제를 어딘가에 떨어뜨리고 말았다. 선생님이 갑작스럽게 그 얘기로 돌아갔을 때, 실제로 나는 까맣게 잊고 있었다.

「내가 아까 그렇게 흥분한 것처럼 보였나?」

「그렇게, 라고 할 정도는 아니지만 조금…….」

「아니, 그렇게 보였어도 상관없어. 실제로 흥분했으니까. 나는 재산 얘기만 나오면 꼭 흥분하게 되더라고. 자네에게는 어떻게 보였는지 모르지만, 이래 봬도 내가 아주 집념이 강한 사람이야. 남에게서 받은 굴욕이나 손해는 10년이 지나도 20년이 지나도 잊어버리지 않거든.」

선생님은 아까보다 더 흥분한 말투였다. 하지만 내가 놀란 것은 결코 그 말투가 아니었다. 오히려 선생님의 말이 내 귀에 호소하는 의미 그 자체가 놀라웠다. 선생님의 입에서 이런 고백을 듣는 것은 나로서도 전혀 예상하지 못한 뜻밖의 일이었다. 나는 선생님이 이런 집착하는 성격적 특징을 가졌으리라고는 여태까지 상상해 본 적도 없었다. 선생님을 훨씬 더 약한 사람이라고만 생각했었다. 그리고 그 약하고 고결한 곳에 내 그리움의 뿌리를 두고 있었다. 한때의 기분으로 선생님에게 조금 반항해 보려고 했던 나는 그 말 앞에서 움츠러들었다. 선생님은 이렇게 말했다.

「나는 사람에게 기만을 당했어. 게다가 한 핏줄인 집안사람에게 사기를 당했지. 그건 결코 잊을 수가 없어. 내 아버지 앞에서는 선량한 사람이던 그들이 아버지가 돌아가시자마자 용서하기 힘든 파렴치한으로 변해 버렸어. 그들에게서 받은 굴욕과 피해를 나는 어려서부터 오늘날까지 짊어져야만 했어. 아마 죽을 때까지 계속 그런 부담을 떠안고 가야겠지. 죽을 때까지 그걸 잊을 수 없을 테니까. 하지만 아직 복수는 하지 않고 있어. 생각해 보면 개인에 대한 복수 이상의 것을 실제로 한 셈이지. 그들을 미워하는 것뿐 아니라 그들이 대표하는 인간이라는 존재를 증오하는 법을 배웠으니까. 나는 그걸로 충분하다고 생각해.」

나는 위로의 말조차 입 밖에 낼 수 없었다.

31

그날의 대화도 결국 그뿐, 더 이상 진전되지 못한 채 끝이 났다. 나는 오히려 선생님의 태도에 더럭 겁이 나서 얘기를 끌고 나갈 엄두가 나지 않았던 것이다.

우리는 시 외곽에서 전차를 탔지만, 차 안에서는 거의 입을 열지 않았다. 전차에서 내리자 곧바로 헤어지지 않으면 안 되었다. 헤어질 때 선생님은 다시 달라져 있었다. 평소보다 환한 말투로 〈지금부터 6월까지는[34] 가장 홀가분할 때지? 어쩌면 평생 가장 마음 편한 때인지도 모르겠네. 열심히 놀아 봐〉라고 말했다. 나는 웃으면서 모자를 벗고 인사를 건넸

---

34 당시 도쿄 제국 대학 문과를 졸업하기 위해서는 논문과 구술시험을 통과해야 했는데, 그중 논문은 4월 30일까지, 이어서 구술시험은 6월 1일부터 20일까지였다. 따라서 졸업 예정자에게 논문이 통과된 4월 말부터 구술시험 전인 5월 말까지는 가장 마음 편한 때였다.

다. 그때 나는 선생님의 얼굴을 보면서, 과연 그 마음속 어디에서 모든 인간을 증오하는 것일까, 하고 의아하기만 했다. 그 눈, 그 입, 어디에도 염세적인 그림자는 드리워져 있지 않았다.

　나는 사상에 관한 문제에 대해 선생님으로부터 큰 도움을 받았다는 것을 고백한다. 하지만 같은 문제에 대해 도움을 받으려 해도 받지 못하는 일이 이따금 있었다고 말할 수밖에 없다. 선생님의 설명은 때로는 요령부득으로 끝이 났다. 그날 우리 두 사람 사이에 있었던 교외에서의 대화도 그런 요령부득의 한 예로서 내 뇌리에 남았다.

　눈치 없는 나는 어느 날, 마침내 그런 얘기를 선생님에게 털어놓았다. 선생님은 웃고 있었다. 나는 이렇게 말했다.

　「머리가 나빠서 못 알아듣는 것이야 어쩔 수 없지만, 잘 알면서도 분명하게 설명해 주시지 않는 건 곤란합니다.」

　「나는 아무것도 감추지 않았어.」

　「감추시던데요?」

　「자네는 내 사상이나 의견과 내 과거를 한데 뒤섞어 생각하는 거 아닌가? 나는 빈약한 사상가지만 내 머리로 정리해 낸 생각을 이유 없이 남에게 감추지는 않아. 감출 필요가 없잖아. 하지만 내 과거를 모조리 자네에게 말하지 않으면 안 된다면 그건 또 다른 문제야.」

　「다른 문제라고 생각하지 않습니다. 선생님의 과거가 산출해 낸 사상이니까 저는 거기에 중점을 두는 것이지요. 그 두 가지를 떼어 놓는다면 저한테는 거의 아무 가치도 없어요.

저는 영혼이 담기지 않은 인형을 받는 것만으로는 만족할 수 없습니다.」

선생님은 어이없다는 듯이 내 얼굴을 쳐다보았다. 궐련을 들고 있는 손이 살짝 떨렸다.

「자네, 아주 대담하군.」

「그저 진실한 것이지요. 진실하게 인생에서 교훈을 얻으려는 겁니다.」

「내 과거를 들춰내서라도?」

들춰낸다, 라는 말이 갑작스럽게 무서운 여운으로 내 귀를 때렸다. 지금 내 앞에 앉아 있는 사람이 일개 죄인이고, 평소에 존경하던 그 선생님이 아닌 듯한 느낌이 들었다. 선생님의 얼굴은 창백했다.

「자네, 정말로 진실한가?」 선생님이 거듭 확인했다. 「나는 과거에 겪은 일 때문에 남을 의심하게 됐어. 그래서 사실은 자네도 의심하고 있지. 하지만 어떻게든 자네만은 의심하고 싶지 않아. 자네는 의심하기에는 너무도 단순한 것 같으니까. 나는 죽기 전에 단 한 사람이라도 좋으니 남을 신뢰하면서 죽고 싶어. 자네가 그 단 한 사람이 될 수 있을까? 되어 줄 텐가? 자네는 정말로 진실한가?」

「만일 제 목숨이 진실한 것이라면 제가 방금 한 말도 진실합니다.」

내 목소리는 떨렸다.

「그래, 좋아.」 선생님이 말했다. 「얘기하도록 하지. 내 과거를 남김없이 자네에게 말해 줄게. 그 대신…… 아니, 그건 상

관없어. 하지만 내 과거는 자네에게 그리 유익하지 않을지도
몰라. 듣지 않는 편이 더 나을 수도 있어. 그리고…… 지금은
얘기할 수 없으니 그런 줄 알고. 적당한 때가 되지 않고서는
말할 수 없으니까.」

나는 하숙집으로 돌아온 뒤에도 모종의 압박감을 느꼈다.

32

내 논문은 교수님의 눈에 나 자신이 평가했던 것만큼 좋게
보이지 않은 모양이었다. 그래도 예정대로 통과되었다. 졸업
식 날,[35] 곰팡내 나는 낡은 동복을 고리짝에서 꺼내 차려입었
다. 졸업식장에 나란히 줄을 서자, 이 친구도 저 친구도 모두
더워서 쩔쩔매는 얼굴들이었다. 나는 바람도 통하지 않는 두
툼한 나사(羅紗) 모직 옷에 밀봉된 내 몸을 주체하지 못했다.
한참 서 있다 보니 손에 든 손수건까지 축축해졌다.

나는 졸업식이 끝나자마자 곧장 돌아와 교복을 훌훌 벗어
부치고 벌거숭이가 되었다. 하숙집 2층 창문을 열고 망원경
처럼 돌돌 말린 졸업장의 구멍으로 보이는 만큼만 세상을 내
다보았다. 그러고는 졸업장을 책상 위에 휙 내던진 후 방 한
가운데에 큰대자로 벌렁 드러누웠다. 그렇게 누운 채 내 과

---

35 「부모님과 나」 3장에서 천황이 대학 졸업식에 행차했다고 하고, 또한
5장에서는 붕어 소식이 전해졌다고 한 것을 보면 메이지 천황이 마지막으로
참석한 1912년 7월 10일의 도쿄 제국 대학 졸업식이다. 그 얼마 뒤인 7월
30일, 메이지 천황은 당뇨병에 따른 요독증으로 사망했다.

거를 돌아보았다. 또한 내 미래를 상상했다. 그러자 그 과거
와 미래 사이에서 한 구획을 짓는 이 졸업장이라는 것이 의
미가 있는 듯 없는 듯한, 기묘한 종잇장처럼 생각되었다.

그날 저녁, 선생님 댁에 식사 초대를 받았다. 만일 졸업하
면 그날 저녁은 다른 데서 먹지 않고 선생님의 식탁에서 먹
기로 오래전부터 약속한 것이었다.

식탁은 약속대로 응접실 마루 곁에 마련되었다. 무늬가 있
는 빳빳하게 풀 먹인 식탁보가 아름답고 청결하게 전등 불빛
을 반사하고 있었다. 선생님 집에서 밥을 먹을 때면 반드시
서양 요리점에서나 볼 수 있는 하얀 리넨 식탁보 위에 젓가
락이며 그릇이 차려졌다. 그리고 그것은 반드시 갓 빨아 낸
새하얀 색으로 한정되었다.

「옷의 칼라나 커프스와 마찬가지야. 더러운 걸 쓸 바에야
아예 처음부터 색깔 있는 것을 쓰는 게 좋지. 하얀 것이라면
당연히 순백이어야 해.」

그 얘기를 듣고 보니 역시나 선생님은 결벽증이 있었다.
서재도 실로 질서 정연하게 정리되어 있었다. 그런 것에 무
심한 나에게는 선생님의 그런 특징이 이따금 유난스럽게 눈
에 들어왔다.

「선생님이 좀 결벽증이 있으시지요?」 예전에 부인에게 그
렇게 물었을 때, 부인은 〈하지만 옷 같은 것에는 별로 신경을
쓰지 않아〉라고 대답한 적이 있었다. 옆에서 듣고 있던 선생
님은 〈사실 나는 정신적으로 결벽증이야. 그래서 항상 힘들
어. 생각해 보면 정말이지 바보 같은 성격이야〉라고 말하면

서 웃었다. 정신적으로 결벽증이라는 게 흔히들 말하는 신경질적이라는 뜻인지, 아니면 윤리적으로 결벽하다는 뜻인지 나로서는 알 수 없었다. 부인도 잘 알아듣지 못한 눈치였다.

그날 밤 나는 선생님과 바로 그 하얀 식탁보 앞에 마주 앉았다. 부인은 두 사람을 좌우에 앉히고 혼자 정원 쪽을 내다보는 곳에 자리를 잡았다.

「축하하네.」 선생님이 나를 위해 건배해 주었다. 나는 그 잔이 기쁘지만은 않았다. 물론 내 마음이 그 말에 뛸 듯이 기쁘게 반응하지 않은 것이 한 가지 원인이었다. 하지만 선생님의 말도 결코 내 기쁨을 부추기듯이 들뜬 투는 아니었다. 선생님은 웃으면서 잔을 높이 들었다. 그 웃음에서 비꼬는 듯한 아이러니는 전혀 느껴지지 않았다. 동시에 진심으로 축하해 주려는 마음도 느껴지지 않았다. 선생님의 그 웃음은 〈사람들은 이럴 때 상투적으로 축하한다고 말하고 싶어 하지〉라고 내게 일러 주고 있었다.

부인은 내게 〈정말 장하네. 부모님도 무척 기뻐하시겠어〉라고 말해 주었다. 나는 갑작스럽게 병든 아버지가 생각났다. 어서 이 졸업장을 들고 가서 보여 드리자고 마음먹었다.

「선생님의 졸업장은 어떻게 하셨지요?」 내가 물었다.

「어떻게 했었나. ……아직 어딘가에 넣어 뒀던가?」 선생님이 부인에게 물었다.

「네, 아마 어딘가에 넣어 뒀을 텐데…….」

졸업장의 소재를 두 사람 다 알지 못하고 있었다.

33

식사가 시작되었을 때, 부인은 곁에 있던 하녀를 옆방으로 보내고 직접 시중을 들었다. 이것은 남들에게 알려지지 않은 선생님 집안의 손님 접대 방식이었다. 처음 한두 번은 나도 미안한 마음이 들었지만, 횟수가 거듭되면서 밥공기를 부인에게 내미는 것이 아무렇지도 않게 되었다.

「차? 아니면 밥? 정말 잘 먹네.」

부인 쪽에서도 거리낌 없이 수더분하게 말하곤 했다. 하지만 그날은 계절이 계절인 만큼 그런 놀림을 받을 정도로 식욕이 나지는 않았다.

「벌써 그만 먹으려고? 학생, 요즘 먹는 양이 줄었나 봐.」

「줄어든 건 아니고요. 더워서 들어가지를 않네요.」

부인은 하녀를 불러 식탁을 치우게 하고 다시 아이스크림과 과일을 내오라고 했다.

「이건 집에서 만든 거야.」

바깥일이 없는 부인은 수제 아이스크림을 손님에게 대접할 만큼 여유가 있어 보였다. 나는 두 번이나 더 달라고 해서 먹었다.

「자네도 드디어 졸업했는데, 앞으로 무슨 일을 할 생각이지?」 선생님이 물었다. 선생님은 반쯤 마루로 물러앉아 문턱쯤에서 등을 장지문에 기대고 있었다.

그저 졸업했다는 자각만 있을 뿐, 나는 앞으로 무슨 일을 하겠다는 목적도 없었다. 대답을 망설이는 모습을 보더니 부인이 〈교사?〉라고 물었다. 그 말에도 대답을 못 하자, 이번에는 〈그럼 공직?〉이라고 다시 물었다. 나도 선생님도 웃음을 터뜨렸다.[36]

「실은 아직 뭘 하겠다는 생각도 없어요. 직업이라는 걸 생각해 본 적이 없을 정도니까요. 무엇보다 어떤 일이 좋고 어떤 일이 안 좋은지, 직접 해보지 않고서야 알 수 없으니까 선택하기가 영 어렵네요.」

「그건 그렇겠네. 하지만 학생은 집안이 부자니까 그런 태평한 말을 하는 거야. 그렇지 않고 형편이 어려운 사람이면 어떻겠어. 웬만해서는 학생처럼 느긋하게 있을 수 없겠지.」

내 친구 중에는 졸업하기 전부터 중학교 교사 자리를 알아보는 이가 있었다. 나는 내심 부인의 말이 맞다고 인정했다. 그래도 이렇게 대꾸했다.

「그건 제가 선생님의 영향을 받은 것 같은데요?」

「기왕이면 좋은 영향을 받을 것이지.」

옆에서 선생님이 쓴웃음을 지으며 말했다.

「어떤 영향을 받았건 상관없으니까, 그 대신 내가 지난번에 말했던 대로 아버님이 살아 계신 동안에 적당히 재산을 나눠 주십사고 얘기하도록 해. 그러지 않고서는 절대 안심할 수 없으니까.」

나는 선생님과 함께 교외 식목원의 넓은 정원에서 대화를

---

36 「도쿄 제국 대학 일람(一覽)」에 따르면, 당시 문과대 졸업생 중 대부분이 교직원 및 교사로 진출했다. 하지만 행정, 사법 등의 공직에는 거의 진출한 예가 없었다. 부인이 점점 더 취업 가능성이 낮은 쪽으로 질문을 했기 때문에 두 사람의 실소를 부른 것으로 해석된다.

나누었던, 그 철쭉이 피어 있던 5월 초의 일이 떠올랐다. 그때 돌아오는 길에 선생님이 흥분한 어조로 내게 들려준 말이 다시 귓속에 되살아났다. 그것은 강렬했을 뿐 아니라 오히려 놀랄 만한 말이었다. 하지만 사실 관계를 알지 못했던 나로서는 동시에 뭐가 뭔지 미흡한 말이기도 했다.

「부인, 댁에는 재산이 많은 편입니까?」

「왜 그런 걸 물을까?」

「선생님에게 물어봐도 알려 주시지 않으니까요.」

부인은 웃으면서 선생님의 얼굴을 보았다.

「일부러 말해 줄 만큼 많지 않기 때문이겠지.」

「그래도 재산이 얼마나 있어야 선생님처럼 살 수 있는지, 본가에 돌아가 아버지와 상의할 때 참고로 할 테니까 알려 주십시오.」

선생님은 정원 쪽을 향한 채 모르는 척 담배만 피우고 있었다. 그러니 상대는 자연히 부인이 될 수밖에 없었다.

「아휴, 학생, 어느 정도랄 것도 없어. 그저 그럭저럭 먹고 살 수 있을 정도일 뿐이지. ……그건 어쨌든 됐고, 학생은 앞으로 뭔가 일을 해야지 안 그러면 큰일이야. 선생님처럼 빈둥빈둥 놀기만 해서는…….」

「빈둥빈둥 놀기만 하는 건 아닌데?」

선생님이 고개만 슬쩍 이쪽으로 돌린 채 부인의 말을 부정했다.

34

나는 그날 밤 10시가 넘어서야 선생님 집을 나왔다. 2~3일 안에 고향에 내려갈 예정이었기 때문에, 자리를 뜨기 전에 한동안 못 온다는 인사를 했다.

「당분간 또 못 뵙겠네요.」

「9월에는 오겠지?」

나는 이미 졸업했기 때문에 반드시 9월에 돌아올 필요는 없었다. 하지만 한창 무더운 8월을 도쿄에서 보낼 마음도 없었다. 나에게는 일자리를 구하기 위한 귀중한 시간이라는 의식이 없었다.

「예, 뭐 9월쯤이 되겠지요.」

「그럼 한참 못 보는 동안 아무쪼록 건강하게 잘 지내. 우리도 이번 여름에는 아마 어딘가에 갈지도 모르겠네. 날씨가 어지간히 더워야 말이지. 간다면 또 그림엽서라도 보낼게.」

「어디로 가실 생각이에요, 만일 가신다면?」

선생님은 이런 문답을 빙글빙글 웃으며 듣고 있었다.

「아직 갈지 말지도 정해지지 않았는데, 뭘.」

자리에서 일어서려고 할 때 선생님이 갑자기 나를 붙잡고 〈그나저나 아버님의 병세는 좀 어떠시지?〉라고 물었다. 나는 아버지의 건강에 대해 거의 아는 바가 없었다. 별다른 소식이 없는 걸 보면 나쁘지는 않은 모양이라고만 생각하고 있었다.

「그렇게 쉽게 생각할 병이 아니야. 요독증이 나타나면 그

때는 더 이상 손쓸 수도 없는데.」

나는 요독증이라는 말도, 그 의미도 알지 못했다. 지난번 겨울 방학에 고향에서 의사를 만났을 때도 그런 단어는 전혀 나오지 않았다.

「정말 간호를 잘 해드려야 해.」부인도 말했다. 「독이 뇌로 퍼지면 그때는 끝이니까. 웃을 일이 아니야.」

경험이 없는 나는 오싹해하면서도 실없이 웃기만 했다.

「어차피 가망이 없는 병이라는데, 아무리 걱정한들 어쩌겠어요.」

「그렇게 미리 마음을 먹었다면야 어쩔 수 없지만…….」

부인은 예전에 똑같은 병으로 세상을 떠난 자신의 어머니라도 생각났는지, 침울한 어조로 말하고는 시선을 떨구었다. 그제야 나도 아버지의 운명이 진심으로 딱해졌다.

그러자 선생님이 문득 부인 쪽을 돌아보며 말했다.

「시즈, 당신이 나보다 먼저 죽을까?」

「왜 그런 걸?」

「왜랄 것도 없어. 그냥 물어봤지. 아니면 내가 당신보다 먼저 죽으려나? 요즘은 대부분 남편이 먼저고 아내가 뒤에 남는 게 당연한 일처럼 되었지?」

「꼭 그런 것도 아니에요. 하지만 아무래도 남자 쪽이, 그야 나이가 더 많으니까…….」

「그러니 먼저 죽을 거라는 얘기인가? 그러면 나도 당신보다 먼저 저세상에 가겠네.」

「아니, 당신은 특별하죠.」

「그런가?」

「그럼요, 이렇게 건강하잖아요. 거의 아팠던 적도 없고. 어떻게 보건 당연히 내가 먼저죠.」

「먼저일까?」

「네, 틀림없이.」

선생님은 내 얼굴을 보았다. 나는 웃었다.

「하지만 만일 내가 먼저 간다면? 그러면 당신은 어떻게 하지?」

「어떻게 하냐니……..」

부인은 거기서 머뭇거렸다. 선생님의 죽음에 대한 상상의 비애가 적잖이 부인의 가슴을 뒤덮은 모양이었다. 하지만 다시 고개를 들었을 때는 이미 기분을 바꾼 모습이었다.

「어떻게 하냐니, 그야 뭐 할 수 없죠. 죽는 건 나이순이 아니라잖아요.」

부인은 일부러 나를 돌아보며 우스갯소리처럼 말했다.

35

나는 일어서려다가 다시 자리에 앉아 얘기가 마무리될 때까지 두 사람을 마주하고 있었다.

「자네는 어떻게 생각해?」 선생님이 내게 물었다.

선생님이 먼저 세상을 떠나느냐 부인이 먼저 세상을 떠나느냐, 이건 애초에 내가 판단할 만한 문제가 아니었다. 나는 그저 웃고만 있었다.

「인간의 수명이 어떻게 될지는 저도 모르지요.」

「그것만은 정말 각자의 수명이 다 다르니까. 태어날 때 이미 정해진 햇수를 받고 태어나는 것이라서 어쩔 도리가 없어. 선생님의 부모님도 거의 같았어, 돌아가신 시기가.」

「돌아가신 날짜가 같았다는 말씀입니까?」

「설마 날짜까지 똑같은 건 아니었지. 하지만 거의 비슷했어. 연달아 돌아가셨거든.」

그런 얘기는 처음 듣는 것이었다. 나는 좀 신기하게 생각되었다.

「어쩌다 그렇게 한꺼번에 돌아가셨어요?」

부인이 내 질문에 답하려고 했다. 하지만 선생님이 가로막았다.

「그런 얘기는 그만 됐어. 별 재미도 없는 얘기잖아.」

선생님은 손에 든 부채를 일부러 펄럭펄럭 소리 나게 부쳤다. 그러고는 다시 부인을 돌아보았다.

「시즈, 내가 죽으면 이 집은 당신한테 줄게.」

부인이 피식 웃음을 터뜨렸다.

「주는 김에 땅도 주세요.」

「땅은 남의 것이라 어쩔 수가 없네. 그 대신 내가 가진 건 전부 당신한테 줄게.」

「고맙네요. 하지만 서양 말이 적힌 책 같은 건 받아 봤자 별로 쓸데도 없는데?」

「헌책방에 팔면 되지.」

102

「팔면 얼마나 주는데요?」

선생님은 얼마라는 말은 하지 않았다. 하지만 자신의 죽음이라는 아직 한참 나중의 문제를 선생님은 쉽게 놓으려 하지 않았다. 그리고 그 죽음이 반드시 부인보다 앞서서 일어난다고 가정하고 있었다(물론 우스갯소리처럼 가벼운 말투이기는 했지만). 부인도 처음에는 그런 생각으로 일부러 실없는 대꾸를 해보는 것 같았다. 그러다가 어느새 감상적인 여자의 마음을 울적하게 만들어 버린 모양이었다.

「내가 죽으면, 내가 죽으면, 이라고 몇 번을 얘기하는 거예요? 이제 제발 그 말 좀 그만해요. 공연히 불길한 얘기를 자꾸 하시네. 당신이 죽으면 뭐든 당신 생각대로 해줄게요. 그러면 됐지요?」

선생님은 정원 쪽으로 고개를 돌리고 피식 웃었다. 하지만 그뿐, 부인이 싫어하는 얘기는 더 이상 꺼내지 않았다. 나도 시간이 늦어져서 얼른 자리를 털고 일어섰다. 선생님과 부인은 현관까지 배웅을 나왔다.

「아버님 잘 돌봐 드려.」 부인이 말했다.

「9월에 또 보세.」 선생님이 말했다.

인사를 건네고 나는 격자문 밖으로 발을 내디뎠다. 현관과 대문 사이에서 아담한 박달목서 한 그루가 앞길을 가로막듯이 밤의 어둠 속에 가지를 뻗고 있었다. 두세 걸음 옮기다가 거뭇거뭇한 잎으로 뒤덮인 그 나뭇가지 끝을 보고 나는 다가올 가을의 꽃과 향기를 머릿속에 떠올렸다. 예전부터 마음속에서 선생님 집과 그 박달목서 나무는 떼어 놓을 수 없는 한

가지로 함께 기억되고 있었다. 멀거니 그 나무 앞에 서서 다시 이 집 현관을 넘어설 이다음 가을로 생각이 내달렸을 때, 여태까지 격자문 틈새로 새어 나오던 현관의 전등불이 뚝 꺼졌다. 선생님과 부인은 곧장 안으로 들어간 모양이었다. 나는 홀로 어두운 집 앞 길로 나섰다.

나는 하숙집으로 곧장 돌아가지 않았다. 고향에 가기 전에 사야 할 물건도 있고, 맛있는 음식으로 그득해진 배도 소화시킬 겸 붐비는 시내 쪽으로 휘적휘적 걸어갔다. 번화가는 아직 밤의 초입이었다. 별 볼일도 없는 듯한 남녀가 줄지어 돌아다니는 가운데, 오늘 나와 함께 졸업한 친구를 만났다. 그는 나를 억지로 어느 주점에 데려갔다. 거기서 그가 맥주 거품처럼 토해 내는 기염(氣焰)을 한참이나 들어 주어야 했다. 하숙집으로 돌아온 것은 12시가 넘어서였다.

36

나는 그다음 날도 더위를 무릅쓰고 부탁받은 물건들을 사러 다녔다. 편지로 주문을 받았을 때는 별일 아니라고 생각했는데, 막상 닥치고 보니 몹시 귀찮게 느껴졌다. 전차 안에서 땀을 닦으며 남의 시간과 수고에 미안해하는 관념이 전혀 없는 시골 사람들이 짜증스럽다고 생각했다.

나는 그 여름 한철을 헛되이 보낼 마음은 없었다. 고향에 돌아간 뒤의 일정 비슷한 것을 미리 짜두었기 때문에 그것을 실천하는 데 필요한 서적도 구입해야 했다. 반나절은 마루젠 서점 2층[37]에서 보낼 각오였다. 나와 관계 깊은 분야의 서적 책장 앞에 서서 구석구석 한 권씩 점검해 나갔다.

물건을 구입하는 동안 나를 가장 난처하게 만든 것은 여성 용 장식 목깃이었다. 점원에게 말하면 얼마든지 꺼내 주었지 만, 대체 어떤 것을 골라야 할지 막상 사야 할 단계가 되면 자 꾸 망설여졌다. 게다가 가격이 몹시 들쭉날쭉했다. 싸겠다 싶어서 물어보면 엄청 비싸고, 비쌀 것 같아 물어보지도 않 았던 게 오히려 아주 저렴하기도 했다. 혹은 아무리 비교해 봐도 어디서 가격 차이가 나는지 짐작할 수 없는 것도 있었 다. 완전히 진땀이 났다. 그래서 마음속으로 왜 선생님의 부 인에게 미리 부탁하지 않았을까 하고 후회했다.

내 가방도 샀다. 물론 허접한 국산 제품일 뿐이었지만, 그 래도 금장식이 번쩍번쩍한 게 시골 사람들을 깜짝 놀라게 하 기에는 충분했다. 새 가방을 사오라는 것은 어머니의 주문이 었다. 졸업하거든 새 가방을 사서 그 안에 선물을 죄다 넣어 오너라, 라고 일부러 편지에 적어 보낸 것이다. 처음 그 구절 을 읽었을 때는 웃음이 터졌다. 어머니의 생각을 이해하지 못했다기보다 그 말이 나에게는 일종의 해학으로 다가왔던 것이다.

작별 인사 때 한동안 못 온다고 선생님 부부에게 말했던 대로, 그로부터 사흘째 되는 날 나는 기차로 도쿄를 떠나 고

---

37 마루젠 서점 2층 매장은 당시 서양 서적을 전문적으로 수입하던 곳으 로, 새로운 사조의 보급지로서 수많은 문학 작품에서 언급되었다.

향으로 돌아갔다. 지난겨울 이후 아버지의 병세에 대해 선생님에게서 이런저런 충고를 들은 나는 가장 걱정해야 할 입장일 텐데도 왠지 그게 그리 힘들지 않았다. 오히려 아버지가 떠난 뒤의 어머니를 상상하며 가엾게 생각했다. 그럴 정도였으니 아마 마음속 어딘가에서 아버지는 이미 돌아가실 것으로 각오했었던 게 틀림없다. 규슈에 있는 형에게 보낸 편지에도 아버지가 도저히 예전처럼 건강한 몸이 될 가망이 없다고 썼다. 업무 사정도 있겠으나 가능하면 시간을 내어 이번 여름쯤에는 한번 보러 오는 게 어떻겠느냐, 라고까지 썼다. 게다가 노인네 둘이서만 시골에서 사시자면 분명 불안할 것이다. 우리도 자식으로서 안타깝기 짝이 없다, 라는 식의 감상적인 문구까지 사용했다. 실제로 나는 마음에 떠오르는 대로 썼던 것이다. 하지만 편지를 쓴 다음에는 기분이 크게 달라져 있었다.

나는 기차 안에서 그런 모순에 대해 고민했다. 고민하는 사이에 나 자신이 변덕스럽고 경박한 사람처럼 생각되기 시작했다. 나는 점점 불쾌해졌다. 다시 선생님 부부의 일을 떠올렸다. 특히 2~3일 전 저녁 식사에 초대해 주었을 때의 대화가 생각났다.

「어느 쪽이 먼저 죽을까?」

그날 밤 선생님과 부인 사이에 오간 질문을 혼자 입속에서 되풀이해 보았다. 그리고 그 질문에는 어느 누구도 자신 있게 대답할 수 없다고 생각했다. 하지만 어느 쪽이 먼저 죽을지 분명하게 알고 있다면 선생님은 어떻게 할까? 부인은 어떻게 할까? 선생님도 부인도 지금과 똑같은 자세로 지내는 것밖에는 달리 방법이 없을 것이다. (죽음이 바짝바짝 다가오는 아버지를 고향에 남겨 둔 채 내가 아무것도 못 하는 것처럼.) 인간은 덧없는 존재라고 느껴졌다. 인간의 어떻게도 할 수 없는 태생적 경박함이 허망하기만 했다.

중
부모님과 나

1

본가에 돌아와 뜻밖이었던 것은 아버지의 건강이 그전에 봤을 때와 별반 다르지 않다는 것이었다.

「오, 왔구나. 어쨌든 졸업해서 참말로 다행이다. 잠깐만 기다려 봐라, 얼른 얼굴 좀 씻고 올 테니.」

아버지는 마당에 나와 뭔가 하던 참이었다. 낡은 밀짚모자 뒤에 햇볕을 가리려고 달아 둔 꾀죄죄한 수건을 펄럭거리며 급히 우물이 있는 뒤꼍으로 들어갔다.

대학 졸업을 남들도 다 하는 당연한 일쯤으로 생각했던 나는 기대 이상으로 기뻐해 주는 아버지 앞에서 영 겸연쩍었다.

「졸업해서 참말로 다행이다.」

아버지는 그 말을 수없이 되풀이했다. 나는 마음속으로 아버지의 그런 기쁨과 졸업식 날 밤 선생님 댁 식탁에서 〈축하하네〉라는 말을 할 때의 선생님의 표정을 비교했다. 나한테는 입으로는 축하하면서도 내심으로는 하찮게 여기는 선생

님 쪽이 그럴 만한 일도 아닌데 유난스럽게 기뻐하는 아버지
보다 훨씬 더 고상하게 보였다. 나는 결국 무지에서 빚어진
아버지의 시골티 나는 부분에 불쾌감을 느끼기 시작했다.

「대학쯤은 졸업해 봤자 별로 대단할 것도 없어요. 졸업하
는 사람이 해마다 몇백 명씩[1] 나오는데요.」

결국 그런 말을 입에 올렸다. 그러자 아버지가 이상하다는
듯한 표정을 지었다.

「꼭 대학을 졸업한 것만 갖고 대단하다는 게 아니야. 그야
졸업해서 다행인 건 틀림없지만, 내 얘기는 좀 다른 뜻이었
어. 그걸 네가 알아주기만 한다면…….」

나는 아버지의 그다음 말을 들어 보려고 했다. 아버지는
별로 내키지 않는 듯 머뭇거리다가 마침내 이렇게 말했다.

「그러니까 그게, 나한테 다행이라는 얘기야. 너도 알다시
피 내가 병든 몸이 아니냐. 작년 겨울에 너를 만났을 때, 어쩌
면 서너 달 정도일 거라고 생각했지. 그런데 운이 좋았는지
어쨌는지 오늘까지 이렇게 살아 있구나. 기거하는 데 별 불
편 없이 이렇게 있어. 그런 참에 네가 졸업을 해줬어. 그러니
기쁜 것이지. 애지중지 키운 아들이 내가 떠난 뒤에 졸업하
는 것보다 건강한 참에 해주는 게 아비의 처지에서야 기쁘
게 아니냐. 큰 뜻을 품은 네가 보기에는 기껏해야 대학 졸업
정도로 다행이다, 다행이다, 하는 건 시시하겠지. 하지만 내

---

1 1912년 당시 도쿄 제국 대학 졸업생은 법학과, 의학과, 약학과, 공학과,
문학과, 이학과, 농학과, 임학과, 수의학과의 9개 과에서 총 9백여 명에 달
했다.

처지에서 생각해 봐라, 입장이 좀 다르잖니. 그러니 졸업은 너한테보다 나한테 다행인 일이지. 알겠니?」

나는 할 말이 없었다. 사과도 못 하고 그저 죄송해서 고개를 떨궜다. 아버지는 아직 괜찮은 동안에도 자신의 죽음을 각오한 모양이었다. 게다가 내가 졸업하기 전에 죽을 거라고 생각했던 것이다. 이 졸업이 아버지의 마음속에 얼마나 큰 감격인지 미처 생각도 못 했던 나는 참으로 어리석었다. 나는 가방에서 졸업장을 꺼내 소중한 물건인 듯 아버지와 어머니에게 보여 드렸다. 졸업장은 뭔가에 짓눌려 원래의 모양새를 잃고 있었다. 아버지는 그것을 정성스럽게 폈다.

「이런 건 돌돌 말아서 들고 왔어야지.」

「안에 심이라도 넣었으면 좋았을 텐데.」 어머니도 옆에서 나무랐다.

아버지는 한참이나 졸업장을 바라본 뒤 자리에서 일어나 도코노마² 앞으로 가더니, 누구 눈에나 금세 보일 만한 정면에 올려놓았다. 평소 같으면 당장 한마디 했겠지만, 그때 나는 평소와 완전히 달랐다. 아버지와 어머니를 조금도 거스를 마음이 없었다. 나는 말없이 아버지가 하는 대로 지켜보았다. 일단 찌부러진 달걀색 종이³의 졸업장은 좀체 아버지의 뜻대로 펴지지 않았다. 적당한 자리에 놓이자마자 금세 제풀에 쓰러지려고 했다.

2 방의 한쪽을 한 단 높게 짜넣어 족자, 화병 등으로 장식하는 곳.
3 삼지닥나무 껍질로 만든 매끄럽고 반들반들한 고급 종이. 달걀 색깔이라서 이런 이름이 붙었다.

2

나는 어머니를 뒤곁으로 데려가 아버지의 병세를 물어보았다.

「건강한 사람처럼 저렇게 마당에도 나오시고 일도 하시던데, 그래도 괜찮아요?」

「이제 아무렇지도 않은 모양이야. 많이 좋아지신 게지.」

어머니는 의외로 태연했다. 도회지에서 멀리 떨어진 산골 논밭 속에 사는 여성들이 으레 그렇듯이 어머니도 이런 일에 관해서는 아무런 지식이 없었다. 그렇다 쳐도 지난번에 아버지가 졸도했을 때는 그토록 놀라고 걱정하더니만, 하고 나 혼자 속으로 의아하게 생각했다.

「하지만 의사가 그때 도저히 어렵다고 선고했었잖아요.」

「그러니 사람 몸처럼 신기한 것도 없다니까. 의사가 그렇게나 큰일이 날 것처럼 얘기했었는데, 지금까지 팔팔하시니 말이야. 나도 처음에는 걱정이 되어서 어쨌든지 간에 움직이지 못하게 하려고 했지. 근데 원체 저런 성품이잖니. 조심은 하는데 고집이 세다니까. 본인이 일단 괜찮다고 마음먹으면 내 말 같은 건 들으려고도 하지 않아.」

지난번에 본가에 왔을 때, 억지로 이부자리를 걷으라고 하고 면도를 했던 아버지의 모습이 떠올랐다. 〈이제 괜찮아, 네 어머니가 너무 호들갑을 떨어서 탈이라니까〉라고 했던 그때의 말을 생각해 보니 꼭 어머니만 나무랄 일도 아니었다. 〈하지만 옆에서라도 좀 더 조심을 시켰어야지요〉라고 말하려던 나는 결국 어머니가 딱해서 아무 말도 못 했다. 다만 아버지의 병이 어떤 병인지 내가 아는 대로 찬찬히 알려 주었다. 하지만 그 대부분은 선생님과 부인에게서 얻은 지식에 지나지 않았다. 어머니는 별로 귀담아듣는 기색도 보이지 않았다. 단지 〈저런, 거기도 같은 병으로? 가엾어라. 몇 살 때 돌아가셨다니, 그이는?〉 하고 묻기만 했다.

별수 없이 어머니는 제쳐 두고 직접 아버지에게로 갔다. 아버지는 내가 알려 드린 주의 사항을 어머니보다는 진지하게 들어 주었다. 〈지당한 말이야. 네 말이 맞다. 그러나 어쨌든 내 몸이니까, 내 몸을 어떻게 관리할지는 다년간의 경험상 내가 가장 잘 알지 않겠냐〉라고 했다. 그 말을 듣고 어머니가 〈거봐라〉 하며 쓴웃음을 지었다.

「하지만 말씀은 그렇게 하셔도 나름대로 각오는 단단히 하고 계시던데요. 이번에 제가 졸업하고 돌아온 것을 아주 기뻐하신 것도 그래서였어요. 살아 있는 동안에 졸업을 못 할 줄 알았는데, 아직 건강할 때 졸업장을 들고 와서 그게 그렇게 기쁘다고 직접 얘기하시더라고요.」

「그야 입으로는 그렇게 얘기하시지. 그런데 속으로는 아직 한참 괜찮다고 생각하셔.」

「그래요?」

「10년이고 20년이고 더 사실 줄 안다니까. 하긴 가끔은 나한테 약한 말씀이야 하시지. 나도 이 상태라면 살날이 그리 많지는 않을 것 같다, 내가 죽으면 당신은 어떻게 할 거냐, 혼자 이 집에서 살 생각이냐, 하고 물어보시더라.」

문득 아버지 없이 어머니 혼자 남겨졌을 때의 이 낡고 넓은 시골집을 상상해 보았다. 이 집에서 아버지 없이도 지금 이대로 꾸려 나갈 수 있을까? 형은 어떻게 할까? 어머니는 뭐라고 할까? 이런 생각을 하는 나는 또 고향을 떠나 도쿄에서 마음 편히 살아갈 수 있을까? 어머니를 눈앞에 마주한 채 나는 선생님의 충고 ─ 아버지가 건강하신 동안에 나눠 받을 것은 받아 둬야 한다는 충고 ─ 를 퍼뜩 떠올렸다.

「아니, 자기 입으로 죽네, 죽네, 하는 사람치고 죽은 예가 없으니까 너무 걱정 마라. 네 아버지도 죽네, 죽네, 해가면서 앞으로 몇 년이고 더 사실걸. 그보다 아무 소리 없이 건강하던 사람이 오히려 덜컥 죽는 거야.」

어떤 이론에서 나왔는지, 어떤 통계에서 나왔는지 알 수 없는 어머니의 그 진부한 말을 나는 묵묵히 듣고 있었다.

3

나를 위해 팥밥[4]을 지어 손님들을 초대하자는 얘기가 아버지와 어머니 사이에 오갔다. 나는 집에 돌아온 그날부터 어쩌면 이런 일이 있을 것 같아서 마음속으로 은근히 겁을 냈었다. 나는 당장 거절했다.

---

4 집안에 경사가 있을 때 붉은 빛이 도는 팥으로 밥을 지어 대접하는 풍습이 있었다. 붉은색에 삿된 기운을 물리치는 힘이 있다고 여겨졌기 때문이라고 한다.

「너무 거창하게 그러지 마세요.」

나는 시골 손님들이 싫었다. 먹고 마시는 것을 최종 목적으로 삼고 찾아오는 그들은 무슨 일만 생기면 얼씨구나 좋다하고 모여들었다. 어릴 때부터 나는 그런 자리에서 시중을 들어야 하는 것이 힘들게만 느껴졌다. 하물며 나를 핑계로 사람들이 모여들면 한층 더 힘들 것 같았다. 하지만 아버지와 어머니 앞에서 그런 촌사람들을 불러들여 떠들어 대지 말라고 할 수도 없었다. 그래서 너무 거창하게 할 일이 아니라는 말만 되풀이했다.

「자꾸 거창하다, 거창하다, 하는데 거창할 거 하나도 없어. 평생 딱 한 번이잖아. 당연히 사람들을 불러야지. 너무 그렇게 사양할 것 없다.」

어머니는 내가 대학을 졸업한 것을 마치 며느리라도 얻은 것처럼 중하게 생각하는 모양이었다.

「굳이 오라고 하지 않아도 괜찮다만, 안 그러면 또 이러쿵저러쿵할 테니까.」

이건 아버지의 말이다. 아버지는 사람들이 뒤에서 쑥덕거릴까 봐 걱정인 모양이었다. 실제로 그들은 이런 경우 자신들의 예상대로 되지 않으면 당장 이런저런 뒷말을 할 사람들이었다.

「도쿄와는 달라서 시골에서는 말들이 많거든.」

아버지는 그렇게도 말했다.

「응, 네 아버지 체면도 있잖아.」 어머니가 다시 덧붙였다.

그러니 내 주장만 내세울 수도 없었다. 어쨌든 두 분 형편에 맞춰 좋으실 대로 하자는 생각이 들었다.

「그러니까 꼭 저를 위해서라면 안 해도 된다는 얘기예요. 뒤에서 쑥덕거리는 게 싫으시다면 그건 또 다른 얘기지요. 아버지와 어머니께 도움이 안 될 일을 제가 굳이 우겨 봤자 뭘 어쩌겠습니까.」

「뭘 그렇게 꼬치꼬치 따지고 드는 게냐.」

아버지가 씁쓸한 표정을 지었다.

「아버지는 꼭 너를 위해서 하는 건 아니라고 말씀하시지만, 너도 이웃 간의 도리라는 것쯤은 알고 있잖아.」

그렇게 어머니는 종잡을 수 없는 소리를 했다. 말수만으로 보면 아버지와 나를 합쳐도 웬만해서는 당해 낼 수 없을 정도였다.

「공부를 시키면 사람이 매사 이론이 많아져서 탈이야.」

아버지는 그저 그 말밖에 하지 않았다. 하지만 그 짧은 한마디 속에 아버지가 평소에 나에 대해 품고 있는 불만이 모두 다 보였다. 그때 나는 내 모난 말투는 깨닫지 못하고 아버지의 불만만 억지스러운 얘기라고 생각했다.

아버지는 그날 저녁 다시 기분이 풀려서 손님을 부른다면 언제가 좋겠냐고 내 사정을 물었다. 사정이 좋고 말고 할 것도 없이 낡은 집 안에서 그저 빈둥빈둥 먹고 노는 나한테 그런 질문을 한 것은 아버지가 굽히고 들어온 것이나 마찬가지였다. 그 온후한 아버지 앞에 나는 더 이상 따지지 않고 순순히 머리를 숙였다. 그리고 둘이 상의한 끝에 손님 맞을 날짜를 정했다.

그런데 그날이 되기 전에 한 가지 큰 사건이 일어났다. 메이지 천황이 병환이라는 소식[5]이었다. 신문을 통해 전국으로 퍼져 나간 그 사건은 시골구석의 한 집안에서 약간의 우여곡절을 거쳐 드디어 성사되려던 졸업 축하 잔치를 먼지처럼 날려 버렸다.

「당분간 삼가는 게 좋겠구나.」

안경을 쓰고 신문을 보던 아버지가 그렇게 말했다. 묵묵히 자신의 병에 대해서도 생각해 보는 모양이었다. 나는 바로 얼마 전 졸업식 때 연례행사로 대학에 행차했던 천황을 떠올렸다.

4

식구는 적은데 지나치게 널찍한 낡은 집이 쥐 죽은 듯 조용한 가운데, 나는 고리짝을 풀고 책을 꺼내 읽기 시작했다. 왠지 마음이 차분해지지 않았다. 그 시끌벅적한 도쿄 하숙집 2층에서 저 멀리 달려가는 전차 소리를 들으며 책장을 한 장 한 장 넘기는 게 오히려 심리적 긴장감이 있어 공부가 잘 되었다.

나는 걸핏하면 책상에 기대어 졸았다. 때로는 베개까지 꺼내다 본격적으로 낮잠을 자기도 했다. 퍼뜩 눈을 뜨면 매미 소리가 들렸다. 몽롱한 꿈에서 연결된 듯한 그 소리는 갑작

---

5 천황이 요독증으로 혼수상태라는 소식은 1912년(메이지 45년) 7월 20일의 호외, 이어서 그다음 날의 신문 지상을 통해 전국에 알려졌다.

스럽게 귓속을 요란하게 휘저었다. 멍하니 그 소리를 들으며 이따금 슬픔이 가슴에 스며들었다.

나는 펜을 들어 이 친구 저 친구에게 짧은 엽서와 긴 편지를 썼다. 친구들 중 몇몇은 도쿄에 남아 있었고, 몇몇은 머나먼 고향으로 돌아갔다. 답장을 보내 주는 이도, 소식이 닿지 않는 이도 있었다. 나는 누구보다 선생님을 잊지 않았다. 원고지에 자잘한 글씨로 석 장쯤, 고향에 돌아온 이후의 나 자신을 제목으로 써 내려간 글을 보내기로 했다. 그 편지를 봉할 때, 선생님이 과연 아직도 도쿄에 있을지 미심쩍었다. 부인과 함께 집을 비울 경우에는 으레 쉰 살 남짓한 기리사게[6] 머리의 아주머니가 어디선가 와서 빈집을 봐주곤 했다. 전에 선생님에게 저 아주머니는 누구냐고 물었더니, 선생님은 누구일 것 같으냐고 내게 되물었다. 나는 그 사람을 선생님의 친척이라고 잘못 생각했었다. 선생님은 〈나한테 친척이라고는 없어〉라고 대답했다. 친족 관계인 고향 사람들과는 전혀 소식을 주고받지 않는다는 것이었다. 내가 궁금해했던 집 봐주던 아주머니는 선생님의 혈연이 아닌 부인 쪽 친척이었다. 편지를 보낼 때, 폭 좁은 가느다란 허리띠를 편하게 뒤로 묶은 그 아주머니의 모습을 떠올렸다. 혹시 선생님 부부가 어딘가 피서를 떠난 뒤에야 이 우편물이 도착하면 그 기리사게 머리의 아주머니가 즉시 그쪽으로 전달해 줄 만큼의 능력과 친절함이 있을지 염려스러웠다. 하지만 내 편지에 긴요하다고

6 기리사게가미(切下髮)의 준말. 긴 머리를 목선에 맞춰 가지런하게 자르고 뒤로 묶어 끝을 늘어뜨리는 머리형.

할 만한 용건이 없다는 건 잘 알고 있었다. 나는 단지 외로웠던 것이다. 그러고는 선생님이 답장을 보내 줄 거라고 당연한 일처럼 기대를 품었다. 하지만 답장은 끝내 오지 않았다.

아버지는 지난겨울에 왔을 때처럼 장기를 두려고 하지 않았다. 장기판은 먼지를 둘러쓴 채 도코노마 한쪽 구석에 놓여 있었다. 특히 천황의 병환 소식 이후로 아버지는 멀거니 생각에 잠기는 일이 많았다. 날마다 신문이 오기만을 기다렸다가 가장 먼저 읽었다. 그러고는 읽고 난 신문을 일부러 내 방까지 가져다주었다.

「이거 봐라, 오늘도 천자님에 관한 소식이 자세히 나와 있구나.」

아버지는 천황을 항상 천자님이라고 칭했다.

「외람된 말이지만, 천자님의 병환도 내 병과 비슷한 게지.」

그렇게 말하는 아버지의 얼굴에는 깊은 근심의 구름이 드리워져 있었다. 그런 말을 들으니 내 가슴속에 다시 아버지가 언제 쓰러질지 모른다는 걱정이 일었다.

「하지만 괜찮으실 게야. 나처럼 보잘것없는 사람도 아직 이렇게 살아 있는데.」

아버지는 자신이 건재하다고 장담하면서도 금세라도 자신에게 떨어질 위험을 예감하고 있는 모양이었다.

「아버지는 정말로 병을 걱정하고 계세요. 어머니 말씀처럼 10년이고 20년이고 살 거라고 생각하시지는 않는 것 같던데요.」

어머니는 내 말을 듣고 당황스러운 표정을 지었다.

「그럼 잠깐 장기라도 두자고 좀 권해 봐.」

나는 도코노마에서 장기판을 꺼내 먼지를 털었다.

5

아버지는 점차 기력이 쇠약해져 갔다. 나를 놀라게 했던 수건을 매단 낡은 밀짚모자는 하릴없이 버려져 있었다. 검게 그을린 선반 위에 놓인 그 모자를 볼 때마다 나는 아버지가 측은해졌다. 전에 가뿐가뿐 돌아다닐 때는 좀 더 조심해 주었으면 하고 걱정했었다. 이제 꼼짝 않고 앉아 있는 걸 보니 역시 예전이 더 건강했다는 생각이 들었다. 나는 어머니와 자주 아버지의 건강에 대해 얘기를 나누었다.

「참말로 괜한 걱정이라니까.」 어머니가 말했다. 어머니의 머릿속에서는 천황의 병환과 아버지의 병이 하나로 이어져 있었다. 나로서는 그렇게만 생각할 수는 없었다.

「괜한 걱정이 아니지요. 실제로 몸이 좋지 않잖아요. 아무래도 생각보다 점점 더 나빠지는 것 같아요.」

그렇게 말하면서 나는 내심 다시 먼 데서 적합한 의사를 불러다 한 차례 봐달라고 해야 하나, 라고 생각했다.

「올여름은 너도 별 재미가 없겠구나. 모처럼 대학도 졸업했는데 축하 잔치도 못 해주고, 아버지 몸도 저러시니. 게다가 천자님도 병환이시고. ……아예 너 오자마자 곧장 손님을 불렀으면 좋았을걸.」

내가 고향에 온 것은 7월 5일인가 6일이었고, 아버지와 어머니가 내 졸업을 축하하기 위해 손님을 부르자는 말을 꺼낸 것은 그로부터 일주일 뒤였다. 그리고 마침내 정해진 날짜는 그로부터 다시 일주일쯤 지나서였다. 시간에 구애받는 일 없는 느긋한 시골에 돌아온 나는 그 덕분에 내키지 않는 교제의 고통에서 해방된 것이나 마찬가지였지만, 나를 이해하지 못하는 어머니는 전혀 그런 건 눈치채지 못한 기색이었다.

천황의 붕어 소식[7]이 전해졌을 때, 아버지는 그 신문을 손에 들고 〈아아〉 하고 탄식했다.

「천자님도 끝내 떠나셨구나. 이제 나도…….」

아버지는 그다음 말을 잇지 못했다.

나는 조기(弔旗)를 달기 위해 검은 천을 사러 시내로 나갔다. 그걸로 국기 봉을 감싸고, 그 밑에 9센티미터 폭의 검고 긴 천을 덧달아 대문 옆의 길 쪽으로 비스듬히 내걸었다. 국기도 검은 조기도 바람 없는 공기 속에 축 늘어졌다. 우리 집 낡은 대문의 지붕은 짚으로 이엉을 얹은 것이었다. 비바람에 시달린 그 이엉은 진즉에 빛이 바래서 옅은 회색빛을 띤 데다 군데군데 움푹 파인 곳까지 눈에 띄었다. 나 혼자 대문 밖으로 나가 검은 조기와 흰색 바탕에 빨간 동그라미가 찍힌 국기를 바라보았다. 꾀죄죄한 대문 지붕의 짚 때문에 더욱 두드러져 보였다. 전에 선생님이 〈자네 집은 어떤 구조로 지어졌지? 우리 고향 쪽과는 생김새가 많이 다른가?〉라고 물었

---

7 호외와 신문으로 위중하다는 소식이 처음 알려진 후 약 열흘 만의 사망이었다.

던 게 생각났다. 내가 태어난 이 낡은 집을 선생님에게 보여 드리고 싶었다. 또 한편으로는 보여 드리기가 창피하기도 했다.

나는 다시 혼자 집 안으로 들어왔다. 내 책상이 놓인 방에서 신문을 읽으며 머나먼 도쿄의 모습을 상상했다. 내 상상은 전국에서 가장 큰 도읍지가 그렇듯 침울한 가운데 어떻게 움직이고 있을까 하는 이미지에 집중되었다. 암울한 대로 어떻든 돌아다니지 않으면 안 되는 대도시의 불안한 술렁거림 속에서 한 점 등불처럼 선생님의 집이 떠올랐다. 그때 나는 그 등불이 소리 없는 소용돌이에 휘말려 들었다는 것을 알지 못했다. 곧 그 불빛마저 훅 꺼져 버리는 운명이 코앞에 다가온 것도 물론 알지 못했다.

이번 사건에 대해 선생님에게 편지를 쓰자는 생각에 나는 펜을 들었다. 그리고 열 줄쯤 쓰다가 멈춰 버렸다. 쓴 편지는 잘게 찢어 쓰레기통에 버렸다. (선생님에게 그런 글을 보내 봤자 별 의미도 없고, 지난번 예를 보면 아무래도 답장도 없을 것 같았기 때문이다.) 나는 외로웠다. 그래서 편지를 끼적거려 본 것이다. 그리고 답장이 오면 좋겠다고 생각했다.

6

8월 중순쯤에 한 친구에게서 편지가 왔다. 지방의 어느 중학교에 교사 자리가 났는데 가지 않겠느냐고 적혀 있었다.

그 친구는 경제적 필요 때문에 직접 일자리를 찾아다녔다. 그곳도 처음에는 자기에게 들어온 것이었는데, 좀 더 괜찮은 지방에서 얘기가 들어와 남은 자리를 내게 소개할 생각으로 일부러 소식을 전해 준 것이었다. 나는 즉시 답장을 보내 거절했다. 지인들 중에 애를 써 가며 교사 자리를 구하는 친구가 있으니 나 대신 그쪽을 소개해 주면 좋겠다고 썼다.

답장을 보낸 뒤, 나는 아버지와 어머니에게 그 이야기를 했다. 두 분 다 내가 거절한 것에 이의는 없는 기색이었다.

「굳이 그런 데까지 가지 않아도 더 좋은 자리가 있을 게야.」

그렇게 말해 주는 이면에서 나는 두 분이 나에 대해 품고 있는 과분한 기대감을 읽어 냈다. 요즘 세상 물정에 어두운 아버지와 어머니는 이제 갓 졸업한 나에게는 맞지 않는 지위와 수입을 기대하는 모양이었다.

「좋은 자리라니, 요즘 그런 자리는 웬만해서는 없어요. 특히 형님과 저는 전공도 다르고 시대도 달라서, 우리 둘을 똑같은 식으로 생각하시면 곤란합니다.」

「하지만 졸업한 이상, 최소한 독립해서 꾸려 갈 정도가 아니면 우리도 난처하지. 남들이 그 댁 둘째 아들은 대학 졸업하고 무슨 일을 하느냐고 물었을 때, 대답을 못 할 정도여서야 나도 체면이 서지 않으니까.」

아버지는 떨떠름한 표정이었다. 아버지의 생각은 오래도록 익숙하게 살아온 고향 땅에서 한 걸음도 밖으로 나가지 못했다. 그 고향에서 이 사람 저 사람에게 대학을 졸업하면 월급을 얼마나 받느냐, 대략 1백 엔쯤[8]은 되지 않느냐, 라는

부모님과 나   **125**

말을 들어 온 아버지는 그런 사람들에게 체면치레는 할 정도로 이제 갓 졸업한 내가 얼른 자리를 잡아 줬으면 했던 것이다. 아버지와 어머니가 보기에는 넓은 수도 도쿄를 근거지로 내다보는 나는 마치 발을 하늘에 대고 걸어가는 엄청난 사람이나 다름없었다. 이따금 나까지 실제로 그런 사람이 된 듯한 기분이 들었다. 솔직하게 그런 나 자신의 생각을 털어놓기에는 너무도 현격하게 차이가 벌어진 부모님 앞에서 나는 번번이 입을 꾹 다물 수밖에 없었다.

「네가 선생님, 선생님, 하는 분에게 부탁해 보면 좋잖아, 이럴 때는.」

어머니는 선생님을 그런 식으로 받아들일 뿐이었다. 정작 그 선생님은 나에게 고향에 돌아가면 아버지가 건재하신 동안 얼른 재산을 나눠 받으라고 권하는 사람이다. 졸업을 했다고 취직자리를 주선해 줄 사람이 아니었다.

「그 선생님이란 이는 무슨 일을 하는 사람이냐?」 아버지가 물었다.

「아무 일도 안 합니다.」 내가 대답했다.

벌써 한참 전에 선생님이 아무 일도 하지 않는다고 아버지에게도 어머니에게도 얘기했었다. 그리고 아버지도 분명 그걸 기억하고 있을 터였다.

「아무 일도 안 하다니, 그건 또 무슨 연유냐? 네가 그렇게

8 당시 사립 중학교 교사 월급이 20엔, 은행원이 40엔, 고급 공무원도 55엔 정도였기 때문에 아무리 세상 물정 모르는 시골 사람들의 소문이라고 해도 첫 월급이 1백 엔이라는 것은 지나치게 큰 액수다. 더구나 당시는 극심한 취업난이 사회 문제가 되던 시절이었다.

존경할 만한 사람이라면 뭐든 할 법한데 말이야.」

아버지는 그렇게 나를 은근히 빈정거렸다. 아버지 생각으로는 능력 있는 인물이라면 당연히 사회에 나가 합당한 위치에서 일을 해야 했다. 분명 껄렁한 인물이라서 놀고먹으면서 사는 것이라고 결론을 내린 모양이었다.

「나 같은 사람도 월급을 받지는 않지만, 놀기만 하는 건 아니야.」

아버지는 그런 말도 했다. 그래도 나는 여전히 입을 꾹 다물었다.

「네가 말하는 것처럼 훌륭한 인물이라면, 분명 어디든 일자리를 찾아 주시겠지. 부탁은 해봤니?」어머니가 물었다.

「아뇨.」나는 대답했다.

「그래서야 얘기가 안 되지. 왜 부탁을 안 했어? 편지라도 괜찮으니까 일단 보내 봐.」

「예…….」

나는 억지 대답을 하고 자리를 떴다.

7

아버지는 명백히 자신의 병을 두려워했다. 하지만 의사를 만날 때마다 성가실 만큼 질문을 던져서 난감하게 만드는 성품도 아니었다. 의사 쪽에서도 조심하느라 아무 말도 하지 않았다.

아버지는 사후의 일을 생각하고 있는 것 같았다. 우선 당장 자신이 떠난 뒤의 집안일이 걱정인 모양이었다.

「자식을 대학까지 공부시키는 것도 좋은 점 나쁜 점이 있더라. 어렵사리 가르쳐 놓으면 절대 고향에 돌아오지 않잖아. 이래서야 부모 자식 사이를 떼어 놓으려고 공부를 시킨 꼴이지 뭐냐.」

대학까지 보낸 결과, 형은 지금 머나먼 타향에 가 있다. 실컷 가르쳤더니만 나는 나대로 도쿄에 가서 살기로 마음먹었다. 그런 아들들을 키워 낸 아버지의 하소연은 물론 불합리한 것은 아니었다. 오랜 세월 살아온 시골집에 덩그러니 혼자 남겨질 어머니를 염려하는 아버지로서는 당연히 섭섭할 수밖에 없었다.

집이란 옮길 수 없는 것이라고 아버지는 굳게 믿고 있었다. 그곳에 사는 어머니도 목숨이 붙어 있는 한 어디로도 갈 수 없다고 믿고 있었다. 자신이 세상을 떠난 뒤, 아내 홀로 텅 빈 집에 남겨지는 것은 역시 몹시 불안한 일일 터였다. 그런데도 도쿄에서 좋은 일자리를 구하라고 나를 몰아붙이는 아버지의 생각에는 모순이 있었다. 나는 그 모순을 우습다고 생각하면서도, 동시에 그 덕분에 다시 도쿄에 나갈 수 있는 것을 기뻐했다.

나는 아버지와 어머니의 눈앞인지라 최대한 일자리를 애써 찾고 있는 척하지 않으면 안 되었다. 선생님에게 편지를 보내 집안 사정을 자세히 얘기했다. 만일 내 능력으로 할 수 있는 일이 있다면 뭐든 할 테니 주선해 달라고 부탁했다. 선생님이 내 부탁을 들어줄 리 없다고 생각하면서도 그런 편지를 썼다. 또한 들어주려 해도 교제 범위가 좁은 선생님으로서는 어떻게도 해줄 수 없을 거라고 생각하면서도 그런 편지를 썼다. 하지만 이 편지에 대한 답장만은 분명 올 거라고 생각하면서 썼다.

편지를 봉해서 보내기 전에 나는 어머니에게 말했다.

「선생님에게 보낼 편지를 썼어요, 어머니가 말씀하신 대로. 잠깐 읽어 보세요.」

어머니는 내 예상대로 그 편지를 읽어 보지 않았다.

「그랬구나. 그럼 어서 보내라. 이런 일은 옆에서 누가 재촉하지 않아도 스스로 알아서 얼른 해야 하는 거야.」

어머니는 나를 아직 어린애처럼 생각하고 있었다. 나도 실제로 어린애가 된 듯한 느낌이었다.

「하지만 편지로 될 일이 아니에요. 어차피 9월쯤에 제가 도쿄에 가봐야지요.」

「그야 그렇겠지만, 혹시 좋은 자리가 있을지도 모르니까 일찌감치 부탁해 두는 게 훨씬 좋지.」

「예, 아무튼 답장이 꼭 올 테니까 그때 다시 상의하지요.」

나는 이런 일에는 누구보다 꼼꼼한 선생님을 믿었다. 답장이 오기를 목을 빼고 기다렸다. 하지만 내 예상은 결국 빗나갔다. 일주일이 지나도 선생님에게서는 아무 소식이 없었다.

「아마 어딘가 피서라도 가신 모양이지요.」

어머니에게 변명처럼 그런 말을 해야만 했다. 그리고 그건 어머니에 대한 것뿐만 아니라 나 자신의 마음에 대한 변명이기도 했다. 억지로 뭔가 사정을 지어내서라도 선생님의 태도를 변호하지 않고서는 나도 점점 불안해졌던 것이다.

나는 이따금 아버지의 병에 대한 것을 잊어버렸다. 아예 일찌감치 도쿄에 가버릴까 생각하기도 했다. 아버지도 자신의 병을 잊어버리곤 했다. 미래를 걱정하면서도 미래에 대한 조치는 전혀 취하지 않았다. 선생님의 충고대로 재산을 분배해 달라는 얘기를 아버지에게 꺼낼 기회도 얻지 못한 채 하루하루가 지나갔다.

8

9월 초에 나는 드디어 다시 도쿄에 가기로 했다. 아버지에게 당분간 여태까지 해왔던 대로 학자금을 보내 달라고 부탁했다.

「여기서 이러고 있어 봤자 아버지가 말씀하신 일자리를 얻을 수 있는 것도 아니니까요.」

아버지가 원하는 좋은 일자리를 얻기 위해 도쿄에 간다는 듯이 나는 말했다.

「물론 일자리가 구해질 때까지만 보내 주시면 됩니다.」 그런 말도 했다.

나는 마음속으로 그 일자리는 도저히 나한테 떨어지지 않을 거라고 생각했다. 하지만 상황을 잘 모르는 아버지는 어디까지나 그 반대로만 믿고 있었다.

「그야 잠깐 동안일 테니까 내가 어떻게든 마련해 주마. 그 대신 길게는 안 돼. 적당한 일자리를 얻는 대로 너도 독립해야지. 원래 학교를 졸업한 이상, 당장 그다음 날부터 남의 도움은 받는 게 아니야. 요즘 젊은 애들은 돈 쓰는 것만 알지 버는 건 전혀 생각을 안 하는 것 같더라.」

아버지는 그 밖에도 이런저런 잔소리를 했다. 그중에는 〈옛날 부모는 자식들이 먹여 살렸는데, 요즘 부모는 자식들에게 언제까지고 돈을 대줘야 한다〉는 등등의 말도 있었다. 그런 얘기를 나는 그저 묵묵히 듣고 있었다.

한바탕 잔소리가 끝났는가 싶었을 때, 나는 조용히 자리를 뜨려고 했다. 아버지는 언제 가느냐고 내게 물었다. 나로서는 빠르면 빠를수록 좋았다.

「네 어머니에게 날짜를 봐달라고 해라.」

「그렇게 하겠습니다.」

그때의 나는 아버지 앞에서 무척 얌전했다. 되도록 아버지의 기분을 거스르지 않고 시골을 떠날 생각이었다. 아버지가 다시 나를 붙잡았다.

「네가 도쿄에 가버리면 집안이 다시 적적해질 게야. 나와 네 어머니 단둘뿐이니까. 그런 나도 몸만 건강하다면야 좋겠지만, 원체 이 모양 이 꼴이니 언제 갑작스레 무슨 일이 닥칠지 모르겠다.」

나는 애써 아버지를 달래 드리고 내 책상 앞으로 돌아왔다. 어질러진 책 사이에 앉아 불안해 보이던 아버지의 모습과 그 말들을 몇 번이고 거듭 되새겨 보았다. 그때 다시 매미 소리가 들려왔다. 그 소리는 여태까지 들어 왔던 것과는 달리 애매미 소리였다. 여름에 고향으로 돌아와 들끓는 듯한 매미 소리 속에 가만히 앉아 있으면 묘하게 슬픈 기분이 들곤 했다. 슬픔은 항상 이 곤충의 치열한 울음소리와 함께 마음 깊숙이 스며드는 것처럼 느껴졌다. 그럴 때마다 항상 나홀로 꼼짝 않고 한 사람을 응시하고 있었다.

나의 비애감은 이번 여름 고향에 온 뒤로 점차 분위기가 바뀌었다. 유지매미 소리가 애매미 소리로 바뀌듯이 나를 둘러싼 사람들의 운명이 거대한 윤회 속으로 서서히 굴러가는 것만 같았다. 쓸쓸해 보이는 아버지의 모습과 말들을 돌아보며 나는 편지를 부쳐도 답장을 주지 않는 선생님을 새삼 그리워했다. 선생님과 아버지는 전혀 반대되는 인상을 준다는 점에서 비교를 할 때도, 연상을 할 때도 번번이 함께 머릿속에 떠오르곤 했다.

나는 아버지의 거의 모든 것을 알고 있었다. 만일 내가 아버지 곁을 떠난다고 한다면, 부모 자식 간의 정에 따른 미련이 남을 뿐이었다. 선생님에 대해서는 아직 많은 것을 알지 못했다. 얘기해 주겠노라고 약속했던 선생님의 과거도 아직 들을 기회를 얻지 못했다. 한마디로 선생님은 나에게는 어슴푸레한 부분이었다. 기어코 그 부분을 뛰어넘어 밝은 데까지 나아가지 않고서는 성이 차지 않았다. 선생님과의 관계가 끊기는 것은 나에게는 큰 고통이었다. 나는 어머니에게 날짜를 봐달라고 해서 도쿄로 떠날 날을 정했다.

9

드디어 떠나기로 한 날을 앞두고(분명 이틀 전 저녁나절의 일이었던 것 같은데) 아버지가 또 갑작스레 쓰러졌다. 나는 그때 책이며 옷가지를 채워 넣은 고리짝을 끈으로 묶고 있었다. 아버지는 목욕을 하던 참이었다. 등을 밀어 주러 갔던 어머니가 큰 소리로 나를 불렀다. 나는 벌거벗은 채 어머니에게 뒤로 안겨 있는 아버지를 보았다. 그래도 사랑방으로 안고 돌아왔을 때, 아버지는 이제 괜찮다고 말했다. 혹시나 해서 베갯머리에 앉아 젖은 수건으로 이마를 식혀 주고 있던 나는 9시나 되어서야 겨우 시늉뿐인 저녁을 때웠다.

다음 날이 되자 아버지는 생각했던 것보다 기운을 차리셨다. 말리는 것도 듣지 않고 혼자 걸어서 변소에 가기도 했다.

「이제 괜찮다.」

아버지는 작년 연말에 쓰러졌을 때 나에게 했던 것과 똑같은 말을 되풀이했다. 그때는 과연 그 말대로 그럭저럭 괜찮아졌다. 나는 이번에도 어쩌면 그럴지도 모른다고 생각했다. 하지만 의사는 그저 조심해야 한다는 주의를 줄 뿐, 재차 확인해도 분명한 언질을 주지 않았다. 나는 불안해서 출발일이 되어서도 도쿄로 떠날 엄두가 나지 않았다.

「좀 더 상태를 지켜본 다음에 갈까요?」 나는 어머니와 상의했다.

「그렇게 좀 해다오.」어머니의 부탁이었다.

아버지가 마당에도 나가고 뒷문에도 내려갈 만큼 기운이

있는 동안에는 태연하더니, 이런 일이 일어나자 어머니는 또 필요 이상으로 걱정하면서 속을 끓였다.

「너는 오늘 도쿄에 가기로 하지 않았어?」아버지가 물었다.

「예, 좀 미뤘습니다.」내가 대답했다.

「나 때문이냐?」아버지가 되물었다.

그 순간 나는 주저했다. 그렇다고 말하면 아버지의 병이 위중하다는 반증이 되는 것이다. 아버지가 신경과민이 되게 하고 싶지는 않았다. 하지만 아버지는 내 마음속을 훤히 꿰뚫어 본 모양이었다.

「딱하게 됐구나.」그렇게 말하고는 마당 쪽으로 고개를 돌렸다.

나는 내 방에 들어가 그곳에 내던져진 고리짝을 보았다. 언제든 들고 나갈 수 있게 단단히 묶어 둔 채였다. 멍하니 그 앞에 서서 다시 끈을 풀까 하고 생각했다.

엉거주춤 서 있는 듯한 불안한 심정으로 다시 사나흘을 보냈다. 그런데 아버지가 또 쓰러졌다. 의사는 절대 안정을 지시했다.

「어떻게 된 일인지를 모르겠다.」어머니가 아버지에게 들리지 않게 작은 소리로 내게 말했다. 어머니의 얼굴은 무척 불안해 보였다. 나는 형과 누이에게 전보를 칠 준비를 했다. 하지만 자리에 누운 아버지는 거의 아무 고통의 기색도 없었다. 얘기도 잘하는 것을 보면 영락없이 감기에 걸렸을 때와 똑같았다. 게다가 식욕은 평소보다 더 좋았다. 옆에서 음식을 조심하라고 해도 쉽게 말을 듣지 않았다.

「어차피 죽을 텐데 맛있는 것이라도 먹고 죽어야지.」

맛있는 것이라는 아버지의 말이 나에게는 우스꽝스럽게, 또한 비참하게 들렸다. 아버지는 맛있는 것이 널려 있는 대도시에서는 살아 보지 못했다. 한밤중에 기껏해야 잘게 썬 찰떡 따위를 구워 달라고 해서 우적우적 먹고 있었다.

「어떻게 저리 소갈 들린 사람처럼 잘 드실까. 역시 정신이 멀쩡하시니 그런지도 모르겠다.」

어머니는 낙담해야 할 일에 오히려 기대를 걸고 있었다. 그러면서도 질병에 대해 쓰는 〈소갈〉이라는 옛날 말을 식탐이라는 뜻으로 쓰고 있었다.

큰아버지가 문병을 왔을 때, 아버지는 언제까지고 붙잡고 보내 주지 않았다. 섭섭하니 좀 더 있어 달라는 게 주된 이유였지만, 어머니와 내가 먹을 것을 양껏 주지 않는다고 하소연하는 것도 그 목적의 하나인 모양이었다.

10

아버지의 병세는 거기서 거기인 상태로 일주일 넘게 이어졌다. 나는 그사이에 규슈에 있는 형에게 긴 편지를 보냈다. 누이에게는 어머니에게 부탁해서 보냈다. 나는 속으로 아마도 이 편지가 아버지의 건강에 관해 두 사람에게 보내는 마지막 전갈이 될 거라고 생각했다. 그래서 양쪽 모두에게 여차할 경우에는 전보를 칠 테니 곧바로 출발하라는 얘기도 써

넣었다.

형은 일이 바쁜 공직에 있었고, 누이는 임신 중이었다. 그래서 아버지의 위험이 코앞에 닥치기 전까지는 마음대로 오라 가라 할 수 없었다. 그렇다고 어렵사리 시간을 내서 달려왔는데 이미 때를 놓쳤다, 라는 소리를 듣는 것도 괴롭다. 전보를 언제 쳐야 할지, 나는 남모르게 무거운 책임감을 느꼈다.

「그렇게 확실한 것까지는 나도 모르지요. 하지만 위험은 언제든 닥칠 수 있다는 점만은 꼭 유념해 주세요.」

정거장이 있는 시내에서 모셔 온 의사는 내게 그렇게 말했다. 나는 어머니와 상의해 그 의사의 주선으로 시내 병원에서 간호사 한 명을 데려오기로 했다. 아버지는 머리맡에 와서 인사하는 하얀 옷의 여자를 보고는 얼굴이 일그러졌다.

아버지는 죽을병에 걸렸다는 것을 이미 진작부터 자각하고 있었다. 그러면서도 눈앞에 닥친 죽음 자체는 깨닫지 못했다.

「머지않아 병이 나으면 한 번 더 도쿄에 놀러 가야겠다. 사람이란 언제 죽을지 모르니까 말이야. 뭐든 하고 싶은 건 살아 있는 동안에 해두는 게 장땡이야.」

어머니는 별수 없이 〈그때는 나도 함께 따라가야겠네요〉라며 맞장구를 쳐주고 있었다.

어떨 때는 또 몹시 쓸쓸해했다.

「내가 죽으면 부디 네 어머니를 잘 돌봐 다오.」

그 〈내가 죽으면〉이라는 말에 나는 한 가지 기억을 갖고 있었다. 도쿄를 떠날 때 선생님이 부인을 향해 몇 번이나 그 말을 거듭했던 것은 내가 졸업한 날 저녁의 일이었다. 나는 미소 띤 선생님의 얼굴과 불길한 소리라고 귀를 막던 부인의 모습 등이 생각났다. 그때의 〈내가 죽으면〉은 단순한 가정이었다. 방금 내가 들은 말은 이제 곧 닥쳐올 사실이었다. 나는 선생님을 대하던 부인의 태도를 따라 배울 수는 없었다. 하지만 입 끝으로는 어떻게든 아버지를 달래지 않으면 안 되었다.

「그런 약한 말씀을 하시면 안 돼요. 이제 곧 나으면 도쿄에 놀러 가겠다고 하셨잖아요. 어머니하고 함께. 이번에 가시면 분명 깜짝 놀라실 거예요, 너무 많이 변해서. 전차 노선만 해도 여러 개가 새로 생겼으니까요. 전차가 다니면 자연히 동네 모습도 바뀌고, 게다가 시구(市區) 개정도 있고, 도쿄가 조용할 때라고는 하루 24시간 중에 1분도 없다고 해도 좋을 정도[9]예요.」

나는 어쩔 수 없이 하지 않아도 될 말까지 주워섬겼다. 아버지는 다시 만족스러운 듯 그 말을 듣고 있었다.

환자가 있으니 자연히 집에 드나드는 사람들도 많아졌다. 근처에 사는 친척들은 이틀에 한 명꼴로 번갈아 가며 병문안을 왔다. 개중에는 상당히 멀리 살고 있어서 평소에 왕래가

9 당시 도쿄에서는 상당한 규모의 개발과 확장이 빠른 속도로 진행되었다. 나쓰메 소세키는 속성 계획을 급하게 밀어붙이는 사업에 대해 반발과 불안 의식이 해마다 깊어졌다. 〈끊임없이 서구의 압박을 받고 있는 국민은 모두가 신경 쇠약이 될 것〉이라고 통렬히 비판하고(『그 후』), 〈인간 전체의 불안이 나 한 사람에게 달려들고 다시 그 불안을 일각일초의 단시간에 좁혀 낸 두려움을 경험했다〉(『행인』)라고까지 고백한다. 그 밑바탕에는 도시 개조를 비롯해 미친 듯이 내달리는 일본의 개화 움직임에 대한 강한 불안감이 자리 잡고 있었다.

뜸했던 이들도 있었다. 〈어쩌나 걱정했는데 저런 정도라면 괜찮아. 얘기도 잘하고, 무엇보다 얼굴이 전혀 수척하지 않잖아〉라느니 해가며 돌아가는 이도 있었다. 내가 귀향할 당시에는 지나칠 만큼 조용하던 집안이 그런 일로 점점 시끌시끌해져 갔다.

　그런 속에서 꼼짝 않고 누워 있는 아버지의 병세는 오로지 좋지 않은 쪽으로 진행될 뿐이었다. 나는 어머니와 큰아버지와 상의한 끝에 마침내 형과 누이에게 전보를 쳤다. 형에게서는 곧바로 오겠다는 답장이 왔다. 누이 쪽에서는 매제가 출발한다는 소식을 전해 왔다. 누이는 지난번 임신 때 유산을 했기 때문에 이번에 또 습관이 되지 않도록 특히 조심할 생각이라고 전부터 얘기했던 터라서, 매제가 누이 대신 오려는 것인지도 몰랐다.

11

　그렇듯 어수선한 동안에도 나는 아직 조용히 앉아 있을 여유가 있었다. 어쩌다 책을 펼치고 열 장씩 연달아 읽을 시간이 나곤 했다. 일단 단단히 묶였던 내 고리짝은 어느새 풀려 버렸다. 나는 필요한 대로 그 속에서 여러 가지 것을 끄집어냈다. 도쿄에서 출발할 때 마음속으로 정한 이번 여름의 일과를 되짚어 보았다. 실행한 것은 그 일과의 3분의 1도 안 되었다. 나는 지금까지도 이런 불쾌함을 여러 번 되풀이해 왔다. 하지만 이번 여름만큼 계획했던 대로 일이 풀리지 않은 경우도 드물었다. 이런 게 세상살이인가 싶어 체념하면서도 답답한 마음에 휩싸였다.

그런 불쾌감을 떠안은 채 한편으로는 아버지의 병환을 고민했다. 아버지가 세상을 떠나신 뒤의 일들을 상상했다. 그와 동시에 머릿속 또 한편에서는 선생님을 떠올렸다. 불쾌감의 양쪽 끝에서 지위와 교육과 성격이 전혀 다른 두 사람의 모습을 찬찬히 들여다보았다.

아버지의 머리맡을 떠나 홀로 어질러진 책 가운데 팔짱을 끼고 있는 참에, 어머니가 얼굴을 내밀었다.

「잠깐 낮잠이라도 자둬라. 너도 어지간히 고단할 텐데.」

어머니는 내 기분을 알지 못했다. 나 또한 어머니에게 그런 것을 기대할 만큼 어린애도 아니었다. 나는 짧게 감사 인사를 했다. 어머니는 그래도 방문 앞에 서 있었다.

「아버지는요?」 내가 물었다.

「지금 곤히 주무시네.」 어머니가 대답했다.

그러고는 불쑥 안으로 들어와 내 옆에 앉았다.

「그 선생님에게서는 아직 아무 연락도 없었니?」 어머니가 물었다.

어머니는 지난번의 내 말을 굳게 믿고 있었다. 그때 나는 선생님에게서 틀림없이 답장이 올 거라고 어머니에게 장담했다. 하지만 아버지나 어머니가 희망하는 답장이 오리라고는 그때도 전혀 기대하지 않았다. 나는 또 다른 꿍꿍이가 있어 어머니를 속인 것이나 마찬가지인 결과가 되고 말았다.

「다시 한번 편지를 보내 봐.」어머니가 말했다.

도움이 되지 않을 편지라도 그게 어머니의 마음에 위안이 된다면 몇 통쯤 써 보내는 수고를 마다할 생각은 없었다. 하지만 그런 용건으로 선생님을 채근하는 것은 나에게 고통이었다. 아버지에게 꾸지람을 듣거나 어머니의 기분을 상하게 하는 것보다 선생님에게 경멸당하는 게 훨씬 더 두려웠다. 그 부탁 편지에 여태까지 답이 없는 것도 어쩌면 그런 이유 때문인지 모른다는 은근한 걱정도 있었다.

「편지 쓰는 것쯤이야 별일 아니지만, 이런 일은 우편으로는 도저히 얘기가 안 돼요. 아무래도 제가 도쿄에 가서 직접 부탁하고 다녀야지요.」

「그래도 네 아버지가 저러시니, 네가 언제 도쿄에 갈 수 있을지 모르잖아.」

「그러니 지금은 못 가지요. 나으실지 어떨지 분명해지기 전까지는 여기 있을 생각이에요.」

「그야 뻔한 얘기지. 당장 어떻게 될지 모르는 환자를 나 몰라라 하고 어떻게 마음대로 도쿄에 갈 수 있겠니?」

나는 처음에는 아무것도 모르는 어머니를 내심 딱하게 여겼다. 하지만 어머니가 왜 그 문제를 이런 어수선한 때에 들고 나서는지 이해할 수 없었다. 내가 아버지의 병환을 내버려 두고 조용히 앉아 책을 들여다볼 여유를 갖는 것처럼, 어머니도 눈앞의 환자를 잊고 다른 일을 생각할 만큼 마음에 여유가 생긴 것인가 싶었다. 그러자 어머니가 〈실은 말이지〉라고 입을 열었다.

「실은 네 아버지가 살아 계시는 동안에 네 일자리가 정해지면 얼마나 마음이 놓이실까 해서 그래. 이 상태라면 도저히 때를 못 맞출지도 모르지만, 그래도 아직 저렇게 말도 잘하고 정신도 멀쩡하시니까 이런 참에 기쁘게 해드리는 게 효도가 아니겠니.」

딱하게도 나는 효도도 못 하는 처지였다. 결국 나는 선생님에게 단 한 줄의 편지도 보내지 않았다.

12

형이 도착했을 때, 아버지는 자리에 누운 채 신문을 보고 있었다. 아버지는 평소에도 만사를 제쳐 놓고 신문만은 훑어보는 게 습관이었으나 자리보전을 하고부터는 따분한지 더욱더 읽으려 들었다. 어머니도 나도 굳이 말리지 못하고, 되도록 환자가 원하는 대로 하게 해주었다.

「이만큼 기운이 있으시면 괜찮지요. 몹시 안 좋으신가 하고 왔더니만, 아주 좋아 보이시는데요?」

형은 그런 말을 하면서 아버지와 이야기를 나눴다. 지나치게 밝은 그 말투가 내게는 도리어 어색하게 들렸다. 하지만 아버지 앞을 떠나 나와 마주했을 때는 오히려 침울해져 있었다.

「신문 같은 걸 읽으시면 안 되는 거 아니냐?」

「나도 그렇게 생각하는데, 꼭 읽겠다고 하시니 어쩔 수가 없어.」

형은 내 변명을 말없이 듣고 있었다. 이윽고 〈알기는 하고 읽으시는 건가?〉라고 말했다. 형은 아버지의 이해력이 병으로 인해 평소보다 상당히 둔해졌다고 관찰한 모양이었다.

「정신은 멀쩡하셔. 아까 내가 20분쯤 머리맡에 앉아서 이런저런 얘기를 해봤는데, 이상한 점은 전혀 없었어. 이 상태라면 아마 아직 한참은 버텨 내실지도 모르겠어.」

형과 전후해 도착한 매제의 의견은 우리보다 훨씬 더 낙관적이었다. 아버지는 그를 마주하고 누이에 대해 이것저것 물어보았다. 〈지금 홀몸도 아니니 함부로 기차 같은 건 타지 않는 게 좋아. 무리해서 문병을 오면 도리어 내가 걱정스럽다〉라고 말했다. 〈이제 곧 병이 낫는 대로 내가 아기 얼굴을 보러 갈 테니까 괜찮아〉라는 말도 했다.

노기 장군[10]이 죽었을 때도 아버지는 신문으로 가장 먼저 그 소식을 알았다.

〈큰일 났다, 큰일 났어〉라고 말했다.

아무것도 모르고 있던 우리는 그 갑작스러운 말에 화들짝 놀랐다.

---

10 乃木希典(1849~1912). 일본 육군 대장으로, 세이난 전쟁과 청일 전쟁, 러일 전쟁 등에 종군했다. 1912년에 자신을 신임하던 메이지 천황이 서거하자, 장례 행렬이 궁성을 나서는 조포(弔砲)를 신호로 도쿄의 자택에서 아내와 함께 자결했다. 장례 다음 날인 9월 14일에 각 신문에 기사가 실렸다. 유서에는 군주의 죽음을 따르는 〈순사(殉死)〉임을 알리는 내용이 있었으나, 순사는 에도 막부에서 1663년에 이미 금지한 것이었다. 그의 죽음은 당시 일본 사회에 찬반양론 등 큰 반향을 불러일으켰다.

「그때는 드디어 머리가 이상해지셨나 하고 등이 서늘하더라.」나중에 형이 내게 말했다. 「예, 저도 실은 깜짝 놀랐네요.」매제도 동감이라는 말투였다.

그 무렵의 신문은 실제로 시골 사람들에게는 매일매일 목을 빼고 기다릴 만한 기사들이 가득했다. 나는 아버지의 머리맡에 앉아 꼼꼼히 신문을 읽었다. 읽을 틈이 없을 때는 슬쩍 내 방으로 가져와 빠짐없이 훑어보기도 했다. 나는 군복을 입은 노기 장군과 궁녀 같은 옷차림의 부인의 모습을 오래도록 잊을 수가 없었다.

비통한 바람이 시골구석까지 불어와 잠든 나무며 풀잎을 뒤흔드는 가운데, 나는 갑작스럽게 선생님에게서 한 통의 전보를 받았다. 양복 입은 사람을 보면 개가 짖어 댈 정도인 이곳에서는 전보 한 통조차 큰 사건이었다. 역시나 전보를 받아 든 어머니는 놀란 기색으로 굳이 나를 사람들이 없는 곳으로 불러냈다.

「무슨 일이래?」어머니는 봉투를 뜯기를 내 옆에서 기다리고 있었다.

전보에는 잠시 만나고 싶으니 도쿄에 올 수 있겠느냐는 내용이 간단히 적혀 있었다. 나는 고개를 갸웃거렸다.

「이건 틀림없이 부탁해 둔 그 일자리 얘기네.」어머니가 성급한 지레짐작을 했다.

나도 어쩌면 그럴지도 모른다고 생각했다. 하지만 그렇다고 하기에는 좀 이상하기도 했다. 어찌 됐든 형과 매제까지 불러들인 터에 내가 병든 아버지를 제쳐 두고 도쿄에 갈 수는 없었다. 나는 어머니와 상의해서 갈 수 없다는 답장 전보를 치기로 했다. 최대한 간략하게 아버지의 병환이 위독해졌다는 내용을 덧붙였지만, 그래도 마음이 놓이지 않아 그날 안에 자세한 사정을 편지로 써서 우편으로 부쳤다. 부탁해 둔 일자리 얘기라고 딱 믿고 있는 어머니는 〈상황이 안 좋을 때라서 참 어쩔 수가 없구나〉라면서 몹시 안타까운 표정을 지었다.

13

내가 쓴 편지는 꽤 긴 것이었다. 어머니도 나도 이번에야말로 선생님에게서 뭔가 연락이 올 거라고 생각했다. 그런데 편지를 부치고 이틀 만에 다시 내 앞으로 전보가 왔다. 거기에는 오지 않아도 괜찮다는 말뿐이었다. 나는 그것을 어머니에게 보여 주었다.

「아마 그 얘기는 편지로 해주실 모양이지?」

어머니는 어디까지나 선생님이 나를 위해 의식주를 해결할 일자리를 주선해 주려는 거라고 해석한 모양이었다. 나도 어쩌면 그럴지도 모른다고 생각했지만, 선생님의 평소 모습으로 미루어 보면 아무래도 이상했다. 선생님이 내 일자리를 찾아 준다? 그건 있을 수 없는 일로 생각되었다.

「어쨌든 제 편지는 아직 그쪽에 도착하지도 않았을 테니, 이 전보는 그 전에 보낸 게 틀림없어요.」

나는 어머니에게 그런 뻔한 말을 했다. 어머니도 맞는 말이라는 듯이 〈그렇겠네〉라고 대답했다. 내 편지를 보기 전에 선생님이 전보를 쳤다는 것이 그를 이해하는 데 아무 도움도 되지 않는데도.

　그날은 마침 주치의가 시내에서 원장을 데려오기로 했기 때문에 어머니와 나는 그 일에 대해 더 얘기할 기회가 없었다. 두 의사가 들여다보며 환자에게 관장 등의 진료를 하고 돌아갔다.

　아버지는 의사에게 절대 안정이라는 지시를 받은 뒤로 대소변을 모두 자리에 누운 채 남의 손을 빌려 처리했다. 깔끔한 성품이라서 처음 한동안은 질색을 했지만, 몸이 말을 듣지 않으니 어쩔 수 없이 마지못한 듯 자리에서 볼일을 보았다. 그러던 게 병이 깊어지면서 정신도 점점 둔해진 건지, 하루하루 지날수록 그 나태한 배설에 신경을 쓰지 않게 되었다. 가끔은 요와 깔개를 더럽혀서 옆 사람이 미간을 찌푸리는데도 본인은 오히려 태연했다. 하긴 병의 특성상 소변의 양은 아주 적어졌다. 의사는 그 점을 염려했다. 식욕도 점차 시들해졌다. 어쩌다 뭔가 먹고 싶다고 해도 혀가 원하는 것일 뿐, 목구멍으로는 아주 적은 양밖에 넘기지 못했다. 그토록 좋아하던 신문도 손에 들 기력이 없었다. 베개 옆의 노안경은 언제까지고 검은 안경집에 끼워진 채였다. 어린 시절부터 친하게 지냈고 지금은 10리쯤 떨어진 곳에 사는 사쿠 아저씨가 문병을 왔을 때, 아버지는 〈아이구, 사쿠, 자네가 왔는가〉라면서 탁해진 눈을 그에게로 향했다.

「사쿠, 잘 왔네. 자네는 건강하니 부럽구먼. 나는 이제 틀렸어.」

「무슨 소린가. 자네는 자식이 둘이나 대학을 졸업했는데, 병이 좀 들었다고 그게 뭔 대수인가. 나를 좀 봐, 마누라 먼저 세상 떠나고 자식도 없잖아. 그저 이렇게 목숨만 부지하고 있지. 건강해 봤자 아무 낙이 없어.」

관장을 한 것은 사쿠 아저씨가 다녀가고 2~3일 뒤였다. 아버지는 의사 덕분에 아주 편해졌다면서 좋아했다. 자신의 수명에 대해 조금은 배짱이 생긴 듯 기분이 환해졌다. 옆에 있던 어머니는 거기에 끌려들었는지, 아니면 환자에게 힘을 보태 주기 위해서였는지, 선생님에게서 전보가 온 것을 마치 아버지가 원하던 대로 내 일자리가 도쿄에 정해진 것처럼 이야기했다. 그 옆에서 나는 입이 근질거리는 기분이었지만, 어머니의 말을 가로막을 수도 없어 잠자코 듣고 있었다. 환자는 흐뭇해하는 표정이었다.

「거참, 잘됐네요.」 매제도 말했다.

「어떤 자리인지는 아직 모르는 거냐?」 형이 물었다.

새삼스럽게 부정하고 나설 용기는 없었다. 나 스스로도 뭔지 모를 애매한 대답을 하고 얼른 자리를 떴다.

14

아버지의 병은 최후의 일격이라는 아슬아슬한 지점에 도

달한 참에 잠시 주춤거리는 것처럼 보였다. 가족들은 운명의 선고가 오늘 떨어질지 내일 떨어질지 밤마다 걱정하며 잠자리에 들었다.

아버지는 곁의 사람들을 괴롭힐 만큼 고통스러워하지는 않았다. 그런 점에서 간병은 수월한 편이었다. 만일의 경우를 대비해 한 사람씩 교대로 깨어 있었지만, 나머지 사람들은 정해진 시간에 각자의 잠자리로 물러나도 별 지장이 없었다. 어쩌다 퍼뜩 잠이 깬 참에 희미하게 환자의 신음 소리를 들었다고 착각한 나는, 한 차례 오밤중에 잠자리를 빠져나와 혹시나 하고 아버지의 머리맡에 가본 적이 있었다. 그날 밤은 어머니가 깨어 있을 차례였다. 하지만 어머니는 아버지 옆에서 팔베개를 하고 잠들어 있었다. 아버지도 깊은 잠의 뒤편에 가만히 있는 사람처럼 조용했다. 나는 살금살금 발소리를 죽여 다시 내 잠자리로 돌아왔다.

나는 형과 함께 모기장 안에서 잤다. 매제는 그래도 손님 대접을 해주자는 것인지 혼자 뚝 떨어진 방에서 잤다.

「세키 씨도 딱하다. 저렇게 며칠씩 붙잡혀서 돌아가지도 못하고.」

〈세키〉는 매제의 성이다.

「그리 바쁜 처지가 아니라서 저렇게 며칠씩 있겠지. 세키 씨보다 형이 곤란하잖아, 이렇게 길어져서는.」

「곤란해도 어쩔 수 없지, 다른 일도 아니고.」

형과 나란히 잠자리에 누워 그런 얘기를 주고받았다. 형의 머릿속에도, 내 마음속에도 아버지는 어차피 못 사신다는 생각이 있었다. 어차피 가망이 없다면, 이라는 생각도 있었다. 우리는 자식으로서 아버지가 돌아가시기를 기다리는 듯한 꼴이었다. 하지만 우리는 자식으로서 차마 그런 말을 꺼내지 못했다. 그리고 서로 어떤 생각을 하는지도 잘 알고 있었다.

「아버지는 아직도 나을 줄 아시는 것 같더라.」 형이 내게 말했다.

실제로 형이 말하는 것처럼 보이는 면도 없지 않았다. 이웃 사람이 문병을 오면 아버지는 꼭 만나겠노라고 고집을 피웠다. 만나면 매번 내 졸업 잔치에 부르지 못한 것을 아쉬워했다. 그 대신 내 병이 나으면, 이라는 말도 간간이 덧붙였다.

「네 졸업 잔치는 안 해서 다행이지. 나 때는 정말 난감해서 어쩔 줄을 몰랐는데.」 형이 내 기억을 깨웠다. 부어라 마셔라 술에 빠졌던 그때의 시끌벅적한 장면이 떠올라서 나는 쓴웃음을 지었다. 술과 음식을 강권하며 돌아다니던 아버지의 모습도 씁쓸하게 눈앞에 떠올랐다.

우리는 그다지 사이좋은 형제는 아니었다. 어릴 때는 곧잘 싸워서 나이 적은 내가 매번 울어야 했다. 학교에 들어간 뒤 전공이 달랐던 것도 전적으로 성격 차이에서 비롯되었다. 대학에 다닐 때는, 특히 선생님을 만난 뒤로는 멀찌감치 형을 바라보며 항상 동물적이라고 생각하곤 했다. 오랫동안 형을 만나지 못했기 때문에, 그리고 멀리 떨어진 곳에 있었기 때문에 시간상으로나 거리상으로나 형은 항상 나와는 먼 존재였다. 그래도 오랜만에 이렇게 만나고 보니 형제간의 정이 어디선가 저절로 솟아났다. 상황이 상황인 것도 큰 원인이었다. 우리 둘에게 공통된 아버지, 그 아버지가 세상을 떠나려고 하는 머리맡에서 형과 나는 손을 맞잡은 것이었다.

「너는 앞으로 어떻게 할 생각이냐?」 형이 물었다. 나는 나대로 전혀 엉뚱한 질문을 형에게 건넸다.

「도대체 우리 집 재산은 어떻게 되어 있을까?」

「나야 모르지. 아버지가 아직 아무 말씀도 없으셨으니까. 하지만 재산이라고 해봤자 돈으로 치면 뻔한 정도일걸.」

어머니는 또 어머니대로 선생님의 답장에 대한 걱정을 하고 있었다.

「아직 편지 안 왔니?」 그렇게 나를 채근했다.

15

「선생님, 선생님, 하는 건 대체 누구 얘기냐?」 형이 물었다.

「지난번에 말했잖아.」 나는 그렇게 대꾸했다. 자기가 질문해 놓고 금세 남의 말을 잊어버리는 형에 대해 불쾌한 마음이 들었다.

「듣기는 들었는데…….」

필시 듣기는 했지만 이해하지 못할 말이었다는 뜻이었다. 내 입장에서는 굳이 선생님을 형에게 이해시킬 필요는 없었다. 하지만 화는 났다. 또다시 형다운 면모가 드러났다고 생각했다.

내가 선생님, 선생님, 하며 존경한다면 그 사람은 반드시 저명인사여야 한다는 식으로 형은 생각했다. 최소한 대학교 수쯤은 될 것이라고 보고 있었다. 이름 없는 사람, 아무 일도 하지 않는 사람, 그런 사람이 무슨 가치가 있겠는가. 형의 생각은 그런 점에서 아버지와 완전히 똑같았다. 하지만 아무것도 못 하니까 놀고 있다고 속단하는 아버지에 비해, 형은 뭔가 할 능력이 있는데도 빈둥빈둥 노는 자들은 하나같이 시원찮은 인간이라는 식이었다.

「에고이스트[11]는 틀려먹었어. 아무 일도 하지 않고 살겠다는 건 뻔뻔스러운 소견머리잖아. 인간이란 자신이 가진 재능을 가능한 한 활용해야지, 안 그러면 다 헛소리야.」

나는 형에게 방금 말한 에고이스트의 의미를 제대로 알고나 있느냐고 되묻고 싶었다.

「그래도 그 사람 덕분에 일자리가 구해진다면 뭐 다행이지. 아버지도 좋아하실 게 틀림없고.」

형은 나중에야 그렇게 덧붙였다. 선생님에게서 명확한 편지가 온 것도 아니라서 나는 꼭 일자리가 구해진다고 믿을 수도 없었고, 그런 말을 입 밖에 낼 용기도 없었다. 하지만 어머니가 지레짐작으로 가족들에게 다 얘기해 버린 지금에 와서 갑자기 그게 아니라고 할 수도 없었다. 어머니가 채근할 것도 없이 나 역시 선생님의 편지를 내내 기다렸다. 그리고 그 편지에 제발 가족들이 원하는 대로 먹고사는 문제를 해결해 줄 일자리 얘기가 적혀 있었으면 좋겠다고 빌었다. 죽음

---

11 에고이스트는 당시에 〈이기주의자〉, 〈주아(主我)주의〉, 〈자아주의〉, 〈개인주의〉 등 다양한 의미로 번역되어 쓰였다.

이 임박한 아버지 앞에서, 그런 아버지를 얼마간이라도 안심시켜 드리자는 어머니 앞에서, 일하지 않으면 인간이 아니라는 식으로 말하는 형 앞에서, 그 밖에 매제나 큰아버지와 큰어머니 앞에서, 나는 스스로는 관심도 없는 그 일로 골머리를 썩이지 않으면 안 되었다.

아버지가 이상한 누런 것을 토했을 때, 나는 전에 선생님과 부인이 얘기했던 위험한 증세가 생각났다. 「저렇게 오래 누워 있으니 위가 나빠질 만도 하지.」 그렇게 말하는 어머니의 얼굴을 보며, 아무것도 모르는 어머니가 가엾어서 나는 눈물이 핑 돌았다.

형과 사랑방에서 마주쳤을 때, 형은 〈얘기 들었냐?〉라고 내게 물었다. 의사가 돌아가는 참에 형에게 했던 얘기를 들었느냐는 뜻이었다. 나는 의사의 설명을 들을 것도 없이 어떤 의미인지 이미 알고 있었다.

「너는 여기 돌아와 집안일을 맡아 줄 생각은 없어?」 형이 나를 돌아보며 말했다. 나는 어떻다고도 대답할 수 없었다.

「어머니 혼자 어떻게 하실 수가 없잖아.」 형이 다시 말했다. 형은 나를 흙냄새나 맡다가 늙어 죽어도 아깝지 않은 인간으로 보고 있었다.

「책을 읽으면서 살 거라면 시골에서도 충분히 가능하고, 게다가 따로 일자리를 구할 필요도 없으니 마침 좋잖아.」

「형이 돌아오는 게 순서지.」 내가 말했다.

「내가 그럴 수 있겠냐?」 형은 한마디로 딱 잘라 물리쳤다. 형의 머릿속에는 앞으로 세상에 나가 뛰어 보겠다는 의욕이 가득 차 있었다.

「네가 싫다면 큰아버지한테 맡아 달라고 부탁하겠지만, 그
렇다고 해도 어머니는 우리 둘 중 누군가가 모셔야 돼.」

「어머니가 과연 이 집을 떠나려고 하실지, 그것부터가 의
문이야.」

형제는 아직 아버지가 돌아가시기도 전에 돌아가신 뒤의
일에 대해 그런 식으로 입씨름을 하고 있었다.

16

아버지는 이따금 헛소리를 하게 되었다.

「노기 장군에게 죄송스럽구나. 참으로 면목이 없어. 아니,
나도 곧 뒤따라갈 테니……」

불쑥 그런 말을 하곤 했다. 어머니는 불길하다고 겁을 냈
다. 되도록 가족을 모두 머리맡에 불러 두려고 했다. 정신이
멀쩡할 때는 자꾸만 적적해하는 환자에게도 그게 희망을 주
는 것처럼 보였다. 특히 방 안을 둘러보다가 어머니가 눈에
띄지 않으면 아버지는 반드시 〈네 어머니는?〉 하고 물었다.
일부러 묻지 않아도 눈빛이 그렇게 말하고 있었다. 나는 그
때마다 일어나 어머니를 찾으러 갔다. 〈왜요, 뭐가 필요해
요?〉라고 어머니가 하던 일을 팽개치고 방으로 들어오면, 아
버지는 그저 어머니의 얼굴을 빤히 쳐다볼 뿐 아무 말도 하
지 않을 때가 있었다. 그런가 하면 전혀 뜬금없는 소리를 하

기도 했다. 갑작스럽게 〈여보, 당신에게 이래저래 신세를 졌소〉라고 다정한 말을 건넸다. 그런 말을 들으면 어머니는 번번이 눈물을 글썽였다. 그리고 그다음에는 매번 건강하던 예전의 아버지가 대조적으로 떠오르는 모양이었다.

「저런 정에 약한 소리를 하신다만, 예전엔 나한테 얼마나 심하게 굴었는데.」

어머니는 아버지에게 빗자루로 등을 얻어맞았을 때의 일 등을 이야기했다. 지금까지 몇 번이고 그 얘기를 들었던 나와 형은 평소와는 전혀 다른 심정으로 어머니의 말을 아버지의 유품처럼 귀에 담았다.

아버지는 자신의 눈앞에 어른거리는 죽음의 그림자를 보면서도 아직 유언 비슷한 것은 하지 않았다.

「지금이라도 뭔가 말씀을 들어 둬야 하는 거 아닐까?」 형이 내 얼굴을 보며 말했다.

「글쎄요.」 나는 대답했다. 우리 쪽에서 먼저 나서서 그런 얘기를 꺼내는 것은 환자를 위해 좋을 수도 있고 나쁠 수도 있다고 생각했기 때문이다. 둘이서 결론을 내지 못해 결국 큰아버지와 상의해 보았다. 큰아버지도 고개를 갸웃거렸다.

「하고 싶은 말이 있는데 그걸 못 하고 떠나는 것도 섭섭할 거고, 그렇다고 이쪽에서 재촉하는 것도 좋지 않을 것 같고.」

그 얘기는 결국 흐지부지되어 버렸다. 그러던 참에 혼수상태가 왔다. 항상 그렇듯이 아무것도 모르는 어머니는 그것을 그저 잠든 것으로 착각하고 도리어 기뻐했다. 〈이렇게 편안하게 푹 주무시니 옆에서 간호하는 사람도 편하네〉라고 말했다.

아버지는 이따금 눈을 뜨고 아무개는 어디 갔느냐고 갑작스럽게 물었다. 그 아무개는 반드시 방금 전까지 그곳에 앉아 있던 사람이었다. 아버지의 의식에는 어두운 곳과 환한 곳이 생겨나서, 그 환한 부분만 어둠을 누비는 하얀 실처럼 일정한 간격을 두고 띄엄띄엄 연결되는 것처럼 보였다. 어머니가 혼수상태를 평범한 잠으로 착각한 것도 무리는 아니었다.

그러다가 혀가 점점 꼬여 갔다. 뭔가 말을 시작해도 말끝이 분명치 않아서 아무도 알아듣지 못하는 일이 많았다. 그러면서도 처음 말을 꺼낼 때는 위독한 환자라고 생각되지 않을 만큼 힘찬 목소리를 냈다. 그러니 우리는 평소보다 목소리를 높여 귓가에 입을 갖다 대듯이 말하지 않으면 안 되었다.

「머리를 시원하게 해드리면 좋으세요?」

「응.」

나는 간호사와 함께 아버지의 물베개를 바꿔 주고 새 얼음을 채운 얼음주머니를 이마에 얹었다. 대충대충 깨뜨려서 모가 난 얼음 파편이 주머니 속에서 다듬어지는 동안, 나는 아버지의 벗어진 이마 바깥쪽에서 그 얼음주머니를 가만히 누르고 있었다. 그때 형이 복도를 건너와 우편물 한 통을 말없이 내 손에 건네 주었다. 비어 있던 왼손을 내밀어 그 우편물을 받아 든 나는 즉시 뭔가 이상하다는 느낌이 들었다.

보통 편지에 비해 상당히 묵직한 것이었다. 일반적으로 사용하는 봉투도 아니었다. 또한 보통 봉투에 들어갈 만한 분량도 아니었다. 반지(半紙)로 감싸고 봉하는 선을 꼼꼼히 풀로 붙였다. 그것을 형의 손에서 받아 들었을 때 곧바로 등기우편이라는 것을 알았다. 뒷면을 보니 선생님의 이름이 얌전한 글씨로 적혀 있었다. 손을 놓을 수 없는 나는 곧장 봉투를 뜯지 못하고 우선 품속에 꽂아 넣었다.

17

그날은 아버지의 병세가 유난히 힘들어 보였다. 내가 변소에 가려고 자리를 떴을 때, 복도에서 마주친 형이 〈어디 가냐?〉라고 당번병 같은 말투로 캐물었다.

「상태가 좀 심상치 않으니까 되도록 옆에 붙어 있어야지.」
그렇게 주의를 주었다.

나도 같은 생각이었다. 품속에 넣은 편지는 그대로 둔 채다시 방으로 돌아왔다. 아버지는 눈을 뜨고 옆에 나란히 앉은 이들의 이름을 어머니에게 물었다. 어머니가 이건 누구, 저건 누구, 라고 일일이 설명해 주자 아버지는 그때마다 고개를 끄덕였다. 고개를 끄덕이지 않을 때는 어머니가 목소리를 높이며 누구누구예요, 아시겠어요, 라고 다시 확인하기도했다.

「참말로 이래저래 큰 폐를 끼치네.」
아버지는 그렇게 말했다. 그리고 다시 혼수상태에 빠졌다. 머리맡에 빙 둘러앉은 이들은 하나같이 한동안 말없이 환자의 상태를 응시했다. 이윽고 그중 한 사람이 일어나 옆의 작은방으로 갔다. 그러자 다시 한 사람이 자리를 떴다. 나도 마침내 세 번째로 자리를 벗어나 내 방으로 건너왔다. 아까 품속에 넣어 둔 우편물을 열어 보려는 목적 때문이었다. 환자의 머리맡에서도 쉽게 할 수 있는 일이기는 했다. 하지만 편지의 분량이 너무 많았기 때문에 거기서 단숨에 다 읽을 수는 없었다. 나는 따로 시간을 내서 읽고 싶었다.

질긴 섬유질의 겉봉투를 할퀴듯이 찢었다. 안에서 나온 것은 가로세로로 그어진 괘선 안에 단정하게 쓰인 원고 같은 것이었다. 풀칠로 봉하기 편리하게 네 번 접혀 있었다. 나는 접힌 자국이 난 서양 종이를 반대로 접어 읽기 쉽도록 판판하게 폈다.

그 많은 양의 종이와 잉크가 내게 어떤 얘기를 하려는 것인가 싶어서 나는 내심 놀랐다. 동시에 아버지도 마음에 걸렸다. 일단 이 편지를 읽기 시작하면 다 읽기도 전에 아버지에게 분명 뭔가 일이 생긴다, 적어도 형이나 어머니, 아니면 큰아버지가 나를 불러 댈 게 틀림없다, 라는 예감이 들었다. 조용하게 선생님이 보내 준 서신을 읽을 만한 기분이 아니었다. 나는 안절부절못하면서 맨 앞 장을 읽었다. 그건 아래와 같이 써 내려간 것이었다.

귀하가 내 과거를 캐물었을 때 대답하지 못했던 용기 없는 나는 지금 귀하 앞에 그것을 명명백백히 밝힐 자유를 얻었다고 믿고 있습니다. 하지만 이 자유는 귀하의 상경을 기다리는 사이에 다시 잃어버리고 말 세속적인 자유에 지나지 않습니다. 따라서 그것을 이용할 수 있을 때 이용하지 않고서는 내 과거를 귀하의 머릿속에 간접 경험으로서 가르쳐 줄 기회를 영구히 놓쳐 버리게 될 것입니다. 그러면 그때 그토록 단단히 약속했던 내 말은 완전히 거짓이 되겠지요. 어쩔 수 없이 나는 말로 해야 할 일을 펜으로 써 내려가기로 했습니다.

거기까지 읽고 나는 비로소 이 기나긴 글이 무엇을 위해 쓰였는지 그 이유를 분명히 알 수 있었다. 내가 먹고살 일자리, 그런 것 따위에 선생님이 편지를 보내 줄 만큼 속된 배려는 없다는 것은 애초부터 알고 있었다. 하지만 글쓰기를 꺼려하는 선생님이 어째서 그 일에 대해 이렇게 긴 글을 써서 내게 보여 줄 마음을 먹은 것일까? 왜 내가 상경할 때까지 기다릴 수 없다는 것일까?

〈자유를 얻었으니 얘기하겠다. 하지만 이 자유는 다시 영구히 잃어버리고 말 것이다.〉

나는 마음속으로 그렇게 되짚어 보면서 무슨 뜻인지 이해하려고 애를 썼다. 문득 불안감이 덮쳐들었다. 나는 연달아 그다음 장을 읽으려고 했다. 그때 아버지의 방 쪽에서 큰 소리로 나를 찾는 형의 목소리가 들려왔다. 깜짝 놀라서 벌떡 일어섰다. 복도를 뛰다시피 모두가 있는 쪽으로 갔다. 마침내 아버지에게 최후의 순간이 다가왔다고 나는 각오를 다졌다.

18

방에는 어느새 의사가 와 있었다. 되도록 환자를 편하게 해주자는 뜻에서 다시 관장을 시도하는 참이었다. 간호사는 간밤의 피로를 풀기 위해 다른 방에서 자고 있었다. 간호에 익숙하지 않은 형은 선 채로 어물어물하고 있었다. 내 얼굴을 보더니 〈좀 거들어 줘〉라고 말하고는 자신은 주저앉았다. 나는 형을 대신해 기름종이를 아버지 엉덩이 밑에 대주었다.

아버지의 상태가 조금 누그러들었다. 30분쯤 머리맡에 앉아 있던 의사는 관장 결과를 한참 지켜보고는 다시 오겠다고 말하고 돌아갔다. 가는 참에 혹시 무슨 일이 생기면 언제든 호출하라고 일부러 당부를 했다.

금세라도 변고가 생길 듯한 방을 떠나 나는 다시 선생님의 편지를 읽어 보려고 했다. 하지만 전혀 마음이 가라앉지 않았다. 책상 앞에 앉자마자 다시 형이 큰 소리로 불러 댈 것 같았다. 그리고 이번에 불려 나가면 그게 마지막일 것이라는 두려움에 손이 떨렸다. 나는 선생님의 편지를 그저 무의미하게 넘겨보았다. 내 눈은 착실히 칸 속에 새겨진 글자의 획을 보고 있었다. 하지만 그걸 읽을 여유는 없었다. 건너뛰며 읽을 여유조차 쉽지 않았다. 맨 끝 장까지 차례대로 넘겨보고 다시 원래대로 접어 책상에 올려놓으려고 했다. 그 순간 끝부분쯤의 한 문장이 퍼뜩 내 눈에 들어왔다.

이 편지가 귀하의 손에 들어갈 때쯤 나는 이미 이 세상에 없을 것입니다. 진즉에 죽고 없을 것입니다.

섬뜩했다. 지금까지 어수선하게 흔들리던 마음이 단숨에 얼어붙는 느낌이었다. 편지를 다시 거꾸로 넘겼다. 그리고 한 장에 한 줄쯤의 비율로 거꾸로 읽어 나갔다. 아주 잠깐 사이에 내가 알아야 할 것들을 알아내려고 휘날리는 글자들을 눈으로 꿰뚫어 보려고 했다. 그때 내가 알려고 했던 것은 오로지 선생님의 안부뿐이었다. 선생님의 과거, 전에 선생님이 내게 말해 주겠노라고 약속했던 그 어슴푸레한 과거 따위는 내게 아무 쓸모도 없는 것이었다. 거꾸로 편지를 넘겨봐도 내게 필요한 지식을 쉽사리 내주지 않는 그 긴 편지를 결국 애타는 마음으로 접어 버렸다.

나는 다시 아버지를 보러 방문 앞까지 갔다. 환자의 머리맡은 의외로 조용했다. 맥이 빠진 듯 지친 얼굴로 앉아 있는 어머니를 불러내서 〈어때요, 상태는?〉이라고 물어보았다. 어머니는 〈이제 좀 견딜 만하신가 봐〉라고 대답했다. 나는 아버지 눈앞에 얼굴을 내밀고 〈어떠세요, 관장을 하니까 좀 편해지셨어요?〉라고 물었다. 아버지는 고개를 끄덕였다. 또렷하게 〈고맙다〉라고 말도 했다. 아버지의 의식은 의외로 몽롱하지 않았다.

다시 방을 나와 내 방으로 갔다. 거기서 시계를 보며 기차 시간표를 확인했다. 나는 벌떡 자리에서 일어나 허리띠를 고쳐 매고 소매 속에 선생님의 편지를 쑤셔 넣었다. 그러고는 쪽문으로 집을 나왔다. 정신없이 의사의 집까지 뛰어갔다.

아버지가 아직 2~3일은 버텨 주실지 의사에게 그 점을 확실하게 알아보려고 했다. 주사든 뭐든 놓아서 꼭 그렇게 해달라고 부탁해 볼 생각이었다. 하지만 공교롭게도 의사는 집에 없었다. 그가 돌아올 때까지 가만히 기다리고 있을 시간이 없었다. 마음이 진정되지 않았다. 즉시 인력거를 잡아타고 서둘러 기차역으로 갔다.

기차역 담벼락에 종이를 대고 연필로 어머니와 형 앞으로 편지를 썼다. 편지는 매우 간단한 것이었지만, 말도 없이 사라지는 것보다는 그나마 낫겠다 싶어서 그걸 급히 집에 전해달라고 인력거꾼에게 부탁했다. 그러고는 내친김에 기세를 몰아 도쿄행 기차에 올라타 버렸다. 덜컹덜컹 울리는 삼등열차[12] 안에서 다시 소매 안의 선생님의 편지를 꺼내 마침내 처음부터 끝까지 읽었다.

---

12 당시 관영 철도는 세 개의 등급이 있었다. 일등 열차의 운임은 삼등 열차의 2.5배, 이등 열차는 1.5배였다.

하

선생님과 유서

1

　……이번 여름에 두세 번 귀하의 편지를 받았습니다. 도쿄에서 웬만한 일자리를 구하고 싶으니 잘 부탁한다는 내용이 적혀 있었던 것은 분명 두 번째 받은 편지였던 것으로 기억합니다. 나는 그걸 읽고 어떻게든 해주고 싶었습니다. 최소한 답장이라도 보내지 않고서는 미안하다고 생각했던 것입니다. 하지만 고백하건대 나는 귀하의 부탁에 대해 전혀 아무 노력도 하지 않았습니다. 잘 알다시피 교제 범위가 좁다기보다 이 세상에서 외톨이로 살고 있다고 하는 게 적절할 정도인 나로서는 감히 그런 노력을 할 여지가 전혀 없었습니다. 하지만 그런 건 문제가 아니었습니다. 사실을 말하자면 나는 나 자신을 어떻게 해야 좋을지 번민하고 있던 참이었습니다. 이대로 사람들 가운데 남겨진 미라처럼 존재할 것인가, 아니면……. 그즈음의 나는 〈아니면〉이라는 말을 마음속에서 되풀이할 때마다 오싹해지곤 했습니다. 절벽 끝까지 내처 달

려가서는 문득 바닥이 보이지 않는 골짜기를 내려다본 사람처럼. 나는 비겁했습니다. 그리고 수많은 비겁한 사람들과 마찬가지로 번민했습니다. 유감스럽지만 그때의 나에게는 귀하라는 사람이 거의 존재하지 않았다고 해도 과언이 아닙니다. 한 걸음 더 나아가 말하자면 귀하의 일자리, 귀하의 호구지책 같은 건 나한테는 전혀 무의미한 것이었습니다. 아무려나 상관없는 일이었습니다. 나는 그런 걸 돌아볼 주제가 못 되었습니다. 편지함에 귀하의 편지를 꽂아 놓고 그뿐, 나는 여전히 팔짱을 끼고 생각에 잠겼습니다. 집안에 웬만큼 재산도 있는 사람이 무엇이 아쉬워서 졸업한 지도 얼마 안 되는 참에 일자리, 일자리, 해가면서 발버둥을 치는 걸까. 오히려 씁쓸한 심정으로 멀리 있는 귀하에게 그런 일별을 던졌을 뿐입니다. 답장을 보내지 않은 게 미안해서 그 변명을 하고자 이런 얘기를 솔직히 털어놓는 것입니다. 귀하를 화나게 하려고 굳이 무례한 말을 늘어놓는 게 아닙니다. 내 실제 의중은 이 글을 읽다 보면 잘 알게 될 것이라고 믿고 있습니다. 어쨌거나 뭐든 답을 했어야 할 참에 침묵해 버린 터라, 그 태만의 죄에 대해서는 귀하에게 사과해야겠지요.

그 후 나는 귀하에게 전보를 쳤습니다. 솔직히 말하면 그때 나는 귀하를 꼭 좀 만나고 싶었습니다. 그래서 귀하가 원했던 대로 내 과거를, 귀하를 위해서 얘기해 주고 싶었습니다. 귀하는 전보 답장으로 지금은 도쿄에 갈 수 없노라고 양해를 구했지만, 나는 실망해서 한참이나 그 전보를 들여다보았습니다. 귀하도 전보만으로는 시원찮았는지 나중에 다시 긴 편지를 보내 줘서 도쿄에 올 수 없는 사정은 충분히 이해했습니다. 귀하를 무례한 사람이라고 생각할 이유는 전혀 없었습니다. 소중한 아버님이 깊은 병을 앓고 계시는데 그걸 내팽개치고 어떻게 집을 비울 수 있겠습니까. 아버님의 생사가 걸린 일을 잊어버린 내 태도야말로 도리에 어긋난 것이었습니다. ……그 전보를 칠 때 실제로 나는 귀하의 아버님 일은 까맣게 잊고 있었습니다. 귀하가 도쿄에 있을 때는 힘든 병이니 특히 주의해야 한다고 그토록 충고한 건 바로 나였는데 말이지요. 나는 그렇듯 모순된 인간입니다. 어쩌면 내 뇌보다 내 과거가 나를 찍어 누른 결과, 이런 모순된 인간으로 변했는지도 모르겠습니다. 나는 그런 점에서도 충분히 나의 아집을 인정합니다. 귀하에게 용서를 청해야 할 일이지요.

귀하의 편지, 즉 귀하에게서 온 마지막 편지를 읽었을 때 나는 크게 잘못했다고 생각했습니다. 그래서 그런 뜻의 답장을 보낼까 하고 마음먹고 펜을 들었는데, 한 줄도 쓰지 못하고 그만두었습니다. 어차피 쓸 거라면 이 편지를 쓰고 싶었기 때문에, 그리고 이 편지를 쓰기에는 아직 좀 때가 이르기 때문에 그만둔 것입니다. 내가 단지 〈굳이 오지 않아도 된다〉라고 간단한 전보를 다시 쳤던 것은 그 때문입니다.

2

그 뒤로 나는 이 편지를 쓰기 시작했습니다. 평소에 펜을 잘 들지 않는 나로서는 생각한 대로 사건이든 사상이든 풀어 낼 수 없다는 게 무거운 고통이었습니다. 자칫하면 귀하에 대한 나의 이 의무를 내던져 버릴 뻔했습니다. 하지만 아무리 그만두려고 펜을 내려놓아도 그렇게 되지 않았습니다. 채한 시간도 안 되어 다시 쓰고 싶어졌습니다. 귀하의 입장에서 본다면 책임의 이행을 중요하게 여기는 성격인 것처럼 생각될지도 모르지요. 나도 그건 부정하지 않겠습니다. 귀하가 알고 있는 대로 나는 세상과는 거의 교류가 없는 고독한 사람이라서, 책임이라고 할 만한 것은 내 전후좌우 어디를 둘러봐도 뿌리를 내리고 있지 않습니다. 일부러 그랬는지, 자연스럽게 그렇게 됐는지, 나는 그것을 가능한 한 줄이는 생활을 해왔던 것입니다. 하지만 내가 책임에 냉담했기 때문에 그렇게 된 것은 아니었습니다. 오히려 지나치게 예민해서 자극을 견뎌 낼 만한 기력이 없었기 때문에 귀하도 알다시피 소극적인 나날을 보내게 된 것이지요. 그래서 일단 약속을 한 이상 그것을 지키지 않으면 마음이 몹시 불편합니다. 나는 귀하에게 그런 불편한 마음을 갖지 않기 위해서라도 내려놓은 펜을 다시 들지 않을 수 없었습니다.

게다가 나는 쓰고 싶은 것입니다. 책임과는 별도로 내 과거를 써 내려가고 싶었습니다. 내 과거는 나만의 경험이기 때문에 온전히 내 소유라고 해도 무방하겠지요. 그것을 남들에게 내주지 않고 죽는 것은 아깝다고 할 수도 있겠지요. 나도 약간은 그런 마음이 듭니다. 다만 받아들이지 못할 사람에게 내어 줄 바에는 오히려 내 경험을 내 목숨과 함께 매장하는 편이 낫다고 생각합니다. 실제로 여기에 귀하라는 한 사람이 존재하지 않았다면 내 과거는 결국 나만의 과거일 뿐, 간접적으로라도 타인의 지식은 되지 못한 채 끝나 버렸겠지요. 나는 몇천만 명[1]이나 되는 이 나라 사람들 중에서 오직 귀하에게만 내 과거를 들려주고 싶은 겁니다. 귀하는 진실하니까. 진실하게 인생 그 자체에서 살아 있는 교훈을 얻고 싶다고 했으니까.

나는 인간 세상의 어두운 그늘을 기탄없이 귀하의 머리 위에 던져 주려고 합니다. 하지만 두려워할 것은 없습니다. 그 어둠을 지그시 응시하고 그 안에서 참고가 될 만한 것을 붙잡아 보세요. 내 어둠이라는 건 물론 윤리적인 것입니다. 나는 태생이 윤리적인 사람입니다. 또한 윤리적으로 키워진 사람입니다. 그 윤리적인 생각은 요즘 젊은 사람들과는 다른 점이 많을지도 모릅니다. 하지만 어떻게 다르건 바로 나의 것입니다. 임시변통으로 빌려 입은 남의 옷이 아닙니다. 그러니 앞으로 발전해 나갈 귀하에게는 얼마간 참고가 되리라고 생각합니다. 귀하는 현대의 사상 문제에 대해 곧잘 나와 토론하려고 했던 것을 기억하고 있겠지요. 그에 대한 나의 태도도 잘 알고 있을 것입니다. 귀하의 의견을 경멸까지야 하지 않았지만 결코 존중해 줄 정도는 못 되었습니다. 귀하의 의견에는 어떤 배경도 없었고, 아직 자신만의 과거를 갖기에는 너무 어렸던 것이지요. 나는 가끔 웃음이 났습니다. 귀하는 어딘가 흡족하지 못한 표정을 내게 보였지요. 그 끝에 귀하는 내 과

1 당시 일본 인구는 약 5,513만 명이었다.

거 얘기를 두루마리 그림처럼 눈앞에 펼쳐 보여 달라고 졸아 붙였습니다. 그때 나는 내심 처음으로 귀하가 존경스러웠습 니다. 기탄없이 내 마음속에 살아 있는 뭔가를 붙잡아 보려는 결심을 보여 주었기 때문입니다. 내 심장을 갈라 뜨겁게 흐르 는 피를 빨아들이려 했기 때문입니다. 그때 나는 아직 살아 있었습니다. 죽는 것이 싫었습니다. 그래서 훗날을 약속하고 귀하의 요구를 물리쳐 버렸지요. 나는 지금 스스로 내 심장을 가르고 그 피를 귀하의 얼굴에 끼얹으려 하는 것입니다. 내 심장의 고동이 멈췄을 때 귀하의 가슴에 새로운 생명이 깃들 수만 있다면 나는 그걸로 만족합니다.

3

내가 부모님을 여읜 것은 채 스무 살도 되지 않았을 때였 습니다. 언젠가 아내가 얘기했던 것으로 기억하는데, 두 분 은 같은 병으로 세상을 떠났습니다. 게다가 귀하가 아내의 말에 의아해했던 대로 거의 동시였다고 할 만큼 앞서거니 뒤 서거니 돌아가셨습니다. 실은 아버지의 병환은 그 무섭다는 장티푸스[2]였습니다. 그게 곁에서 간호하던 어머니에게까지 전염된 것입니다.

나는 두 분 사이의 단 하나뿐인 외동아들이었습니다. 집안

---

2 당시 콜레라와 이질, 장티푸스 등의 수인성 전염병이 다수의 사망자를 냈다. 특히 장티푸스는 해마다 유행하면서 사망률이 28퍼센트에 달했다.

에 재산이 상당히 많았기 때문에 제법 넉넉하게 자랐습니다. 과거를 돌아보면 그때 부모님이 돌아가시지 않고 내 곁에 계셨다면, 최소한 아버지든 어머니든 한 분만이라도 살아 계셨다면, 나는 그 넉넉한 마음을 지금도 지니고 있었을 거라고 생각합니다.

부모님이 없는 세상에 나는 망연히 홀로 남겨졌습니다. 지식도 없고 경험도 없고 또한 분별력도 없었습니다. 아버지가 돌아가실 때 어머니는 그 곁을 지킬 수 없었습니다. 어머니가 돌아가실 때는 아버지가 돌아가신 것조차 차마 알리지 못했습니다. 어머니가 그 사실을 눈치챘는지, 아니면 옆에서 얘기해 준 대로 정말 아버지가 회복기에 접어들었다고 믿었는지, 그건 잘 모르겠습니다. 어머니는 그저 작은아버지에게 모든 것을 부탁했을 뿐입니다. 한자리에 있던 나를 애써 가리키며 〈아무쪼록 저 아이를 잘 부탁합니다〉라고 했습니다. 나는 그전부터 부모님의 허락을 받아 도쿄로 나갈 예정이었기 때문에 어머니는 그 참에 그것도 부탁할 생각이셨던 모양이지요. 그래서 〈도쿄에〉라고 한마디 덧붙이자마자 작은아버지가 얼른 그 말을 받아 〈그럼요, 아무 걱정 마십시오〉라고 대답했습니다. 고열에 시달리면서도 그런 말을 할 만큼 잘 견뎌 내서서 그런지 작은아버지는 〈아아, 대단한 분이야〉라고 나를 보며 어머니를 추어올리더군요. 하지만 과연 그 말이 어머니의 유언이었는지 어떤지, 이제 와서 생각해 보면 애매하기만 합니다. 어머니는 물론 아버지가 앓았던 그 무서운 병명을 알고 있었습니다. 그리고 자신이 그 병에 전염되었다는 것도 잘 알았습니다. 하지만 자신이 그 병으로 곧 목숨을 잃을 것이라고 믿었는지 어떤지, 그 점은 얼마든지 의심의 여지가 있겠지요. 게다가 고열에 시달릴 때 어머니가 하신 말씀은 아무리 조리 있고 분명한 얘기였어도 전혀 기억을 못 하셔서, 어머니의 머릿속에 그림자조차 남아 있지 않는 일이 자주 있었으니까요. 그래서…… 하지만 지금 그런 건 문제가 아니겠지요. 다만 그런 식으로 매사를 조곤조곤 따지고 빙빙 돌려 가며 들여다보는 버릇을 나는 이미 그 무렵부터 분명하게 갖고 있었다는 얘기입니다. 그 점은 귀하에게도 처음부터 양해를 구해야겠지만, 그 실제 사례로서 당면 문제와 별반 관계가 없는 이런 얘기를 들려주는 것도 나름대로 도움이 되지 않을까 합니다. 귀하도 대략 그런 정도로 미리 감안하고 읽어 주시기 바랍니다. 나의 그런 성품이 윤리적으로 내 개인의 행동이나 경향에 영향을 끼쳐 이후에 점점 더 타인의 덕의심(德義心)을 의심하게 되었던 것이겠지요. 그런 성품이 내 번민과 고뇌에 적극적으로 큰 영향을 끼쳤다는 것은 확실하니, 꼭 기억해 주십시오.

애기가 곁가지로 빗나가면 알아듣기 힘들어질 테니 다시 본론으로 돌아가기로 하지요. 그래도 나는 이런 긴 편지를 쓰는 일에 나와 똑같은 위치에 있는 다른 사람과 비교한다면 아마도 꽤나 침착한 편이 아닌가 생각하고 있습니다. 세상이 잠들면 비로소 들려오는 저 전차의 우르릉 소리도 이제 끊겼습니다. 덧문 밖에서는 어느샌가 처량한 벌레 울음소리가 또다시 이슬 같은 가을을 살며시 떠올리게 하려는 듯 희미하게 들려옵니다. 아무것도 모르는 아내는 옆의 작은방에서 천진하게 새근새근 잠이 들었습니다. 펜을 들면 일자 일획(一字一劃)이 그려지면서 펜 끝이 사각사각 울리는군요. 나는 아주 안정된 마음으로 종이를 마주하고 있습니다. 익숙하지 않아서 펜이 칸 밖으로 엇나갈지도 모르겠으나 정신이 흐트러져 횡설수설하는 일은 없을 것입니다.

4

어쨌든 홀로 남겨진 나는 어머니의 말씀대로 작은아버지에게 의지하는 수밖에 다른 방도가 없었습니다. 작은아버지 또한 모든 일을 도맡아 돌봐 주었습니다. 그리고 내가 희망하던 도쿄로 갈 수 있도록 이래저래 주선해 주었습니다.

도쿄에 온 나는 고등학교에 입학했습니다. 그 시절에는 고등학교 학생들이 요즘보다 훨씬 더 살벌하고 거칠었습니다. 내가 아는 사람 중에는 한밤중에 웬 직공과 싸움이 나자 상대의 머리통을 나막신으로 내리쳐 부상을 입힌 자가 있었습니다. 술을 마시다가 벌어진 일이어서 정신없이 서로 치고받다가 그만 학교 모자를 상대에게 빼앗겼습니다. 그런데 그 교모 안쪽 하얀 마름모꼴 천에 장본인의 이름이 똑똑히 적혀 있었지요. 그 바람에 일이 아주 복잡해져서 하마터면 경찰에서 학교로 그의 신원 조회가 들어올 뻔했습니다. 하지만 한 친구가 이래저래 손을 써서 결국 경찰 신세를 지는 일 없이 넘어가게 해줬습니다. 그런 난폭한 짓이라니, 고상한 요즘 분위기에서 자란 귀하가 들으면 분명 어처구니없는 느낌이 들겠지요. 사실 나도 어처구니없는 일이라고 생각합니다. 하지만 그 대신 그들에게는 요즘 학생들에게는 없는 어떤 순박한 면이 있었습니다. 당시에 다달이 작은아버지가 내게 부쳐준 돈은 귀하가 지금 아버님에게서 우편으로 받는 학자금에 비하면 훨씬 적었습니다(물론 그때와는 물가도 달라졌지만).[3] 그래도 나는 전혀 부족함을 느낀 적이 없었습니다. 그뿐만 아니라 수많은 동급생 중에서 경제적인 점에서는 남들을 부러워할 만큼 딱한 편이 결코 아니었습니다. 지금 돌이켜 보면 오히려 남들의 부러움을 받는 쪽이었겠지요. 왜냐하면 다달이 정해진 송금 외에도 책값(나는 그때부터 책을 사들이는 것을 좋아했습니다)이며 갑작스러운 지출비 등을 그때그때 작은아버지에게 청구해서 내 생각대로 척척 쓸 수 있었으니까요.

아무것도 모르던 나는 작은아버지를 굳게 믿었을 뿐 아니라 항상 감사의 마음을 갖고 고마운 분으로 존경했습니다. 작은아버지는 사업가였습니다. 현(縣) 의회 의원이기도 했습니다. 그 덕분인지 정당 쪽에도 연줄이 있었던 것으로 기억합니다. 그런 점에서 아버지의 친동생이지만 성격적으로 아버지와는 전혀 다른 쪽으로 발달했던 것 같습니다. 아버지는

3 〈선생님〉과 〈나〉는 메이지 30년대(1897~)와 40년대(1907~)로 겨우 10년의 세대 차이가 나지만, 러일 전쟁(1904~1905) 이후 물가가 1.5배 이상 급등하고 취업난까지 겹치면서 경제적인 면에서는 현격한 차이를 보였다.

조상에게서 물려받은 유산을 소중히 지켜 나가는, 오로지 성실하기만 한 사람이었습니다. 취미로는 다도나 꽃꽂이를 했고, 한시집(漢詩集) 등을 읽는 것도 좋아했습니다. 서화나 골동품 같은 것에도 상당히 안목이 있었던 모양이에요. 우리 집은 시골이었지만, 20리쯤 떨어진 시내 — 그곳에 작은아버지가 살고 있었습니다 — 에서 이따금 골동품상이 족자며 향로 등을 들고 일부러 아버지에게 감정을 받으러 오곤 했습니다. 아버지는 한마디로 말하면 〈맨 오브 민스〉[4]라고 표현하면 좋을까요, 비교적 고상한 취향을 지닌 시골 신사였지요. 그래서 성품으로 말하자면 매사 활달한 작은아버지와는 현격한 차이가 있었습니다. 그러면서도 둘이 묘하게 사이가 좋았습니다. 아버지는 곧잘 동생에 대해 자신보다 훨씬 능력 있는 믿음직한 인물이라고 평했습니다. 자신처럼 부모의 재산을 물려받은 사람은 아무래도 타고난 재간(才幹)이 무뎌진다, 세상과 겨룰 일이 없으니 그게 좋지 않은 것이다, 라고도 했습니다. 그 말은 어머니도 들었습니다. 나도 들었습니다. 아버지는 오히려 나한테 주의를 줄 생각으로 그런 말을 했을 것입니다. 그때 〈너도 잘 기억해 두는 게 좋아〉라고 일부러 내 얼굴을 돌아보며 말했으니까요. 그래서 나는 아직도 그 말을 잊지 않고 있습니다. 그만큼 아버지의 믿음을 얻고 칭찬을 받은 작은아버지를 내가 어떻게 의심할 수 있었겠습니까. 그러잖아도 나에게는 자랑할 만한 사람이었습니다. 더구나 부모님이 돌아가시고 매사에 그의 보살핌을 받아야 하는

4 man of means. 자산가.

나에게는 이미 단순한 자랑 정도가 아니었습니다. 내가 존재하는 데 꼭 필요한 사람이었던 것입니다.

5

여름 방학을 이용해 맨 처음 고향에 돌아갔을 때, 부모님이 떠나시고 없는 우리 집에는 새로운 주인으로 작은아버지 부부가 들어와 살고 있었습니다. 그건 내가 도쿄에 가기 전부터의 약속이었습니다. 홀로 남은 내가 집을 비웠으니 그렇게라도 하는 수밖에 다른 방법이 없었던 것이지요.

작은아버지는 그 무렵 시내의 여러 회사와 관계가 있었던 모양입니다. 업무 형편으로 보자면 그때까지 살던 집에서 기거하는 게 20리나 떨어진 우리 집으로 옮기는 것보다 훨씬 더 편리하다고 말하면서 웃더군요. 그건 부모님이 돌아가신 뒤에 집을 어떻게 처리할지, 나를 어떻게 도쿄에 보낼지 상의할 때 작은아버지 입에서 흘러나온 말입니다. 우리 집은 역사가 오래된 가문이라서 그 근방에서는 제법 유명했습니다. 귀하의 고향에서도 마찬가지겠지만, 시골에서는 상속자가 있는데도 유서 깊은 저택을 철거하거나 매매하는 것은 일대 사건이지요. 지금의 나라면 그 정도의 일쯤은 대수롭지 않게 여겼을 텐데, 그 무렵에는 아직 어렸기 때문에 도쿄에는 가고 싶고 집은 그대로 유지해야 하고, 이걸 대체 어떻게 처리해야 할지 몹시 힘들었습니다.

작은아버지는 어쩔 수 없다면서 빈집에 들어오기로 승낙했습니다. 하지만 시내 쪽의 집도 그대로 두고 양쪽을 오락가락하는 식으로 편의를 봐주지 않으면 곤란하다고 했습니다. 나로서는 물론 이의가 있을 리 없었습니다. 어떤 조건이든 도쿄에 갈 수만 있으면 된다는 생각뿐이었으니까요.

어린애 같은 나는 고향을 떠나서도 여전히 마음의 눈으로 그리운 고향 집을 바라보았습니다. 물론 저곳에 아직 내가 돌아가야 할 집이 있다는 나그네의 마음으로 바라본 것입니다. 아무리 도쿄가 좋아서 올라왔어도 방학 때는 당연히 돌아가야 한다고 생각했습니다. 열심히 공부하고 유쾌하게 놀고 난 뒤 방학 때는 돌아갈 수 있는 내 고향 집이 꿈속에도 자주 보이곤 했습니다.

내가 없는 동안 작은아버지가 어떤 식으로 양쪽 집을 왕래했는지는 모르겠습니다. 내가 도착했을 때는 온 가족이 한쪽 집에 모여 있었습니다. 학교에 다니는 아이는 아마 평소에 시내 쪽 집에 있었겠지만, 거기도 방학이라서 시골집에 놀러 오듯이 와 있었습니다.

온 가족이 내 얼굴을 보고 반가워했습니다. 나도 아버지와 어머니만 계실 때보다 오히려 더 북적북적 환해진 집안 모습을 보고 흐뭇해했습니다. 작은아버지는 원래 내가 쓰던 방을 차지하고 있던 큰아이를 밀어내고 내게 그 방을 내주었습니다. 방이 여러 개 있으니 나는 다른 방을 써도 괜찮다고 사양했지만 작은아버지는 너희 집인데, 라면서 듣지 않았습니다.

시시때때로 돌아가신 아버지와 어머니가 생각나는 것 말

고는 아무 불편함 없이 그해 여름을 작은아버지 가족과 함께 지내다가 다시 도쿄로 돌아왔습니다. 다만 한 가지, 그해 여름의 일화로서 내 마음속에 희미한 그늘을 던진 것은 작은아버지 부부가 입을 모아 이제 갓 고등학교에 입학한 내게 결혼을 권했던 일이었습니다. 분명 서너 번은 거듭 얘기했을 것입니다. 처음에는 너무 갑작스러운 얘기라서 깜짝 놀라기만 했지요. 두 번째는 분명하게 거절했습니다. 세 번째가 되자 나도 마침내 그 이유를 묻지 않을 수 없었습니다. 그들이 말한 이유는 간단했습니다. 어서 아내를 얻고 집으로 돌아와 돌아가신 아버지의 뒤를 이어 상속하라는 것뿐이었습니다. 나는 집 문제는 방학 때 돌아오기만 하면 된다고 생각했었습니다. 아버지의 뒤를 이어 상속한다, 그러자면 아내가 있어야 하니 결혼한다, 둘 다 이론상으로는 당연한 얘기입니다. 특히 시골 사정을 잘 알고 있는 나로서는 뻔히 이해할 만한 얘기지요. 나도 절대로 결혼을 하지 않겠다는 건 아니었습니다. 하지만 학업을 위해 이제 막 도쿄에 간 참이던 나로서는 결혼이란 망원경으로 사물을 보듯이 한참 먼 나중 일로만 보였습니다. 나는 작은아버지의 제안을 받아들이지 않은 채 결국 다시 고향 집을 떠났습니다.

6

혼담에 대한 일은 그뿐, 내내 잊고 있었습니다. 내 주위를 둘러싼 젊은 학생들의 얼굴을 봐도 처자식과 살림에 찌든 느낌이 드는 자는 한 명도 없었습니다. 모두가 자유롭지요, 죄다 독신으로 보였습니다. 그렇게 천하태평한 사람들 중에도 속내를 파고들면 집안 사정에 몰려 어쩔 수 없이 벌써 아내를 둔 자가 있었는지도 모르지만, 어린애 같았던 나는 그런 건 미처 알지 못했습니다. 게다가 그런 특별한 처지인 사람 쪽에서도 주위를 의식해 학생 신분과는 동떨어진 그런 속 깊은 얘기는 최대한 조심했겠지요. 나중에 생각해 보니 나부터가 이미 그런 쪽에 속했었지만, 그것도 전혀 모르는 채 그저 어린애처럼 유쾌하게 학업의 길을 걸었습니다.

학년 말에는 다시 짐을 꾸려 부모님의 묘소가 있는 시골로 돌아갔습니다. 그리고 지난해와 마찬가지로 부모님이 계시던 우리 집에서 작은아버지 부부와 사촌들의 변함없는 얼굴을 마주했습니다. 나는 거기서 또 한 번 고향의 냄새를 느꼈습니다. 그 냄새는 내게는 여전히 그리운 것이었습니다. 한 학년의 단조로움을 깨는 변화로서도 감사한 것임에 틀림없었습니다.

하지만 나를 키워 낸 것이나 마찬가지인 그 냄새 속에서 작은아버지는 또다시 갑작스럽게 결혼 문제를 밀어붙였습니다. 작은아버지의 말은 지난해의 권유를 되풀이하는 것뿐이었습니다. 이유도 지난해와 똑같았습니다. 다만 지난번에 권했을 때는 어떤 상대도 없었는데, 이번에는 떡하니 가장 중요한 당사자까지 정해 놓아서 나는 더욱더 난처했습니다. 그 당사자라는 게 다름 아닌 작은아버지의 딸, 즉 나의 사촌 누이였습니다. 이 아이를 아내로 맞아들이면 서로를 위해 이래저래 좋다, 네 아버지도 살아 계실 때 그런 얘기를 하셨다, 라고 작은아버지는 말했습니다. 나도 그렇게 하면 이래저래 좋을 거라고는 생각했습니다. 아버지가 작은아버지에게 그런 얘기를 했을 법도 하다고 생각했습니다. 하지만 그건 작은아버지의 말을 듣고서야 비로소 생각난 것이지 그 말을 듣기 전에는 미처 생각도 못 했던 일입니다. 그러니 깜짝 놀랐지요. 놀라기는 했으나 작은아버지의 그 제안이 무리한 얘기는 아니라는 점도 이해는 되었습니다. 내가 세상 물정을 몰랐던 걸까요. 어쩌면 그럴지도 모르지만, 아마도 그 사촌 누이에게 전혀 관심이 없었던 게 중요한 원인이었겠지요. 나는 어려서부터 시내의 작은아버지 집에 자주 놀러 갔습니다. 그냥 놀기만 한 게 아니라 며칠씩 머물기도 했습니다. 그래서 사촌 누이와는 그때부터 친하게 지냈습니다. 귀하도 알고 있을 것입니다, 오누이 간에 사랑이 이루어진 예가 없다는 것을. 누구나 다 아는 일에 괜한 말을 덧붙이는 것 같지만, 늘 함께 지내던 남녀 간에는 사랑에 필요한 자극을 일으키는 청신한 느낌이 사라져 버립니다. 향냄새가 느껴지는 것은 향을 처음 피운 순간뿐이듯이, 술맛이 느껴지는 것은 첫 잔을 들이킨 찰나뿐이듯이, 사랑의 충동도 그런 아슬아슬한 지점이 시간상에 존재한다고 생각할 수밖에 없겠지요. 일단 별일 없이 그 지점을 지나쳐 버리면 점점 익숙해질수록 친근함이 커져 갈 뿐, 사랑의 신경은 점점 마비되고 맙니다. 아무리 생각해 봐도 나는 사촌 누이를 아내로 맞아들일 마음이 나지 않았습니다.

작은아버지는 만일 내가 원한다면 졸업 때까지 결혼을 연기해도 된다고 했습니다. 하지만 좋은 일은 서두르라는 속담도 있으니 가능하면 우선 약혼만은 해두자는 것이었습니다. 하지만 상대에게 아무 마음이 없는 나로서는 어느 쪽이든 똑같은 일이었습니다. 나는 다시 거절했습니다. 작은아버지는 불쾌한 얼굴을 하더군요. 사촌 누이는 울었습니다. 나한테 시집을 오지 못해서 슬퍼했던 게 아닙니다. 결혼 신청을 거절당한 여자라는 게 창피했기 때문이겠지요. 내가 사촌 누이를 사랑하지 않듯이 사촌 누이도 나를 사랑하지 않는다는 건 잘 알고 있었습니다. 나는 다시 도쿄로 올라와 버렸습니다.

7

세 번째로 고향에 돌아간 것은 그로부터 다시 1년이 지난 여름 초입이었습니다. 나는 매번 학년 말 시험이 끝나기가 무섭게 도쿄를 떠났습니다. 고향이 그만큼 그리웠기 때문입니다. 귀하도 그런 기억이 있겠지요. 태어나고 자란 고향은 공기 색깔도 다르고, 흙냄새도 각별하고, 아버지와 어머니의 기억도 짙게 감도는 곳입니다. 1년 중 7월과 8월 두 달을 그 품에 안겨 구멍 속의 뱀처럼 가만히 머무는 것은 내게는 세상 무엇보다 따스하고 편안한 일이었습니다.

단순한 나는 사촌 누이와의 결혼 문제에 대해 그다지 고민할 필요가 없다고 생각했습니다. 싫은 것은 거절한다, 일단 거절하면 그다음에는 아무 문제 없다, 나는 그렇게만 믿었던 것이지요. 그래서 작은아버지의 뜻에 맞춰 고집을 꺾어 주지 않고도 나는 오히려 태연했습니다. 지난 1년 동안 한 번도 그 일로 끙끙거려 본 적 없이 무탈하고 건강하게 고향으로 갔던 것입니다.

그런데 막상 도착하고 보니 작은아버지의 태도가 영 딴판이었습니다. 예전처럼 반가운 얼굴로 나를 품에 안아 주지 않더군요. 그래도 느긋하게 자란 나는 도착하고 4~5일 동안은 그런 눈치도 못 챘습니다. 그저 어느 순간 뭔가 좀 이상하다고 느꼈지요. 그러고 보니 이상한 건 작은아버지만이 아니었습니다. 작은어머니도 어딘가 이상했지요. 사촌 누이도 이상했습니다. 중학교를 졸업하면 앞으로 도쿄의 고등 상업 학교에 들어갈 예정이라면서 편지로 진학 문제를 물어보곤 했던 사촌 동생까지 이상하더군요.

내 성격상 이건 다시 생각해 보지 않을 수 없었습니다. 어째서 내 기분이 이렇게 달라진 것일까. 아니, 어째서 상대 쪽이 이렇게 달라져 버린 것일까. 문득 돌아가신 아버지와 어머니가 세상 물정에 어두운 내 눈을 씻어 주셔서 갑자기 세상이 또렷하게 보이게 된 게 아닐까 하는 생각이 들었습니다. 내 마음속 어딘가에 부모님은 저승에서도 이승에 계실 때와 마찬가지로 나를 돌봐 주신다는 믿음이 있었던 것이겠지요. 물론 그 무렵에도 나는 결코 그렇게까지 무지몽매한 사람은 아니었습니다. 하지만 선조에게서 이어받은 미신 덩어리도 내 핏속에 진하게 숨어 있었던 것이지요. 그건 지금도 숨어 있을 것입니다.

나는 혼자서 산에 올라가 부모님의 묘소 앞에 무릎을 꿇었습니다. 반은 애도의 의미, 반은 감사의 마음으로 무릎을 꿇었습니다. 그리고 내 미래의 행복이 이 차가운 돌 밑에 드러누운 두 분의 손에 달려 있기라도 한 것처럼 내 운명을 지켜 달라고 빌었습니다. 귀하는 웃을지도 모르겠습니다. 웃음을 사도 어쩔 수 없지요. 하지만 나는 그런 사람이었습니다.

내 세계는 손바닥 뒤집듯이 변해 버렸습니다. 하긴 그건 처음 겪는 일은 아니었습니다. 열예닐곱 살 때였을까요, 처음으로 세상에 아름다운 것이 있다는 사실을 발견했을 때 나는 화들짝 놀랐습니다. 몇 번이고 내 눈을 의심하고, 몇 번이고 내 눈을 비볐습니다. 그리고 마음속으로 아아, 아름답다, 라고 외쳤습니다. 열예닐곱 살이라고 하면 남자건 여자건 속된 말로 성에 눈을 뜨기 시작할 때지요. 성에 눈을 뜬 나는 처음으로 이 세상에 존재하는 아름다움의 대표자로서 여자를 바라보았습니다. 그때까지 있는지 없는지도 알지 못했던 이성을 향해 한순간에 맹목의 눈이 번쩍 뜨인 것입니다. 그 이후 내 세상은 완전히 새로운 것이 되었습니다.

내가 작은아버지의 태도를 눈치챈 것도 바로 그것과 같았습니다. 갑작스럽게 알아차렸지요, 아무 예감도 준비도 없이 느닷없이 깨달았습니다. 한순간에 작은아버지와 그 가족이 지금까지와는 전혀 다른 존재로 내 눈에 비쳤습니다. 나는 깜짝 놀랐습니다. 그리고 그냥 이대로 있다가는 내 앞날이 어떻게 될지 모르겠다고 생각했습니다.

8

지금까지 작은아버지에게 내맡겼던 집안의 재산을 상세히 파악하지 않고서는 돌아가신 부모님께 죄송스럽다는 생각이 들었습니다. 작은아버지는 자칭 바쁘신 몸이라고 했던 대로 매일 한자리에 가만히 있지 못했습니다. 이틀을 우리집에서 자면 사흘은 시내 쪽에서 지내는 식으로 양쪽을 오가며 날마다 들썩들썩한 얼굴이었습니다. 늘 바쁘다는 말을 입에 달고 살았습니다. 아무 의심이 없었을 때는 나도 실제로 바쁜 줄로만 알았습니다. 그리고 바쁜 척하는 게 요즘 시대의 유행이구나, 하고 풍자적으로 해석하기도 했습니다. 하지만 재산에 관해 시간을 갖고 얘기해 보자는 목적이 생긴 시선으로 그 바쁘게 돌아가는 모습을 보니, 단순히 나를 피하려는 핑계로만 보이더군요. 아무튼 작은아버지를 붙잡고 이야기할 기회를 잡기가 힘들었습니다.

그러던 참에 작은아버지가 시내에 첩을 두고 있다는 소문이 들려왔습니다. 중학교 동창인 친구에게서 들은 얘기입니다. 작은아버지의 성품상 첩이 있다는 건 전혀 이상할 게 없었지만, 아버지가 살아 계시는 동안에는 그런 소문이 난 적이 없어서 적잖이 놀랐습니다. 그 친구는 그 밖에도 작은아버지에 대한 이런저런 소문을 들려주었습니다. 한동안 사업이 실패 직전까지 갔다고들 얘기했었는데, 지난 2~3년 사이에 다시 갑작스럽게 되살아났다, 라는 것도 그중 하나였습니다. 그 또한 나의 의심을 부쩍 키운 얘기 중 하나였습니다.

나는 드디어 작은아버지와 담판을 벌였습니다. 담판이라는 말은 좀 온당치 않을지도 모르지만, 이야기가 진행된 과정을 보자면 저절로 그렇게 표현할 수밖에 없는 상황이었습니다. 작은아버지는 끝까지 나를 어린애 취급했습니다. 나또한 처음부터 의심의 눈초리로 그를 마주했습니다. 온건하게 해결될 리가 없었지요.

유감스럽게도 그 담판의 전말을 여기에 자세히 적을 수 없을 만큼 나는 지금 서둘러 그다음 이야기로 넘어가야 합니다. 사실을 말하자면 그보다 훨씬 더 중요한 이야기가 기다리고 있으니까요. 내 펜이 아까부터 그쪽으로 내달리려는 것을 겨우 억누르고 있을 정도입니다. 귀하를 직접 만나 조용히 이야기할 기회를 영구히 잃어버린 나는, 글솜씨도 서툴지만 귀중한 시간을 아껴야 한다는 의미에서 쓰고 싶은 것도 생략해야만 하겠군요.

귀하는 아직 기억하고 있겠지요. 언젠가 내가 귀하에게 세상에는 태어날 때부터 나쁜 사람이 정해져 있는 게 아니라고 했던 말을. 수많은 착한 사람이 여차할 때 갑작스럽게 나쁜 사람으로 돌변하는 것이니 방심해서는 안 된다고 했던 말을. 그때 귀하는 나에게 흥분했다고 주의를 주었습니다. 그리고 어떤 경우에 착한 사람이 나쁜 사람으로 변하는 것이냐고 물었습니다. 내가 단 한마디로 돈이라고 대답했을 때, 귀하는 불만스러운 얼굴이었습니다. 그 불만스러운 얼굴이 또렷이 기억나는군요. 이제 털어놓기로 하지요. 나는 그때 작은아버지를 떠올렸습니다. 평범한 사람이 돈을 보고 갑작스럽게 나쁜 사람으로 변하는 사례로서, 이 세상에 믿을 만한 사람은 존재할 수 없다는 사례로서, 증오와 함께 나는 작은아버지를 떠올렸던 것입니다. 내 대답은 심오한 사상의 세계로 매진하려는 귀하에게는 흡족하지 않았는지도 모릅니다. 진부한 것이었는지도 모릅니다. 하지만 나로서는 그것이 생생히 살아 있는 답이었습니다. 실제로 내가 흥분하지 않았습니까. 나는 냉철한 머리로 새로운 사실을 밝히기보다 뜨거운 혀로 일상의 생각을 말하는 게 더 살아 있는 논리라고 믿고 있습니다. 피의 힘으로 몸이 움직이기 때문입니다. 말이 단지 공기에 파동을 전할 뿐만 아니라 좀 더 강한 것에 좀 더 강하게 영향을 끼칠 수 있기 때문입니다.

9

한마디로 정리하면 작은아버지는 내 재산을 빼돌렸던 것입니다. 그건 내가 도쿄에 가 있는 3년 동안 그야말로 착착 진행되었습니다. 모든 것을 작은아버지에게 맡겨 놓고 태연했던 나는, 세속적으로 말하자면 참으로 바보였습니다. 세속을 뛰어넘는 견지에서라면 순수하고 고결했다고 할 수 있을까요. 그때의 나 자신을 돌아보며 왜 좀 더 나쁜 사람으로 태어나지 못했는지, 너무 정직하기만 했던 나 자신이 분해서 견딜 수가 없습니다. 하지만 때로는 다시 한번 태어난 그대로의 그 모습으로 되돌아가 살아 보고 싶은 마음도 듭니다.

기억해 주세요, 귀하가 알고 있는 나는 세상 티끌에 더럽혀진 나였습니다. 더럽혀진 햇수가 오래된 자를 선배라고 한다면 나는 분명 귀하보다 선배겠지요.

만일 내가 작은아버지의 희망대로 사촌 누이와 결혼했다면 그 결과는 물질적으로 내게 유리했을까요. 이건 생각해 볼 필요도 없는 일입니다. 작은아버지는 책략으로 딸을 내게 밀어붙이려 했습니다. 호의적으로 양가의 편의를 꾀했다기보다 훨씬 더 야비한 이해득실에 사로잡혀 결혼 문제를 내게 밀어붙인 것입니다. 나는 사촌 누이를 사랑하지 않았을 뿐 싫어했던 것은 아니었습니다. 하지만 나중에 생각해 보니 그걸 거절했던 것이 나로서는 약간 고소하다는 마음도 듭니다. 사기를 당했다는 건 양쪽 다 똑같지만, 당하는 방식에서는 내가 사촌 누이를 아내로 맞아들이지 않아 그쪽의 노림수가 실패로 끝났다는 점에서 그나마 내 고집이 조금쯤은 통한 셈이니까요. 하지만 이건 거의 문젯거리도 되지 않을 소소한 얘기입니다. 더구나 아무 관련도 없는 귀하가 듣기에는 유치하게 오기(傲氣)를 부리는 소리로 들리겠지요.

나와 작은아버지 사이에 다른 친척이 끼어들었습니다. 그 친척도 나는 전혀 믿지 않았습니다. 믿지 않았을 뿐만 아니라 아예 적으로 봤습니다. 작은아버지의 사기를 깨닫는 것과 동시에 다른 사람도 나를 속일 게 틀림없다고 생각하게 된 것이지요. 아버지가 그토록 칭찬해 마지않던 작은아버지조차 그랬으니 다른 사람이야 더 말할 것도 없다는 게 내 생각이었습니다.

그래도 그 사람은 나를 위해 내 소유의 재산을 모두 정리해 주었습니다. 금액으로 환산하면 내 예상보다 훨씬 적었습니다. 나에게는 군소리 없이 그것을 받아들이느냐, 아니면 작은아버지를 상대로 소송을 벌이느냐, 두 가지 방법밖에 없었습니다. 나는 분노했습니다. 그리고 망설였습니다. 소송에 들어가면 판가름이 날 때까지 긴 시간이 걸린다는 것도 두려웠습니다. 공부를 해야 하는 학생 처지에 소중한 시간을 빼앗기면 몹시 힘들어진다는 점도 생각했습니다. 궁리 끝에 나는 시내에 사는 옛 중학교 친구에게 부탁해 내 몫으로 받은 것을 모조리 현금으로 바꾸기로 했습니다. 옛 친구는 그렇게 하지 않는 게 이득이라고 충고해 주었지만 나는 듣지 않았습니다. 그때 나는 영구히 고향을 떠나기로 결심했던 것입니다. 다시는 작은아버지의 얼굴을 보지 않겠다고 마음속으로 맹세했던 것입니다.

　고향을 떠나기 전에 다시 부모님의 산소를 찾아 성묘했습니다. 그러고는 그 이후로 묘소에 간 적이 없습니다. 이제는 영구히 성묘할 기회도 없겠지요.

　옛 친구는 내 말대로 일을 주선해 주었습니다. 하긴 그것도 내가 도쿄에 도착하고 한참 지난 다음의 일입니다. 시골에서는 전답 등을 매매하려고 해도 쉽게 팔리지 않고, 자칫하면 약점을 잡혀 떼어먹힐 우려가 있기 때문에 내 손에 들어온 액수는 시가에 비해 훨씬 적었습니다. 고백하자면 내 재산은 집을 나올 때 품속에 넣어 온 약간의 공채, 그리고 나중에 그 친구가 보내 준 현금뿐입니다. 선조의 유산을 원래보다 대폭 깎아 먹은 게 틀림없습니다. 게다가 내가 적극적으로 뭔가를 하려다가 깎인 것도 아니었기 때문에 더더욱 마음이 언짢았습니다. 하지만 학생으로 생활하기에는 충분하고도 남을 만한 액수였습니다. 실은 그 돈에서 나오는 이자의 반도 쓰지 못했습니다. 그리고 그 여유로운 학창 시절이 나를 생각지도 못한 나락으로 떨어뜨린 것입니다.

10

돈에 부족함이 없었던 나는 시끌시끌한 하숙집을 나와 새로 집을 한 채 마련해 볼까 하는 마음이 있었습니다. 하지만 그러자면 세간살이를 사들이는 것도 번거롭고, 살림을 돌봐 줄 할머니도 필요할 텐데 그 할머니가 또 정직하지 않으면 난감하고, 내가 집을 비워도 괜찮은 사람이 아니면 그것도 걱정이고, 하는 이유로 선뜻 행동으로 옮기기가 쉽지 않았습니다. 어느 날 나는 잠깐 집이라도 구경해 볼까 하는 가벼운 마음으로 산책을 겸해 혼고다이를 서쪽으로 내려가 고이시카와 언덕을 타고 곧장 덴즈인(傳通院)[5] 쪽으로 올라갔습니다. 이제는 전차 통로가 되어서 그 일대의 모습이 완전히 달라졌지만, 그 무렵에는 왼쪽은 포병 공창(砲兵工廠) 담벼락이고 오른쪽은 들판인지 언덕인지 모를 공터에 온통 풀이 무성했습니다. 나는 그 풀밭 가운데 서서 무심코 맞은편 둔덕을 바라보았습

5 당시에 해당지에 있던 정토진종 사찰.

니다. 지금도 나쁘지 않은 풍경이지만, 그 무렵에는 훨씬 더 정취가 있었습니다.[6] 눈앞에 짙은 녹음이 우거진 것을 보는 것만으로도 신경이 편안해졌지요. 나는 문득 이 근방에 적당한 집은 없을까 하고 생각했습니다. 그래서 곧바로 풀밭을 가로질러 북쪽으로 난 좁은 길로 쭉 들어갔습니다. 요즘에도 괜찮은 동네로 다 개발되지 못한 채 사업이 삐걱거리고 있는 그 근처의 주택가는 그 시절에는 참 너저분한 꼴이었습니다. 나는 골목을 빠져나가고 옆의 샛길로 돌아가면서 한 바퀴 둘러보았습니다. 나중에는 구멍가게 아주머니에게 이 근처에 아담한 셋집은 없느냐고 물어보았습니다. 아주머니는 〈글쎄〉하고 고개를 갸웃거리면서 〈셋집은 좀……〉이라며 전혀 생각나는 게 없는 기색이었습니다. 나는 틀린 모양이라고 포기하며 돌아서려고 했습니다. 그러자 아주머니가 다시 〈일반 가정집 하숙은 안 되나?〉라고 묻는 것이었습니다. 나는 조금 솔깃했습니다. 조용한 일반 가정집에서 혼자 하숙을 하면 오히려 내 집을 마련하는 번거로움도 없고 괜찮겠다는 생각이 든 것입니다. 그래서 그 구멍가게에 들어앉아 아주머니에게서 자세한 얘기를 들었습니다.

그 집은 어느 군인 가족, 아니 군인 유족이 사는 곳이었습니다. 주인은 무슨 청일 전쟁 때인지 언젠지 죽었다고 아주

---

6 이 일대의 풍경에 대해서는 33장에서도 다루지만, 〈선생님〉에게는 〈신경이 편안〉해지는 그의 시대적 상징과도 같은 풍경이 도로 개수와 전차 개통 등 급격한 〈시구 개정〉에 의해 영구히 사라져 버린 셈이었다. 그런 점에서 시대를 달리하는 젊은 〈나〉가 도쿄 전차의 발달상을 별다른 저항감 없이 아버지에게 들려주는 것과는 지극히 대조적이다.

머니가 말했습니다. 1년 전쯤까지 이치가야의 사관 학교 옆에서 살았는데, 마구간까지 있고 저택이 너무 넓어 그 집을 매각하고 이쪽으로 이사를 왔지만, 식구가 없어 적적하고 힘드니 적당한 사람이 나타나면 소개해 달라고 부탁했다는 것이었습니다. 나는 아주머니의 얘기를 통해 그 집에 부인과 외동딸과 하녀뿐이라는 것을 확인했습니다. 내심 한적해서 아주 좋겠다고 생각했습니다. 하지만 그런 집에 나 같은 사람이 불쑥 찾아가 봤자 신원도 모르는 학생이라고 당장 거절하지 않을까 하는 걱정도 있었습니다. 그래서 그만둘까도 생각했습니다. 하지만 학생으로서 내 차림새는 그리 보기 흉한 건 아니었습니다. 그리고 대학 제모도 쓰고 있었어요. 귀하는 아마 웃겠지요, 대학 제모가 무슨 대수냐고. 하지만 그 무렵의 대학생은 요즘과는 달리 사람들 사이에 제법 신용이 있었습니다. 그때 각진 그 모자로 내가 일종의 자신감을 찾았을 정도니까요. 그렇게 구멍가게 아주머니가 일러 준 대로 소개장도 뭣도 없이 그 군인 유족의 집으로 찾아갔습니다.

나는 부인을 만나 찾아온 연유를 말했습니다. 부인은 내 신원이며 학교며 전공 등에 대해 이것저것 질문했습니다. 그리고 이만한 사람이면 괜찮겠다고 생각했던 모양이지요, 언제든 이사 와도 좋다고 그 자리에서 답해 주었습니다. 부인은 올곧은 사람이었습니다. 또한 매사 확실한 사람이었습니다. 군인의 아내는 다들 그런가 싶어서 감탄했습니다. 감탄도 했지만 놀라기도 했습니다. 이런 성품인데 왜 적적하다는 것인지 의아하기도 했습니다.

11

나는 곧바로 그 집으로 이사했습니다. 처음 찾아갔을 때 부인과 얘기했던 방을 빌린 것입니다. 그곳은 집 안에서 가장 좋은 방이었습니다. 혼고 주변에 고등 하숙[7]이라는 곳이 드문드문 들어서던 시절이었기 때문에 나는 학생 신분으로 차지할 수 있는 가장 좋은 방에 대해 잘 알고 있었습니다. 그 새 방은 그런 곳보다 훨씬 더 번듯했습니다. 처음 이사했을 때는 학생 처지에 너무 과분한 게 아닌가 싶을 정도였습니다.

크기는 네 평이 조금 못 되는 정도였습니다. 도코노마 옆으로 위아래 어긋나게 달린 선반이 있고, 툇마루 맞은편으로 벽장이 있었습니다. 창문은 하나도 없었지만, 그 대신 남향의 툇마루로 햇빛이 환하게 비쳐 들었습니다.

이사한 날에 그 방의 도코노마에서 꽃꽂이와 그 옆에 세로로 세워 둔 가야금을 봤습니다. 둘 다 마음에 들지 않았습니다. 나는 한시와 서도, 다도를 즐기는 아버지 옆에서 자랐기 때문에 어려서부터 중국풍의 취향을 갖고 있었습니다. 그래서 그런지 이런 간드러진 장식은 어느샌가 경멸하는 버릇이 생겼습니다.

아버지가 살아 계실 때 수집한 골동품류는 작은아버지 때문에 산지사방으로 흩어져 버렸지만, 그래도 조금은 남아 있

---

7 당시의 신문에 〈일반 가정집 하숙은 사람 수가 적은 만큼 매사 규칙적이고 불결한 값싼 기숙사보다 훨씬 편리해서 연줄을 통해 일반 가정집을 찾는 하숙생이 증가하고 있다. 간판 없이 학생 하숙만으로 생활하는 집이 많아지는 추세다〉라는 기사가 나올 정도였다.

었습니다. 고향을 떠날 때 그것을 중학교 옛 친구에게 맡겼습니다. 그리고 그중에서 색다른 것 네다섯 폭을 떼어 내 고리짝 밑에 넣어 왔습니다. 이사하자마자 그것을 꺼내서 도코노마에 걸어 놓고 즐길 생각이었던 것입니다. 그런데 방금 말한 가야금과 꽃꽂이를 보고는 갑자기 용기가 사라졌습니다. 나중에 얘기를 듣고서야 그 꽃이 나를 위해 꽂아 둔 것이라는 걸 알고 내심 쓴웃음을 지었습니다. 하긴 가야금은 전부터 그 자리에 있었고, 따로 둘 데가 없어 그냥 그대로 걸어 둔 것이었겠지요.

이런 얘기를 하면 저절로 그 이면에 있는 젊은 여자의 그림자가 머릿속을 스쳐 가겠지요. 거처를 옮긴 나도 이사하기 전부터 그런 호기심이 이미 꿈틀거렸습니다. 그런 삿된 생각이 미리부터 내 태연함을 깨뜨린 탓인지, 아니면 내가 아직 사람에 익숙하지 않은 탓인지, 처음 그 집 따님을 만났을 때는 당황해서 우물쭈물 인사를 했습니다. 그 아가씨도 얼굴이 빨개졌습니다.

나는 그때까지 부인의 풍채나 태도를 통해 그 아가씨의 모든 것을 상상했었습니다. 하지만 그 상상은 아가씨 쪽에 그다지 유리한 것은 아니었습니다. 군인의 아내니까 이러저러할 것이다, 그 딸이라면 이러저러할 것이다, 라는 순서로 내 추측은 펼쳐졌습니다. 그런데 그 추측이 아가씨의 얼굴을 본 순간 모조리 사라졌습니다. 그리고 내 머릿속에는 지금까지 상상도 못 했던 이성의 향기가 새롭게 자리를 잡았습니다. 그 뒤로 나는 도코노마 정면에 놓인 꽃이 싫지 않았습니다.

마찬가지로 도코노마에 세로로 걸린 가야금도 눈에 거슬리지 않았습니다.

그 꽃은 시들 무렵이면 규칙적으로 다시 다른 꽃꽂이로 바뀌었습니다. 가야금도 이따금 내 방에서 기역자로 돌아 들어가는 다른 방으로 옮겨졌습니다. 나는 내 방 책상에 턱을 괴고 그 가야금 소리를 들었습니다. 잘하는 것인지 서툰 것인지도 알지 못했습니다. 하지만 복잡한 가락은 뜯지 못하는 걸 보면 그리 능숙한 편은 아닌 것 같았습니다. 대략 꽃꽂이 실력과 엇비슷한 정도겠구나, 하고 생각했습니다. 꽃꽂이라면 나도 잘 알지만, 아가씨는 결코 능숙한 편이 아니었으니까요.

그래도 아가씨는 스스럼없이 여러 가지 꽃으로 내 도코노마를 장식해 주었습니다. 하긴 꽃꽂이 기법은 언제 봐도 똑같았지요. 그리고 화병도 끝까지 한 번도 바뀐 적이 없었습니다. 음악 쪽은 어떤가 하면, 이건 꽃꽂이보다 더 괴이쩍었습니다. 둥기당기 줄만 튕길 뿐 목소리는 전혀 들려주지 않는 것입니다. 노래를 하지 않는 건 아닌데, 마치 밀담이라도 하듯이 작은 소리밖에 내지 않았습니다. 게다가 선생님에게 야단이라도 맞으면 그 소리도 전혀 나지 않았습니다.

그래도 나는 흐뭇하게 그 서툰 꽃꽂이를 바라보고 엉성한 가야금 소리에 귀를 기울이곤 했습니다.

12

고향을 떠나올 때 나는 이미 염세적이었습니다. 타인이란 어떤 기대도 품을 수 없는 존재라는 관념이 그때 뼛속까지 스며든 모양입니다. 적으로 생각했던 작은아버지 부부나 다른 친척들이 마치 인류의 대표자인 양 그런 판단을 했던 것이지요. 기차에 타서도 옆 사람의 기척을 티 나지 않게 살펴봤을 정도입니다. 어쩌다 내게 말을 걸어오기라도 하면 더욱더 경계했습니다. 마음은 늘 침울했습니다. 납덩이를 삼킨 것처럼 이따금 가슴이 답답해졌습니다. 그러면서도 앞서 말했던 것처럼 신경은 날카롭게 벼려졌습니다.

도쿄에 와서 하숙집을 바꾼 것도 그게 큰 원인이었던 것 같습니다. 돈이 궁하지 않으니 집을 사들일 생각도 했던 게 아니냐고 한다면 그것도 맞는 말이지만, 원래의 나였다면 설령 주머니 사정이 아무리 좋더라도 그런 번거로운 짓은 하지 않았겠지요.

고이시카와로 이사한 뒤로도 한동안 그런 경직된 마음을 풀 수 없었습니다. 나 스스로도 창피해질 만큼 주위를 힐끔힐끔 훔쳐보았습니다. 기이하게도 작동이 잘되는 건 두뇌와 눈뿐이고, 입 쪽은 그 반대로 점점 열리지 않았습니다. 나는 새 하숙집 사람들의 기척을 고양이처럼 낱낱이 관찰하며 말도 없이 책상 앞에만 앉아 있었습니다. 때때로 그들에게 미안해질 만큼 빈틈없이 주의를 기울였습니다. 물건을 훔치지 않는 소매치기 같다, 라는 생각에 나 자신이 싫어지기까지

했습니다.

　귀하는 분명 이상하다고 생각하겠지요. 그런 내가 어떻게 그 집 따님을 좋아할 마음의 여유가 있었는가. 그 아가씨의 서투른 꽃꽂이를 어떻게 흐뭇하게 바라볼 마음의 여유가 있었는가. 그런 질문을 받는다면 나는 단지 둘 다 사실이니 사실대로 말했을 뿐이다, 라는 대답밖에 할 수 없습니다. 해석은 머리 좋은 귀하에게 맡기기로 하고, 나는 그저 한마디만 덧붙여 두지요. 나는 돈에 관해서는 사람을 의심했지만, 사랑에 관해서는 아직 의심이 없었던 것입니다. 그렇기 때문에 남들이 보기에는 이상하더라도, 그리고 나 스스로 생각해 봐도 모순된 것이더라도, 내 마음속에서는 아무렇지도 않게 양립할 수 있었습니다.

　나는 그 집 부인을 늘 아주머님이라고 불렀으니, 이제부터 부인 대신 아주머님이라고 하겠습니다. 아주머님은 나를 조용한 사람, 점잖은 사람이라고 평했습니다. 그리고 공부를 열심히 한다고 칭찬했습니다. 하지만 내 불안한 눈빛이나 힐끔힐끔 훔쳐보는 모습에 대해서는 아무 말도 하지 않았습니다. 알아채지 못했는지, 아니면 배려해 준 것인지, 어느 쪽인지는 모르겠지만 아무튼 그런 건 전혀 신경 쓰지 않는 것 같았습니다. 그뿐 아니라 어떨 때는 너그러운 사람이라고 자못 존경스럽다는 투로 얘기하기도 했습니다. 그때 정직한 성격의 나는 얼굴을 붉히며 아주머님의 말을 부정했습니다. 그러자 아주머님이 〈학생은 자기 자신을 모르니까 그런 말을 하는 거야〉라고 진지하게 설명해 주더군요. 아주머님은 처음에는 나 같은 대학생을 집에 들일 생각이 아니었습니다. 어딘가 관청에 다니는 이가 있다면 방을 내줄 요량으로 주변에 소개를 부탁한 모양이었습니다. 관청 사람은 봉급이 넉넉지 않으니 별수 없이 일반 가정집 하숙을 찾을 것이다, 라는 생각이 미리부터 아주머님의 머릿속에 있었던 것이겠지요. 자신이 마음속으로 그려 온 그 상상의 하숙인과 비교해 보고는 내 쪽을 더 너그러운 사람이라고 칭찬했던 것입니다. 아닌 게 아니라 검소하게 사는 관청 사람에 비하면 나는 금전적인 면에서 너그러웠는지도 모릅니다. 하지만 그건 성격 문제가 아니라서 나의 내면적인 생활과는 거의 아무 관계가 없는 것이나 마찬가지입니다. 아주머님은 또한 여자인 만큼 그 점을 내 전체로 확대해서 똑같은 논리로 설명해 주려고 했던 것입니다.

13

아주머님의 그런 태도가 자연히 내 기분에도 영향을 끼쳤습니다. 한참 지내다 보니 내 눈은 예전처럼 주위를 흘끔거리지 않게 되었습니다. 내 마음이 내가 앉아 있는 이곳에 단단히 자리를 잡았다는 느낌도 들었습니다. 요컨대 아주머님을 비롯해 이 집안사람들이 비뚤어진 내 눈이나 의심 많은 모습에 애초부터 관심도 주지 않았던 것이 내게는 다행이었던 것이겠지요. 내 날카로운 신경은 상대에게 부딪쳐 다시 튕겨 오는 일이 없었기 때문에 점차 차분히 가라앉았습니다.

아주머님이 사람 다루는 게 능숙한 분이라서 일부러 나를 그렇게 대했던 것 같기도 하고, 또한 스스로 공언했듯이 실제로 나를 너그러운 사람으로 봐줬는지도 모르겠습니다. 소소한 일에도 예민하게 신경을 쓴 것은 머릿속에서만 일어난 현상이고 밖으로는 그다지 드러나지 않았던 모양이니까, 어쩌면 아주머님 쪽에서 나한테 깜빡 속았는지도 모르지요.

마음이 안정되면서 나는 점차 이 가족과 가까워졌습니다. 아주머님과도 아가씨와도 농담을 주고받게 되었습니다. 차를 끓였다면서 건넌방으로 나를 불러 주었습니다. 또 내가 과자를 사다가 저녁에 두 사람과 함께 먹기도 했습니다. 갑작스레 교제 범위가 넓어진 느낌이었습니다. 그 바람에 귀한 공부 시간을 허비하는 일도 여러 번이었습니다. 이상하게도 그런 방해가 전혀 싫지 않았습니다. 아주머님은 원래부터 한가한 사람이었습니다. 아가씨는 학교에 다니는 데다 꽃꽂이며 가야금 개인 교습도 있어서 분명 바빴을 텐데, 이 또한 의외인 것이 늘 시간이 남아도는 것 같았습니다. 그래서 세 사람은 얼굴만 마주치면 한데 모여 이런저런 얘기를 해가면서 놀았습니다.

나를 부르러 오는 것은 대개 아가씨였습니다. 바깥 마루를 직각으로 돌아 내 방 앞으로 오기도 하고, 거실을 건너 내 방에 딸린 작은방 장지문 너머에서 나타나기도 했습니다. 아가씨는 그곳에 와서 잠깐 멈췄습니다. 그러고는 반드시 내 이름을 부르며 〈공부하세요?〉라고 물었습니다. 나는 대개 어려운 책을 책상에 펼쳐 놓고 뚫어져라 쳐다보고 있었기 때문에 남들 눈에는 공부를 아주 열심히 하는 사람처럼 보였겠지요. 하지만 실제로는 그렇게 책을 파고들었던 것도 아닙니다. 눈은 책장 위에 두고 아가씨가 부르러 오기를 이제나저제나 기다릴 정도였지요. 기다려도 오지 않으면 어쩔 수 없이 내가 일어나야 했지요. 그리고 건넌방 앞에 가서 이번에는 내가 〈공부하십니까?〉 하고 물었습니다.

아가씨의 방은 거실 옆 세 평짜리 방이었습니다. 아주머님은 거실에 있기도 하고, 아가씨 방에 있기도 했습니다. 즉 이 두 개의 방은 문이 있어도 없는 것이나 마찬가지여서, 모녀간에 오락가락하며 굳이 누구 방이라는 구별 없이 쓰고 있었습니다. 내가 문 앞에서 말을 건네면 〈어서 와〉라고 대답하는건 반드시 아주머님 쪽이었습니다. 아가씨는 안에 있어도 좀처럼 대답한 적이 없었습니다.

나중에는 어쩌다 아가씨 혼자 볼일이 있어 내 방에 왔다가 그대로 자리를 잡고 한참이나 이야기를 주고받기도 했습니다. 그럴 때는 묘하게 마음이 불안했습니다. 단순히 젊은 아가씨와 마주하고 있다는 이유만으로 불안한 것 같지는 않았습니다. 어쩐지 안절부절못하게 되는 것입니다. 나답지 않은 나 자신의 부자연스러운 태도 때문에 힘이 들었습니다. 하지만 아가씨는 도리어 태연했습니다. 이 사람이 가야금을 배울 때 제대로 목소리도 내지 못하던 그 여자가 맞나 싶을 만큼 수줍음이 없었습니다. 얘기가 너무 길어져서 거실에서 어머니가 불러도 네, 대답만 할 뿐 냉큼 일어서지 않을 때도 있었습니다. 그렇지만 아가씨는 결코 어린애가 아니었습니다. 내 눈에는 다 보였습니다. 내 눈에 다 보이도록 행동한다는 것까지 훤히 다 보였습니다.

14

아가씨가 자리를 뜨면 나는 그제야 후유 한숨을 내쉬었습니다. 그와 동시에 어쩐지 아쉬운 듯도 하고 미안한 듯도 한 기분이 들었습니다. 내가 좀 여자 같았는지도 모르겠군요. 귀하 같은 요즘 젊은이들의 눈에는 더더욱 그렇게 보이겠지요. 하지만 그 시절의 우리는 거의 다 그랬습니다.

아주머님은 웬만해서는 외출하는 일이 없었습니다. 어쩌다 집을 비울 때도 아가씨와 나 둘만 남겨 두고 가는 일은 없었습니다. 그게 또 우연이었는지 고의였는지, 잘 모르겠습니다. 내 입으로 이런 말을 하는 것은 이상하지만, 아주머님의 태도를 잘 관찰해 보면 어딘지 자신의 딸과 나를 접근시키려는 것처럼 보였습니다. 그러면서도 어떤 경우에는 은근히 나를 경계하는 구석도 있는 것 같아서, 처음 그런 일을 맞닥뜨린 나는 때때로 기분이 상하기도 했습니다.

나는 아주머님이 어느 쪽이든 태도를 확실히 해주기를 바랐습니다. 생각해 보면 그건 명백한 모순이었기 때문입니다. 하지만 아직도 작은아버지에게 사기를 당한 기억이 생생한 나는 다시 한 걸음 더 들어가 의심해 보지 않을 수 없었습니다. 아주머님의 그 태도 중 어느 쪽이 진짜이고 어느 쪽이 거짓인지 추측해 봤습니다. 하지만 판단을 내리기가 힘들었습니다. 단지 판단이 힘들었을 뿐만 아니라, 왜 그런 묘한 행동을 하는지 이해할 수가 없었습니다. 이유를 생각해 봐도 아무 생각도 나지 않으니, 여자라는 두 글자에 죄를 덮어씌우고 넘어갔습니다. 아마도 여자라서 그런 것이다, 여자란 원래 어리석은 존재다. 생각이 벽에 부딪히면 나는 항상 그런 결론을 내리곤 했던 것입니다.

그럴 만큼 여자를 얕잡아 보던 내가 어떻게 해봐도 아가씨만은 얕잡아 볼 수 없었습니다. 내 이론은 그 사람 앞에서 전혀 무용지물일 만큼 힘을 쓰지 못했습니다. 나는 그 사람에게 거의 신앙에 가까운 사랑을 품고 있었습니다. 종교에만 쓰는 그 단어를 젊은 아가씨에게 적용하는 것을 보고 귀하는 이상하게 생각할지도 모르지만, 나는 지금도 굳게 믿고 있습니다. 참된 사랑은 신앙심과 별반 다르지 않다고. 나는 아가씨의 얼굴을 볼 때마다 나 자신이 아름다워지는 듯한 기분이었습니다. 아가씨를 생각하면 고결함이 금세 내게로 빙의하는 것 같았습니다. 만일 사랑이라는 불가사의에 양쪽 끝이 있어서 그 높은 쪽에는 신성(神聖)이 발현하고 낮은 쪽에는 성욕이 꿈틀거린다고 한다면, 나의 사랑은 분명코 그 가장 높은 지점을 잡은 것이었습니다. 물론 나는 인간으로서 육체를 벗어날 수 없습니다. 하지만 아가씨를 바라보는 내 시선이나 아가씨를 생각하는 내 마음은 전혀 육체의 냄새를 띠지 않았습니다.

아주머님 쪽에 반감이 드는 것과 동시에 아가씨에게는 사랑의 감정이 도를 더해 갔기 때문에, 세 사람의 관계는 하숙을 시작했을 때보다 훨씬 복잡해졌습니다. 물론 그 변화는 거의 내면적인 것이라서 겉으로 드러나지는 않았습니다. 그러다가 한 가지 일을 계기로 내가 여태까지 아주머님을 오해했다는 마음이 들었습니다. 나를 대하는 아주머님의 모순된 태도가 어느 쪽도 거짓이 아니라고 다시 생각하게 된 것입니다. 게다가 그것이 번갈아 가며 아주머님의 마음속을 지배하는 게 아니라, 항상 동시에 아주머님의 가슴속에 존재한다는 생각이 든 것입니다. 즉 아주머님이 되도록 아가씨를 내게 접근시키려고 하면서 동시에 나를 경계하기도 하는 것은 얼핏 모순된 것 같지만, 그렇게 경계할 때 다른 한쪽을 잊어버리거나 뒤엎는 것이 아니라 여전히 두 사람을 접근시키고 싶어 한다고 본 것이지요. 다만 자신이 정당하다고 인정하는 한도를 넘어서 두 사람이 밀착하는 것을 꺼리는 것뿐이라고 해석한 것입니다. 아가씨에게 육체적인 면으로 접근할 마음이 움트지 않았던 나는 그때 쓸데없는 걱정이라고 생각했습니다. 하지만 아주머님을 좋지 않게 보던 마음은 그 뒤로 사라졌습니다.

15

나는 아주머님의 태도를 여러 가지로 종합해 보고, 내가 이 집에서 충분히 신뢰받고 있다는 것을 확인했습니다. 더구나 그건 처음 대면했을 때부터 생긴 것이라는 증거도 발견했습니다. 그 발견은 남을 의심하기만 하던 내 가슴속에 기이할 만큼 찡하게 와닿았습니다. 남자에 비해 여자는 그만큼 직감이 뛰어나다는 걸 실감했습니다. 동시에 여자가 남자에게 속아 넘어가는 이유도 그 때문이 아닐까 하고 생각했습니다. 아주머님을 그렇게 분석한 내가 아가씨에게는 똑같은 직감을 강하게 느꼈으니, 지금 돌이켜 생각하면 우스운 일입니다. 남을 믿지 않겠다고 그토록 굳게 맹세했으면서도 아가씨만은 절대적으로 믿었으니까요. 그러면서도 나를 믿어 준 아주머님은 기이하다고 분석했으니까요.

나는 고향에서의 일에 대해서는 최대한 말을 아꼈습니다. 특히 지난 사기 사건은 일절 함구했습니다. 그 일을 머릿속에 떠올리는 것만으로도 불쾌감이 느껴졌습니다. 그래서 되도록 아주머님 쪽 얘기만 들으려고 했습니다. 하지만 그래서야 상대도 가만히 있을 리 없지요. 기회가 닿을 때마다 고향의 집안 사정을 묻곤 했습니다. 마침내 나는 모든 것을 털어놓았습니다. 두 번 다시 고향에 돌아가지 않겠다, 돌아가도 아무것도 없다, 남은 건 부모님 묘소뿐이다, 라고 얘기했을 때 아주머님은 몹시 가슴 아파했습니다. 아가씨는 눈물을 보였습니다. 털어놓기를 잘했다고 생각했습니다. 두 사람의 반응이 기뻤기 때문입니다.

모든 얘기를 듣고 아주머님은 역시 자신의 직감이 맞아떨어졌다는 듯한 표정을 보였습니다. 그러고는 나를 마치 친척

집 젊은 아이 다루듯이 했습니다. 나는 화가 나지 않았습니다. 오히려 유쾌한 느낌이 들었을 정도입니다. 하지만 그러다 보니 내 의심증이 다시 고개를 들기 시작했습니다.

처음 아주머님을 의심한 건 지극히 사소한 것 때문이었습니다. 하지만 그 사소한 것이 거듭되는 동안 의심은 점점 깊어져 갔습니다. 어쩐 일인지 문득 아주머님도 작은아버지와 비슷한 이유로 아가씨를 내게 접근시키려고 애를 쓰는 게 아닌가 하는 생각이 들었던 것입니다. 그러자 지금까지 친절하게 보였던 사람이 내 눈에 갑자기 교활한 책략가로 비치기 시작했습니다. 나는 씁쓸하게 입술을 깨물었습니다.

아주머님은 처음부터 집안에 사람이 없고 적적해 하숙생을 받기로 했노라고 말했습니다. 나도 그게 거짓이라고는 생각하지 않았습니다. 친해져서 이런저런 속사정을 들은 뒤에도 거기에는 거짓이 없는 것처럼 생각되었습니다. 하지만 이 집의 경제 상황은 그다지 넉넉한 편은 아니었습니다. 이해득실을 따져 본다면 나와 특별한 관계를 맺는 것이 그쪽에 결코 손해는 아닌 것입니다.

나는 다시 경계하기 시작했습니다. 하지만 앞서 말했던 대로 딸에 대해 강렬한 사랑의 감정을 품고 있던 내가 그 어머니를 아무리 경계해 봤자 무슨 의미가 있겠습니까. 나 혼자 나 자신을 비웃었습니다. 바보 같은 놈이라고 나 자신을 욕한 적도 있습니다. 하지만 단지 그런 모순뿐이었다면 아무리 바보였어도 별다른 고민 없이 넘어갔겠지요. 내 번민은 아주머님과 마찬가지로 아가씨도 책략가가 아닐까 하는 의문을 맞닥뜨리고 비로소 생겨난 것입니다. 두 사람이 내 등 뒤에서 속닥속닥하면서 척척 일을 꾸미고 있다고 생각하면 나는 문득 괴로워서 견딜 수가 없었습니다. 불쾌한 것을 넘어 절체절명의 막다른 궁지에 내몰린 심정이었습니다. 그러면서도 한편으로는 아가씨를 굳게 믿어 의심치 않았습니다. 그러니 믿음과 의심의 중간에서 나는 꼼짝도 할 수 없었지요. 나에게는 양쪽 다 망상이고, 또한 양쪽 다 진실이었던 것입니다.

16

나는 변함없이 학교에 나갔습니다. 하지만 교단에 선 사람의 강의가 어딘가 먼 곳에서 들리는 소리 같았습니다. 공부도 마찬가지였습니다. 눈에 들어오는 글씨가 마음속에 스며들기도 전에 연기처럼 사라졌습니다. 게다가 말수도 부쩍 줄었습니다. 그걸 오해하고 친구 두세 명이 깊은 명상에 잠겼다는 식으로 다른 친구에게 얘기하더군요. 나는 굳이 그 오해를 풀려고 하지도 않았습니다. 옆에서 마침 좋은 가면을 빌려줘서 오히려 잘됐다고 좋아했습니다. 그래도 때로는 속이 풀리지 않았던 것이겠지요, 발작적으로 마구 떠들어 대서 친구들을 놀라게 한 적도 있습니다.

그 집은 사람의 왕래가 적었습니다. 친척도 많지 않은 것 같았습니다. 이따금 아가씨의 학교 친구가 놀러 오기도 했지만, 있는지 없는지도 모를 만큼 작은 소리로 얘기를 나누다 돌아갔습니다. 그게 나를 위한 배려였다는 건 나도 미처 알아차리지 못했습니다. 나를 찾아온 친구는 그리 크게 난폭한 자들도 없었지만, 그렇다고 그 댁 사람 눈치를 보고 말고 할 사내놈은 하나도 없었으니까요. 그런 점에서는 하숙생인 내가 주인 같고 정작 아가씨 쪽은 거꾸로 식객의 위치였던 것이나 마찬가지였지요.

하지만 이건 그저 생각난 김에 해본 얘기고, 실은 아무려나 상관없는 일입니다. 다만 아무려나 상관없지 않은 일이 따로 있었습니다. 거실이나 아가씨 방에서 돌연 남자 목소리가 들려온 것입니다. 그 목소리가 또 내 쪽 손님과는 달리 몹시 나지막했습니다. 그래서 무슨 얘기를 하는지 전혀 알 수가 없었습니다. 그리고 알지 못하면 못할수록 내 신경에 일종의 흥분제가 되었습니다. 내 방에 앉은 나는 이상하게 초조해지기 시작했습니다. 친척이 왔을까, 아니면 그냥 지인일까, 라고 일단 생각해 봅니다. 그러고는 젊은 남자일까, 나이든 사람일까, 혼자 따져 봅니다. 내 방에 앉아서 그런 걸 알 수 있을 리 없었습니다. 그렇다고 자리에서 일어나 장지문을 열어 볼 수는 더더욱 없었습니다. 내 신경은 파르르 떨린다기보다 큼직한 파동을 치며 나를 괴롭혔습니다. 손님이 돌아가면 나는 잊지 않고 누구였느냐고 반드시 확인했습니다. 아가씨나 아주머님의 대답은 또 지극히 간결했습니다. 뭔가 미흡한 얼굴을 두 사람에게 드러내면서도 나는 흡족할 때까지 캐물을 용기는 없었습니다. 물론 그럴 권리도 없었지요. 나는 자신의 품격을 중시해야 한다는 교육에서 나온 자존심과,

실상은 그 자존심을 배반하는 궁금해서 어쩔 줄 모르는 얼굴 표정을 동시에 그들 앞에 내보인 것입니다. 그들은 웃었습니다. 그것이 비웃음이 아니라 호의에서 나온 것인지, 아니면 호의인 척하는 것인지, 나는 그 자리에서 해석의 여지를 찾지 못할 만큼 침착성을 잃고 말았습니다. 그리고 그런 일이 지나간 뒤에도 언제까지고, 나를 바보 취급했어, 진짜 바보 취급했어, 라고 수없이 마음속에서 되뇌곤 했습니다.

나는 자유로운 몸이었습니다. 학교를 중도에 그만두든 말든, 그리고 어디 가서 어떻게 살든, 혹은 어디 사는 누구와 결혼을 하든 어느 누구와도 상의할 필요가 없는 몸이었습니다. 나는 마음을 굳게 먹고 아주머님에게 따님을 주십사고 말해보자고 결심했던 적이 그때까지 한두 번이 아니었습니다. 하지만 그때마다 머뭇거리다 결국 입 밖에 내지 못하고 끝나버렸습니다. 거절당하는 것이 두려웠기 때문이 아닙니다. 만일 거절당한다면 내 운명이 어떻게 바뀔지 알 수는 없었지만, 그 대신 지금까지와는 다른 방향의 위치에 서서 새로운 세계를 마주하는 이점도 생기는 것이니까 그 정도의 용기는 내려면 낼 수 있었습니다. 하지만 나는 꼬임에 넘어가기는 싫었습니다. 남의 손에 놀아나는 건 무엇보다 분통 터지는 일입니다. 작은아버지에게 사기를 당했던 나는 앞으로 무슨 일이 있어도 남에게 속아 넘어가지 않겠다고 결심했던 것입니다.

내가 늘 책만 사들이는 것을 보고 아주머님이 옷도 좀 장만하라고 말했습니다. 실제로 나는 시골에서 짠 무명옷밖에 없었습니다. 그 무렵 학생들은 명주실이 들어간 옷은 입지 않았습니다. 내 친구 중 요코하마의 상인이라나 뭐라나, 상당히 호사스럽게 사는 집 아들이 있었는데, 어느 날 겨울용 두 겹 명주 속옷이 배달로 도착했습니다. 그러자 다들 그것을 보고 웃어 댔습니다. 그 친구는 창피한지 이런저런 변명을 늘어놓으면서 모처럼 보내 준 명주 속옷을 고리짝 속에 처넣고 입지 않았습니다. 그걸 또 여럿이 달려와 굳이 입혔습니다. 그런데 운도 없지, 그 속옷에 이가 생겼습니다. 그 친구는 마침 잘됐다고 생각했던 것이겠지요, 소문난 그 속옷을 둘둘 말아 산책 나간 길에 네즈(根津)의 큰 도랑에 던져 버렸습니다. 그때 함께 걷던 나는 다리 위에서 친구가 하는 짓을 웃으면서 쳐다봤지만, 마음속 어디에도 아깝다는 생각은 전혀 없었습니다.

그 시절을 돌아보니 나도 이제 상당히 어른이 되었더군요. 하지만 아직 내 손으로 나들이옷을 장만할 정도의 분별력은 없었습니다. 학교를 졸업하고 수염을 기를 때[8]가 되기 전에는 옷차림 따위에 신경 쓸 것 없다는 이상한 생각을 갖고 있

---

8 에도 시대 초기에 금지된 이래 일반인은 거의 수염을 기르지 않았으나 문명개화와 함께 서구인의 풍습을 모방하려는 경향, 수염을 기른 메이지 천황과 정부의 젊은 관료들의 권위적 풍모를 위한 것 등등의 이유로 당시에 남자들 사이에 수염 기르기가 유행했다.

었으니까요. 그래서 아주머님에게 책은 꼭 필요하지만 옷은 필요 없노라고 말했습니다. 아주머님은 내가 얼마나 많은 책을 사들이는지 알고 있었습니다. 그 책들을 다 읽느냐고 묻더군요. 구입한 책 중에는 사전도 있었지만, 당연히 읽어야하는데도 아직 책장조차 자르지 않은 것[9]도 적지 않았기 때문에 나는 대답이 궁했습니다. 나는 어차피 필요 없는 것이라면 책을 사든 옷을 사든 똑같다는 것을 깨달았습니다. 게다가 이래저래 신세를 졌다는 핑계로 이참에 아가씨가 마음에 들어할 만한 허리띠나 옷감을 사주고 싶었습니다. 그래서 그걸 모두 아주머님에게 부탁했습니다.

아주머님은 혼자 집을 나서지 않았습니다. 나도 함께 가야 한다고 했습니다. 아가씨도 동행해야 한다고 했습니다. 요즘과는 다른 분위기 속에서 자란 우리는 학생 신분에 젊은 여자와 함께 나다니는 관습은 없었습니다. 그 무렵의 나는 지금보다 관습의 노예였기 때문에 적잖이 망설였지만, 마음먹고 따라나섰습니다.

아가씨는 상당히 곱게 꾸몄습니다. 원래 얼굴이 하얀 데다 분까지 듬뿍 발라 더욱더 눈에 띄었습니다. 길을 가던 사람들이 흘끔흘끔 쳐다보며 지나갔습니다. 그리고 아가씨를 본 사람은 반드시 시선을 돌려 내 얼굴을 쳐다보니 참 이상한 일이었지요.

우리는 니혼바시로 가서 각자 사고 싶은 것을 구입했습니

9 각 페이지의 끝부분을 자르지 않고 제본하는 이른바 〈프랑스 장정(裝幀)〉 방식의 책이다. 페이퍼 나이프 등으로 한 장 한 장 잘라 가며 읽는다.

다. 물건을 살 때 자꾸 마음이 바뀌어서 생각보다 시간이 걸리더군요. 아주머님은 구태여 나를 불러 대며 어떠냐고 의견을 물었습니다. 때로는 옷감을 아가씨의 어깨에서 가슴까지 길게 대놓고 나한테 두세 걸음 물러서서 봐달라고 하더군요. 나는 그때마다 그건 안 되겠다, 이건 잘 어울린다, 하고 얘기하며 어쨌든 내 몫을 했습니다.

그런 일로 시간이 걸려서, 돌아올 즈음에는 벌써 저녁 식사 시간이었습니다. 아주머님은 답례로 맛있는 걸 대접하겠다면서 기하라다나라는 만담 공연장이 있는 좁은 골목으로 나를 데려갔습니다. 골목도 좁지만 식당도 아주 작은 곳이었습니다. 이 근방 지리를 전혀 모르던 나는 아주머님의 지식에 놀랐을 정도입니다.

우리는 밤이 되어서야 집에 돌아왔습니다. 그다음 날은 일요일이라서 나는 온종일 방에 틀어박혀 있었습니다. 그러고는 월요일에 학교에 갔더니 아침 댓바람부터 한 친구가 나를 놀렸습니다. 언제 아내를 맞아들였느냐고 과장스럽게 캐묻는 것입니다. 그러고는 아내가 대단한 미인이라면서 칭찬을 하더군요. 셋이 니혼바시에 가는 것을 그 친구가 어디선가 봤던 모양이지요.

18

나는 집에 돌아와 아주머님과 아가씨에게 그 얘기를 했습니다. 아주머님이 웃더군요. 하지만 폐가 되었던 것 아니냐면서 내 얼굴을 보았습니다. 그 순간 마음속으로 여자들이란 이런 식으로 남자의 의중을 떠보는구나, 하고 생각했습니다. 아주머님의 눈빛이 충분히 그렇게 짐작할 만한 뜻을 담고 있었던 것입니다. 어쩌면 그때 내가 생각한 그대로 직접 털어놓았더라면 좋았을지도 모릅니다. 하지만 내게는 이미 의구심이라는 깔끔하지 못한 응어리가 들러붙어 있었습니다. 내 마음을 털어놓으려다가 흠칫 멈췄습니다. 그리고 일부러 화제의 방향을 슬쩍 돌렸습니다.

정작 중요한 내 얘기는 화제에서 빼버린 것입니다. 그러고는 아가씨의 결혼에 대해 아주머님의 의중을 떠봤습니다. 아주머님은 두세 번 그런 혼담이 들어오기는 했노라고 분명하게 밝혔습니다. 하지만 아직 학교에 다니는 데다 나이도 어려서 그리 서두르지 않는다고 설명했습니다. 입 밖에 내지는 않았지만 아가씨의 용모에 상당히 무게를 두고 있는 것 같았습니다. 혼처를 정하기로 마음먹으면 언제라도 정할 수 있다는 말까지 슬쩍 내비쳤습니다. 그리고 딸 하나 말고는 다른 자식이 없는 것도 쉽게 손에서 내놓고 싶지 않은 이유였습니다. 시집을 보낼지 데릴사위를 들일지 그것조차 아직 정하지 못한 눈치였습니다.

얘기를 해보니 아주머님에게서 여러 가지 정보를 얻어 낸 것 같았습니다. 하지만 그런 탓에 결국 나는 기회를 잃은 것이나 마찬가지였습니다. 내 마음에 대해서는 끝내 한마디도 입을 열 수 없었으니까요. 나는 적당한 데서 얘기를 마무리

하고 내 방으로 돌아가기로 했습니다.

조금 전까지 곁에서 너무한다느니 뭐니 해가면서 웃고 있던 아가씨는 어느새 맞은편 구석으로 가서 이쪽에 등을 돌리고 있었습니다. 자리에서 일어서며 돌아봤을 때 그 뒷모습이 보였습니다. 뒷모습만으로 사람의 마음이 읽힐 리 없습니다. 아가씨는 이 문제를 어떻게 생각하는지 전혀 짐작도 할 수 없었습니다. 아가씨는 벽장 앞에 앉아 있었습니다. 한 자쯤 열린 그 벽장 틈에서 뭔가를 꺼내 무릎 위에 올려놓고 들여다보는 것 같았습니다. 그 문틈으로 그저께 사온 옷감의 한 귀퉁이가 보였습니다. 내 옷감도 아가씨 것과 함께 벽장 한쪽에 포개져 있었습니다.

내가 아무 말 없이 자리를 뜨려고 하자, 아주머님이 갑자기 정색을 하며 내게 어떻게 생각하느냐고 물었습니다. 그 질문은 무엇을 어떻게 생각하느냐는 거냐고 되묻지 않으면 안 될 만큼 느닷없었습니다. 그게 아가씨를 어서 빨리 결혼시키는 게 좋겠느냐는 뜻이라는 게 확실해졌을 때, 나는 되도록 천천히 하는 게 좋겠다고 답했습니다. 아주머님은 자기도 그렇게 생각한다고 하더군요.

아주머님과 아가씨와 나의 관계가 그런 상황이던 참에 또 다른 한 남자가 끼어들게 되었습니다. 그가 이 가정의 일원이 된 결과는 내 운명에 엄청난 변화를 몰고 왔습니다. 만일 그가 내 삶의 행로를 가로지르지 않았다면, 아마 이런 긴 글을 귀하에게 남길 필요도 없었겠지요. 나는 마귀가 코앞을 지나가는데도 그 한순간의 그림자로 인해 내 일생이 컴컴해

지리라는 것도 알지 못한 채 멍하니 쳐다보기만 했던 셈입니다. 고백하자면 바로 내가 그자를 집 안에 끌어들였습니다. 물론 아주머님의 허락도 필요했기 때문에 나는 처음에 모든 것을 숨김없이 털어놓고 부탁했습니다. 그런데 아주머님은 데려오지 않는 게 좋겠다고 하더군요. 하지만 나로서는 그를 꼭 데려와야 할 충분한 사정이 있었는데, 만류하는 아주머님 쪽에는 논리적인 이유가 전혀 없었습니다. 그래서 나는 내가 옳다고 생각하는 바를 반강제로 단행해 버렸습니다.

19

나는 여기서 그 친구를 우선 K라고 하겠습니다. K와 나는 어려서부터 친한 사이였습니다. 어려서부터라고 했으니 굳이 설명하지 않아도 알겠지요. 동향의 인연인 것입니다. K는 정토진종(淨土眞宗) 스님의 아들입니다. 하지만 장남이 아니라 차남이었습니다. 그래서 어느 의사 집안에 양자로 보내졌습니다. 고향 지역은 혼간지(本願寺)파의 세력이 상당히 강한 곳이었기 때문에 진종의 스님은 다른 종파에 비하면 경제적으로 제법 풍족했습니다. 예를 들어 스님에게 딸이 있고 그 딸이 결혼 적령기가 되면, 단가(檀家) 모임 쪽에서 상의해 어딘가 적당한 곳으로 시집을 보내 줍니다. 물론 그 비용은 스님의 주머니에서 나오는 게 아니지요. 그럴 정도니까 진종 사찰은 대체로 유복했습니다.

K가 태어난 집도 웬만큼 잘사는 집이었습니다. 하지만 차남을 도쿄에 공부시키러 보낼 만큼의 여력이 있었는지는 잘 모르겠습니다. 또한 그게 가능할 것이라는 이점 때문에 양자로 보내기로 얘기가 됐는지 어떤지, 그것도 잘 모르겠습니다. 어쨌든 K는 의사 집안에 양자로 들어갔습니다. 그건 우리가 아직 중학교에 다닐 때의 일입니다. 교실에서 선생님이 출석을 부를 때, 갑작스레 K의 성이 바뀌어서 깜짝 놀랐던 일이 지금도 기억납니다.

K가 양자로 들어간 집도 상당한 재력가였습니다. K는 거기서 학자금을 받아 도쿄에 온 것입니다. 나와 함께 온 것은 아니지만, 도쿄에 도착하자마자 같은 하숙집에 들어갔습니다. 그 시절에는 방 한 칸에 으레 두 명이고 세 명이고 책상을 나란히 놓고 함께 지냈으니까요. K와 나도 같은 방을 썼습니다. 아마 산속에서 산 채로 잡혀 온 짐승이 우리 안에서 서로를 부둥켜안고 바깥을 노려보는 듯한 꼴이었겠지요. 우리는 도쿄와 도쿄 사람을 두려워했습니다. 그러면서도 세 평도 안 되는 작은 방 안에서 천하를 내 발아래로 내려다보는 식의 얘기를 하곤 했습니다.

하지만 우리는 진실했습니다. 실제로 훌륭한 사람이 될 생각이었습니다. 특히 K는 최강이었습니다. 절에서 태어난 그는 항상 정진(精進)이라는 말을 썼습니다. 그리고 그가 하는 행동은 모조리 그 정진이라는 한 단어로 표현되는 것 같았습니다. 나는 마음속으로 항상 K를 경외했습니다.

K는 중학교 때부터 종교니 철학이니 하는 난해한 얘기로

나를 당황하게 했습니다. 그의 아버지의 감화 덕분인지, 아니면 자신이 태어난 집, 즉 절이라는 일종의 특별한 공간의 영향 때문인지는 모르겠습니다. 어쨌든 그는 웬만한 스님보다 더 스님 같은 성품을 지닌 것 같았습니다. 원래 K가 양자로 들어간 집에서는 그를 의사로 만들 생각으로 도쿄에 보냈습니다. 하지만 자기주장이 확고한 그는 의사가 되지 않겠다는 결심을 품고 도쿄에 왔습니다. 나는 그런 그에게 이건 양부모를 속이는 짓이 아니냐고 추궁했습니다. 대담하게도 그는 그렇다고 대답하더군요. 도(道)를 위해서라면 그 정도 일은 저질러도 상관없다는 것이었지요. 그때 그가 사용한 〈도〉라는 단어는 아마 그 자신도 잘 알지 못했을 것입니다. 나 역시 알았다고는 할 수 없지요. 하지만 아직 어린 우리에게 그 막연한 단어는 숭고한 울림으로 다가왔습니다. 잘 알지는 못해도 고결한 마음에 지배되어 어떻게든 그쪽으로 나아가려고 하는 그 기세에서 치사한 점이 보일 리 없었습니다. 나는 K의 주장에 동의했습니다. 내 동의가 K에게 얼마나 힘이 되었는지, 그건 나도 알지 못합니다. 오로지 한 길로만 매진하는 그는, 설령 내가 반대했더라도 역시 자신의 생각을 관철했을 것입니다. 하지만 만일의 경우, 동의하고 성원했던 나도 어느 정도는 책임을 져야 한다는 것쯤은 어린 나름대로 잘 알고 있었습니다. 설령 그때는 그 정도의 각오가 없었더라도 성인이 되어 과거를 되돌아볼 필요가 생겼을 경우, 내게 할당된 만큼의 책임을 지는 것이 당연하다는 정도의 뜻으로 나는 동의해 주었던 것입니다.

20

K와 나는 같은 과에 입학했습니다. K는 태연한 얼굴로 양부모가 보내 주는 돈으로 자신이 원하는 길을 걷기 시작한 것입니다. 알 리가 없다는 안도감과 알려져도 상관없다는 배짱, 양쪽 다 K의 마음속에 존재했던 것으로 볼 수밖에 없습니다. K는 오히려 나보다 더 태연했습니다.

첫 여름 방학에 K는 고향에 가지 않았습니다. 고마고메의 어느 절에 방 한 칸을 빌려 공부할 계획이라고 했습니다. 내가 고향에 갔다가 도쿄로 돌아온 게 9월 초였는데, 실제로 그는 대관음상 옆의 추레한 절에 틀어박혀 있었습니다. 그의 방은 본당 바로 옆의 좁디좁은 방이었는데, 거기서 자신의 생각대로 공부할 수 있었다고 흐뭇해했습니다. 나는 그때 그의 생활이 점점 스님 같아진다고 생각했습니다. 손목에는 염주를 걸고 있더군요. 그건 무엇 때문이냐고 물었더니, 엄지로 하나 둘 헤아리는 시늉을 했습니다. 그는 그렇게 하루에도 몇 번이고 염주 알을 헤아린다는 것이었습니다. 단 그 의미는 나도 모릅니다. 둥근 원으로 된 염주를 한 알 한 알 아무리 헤아려도 끝은 없습니다. K는 어느 지점에서 어떤 마음이 들어서 그 헤아리던 손끝을 멈췄을까. 별것 아니지만 나는 가끔 그게 궁금했습니다.

나는 또 그의 방에서 성서를 봤습니다. 그때까지 불교 경전이라면 이따금 그의 입을 통해 제목을 들은 기억이 있었지만, 기독교에 대해서는 물어본 적도 대답한 적도 없었기 때문에 적잖이 놀랐습니다. 나는 이유를 묻지 않을 수 없었습니다. K는 딱히 이유는 없다고 하더군요. 그토록 많은 사람들이 추앙하는 책이라면 읽어 보는 게 당연하지 않느냐는 것이었습니다. 게다가 기회가 닿는다면 코란도 읽어 볼 생각이라고 했습니다. 〈무함마드와 검(劍)〉[10]이라는 말에 큰 관심을 가진 것 같았습니다.

두 번째 여름에 그는 고향에서 재촉을 받고 드디어 돌아갔습니다. 돌아가서도 전공에 대한 얘기는 하지 않았습니다. 집에서는 역시 전혀 몰랐던 것이겠지요. 귀하는 학교 교육을 받은 사람이라서 이런 사정을 잘 알겠지만, 세상 사람들은 학교생활이나 규칙에 대해 놀랄 만큼 무지합니다. 우리에게는 아무것도 아닌 일이 외부에는 전혀 알려져 있지 않아요. 우리는 우리대로 내부의 분위기에 젖어 있어서 학교 안의 일은 크건 작건 세상에 다 알려져 있을 거라고 믿어 버립니다. K는 그런 점에서 나보다 세상을 더 잘 파악했던 것이겠지요. K는 태연한 얼굴로 다시 도쿄로 왔습니다. 고향에서 나도 같이 출발했기 때문에 기차에 타자마자 K에게 어땠느냐고 물어봤습니다. K는 아무 일도 없었다고 하더군요.

세 번째 여름은 마침 내가 부모님의 묘소가 있는 고향 땅을 영구히 떠나기로 결심했던 해입니다. 나는 그때도 K에게 고향에 같이 가자고 권했지만 K는 응하지 않았습니다. 해마다 그렇게 집에 가서 뭐 하냐는 것입니다. 그는 다시 도쿄에

10 이슬람교의 창시자 무함마드가 포교할 때 〈한 손에는 코란, 또 한 손에는 검〉을 들었다는 데서 나온 말이다.

남아 공부를 할 계획인 모양이었습니다. 어쩔 수 없이 나 혼자 도쿄를 떠나기로 했습니다. 고향에서 보낸 그 두 달 동안이 내 운명에 얼마나 파란만장한 영향을 끼쳤는지는 앞서 누누이 얘기했으니 되풀이하지 않겠습니다. 나는 원망과 우울과 고독의 허전함을 한 덩어리 가슴에 품고 9월 초에 다시 K를 만났습니다. 그런데 그의 운명도 나와 마찬가지로 변조(變調)를 보이고 있었습니다. 그는 나도 모르는 사이에 양부모 앞으로 편지를 보내 자신의 거짓말을 실토해 버렸던 것입니다. 처음부터 그럴 각오였다고 하더군요. 이제 와서 어떻게 할 수도 없으니 네가 원하는 길을 가라, 라는 말을 기대했던 걸까요. 어쨌든 대학에 올라가서까지 양부모를 계속 속일 마음은 없었던 모양입니다. 또한 속이려 해도 그리 오래가지는 못할 거라고 내다봤는지도 모르겠습니다.

21

K의 편지를 받은 양아버지는 노발대발했습니다. 부모를 속이는 발칙한 놈에게 학비를 대줄 수 없다는 엄중한 답장을 즉각 보내온 것입니다. K는 그 답장을 내게 보여 주었습니다. 또한 거의 동시에 친가에서 날아온 편지도 보여 주었습니다. 이것도 앞서 받은 답장에 뒤지지 않을 만큼 엄하게 힐책하는 내용이었습니다. 양부모 측에 면목이 없는 것까지 더해진 탓이겠지만, 이쪽에서도 앞으로 일절 상대하지 않겠다고 적혀

있었습니다. K가 이 사건 때문에 친가로 호적을 되돌릴지, 아니면 다른 타협의 길을 강구해 계속 양자로 남을지, 그건 나중 문제로 치고 우선 당장 해결하지 않으면 안 될 일은 다달이 필요한 학자금이었습니다.

그 점에 대해 K에게 뭔가 복안이 있느냐고 물었습니다. K는 야학교[11] 교사라도 해볼 생각이라고 답했습니다. 그 시절은 요즘에 비하면 세상이 의외로 너그러운 편이어서, 부업 일자리가 귀하다 생각하는 것처럼 아예 없지는 않았습니다. 나는 K가 그걸로 충분히 헤쳐 나갈 수 있을 거라고 생각했습니다. 하지만 나한테는 내가 져야 할 책임이 있었습니다. K가 양부모의 희망에 등을 돌리고 자신이 원하는 길을 가려고 했을 때 동의해 준 건 나입니다. 그저 팔짱 끼고 바라볼 수만은 없었지요. 당장 그 자리에서 경제적인 도움을 제안했습니다. 그러자 K는 더 들을 것도 없이 딱 잘라 거절했습니다. 그의 성격상 친구의 도움을 받는 것보다 자립하는 게 훨씬 마음이 편하겠지요. 대학생이 되었는데 제 몸 하나 건사하지 못한다면 사내가 아니라는 식으로 말했습니다. 내 책임을 다하겠다고 어설피 K의 감정을 상하게 할 수는 없습니다. 그래서 그가 생각하는 대로 하게 놔두고 나는 손을 뗐습니다.

곧바로 K는 자신이 원하는 일자리를 구했습니다. 하지만 시간이 소중한 그에게 그 일이 얼마나 힘들었을지는 상상하

11 산업 발달로 노동 청소년이 증가하면서 야학교 교육도 활발해졌다. 1872년에 각 구별로 한 학교씩 서민 학교를 설치한 이후 공업, 농업, 도제 등의 실업 교육은 대부분 야학에서 이루어졌다.

고도 남습니다. 그는 지금까지 해왔던 대로 공부의 고삐를 조금도 늦추지 않은 채 새로운 짐을 짊어지고 맹진했던 것입니다. 나는 그의 건강을 염려했습니다. 하지만 꿋꿋한 그는 웃기만 할 뿐, 내 충고는 전혀 듣지 않았습니다.

그와 동시에 K와 양가의 관계는 점점 더 꼬여 갔습니다. 시간 여유가 없는 탓에 그와 전처럼 얘기할 기회도 없어서 결국 그 자초지종을 자세히 듣지는 못했지만, 점점 더 해결하기 어려워졌다는 것만은 알고 있었습니다. 중간에 다른 사람이 나서서 조정을 시도한 것도 알았습니다. 그 사람은 편지로 K에게 귀향을 재촉했지만, K는 도저히 안 되겠다면서 응하지 않았습니다. 그런 고집불통인 점이 — K는 학기 중이라 어쩔 수 없다고 했지만, 그쪽에서 보기에는 고집불통이었겠지요 — 사태를 점점 더 험악하게 만든 모양이었습니다. 그는 양부모의 감정을 상하게 했을 뿐만 아니라 친가의 분노도 샀습니다. 걱정이 되어 내가 양쪽의 화해를 위한 편지를 보냈을 때는 이미 아무 효과도 없었습니다. 내 편지는 한마디 답장도 못 받고 묻혀 버렸습니다. 나도 화가 났습니다. 그때까지도 일의 흐름상 K를 딱하게 여겨 왔던 나는, 그 이후로 옳고 그름을 떠나 전적으로 K 편을 들기로 했습니다.

결국 K는 호적을 되돌리기로 결정했습니다. 그동안 양가에서 내준 학자금을 친가에서 물어 주게 된 것이지요. 그 대신 친가에서도 더 이상 관여하지 않을 테니 앞으로 마음대로 하라는 것이었습니다. 옛날 말로 하자면 의절이지요. 어쩌면 그만큼 강경한 건 아니었을지도 모르지만, 본인은 그렇게 해석하고 있었습니다. K는 어머니가 안 계십니다. 그의 성격의 일정 부분은 분명 계모 밑에서 자란 결과라고 볼 수도 있겠지요. 만일 그의 친어머니가 살아 계셨다면, 그와 친가의 관계가 그렇게까지 벌어지는 일 없이 해결되었을 거라는 게 내 생각입니다. 그의 아버지는 말할 것도 없이 승려였습니다. 하지만 도리를 따진다는 점에서는 오히려 무사와 비슷한 데가 있지 않았나 싶습니다.

22

K의 사건이 일단락된 후, 나는 그의 매형에게서 장문의 편지를 받았습니다. K가 양자로 들어간 집이 그 매형과 친척 사이였기 때문에 처음 양자를 주선했을 때도, 호적을 되돌렸을 때도 그의 의견이 중시되었다고 K가 내게 얘기해 주었습니다.

편지에는 그 후 K가 어떻게 지내는지 알려 달라고 적혀 있더군요. 누님이 걱정하고 있으니 빠른 답장을 바란다는 부탁도 덧붙였습니다. K는 절을 물려받은 형보다 시집간 그 누님을 더 좋아했습니다. 셋 다 어머니가 같았는데, 그 누님과 K는 나이 차가 상당히 많이 났습니다. 그래서 K가 어릴 때는 계모보다 누님이 도리어 진짜 어머니처럼 보였던 것이겠지요.

나는 K에게 편지를 보여 주었습니다. K는 아무 말도 하지 않았지만, 자신에게도 누님이 똑같은 내용의 편지를 두세 번 보냈다고 털어놓았습니다. K는 그때마다 걱정할 것 없다고 답해 둔 모양입니다. 안타깝게도 누님은 생활이 넉넉하지 않은 곳에 시집을 갔기 때문에, 아무리 K가 가엾어도 물질적으로는 어떻게 해줄 수가 없었던 것입니다.

나는 K와 거의 같은 내용의 답장을 그의 매형에게 보냈습니다. 만일의 경우에는 내가 어떻게든 해볼 테니 안심하시라고 강조했습니다. 이건 물론 나만의 결심이었습니다. K의 앞날을 걱정하는 누님을 안심시켜 드리려는 호의도 물론 있었지만, 나를 무시했다고 생각할 수밖에 없는 그의 친가나 양가에 대한 내 고집도 있었습니다.

K가 호적을 되돌린 것은 대학 1학년 때였습니다. 그 뒤 2학년 중반 무렵까지 약 1년 반 동안 그는 혼자 힘으로 살았습니다. 그런데 그 과도한 노력이 점차 그의 건강과 정신에 영향을 끼치는 게 눈에 보였습니다. 거기에는 물론 호적을 파오네, 마네, 하는 번잡스러운 문제도 거들었겠지요. 그는 점점 감상적이 되었습니다. 때로는 이 세상 불행을 자기 혼자 짊어진 듯한 말을 했습니다. 그리고 그 말을 부정하면 당장 불같이 화를 냈습니다. 자신의 미래에 가로누운 빛이 점차 그의 시야에서 멀어져 가는 것 같다면서 초조해했습니다. 처음 학문을 시작할 때는 누구나 원대한 포부를 안고 새로운 여행길에 오르지만, 1년이 지나고 2년이 지나 어느덧 졸업을 앞두게 되면 문득 자신의 걸음이 지지부진한 것을 깨닫고 대부분 실망하는 게 당연하니까 딱히 K만 뒤처진 것이 아니었

는데도, 그의 초조해하는 모습은 보통보다 훨씬 심각했습니다. 나는 마침내 그의 마음을 안정시키는 것이 최우선이라고 생각했습니다.

먼저 K에게 다른 쓸데없는 일은 그만두라고 말했습니다. 그리고 당분간 편히 쉬는 게 먼 장래를 위해 더 이익이라고 충고했습니다. 고집 센 K가 내 말을 그리 쉽게 들어줄 리 없다고 예상은 했지만, 막상 말을 꺼내고 보니 생각보다 설득하기가 힘들어 애를 먹었습니다. K는 단지 학문만이 자신의 목적이 아니라고 주장했습니다. 의지력을 길러 강인한 인간이 되겠다는 것입니다. 그러자면 되도록 곤궁한 처지여야 한다는 게 그의 지론이었습니다. 보통 사람이 보자면 완전히 별난 소리입니다. 게다가 곤궁한 처지에 놓인 그의 의지는 조금도 강해지지 않았습니다. 오히려 신경 쇠약에 걸렸을 정도지요. 별수 없이 나는 그의 뜻에 공감하는 척했습니다. 막판에는 나도 그걸 목표로 인생을 걸어갈 생각이라고 밝혔습니다. (하긴 이건 아예 헛소리는 아니었지요. K의 주장을 듣다 보면 점점 거기에 빨려들 만큼 설득력이 있었으니까요.) 나는 K와 함께 살면서 둘이 나란히 향상의 길을 걷고 싶다고 제안했습니다. 그의 고집을 꺾기 위해 자진해서 일부러 그 앞에 무릎까지 꿇었던 것입니다. 그렇게 겨우 그를 내 하숙집에 데려왔습니다.

23

내 방에는 작은 대기실 같은 두 평 안 되는 곁방이 딸려 있었습니다. 현관을 지나 내 방으로 가려면 반드시 그 곁방을 거쳐야 해서 실용성이라는 면에서는 아주 불편한 공간입니다. 나는 그 곁방에 K를 들였습니다. 물론 처음에는 내 방에 책상 두 개를 나란히 놓고 그 곁방은 공유할 생각이었는데, K가 비좁더라도 혼자 있는 게 좋다면서 스스로 그 방을 선택했습니다.

앞서 말했던 대로 아주머님은 내 방에 사람을 들이는 것에 처음에는 찬성하지 않았습니다. 하숙집이라면 혼자보다 둘이 편하고 둘보다 셋이 이익이지만, 우리는 돈을 벌겠다고 하는 것도 아니니 되도록 다른 사람은 들이지 않는 게 좋겠다는 것입니다. 결코 성가시게 굴 사람이 아니라서 괜찮을 거라고 하자, 성가신 것보다 속내를 모르는 사람은 싫다고 하더군요. 그렇다면 지금 신세를 지고 있는 나 역시 마찬가지 아니냐고 따지자, 나는 처음부터 속내를 훤히 알아봤다고 누누이 설명하는 것이었습니다. 나는 쓴웃음을 지었습니다. 그러자 아주머님은 다시 다른 이유를 대며 말했습니다. 그런 사람을 데려오는 것은 나를 위해 좋지 않으니 그만두라는 것입니다. 왜 나를 위해 좋지 않으냐고 묻자, 이번에는 아주머님이 쓴웃음을 지었습니다.

실은 나도 굳이 K와 함께 기거할 필요는 없었습니다. 하지만 다달이 드는 비용을 돈으로 K 앞에 내놓으면 분명 받기를 꺼려할 거라고 생각했던 것입니다. 그는 그만큼 자립 의지가 강한 사람입니다. 그래서 그를 내 하숙집에 데려와 2인분의 식비를 K가 알지 못하는 사이에 아주머님에게 슬쩍 건네주려고 했던 것입니다. 하지만 K의 경제 상황에 대해 나는 아주머님에게 한마디도 털어놓을 생각이 없었습니다.

단지 K의 건강에 대해서는 이런저런 얘기를 했습니다. 혼자 놔두면 사람이 점점 더 괴팍해질 것 같다고 말했습니다. 거기에 덧붙여 K가 양가와 사이가 틀어진 일이며, 친가와 결별해 버린 일 등을 밝혔습니다. 물에 빠진 사람을 껴안아 내 온기를 전해 줄 각오로 K를 데려오는 것이라고 말했습니다. 그렇게 아시고 부디 따뜻하게 돌봐 달라고 아주머님에게도 아가씨에게도 부탁했습니다. 그런 얘기까지 하면서 아주머님을 설득했던 것이지요. 하지만 내게서 아무 얘기도 듣지 못한 K는 그런 자초지종을 전혀 알지 못했습니다. 나는 그것을 오히려 흡족하게 생각하고, 내키지 않는 듯 짐을 들고 온 K를 태연한 얼굴로 맞이했습니다.

아주머님과 아가씨는 친절하게 그의 짐 정리 등을 거들어 주었습니다. 그게 모두 나에 대한 호의에서 나온 것이라고 해석하고 나는 내심 흐뭇했습니다. K가 여전히 뚱한 얼굴을 보였는데도 말이지요.

K에게 새로운 집으로 들어온 기분이 어떠냐고 물었을 때 그는 단 한마디, 나쁘지 않다고 말했을 뿐입니다. 내가 보기에는 나쁘지 않은 정도가 아니었습니다. 그가 지금까지 지내던 곳은 북향에 퀴퀴한 곰팡내 나는 누추한 방이었습니다.

먹는 것도 그 방에 걸맞게 형편없었습니다. 내 하숙집으로
옮겨 온 것은 새가 깊고 컴컴한 골짜기에서 훤하고 높은 나
무 위로 옮겨 앉은 셈이라고[12] 할 정도였지요. 그런데도 그다
지 달가운 기색을 보이지 않은 것은 무엇보다 그의 고집 센
성품 때문이지만, 또 하나는 그의 사상 때문이기도 했습니다.
불교의 가르침 속에서 자란 그는 의식주에 사치를 누리는 것
을 부도덕한 일처럼 생각했습니다. 어설피 옛 고승이니 성도
(聖徒)의 전기를 읽어 온 터라서 걸핏하면 정신과 육체를 따
로 떼어 놓고 생각하는 습성이 있었습니다. 어쩌면 육체를
채찍질하면 할수록 영혼의 광휘가 더해진다고 느꼈는지도
모릅니다.

나는 되도록 그의 주장을 거스르지 않기로 방침을 정했습
니다. 얼음을 햇볕에 내놓아 슬슬 녹이는 방법을 궁리한 것
이지요. 조만간 녹아서 따뜻한 물이 되면 분명 저절로 깨달
을 때가 올 거라고 생각했던 것입니다.

24

나 또한 아주머님이 그런 식으로 대해 준 덕분에 점점 쾌
활해졌습니다. 그것을 자각했던 나는 이제 K를 위해 그것을
응용해 보자고 마음먹은 것입니다. K와 내가 성격상 상당한

12 『시경(詩經)』의 〈출자유곡 천우교목(出自幽谷 遷于喬木)〉에서 따온 것
으로, 갑작스럽게 좋은 환경으로 옮기게 된 처지를 비유한 말이다.

차이가 있다는 것은 오래도록 사귀어 온 나도 잘 알고 있었지만, 이 집에 들어온 뒤로 내 모난 신경이 다소 누그러진 것처럼 K도 여기에 있으면 머지않아 마음이 잠잠해질 거라고 생각했습니다.

K는 나보다 굳은 의지를 가진 사람입니다. 공부도 나보다 두 배쯤은 더 했을 것입니다. 게다가 타고난 머리도 나보다 훨씬 좋았습니다. 나중에는 전공이 달라져서 어떻다고 말할 수는 없지만, 같은 반이었을 동안에는 중학교에서도 고등학교에서도 K가 항상 상위권을 차지했습니다. 나는 평소 뭘 해도 K에게는 미치지 못한다는 자각을 가졌을 정도입니다. 하지만 내가 굳이 K를 내 하숙집으로 끌고 왔을 때는 내가 더 사리 분별을 잘한다고 믿었습니다. 내가 보기에 그는 고집과 인내의 구별을 제대로 이해하지 못하는 것처럼 생각되었기 때문입니다. 이건 특히 귀하를 위해 덧붙여 두는 것이니 잘 들어 주십시오. 육체든 정신이든 우리의 모든 능력은 외부의 자극에 의해 발달하기도 하고 파괴되기도 하지만, 어느 쪽이든 자극이 점점 더 강해져 가게 마련이라서 찬찬히 생각하지 않다가는 몹시 험악한 방향으로만 내달리는데도 자신은 물론 주위 사람도 깨닫지 못할 우려가 있습니다. 의사의 설명을 들어 보면 인간의 위만큼 게으른 것도 없다고 합니다. 계속해서 죽만 먹다 보면 어느새 그보다 단단한 것은 소화할 능력을 잃어버립니다. 그래서 의사는 뭐든 먹는 연습을 해두라고 말하는 것이지요. 하지만 이건 단지 익숙해진다는 의미는 아닐 것입니다. 조금씩 자극을 늘려서 차츰차츰 소화 기

능의 저항력을 높여 간다는 의미가 아니면 안 됩니다. 만일 반대로 위의 능력이 차츰차츰 약해져 간다면 결과가 어떻게 될지 상상해 보면 바로 알 수 있겠지요. K는 나보다 훌륭한 친구였지만 그런 점은 전혀 알지 못했습니다. 단순히 고난에 익숙해지면 나중에 그 고난은 아무것도 아니게 된다고 미리 정해 놓고 있는 것 같았습니다. 고난이 거듭되면 거듭된 만큼 공덕이 쌓여 더 이상 신경 쓰이지 않는 시기가 온다고 굳게 믿었던 것입니다.

나는 K를 설득할 때 꼭 그 점을 분명하게 짚어 주고 싶었습니다. 하지만 말을 하면 분명 저항에 부딪힐 게 뻔했습니다. 분명 옛사람의 사례 등을 꺼내겠지요. 그러면 나도 그들과 K의 다른 점을 명백히 밝히지 않으면 안 됩니다. 그것을 수긍해 줄 K라면 좋겠으나, 그의 성품상 논의가 거기까지 나아가면 쉽사리 뒤로 물러서지 못합니다. 한사코 앞으로 나아가지요. 그리고 일단 입 밖에 내놓은 그대로 행동에 나섭니다. 그렇게 되면 그는 무서워집니다. 아주 대단해요. 스스로 자신을 파괴해 가며 오로지 앞으로 나아갑니다. 결과부터 보자면 단지 자신의 성공을 깨부순다는 의미에서 대단한 것일 뿐이지만, 그래도 결코 평범하지는 않았습니다. 그의 성품을 잘 아는 나는 결국 어떤 말도 할 수 없었습니다. 게다가 그는 앞서 얘기했던 대로 다소 신경 쇠약증인 것 같았습니다. 혹시 내가 그를 설득해 본들 거칠게 나올 게 틀림없었습니다. 그와 다투는 건 두렵지 않지만, 고독감을 견딜 수 없었던 나 자신의 경우를 되돌아보니 친구인 그를 나처럼 고독한 처지에 버려 두는 것은 견딜 수 없는 일이었습니다. 게다가 한 발 더 나아가 고독한 처지로 몰아넣는 것은 더더욱 싫었습니다. 그래서 그가 내 하숙집으로 옮겨 온 뒤에도 한동안 그에게 비판적인 얘기는 하지 않았습니다. 그저 온화하게 주위 사람들이 그에게 미치는 결과를 지켜보기로 했던 것입니다.

25

아주머님과 아가씨에게 나보다는 되도록 K와 대화를 많이 해달라고 부탁했습니다. 여태껏 대화 없이 살아온 것이 그에게 탈이 되었다고 믿었기 때문입니다. 쇠를 쓰지 않으면 녹스는 것처럼 그의 마음에도 녹이 슬었다고 생각할 수밖에 없었으니까요.

아주머님은 말 붙이기도 힘든 사람이라면서 웃었습니다. 아가씨는 또 일부러 예까지 들어 가며 내게 설명해 주었습니다. 화로에 불이 있느냐고 물었더니, K가 없다고 대답했다고 합니다. 그러면 가져오겠다고 했더니, 필요 없다고 거절했답니다. 그러면 춥지 않느냐고 물었더니, 춥지만 필요 없다고 말하고는 대꾸도 하지 않더라는 것이지요. 나는 마냥 쓴웃음만 지을 수도 없었습니다. 두 사람이 딱하고 미안해서 나라도 대신 설명해 그 자리를 수습하지 않을 수 없었지요. 하긴 봄에 있었던 일이니까 굳이 불을 쬘 필요도 없었지만, 말 붙이기 힘들다는 하소연도 당연하다고 생각했습니다.

그래서 되도록 내가 중심이 되어 두 모녀와 K 사이를 연결해 보려고 노력했습니다. K와 내가 얘기하던 중에 모녀를 부르거나, 또는 모녀와 내가 같은 방에 있을 때 K를 불러내거나, 어느 쪽이든 그때그때 적당한 방법으로 그들을 가까워지게 하려고 했습니다. 물론 K는 달가워하지 않았습니다. 어느 때는 불쑥 일어나서 나가 버렸습니다. 또 어느 때는 아무리 불러도 도무지 나오지 않았습니다. K는 그런 쓸데없는 얘기판이 뭐가 재미있느냐고 했습니다. 나는 단지 웃기만 했습니다. 하지만 마음속으로는 K가 그것 때문에 나를 경멸한다는 것을 알았습니다.

어떤 의미에서는 내가 실제로 그의 경멸을 받을 만했는지도 모릅니다. 그의 눈은 나보다 훨씬 높은 곳을 바라보고 있었다고 할 수도 있겠지요. 나도 그것을 부정하지는 않습니다. 하지만 눈만 높고 그 밖의 것이 조화롭지 못하다면 결국 불구가 됩니다. 나는 무엇보다 이참에 그를 인간답게 만드는 게 최우선이라고 생각했습니다. 아무리 그의 머릿속에 훌륭한 인물의 이미지가 가득 차 있어도 그 자신이 훌륭해지지 않는 이상 아무 도움도 안 된다는 것을 발견했던 것입니다. 나는 그를 인간답게 만드는 가장 좋은 방법으로, 우선 이성 옆에 앉혀 보는 방법을 강구했습니다. 거기서 나오는 바람을 쐬게 해서 녹슬어 가던 그의 피를 새롭게 바꿔 주자고 마음먹었습니다.

이 시도는 차츰 성공하기 시작했습니다. 처음 한동안은 융합되기 어려운 것처럼 보이더니 점점 하나로 녹아들었습니다. 그는 자신 이외의 세계를 조금씩 깨닫는 것 같았습니다.

어느 날 내게 여자는 그리 경멸할 존재는 아니라는 말을 했습니다. K는 처음에 여자에게도 나와 비슷한 정도의 지식과 학문을 원했던 모양입니다. 그런데 그것이 찾아지지 않자 금세 경멸의 마음이 생겼던 것이겠지요. 여태까지 그는 성별에 따라 입장을 달리하는 것을 알지 못한 채, 똑같은 시선으로 모든 남녀를 바라본 것입니다. 나는 그에게 만일 우리 둘이서 영구히 남자들만의 대화를 주고받는다면, 우리는 단지 직선적으로 앞으로 나아가는 데 그칠 뿐이라고 말했습니다. 그는 지당한 말이라고 대답하더군요. 나는 그때 아가씨에게 적잖이 빠져 있을 무렵이었기 때문에 자연히 그런 말도 하게 되었던 것이지요. 하지만 그런 속사정은 K에게 한마디도 털어놓지 않았습니다.

여태까지 책으로 성벽을 쌓고 그 안에 틀어박혀 있던 K의 마음이 점점 풀어지는 모습을 바라보는 것은 내게 무엇보다 유쾌했습니다. 처음부터 그럴 목적으로 일을 추진했으니까 성공에 따르는 기쁨을 느끼지 않을 수 없었지요. 나는 K에게는 말하지 않는 대신 아주머님과 아가씨에게 내 생각을 그대로 이야기했습니다. 두 사람도 만족한 기색이었습니다.

26

K와 나는 같은 과였지만 전공 학문이 달라서 자연히 등교 시간이나 귀가 시간에 차이가 있었습니다. 내가 먼저 귀가했

을 때는 그냥 그의 방을 지나치지만, 늦어졌을 때는 간단히 인사를 나누고 내 방으로 오는 게 상례였습니다. K는 항상 책에서 잠깐 눈을 떼고 장지문을 여는 나를 슬쩍 쳐다봤습니다. 그러고는 매번 똑같이 〈이제 오냐?〉라고 했습니다. 나는 말없이 고개를 끄덕이거나 〈응〉이라고 대답하며 지나오곤 했지요.

어느 날 간다에 볼일이 있어서 평소보다 귀가가 한참 늦어졌습니다. 나는 총총걸음으로 문 앞으로 다가가 현관 격자문을 드르륵 열었습니다. 그와 동시에 아가씨의 목소리가 들려왔습니다. 그 목소리는 분명 K의 방에서 나는 것 같았습니다. 현관에서 곧장 들어가면 거실과 아가씨 방이 이어지고, 거기서 왼쪽으로 꺾어 들면 K의 방과 내 방이 나오는 구조였으니까, 하숙한 지 오래된 나는 어디서 누구 목소리가 들리는지 잘 알고 있었습니다. 나는 얼른 현관 격자문을 드르륵 닫았습니다. 그러자 아가씨의 목소리도 뚝 끊겼습니다. 내가 신발을 벗는 사이에 — 나는 그 시절부터 하이칼라여서 신고 벗을 때 시간이 걸리는 편상화[13]를 신었는데, 몸을 숙여 그 구두끈을 푸는 사이에 — K의 방에서는 더 이상 아무 소리도 나지 않았습니다. 나는 의아했습니다. 어쩌면 내가 잘못 들었는지도 모른다고 생각했습니다. 하지만 늘 하던 대로 K의 방을 지나가려고 장지문을 열자, 분명 그곳에 둘이 앉아 있었습니다. K는 항상 하던 대로 〈이제 오냐?〉라고 했습니다. 아가씨도 〈오셨어요?〉라며 앉은 채 인사했습니다. 그렇게 생

13 발등에서부터 위까지 끈을 꿰어 묶는 약간 목이 긴 구두.

각해서 그런지, 그 간단한 인사가 내게는 좀 딱딱하게 들렸습니다. 내 고막에 어딘가 자연스럽지 않게 울린 것입니다. 나는 아가씨에게 〈어머님은?〉이라고 물었습니다. 내 질문에는 아무 의미도 없었습니다. 어쩐지 집 안이 평소보다 조용해서 물어봤을 뿐입니다.

아주머님은 실제로 외출 중이었습니다. 하녀도 아주머님과 함께 나갔더군요. 그래서 집에 남아 있는 사람은 K와 아가씨뿐이었습니다. 나는 잠깐 고개를 갸우뚱했습니다. 지금까지 오랫동안 하숙을 했어도 아주머님이 아가씨와 나만 남겨 둔 채 집을 비운 적은 없었으니까요. 뭔가 급한 볼일이라도 있었느냐고 아가씨에게 다시 물었습니다. 아가씨는 그냥 웃기만 했습니다. 이럴 때 웃는 여자가 나는 싫었습니다. 젊은 여자들의 공통점이라고 한다면 그뿐일지도 모르지만, 아가씨는 별것 아닌 일에 잘 웃곤 하는 여자였습니다. 하지만 아가씨는 내 얼굴빛을 보고 얼른 평소의 표정으로 돌아왔습니다. 급한 볼일은 아니고 잠깐 일이 있어서 나갔노라고 착실히 대답하더군요. 하숙생인 나로서는 더 이상 캐물을 권리가 없었습니다. 나는 그만 입을 꾹 다물었습니다.

내가 옷을 갈아입고 자리에 앉을락 말락 하는 사이에 아주머님도 하녀도 돌아왔습니다. 이윽고 저녁 식탁에서 모두 얼굴을 마주할 시간이었습니다. 처음 이 집에 왔을 무렵에는 매사에 손님 대접을 해주느라 식사 때마다 하녀가 내 방으로 밥상을 내왔지만, 어느새 그게 무너지고 식사 때는 건넌방으로 불려 가는 게 습관이 되었습니다. 새로 K가 온 뒤에도 내가 주장해서 그를 나와 똑같이 대해 주기로 했습니다. 그 대신 나는 얇게 켠 목재로 짠 세련된 접이식 밥상을 아주머님에게 기부했습니다. 요즘은 집집마다 다 있는 모양이지만, 그 무렵에는 그런 밥상[14]에 둘러앉아 밥을 먹는 가족은 거의 없었습니다. 일부러 오차노미즈의 가구점에 나가 내가 생각한 대로 만들어 달라고 했던 것입니다.

그 밥상에서 아주머님이 그날은 항상 같은 시각에 오던 생선 장수가 오지 않아서 우리 반찬거리를 사러 시내까지 다녀왔다고 얘기를 하더군요. 하긴 하숙생을 두고 있는 이상 그것도 그렇겠다고 생각했을 때, 아가씨가 내 얼굴을 보며 또 웃기 시작했습니다. 하지만 이번에는 아주머님에게 꾸지람을 듣고 얼른 멈췄습니다.

27

일주일쯤 뒤에 나는 다시 K와 아가씨가 얘기하고 있는 그 방을 지나가게 되었습니다. 그때 아가씨는 내 얼굴을 보자마자 웃었습니다. 그 즉시 뭐가 그렇게 우습냐고 물어봤으면 좋았겠지요. 그런데 말없이 내 방까지 와버렸습니다. 그래서

---

14 봉건적 신분 계급이 중시되고 찬이 적었던 시절에는 가족 간에도 각자 1인 소반이나 상자형 밥상(안에 식기를 보관하고 식사 때만 상자 뚜껑을 엎어 상으로 이용한다)을 쓰는 게 일반적이었다. 크고 둥근 밥상에 온 가족이 둘러앉아 단란한 식사 시간을 보내는 것은 개화 문명의 새로운 유행으로서 메이지 말기부터 시작되었다.

K도 늘 하던 대로 〈지금 오냐?〉라고 인사를 건네지 못했습니다. 아가씨는 곧바로 장지문을 열고 거실로 돌아간 모양이었습니다.

저녁 식사 때, 아가씨가 나를 이상한 사람이라고 하더군요. 나는 그때도 뭐가 이상하냐고 묻지 못했습니다. 다만 아주머님이 딸을 노려보던 것을 얼핏 봤을 뿐입니다.

나는 식사 후에 K에게 산책을 청했습니다. 우리는 덴즈인 뒤쪽으로 식물원[15] 길을 한 바퀴 돌아 다시 도미자카 아래로 나왔습니다. 산책치고는 짧은 거리가 아니었지만, 그사이에 나눈 이야기는 지극히 적었습니다. 성격상 K는 나보다 더 말수가 적은 사람이었습니다. 나도 말이 많은 편은 아닙니다. 하지만 걸음을 옮기면서 가능한 한 그에게 말을 걸었습니다. 내 화제는 주로 하숙집의 가족에 대한 것이었습니다. 아주머님이나 아가씨에 대해 그가 어떻게 생각하는지 알고 싶었습니다. 그런데 그는 도무지 정체 모를 얘기만 했습니다. 그의 대답은 종잡을 수 없는 데다 너무 짧았습니다. 그는 두 모녀보다 전공 학과에 더 관심이 있는 것 같았습니다. 하긴 2학년 시험이 코앞에 닥친 무렵이었으니, 보통 사람의 입장에서는 그게 더 학생다웠지요. 게다가 스베덴보리[16]가 어쩌고저쩌고

15 당시 도쿄 대학교 이과 대학 부속 식물원으로, 5만 평 가까운 부지에 2천여 종의 식물을 재배하고 진기한 분재와 열대 식물 등의 유럽식 온실이 있었다. 수많은 문학 작품의 무대로 자주 등장한다.

16 Emanuel Swedenborg(1688~1772). 스웨덴의 신비 사상가. 1710년부터 유럽 각지를 유학하며 태양계 형성에 대한 〈성운 가설〉을 제창했다. 1744년 네덜란드 여행 중 돌연 신의 계시를 접한 뒤 여생을 성찰과 심령 연

하는 바람에 무지했던 나는 놀랐습니다.

우리가 순조롭게 시험을 끝냈을 때, 아주머님은 둘 다 앞으로 1년 남았다면서 기뻐했습니다. 그렇게 말하는 아주머님의 유일한 자랑거리인 아가씨도 이제 곧 졸업할 예정이었습니다. K는 나에게 여자란 아무것도 알지 못한 채 학교를 졸업한다고 하더군요. K는 아가씨가 학문 외에 따로 배우는 재봉이나 가야금, 꽃꽂이 등은 전혀 안중에 없는 모양이었습니다. 나는 세상 물정에 어두운 그를 비웃었습니다. 그리고 여자의 가치는 그런 데 있는 게 아니라는 예전의 주장을 그에게 다시 되풀이했습니다. 그는 별다른 반박을 하지 않았습니다. 그 대신 맞는 말이라고 동의하지도 않았습니다. 나는 그게 유쾌했습니다. 글쎄, 하는 말투를 보니 여전히 여자를 경멸하는 것 같았기 때문입니다. 내가 여성의 대표 격으로 생각하는 아가씨를 대수롭지 않게 여기는 듯했기 때문입니다. 이제 와서 돌이켜 보면 K를 향한 내 질투심은 그때부터 이미 충분히 싹터 있었던 것입니다.

나는 K에게 여름 방학에 어딘가 가자고 제안했습니다. K는 별로 가고 싶지 않다는 투로 말했습니다. 물론 그는 자신이 마음먹은 대로 어디든 갈 수 있는 형편이 아니었지만, 내가 데려가기만 하면 또한 어디를 가든 무방한 처지였습니다.

구에 쏟았다. 칸트의 비판을 받으면서 오래도록 학계에서 매장되었으나 그의 신비주의 사상은 낭만주의자, 초기 사회주의자, 작가 스트린드베리와 도스토옙스키 등에게 큰 영향을 끼쳤다. 나쓰메 소세키는 심령학에도 깊은 관심이 있어서 장서에도 그런 유의 것이 적지 않았는데, 스베덴보리도 그중 한 사람이었다.

나는 왜 가고 싶지 않으냐고 물었습니다. 그는 이유고 뭐고 없다고 하더군요. 집에서 책을 읽는 게 자신은 더 편하다는 것이지요. 피서지에 나가 시원한 곳에서 공부하는 게 건강을 위해 더 좋다고 주장했더니, 그렇다면 너 혼자 가라는 것입니다. 하지만 나는 K만 하숙집에 남겨 두고 떠날 생각은 없었습니다. 그러잖아도 K와 하숙집 사람들이 점점 친해지는 모습을 보는 게 그리 달갑지 않던 참이었습니다. 내가 처음에 원했던 대로 되었는데 왜 달갑지 않다는 것이냐고 해도 할 말이 없습니다. 분명 나는 바보였습니다. 끝나지 않는 우리 두 사람의 말씨름을 보다 못한 아주머님이 중재에 나섰습니다. 결국 우리는 함께 보슈에 가기로 했습니다.

28

K는 별로 여행을 하지 않은 사람이었습니다. 나도 보슈는 처음이었지요. 우리는 아무것도 모르는 채 배가 가장 먼저 도착한 곳에서 내렸습니다. 아마 호타라는 곳이었던 것 같습니다. 요즘에는 어떻게 변했는지 모르겠지만, 그 무렵에는 형편없는 어촌이었습니다. 무엇보다 여기저기서 비린내가 풀풀 났습니다. 그리고 바다에 들어가면 파도에 떠밀려 금세 팔이며 다리에 쓸린 상처가 났습니다. 주먹만 한 자갈이 밀려오는 파도에 맞비벼져 시종 데굴데굴 굴러다녔던 것이지요.

나는 금세 싫증이 났습니다. 하지만 K는 좋다고도 나쁘다고도 하지 않더군요. 적어도 얼굴 표정만은 태연했습니다. 그러면서도 그는 바다에 들어갈 때마다 어디든 꼭 한 군데는 다쳤습니다. 결국 그를 설득해 도미우라로 떠났습니다. 그리고 다시 나코로 옮겼습니다. 그 연안은 그때부터 주로 학생들이 모이던 곳이어서, 어디든 우리에게는 마침맞는 해수욕장이었습니다. K와 나는 바닷가 바위 위에 앉아 먼 바다 색깔이며 가까운 물속을 바라보았습니다. 바위 위에서 내려다보는 바닷물은 또 각별하게 아름다웠습니다. 붉은색이며 파란색이며 보통 시장에 나오지 않을 만한 색깔의 물고기들이 투명한 파도 속을 이리저리 헤엄치는 모습이 손가락 끝으로 가리킬 수 있을 만큼 선명하게 보였습니다.

나는 그곳에 앉아 책을 펼치곤 했습니다. K는 아무것도 하지 않고 입을 꾹 다물고 있는 일이 많았습니다. 그게 생각에 잠긴 것인지, 경치에 홀린 것인지, 아니면 멋대로 공상에 빠진 것인지 전혀 알 수 없었습니다. 이따금 눈을 들어 K에게 뭘 하느냐고 물었습니다. K는 아무것도 하지 않는다고 짧게 대답할 뿐이었습니다. 내 곁에 이렇게 진득하니 앉아 있는 사람이 K가 아니라 아가씨라면 자못 유쾌할 텐데, 라고 생각했습니다. 그것뿐이라면 그나마 괜찮았는데, 때때로 K도 나와 똑같은 소망을 품고 바위 위에 앉아 있는 게 아닌가 하고 홀연 의심이 들기 시작하는 것입니다. 그러면 갑자기 느긋하게 책을 펼쳐 들고 있기가 싫어지더군요. 그래서 자리에서 벌떡 일어났습니다. 그러고는 주위에 아랑곳하지 않고 큰 소리로 고함을 질렀습니다. 좋은 시나 노래를 즐겨 읊어 보는 느려 터진 짓은 할 수가 없었지요. 그저 야만인처럼 아우성을 쳤습니다. 한 번은 느닷없이 뒤에서 그의 목덜미를 움켜쥐었습니다. 그러고는 바닷속으로 떠밀어 버리면 어떻게 하겠느냐고 K에게 물었습니다. K는 꿈쩍도 하지 않더군요. 돌아앉은 그대로, 마침 잘됐네, 그렇게 해, 라고 대답했습니다. 나는 얼른 목덜미를 잡은 손을 풀었습니다.

그때 K의 신경 쇠약은 상당히 좋아진 것 같았습니다. 그것과 반비례하듯 나는 점점 과민해졌습니다. 나보다 침착한 K가 부러웠습니다. 또한 미웠습니다. 어떻게 해봐도 그는 나와 맞상대할 기색을 보이지 않았기 때문입니다. 나한테는 그것이 일종의 자신감처럼 비쳤습니다. 하지만 그의 자신감을 인정해 봤자 나는 결코 만족하지 못했지요. 내 의심은 다시한 걸음 더 나아가 그 자신감의 성격을 알아내려고 했습니다. 그는 학문이나 일에 대해 앞으로 자신이 나아가야 할 길에서 다시 광명을 되찾은 기분인 걸까? 단순히 그것뿐이라면 K와 나의 이해관계에는 어떤 충돌도 일어날 리 없습니다. 도리어 그를 돌봐 준 보람이 있다고 기뻐해야 할 일이었지요. 하지만 그의 자신감이 만일 아가씨에 대한 것이라면 나는 결코 그를 용서할 수 없게 됩니다. 이상하게도 그는 내가 아가씨를 사랑한다는 낌새를 전혀 알아차리지 못한 것처럼 보였습니다. 물론 나도 K의 눈에 띌 만큼 티 나게 행동하지는 않았지만, 그도 워낙에 그런 일에 관해서는 둔한 사람이었습니다. 처음부터 K라면 괜찮다고 마음을 놓았기 때문에 그를 애써 하숙집에 데려온 것이었습니다.

29

　나는 과감하게 내 마음을 K에게 털어놓으려고 했습니다. 하긴 이건 그때서야 시작된 것도 아닙니다. 여행을 떠나기 전부터 나에게는 그런 속셈이 있었는데 털어놓을 기회를 잡는 것도, 그 기회를 만들어 내는 것도 내 재주로는 잘 되지 않았습니다. 이제 와서 생각해 보면, 그 무렵 내 주위에 있던 사람은 다들 좀 이상했습니다. 여자에 관해 깊은 속내를 털어놓을 만한 사람이 하나도 없었습니다. 그중에는 얘깃거리 자체가 없는 사람도 꽤 있었겠지만, 설령 있더라도 다들 입을 꾹 다물었습니다. 비교적 자유로운 공기를 들이쉬는 요즘 시대의 귀하에게는 분명 이상하게 보이겠지요. 그게 유교 도덕의 가르침이 남아서인지, 아니면 일종의 수줍음 때문인지 그 판단은 귀하의 해석에 맡기지요.

　K와 나는 무엇이든 서로 얘기할 수 있는 사이였습니다. 어쩌다 사랑이며 연애 문제도 입에 올리지 않은 건 아니었지만, 매번 추상적인 이론에 빠져들 뿐이었지요. 그나마 웬만해서는 화제에 오르지도 않았지만요. 대개는 책과 학문, 장래에 할 일과 포부, 정신 수양 같은 얘기가 전부였습니다. 아무리 친하더라도 그런 근엄한 분위기에 갑자기 딴 얘기를 꺼낼 수는 없지요. 우리는 그저 고지식하게 친해져 갈 뿐이었습니다. 아가씨에 대한 얘기를 K에게 털어놓자고 마음먹은 뒤로 나는 수없이 답답한 불쾌감에 시달렸습니다. K의 머리를 어딘가 한 군데 뚫어서 거기로 부드러운 바람을 불어넣고 싶은

심정이었습니다.

젊은 세대가 들으면 웃음을 금치 못할 일이지만, 그 시절의 나에게는 실제로 크나큰 난관이었습니다. 나는 여행지에서도 하숙집에서와 똑같이 비겁했습니다. 내내 기회를 잡아보려고 K를 관찰했으면서도 묘하게 고답적인 그의 태도를 어떻게도 할 수 없었습니다. 내가 보기에는 그의 심장 주위에 두텁게 검은 옻칠을 해둔 것 같았습니다. 내가 쏟아부으려는 피는 단 한 방울도 그 심장 속에 들어가지 않고 모조리 튕겨 나오는 것입니다.

어떤 때는 K의 자세가 너무도 강경하고 고결해서 도리어 안심이 되기도 했습니다. 그리고 의심했던 것을 마음속으로 후회함과 동시에 그에게 사죄했습니다. 사죄하면서 나 자신이 몹시 열등한 인간인 것 같아 갑자기 기분이 나빠졌습니다. 하지만 조금 지나면 이전의 의심이 다시 되살아나서 강하게 내리쳤습니다. 모든 게 의심에서 빚어진 일이라서 하나같이 나한테 불리했습니다. 생김새도 K가 여자에게 더 호감을 받을 것 같았습니다. 성격도 나처럼 소심하지 않아서 이성의 마음에 들 것 같았습니다. 어딘가 맹한 것 같으면서도 다부진 남자다움이 있는 점도 나보다 멋있어 보였습니다. 학력에 이르러서는 전공은 다르지만 나는 K의 적수가 되지 못한다는 자각이 있었습니다. 그렇게 모조리 상대의 좋은 점만 한꺼번에 눈앞에 어른거리니, 잠시 마음을 놓았다가도 금세 원래의 불안이 되돌아오는 것이었지요.

K는 안달복달하는 나를 보고 싫증이 났다면 일단 도쿄로

돌아가도 좋다고 했지만, 그 말을 듣자 나는 갑자기 돌아가고 싶지 않더군요. 실은 K가 도쿄 하숙집으로 돌아가는 게 싫었는지도 모릅니다. 우리는 보슈 반도의 코끝을 빙 돌아 맞은편으로 갔습니다. 따가운 뙤약볕에 무진 고생을 하면서, 그 동네 사람들의 바로 저기, 바로 저기, 라는 말에 속아 가면서, 우리는 걷고 또 걸었습니다. 왜 그렇게 걷는지도 모를 정도였습니다. 내가 농담 삼아 K에게 그 말을 했습니다. 그러자 K는 발이 있으니 걷는 것이라고 하더군요. 그러고는 더우면 바다에 들어가자면서 어디든 상관 않고 파도에 몸을 던졌습니다. 그다음에 또 쨍쨍 내리쬐는 햇볕 속을 걸어갔으니 온몸이 녹작지근하게 녹초가 되었지요.

30

그런 식으로 돌아다녔으니 무더위와 피로로 자연히 몸 상태도 이상해지게 마련이지요. 물론 병이 난 것과는 다릅니다. 갑자기 다른 몸속으로 내 영혼이 옮겨 간 듯한 느낌이었어요. 나는 평소처럼 K와 얘기를 주고받으면서도 어쩐지 평소의 기분에서 벗어난 것 같았습니다. K에 대한 친밀감도 증오도 이번 여행 동안뿐이라는 특별한 성격을 띠게 된 것입니다. 즉 우리는 무더위 때문에, 파도 때문에, 그리고 걷고 또 걸은 것 때문에 이전과는 다른 새로운 관계에 들어섰던 것이겠지요. 그때 우리는 마치 길동무가 된 행상 같았습니다. 아무리 얘기를 많이 해도 여느 때와는 달리 머리를 굴려야 하는 복잡한 화제는 건드리지 않았습니다.

우리는 그런 식으로 마침내 조시까지 갔지만, 중간에 단 한 번 예외가 있었던 것을 지금도 잊지 못합니다. 아직 보슈를 벗어나기 전에 우리는 고미나토라는 곳에서 다이노우라 포구를 구경했습니다. 이미 햇수도 상당히 지났고, 더구나 나로서는 별반 관심이 없는 일이었기 때문에 분명하게 기억나지는 않지만, 아무튼 그곳이 니치렌[17]이 태어난 마을이라는 얘기였습니다. 니치렌이 태어난 날, 도미 두 마리가 파도를 타고 바닷가에 올라왔다는 설화가 전해 내려오는 곳이었지요. 그 이후로 이 마을 어부들은 오늘에 이르기까지 도미 잡기를 일절 금했기 때문에 포구에 도미가 아주 많다는 것입니다. 우리는 작은 배를 빌려 일부러 그 도미를 보러 나갔습니다.

그때 나는 그저 파도만 보았습니다. 그리고 그 물결 속에서 헤엄치는 보랏빛이 감도는 도미의 색깔을 흥미로운 현상의 하나로 싫증나는 줄도 모르고 들여다봤습니다. 하지만 K는 나만큼 흥미를 갖지 못하는 것 같았습니다. 그는 도미보다 오히려 니치렌을 머릿속에 떠올린 모양이었습니다. 마침 그곳에 단조지(誕生寺)라는 절이 있었습니다. 니치렌이 태어

---

17 日蓮(1222~1282). 일본 불교 일련종의 개조. 『묘법연화경』만이 진정한 교리라고 주장하며 기존 종파는 전면 배격하는 과격한 주장으로 유배와 사형 선고 등의 고난을 겪었다. 세속적인 제도와 법률, 정치에 관여하는 불교를 설파했다. K는 니치렌이 그토록 배격했던 정토진종 사찰에서 자랐는데도 그의 사상에 지대한 관심을 보였던 것이다.

난 마을이라서 그런 이름을 붙였겠지요, 아주 번듯한 가람이 었습니다. K는 그 절에 찾아가 주지를 만나 보자고 했습니다. 실은 우리 옷차림이 아주 괴상했습니다. 특히 K는 바람 때문에 모자가 바다로 날아가 사초 삿갓을 사서 썼습니다. 물론 옷은 둘 다 꾀죄죄하고 땀 냄새가 풀풀 났습니다. 나는 이런 꼴로 스님을 만나는 건 안 된다고 말렸지요. K는 고집이 세서 말을 듣지 않았습니다. 싫다면 너 혼자 밖에서 기다리라더군요. 별수 없이 나도 함께 현관까지 갔지만, 마음속으로는 분명 거절당할 거라고 생각했습니다. 그런데 스님이란 의외로 친절한 법인지, 우리를 널찍하고 번듯한 방으로 안내하고 바로 만나 주었습니다. 그때의 나는 K와 생각이 상당히 달랐으므로 스님과 K의 담화에 별로 귀를 기울일 마음도 없었지만, K는 쉴 새 없이 니치렌에 대해 묻는 것 같았습니다. 니치렌은 〈소니치렌(草日蓮)〉이라고 불릴 만큼 초서에 능했다고 스님이 말했을 때, 붓글씨에 서툰 K가 떨떠름한 표정을 지었던 것이 아직도 기억납니다. K는 그런 것보다 좀 더 깊은 의미의 니치렌을 알고 싶었던 것이겠지요. 스님이 그런 점에서 K를 만족시켰는지 어떤지는 의문이지만, 그는 절 경내를 나서자 나에게도 쉴 새 없이 니치렌에 대해 이러니저러니 말하기 시작했습니다. 나는 덥기도 하고 지치기도 하고 그런 건 생각하기도 싫어서, 그냥 입 끝으로만 적당히 대꾸했지요. 나중에는 그것도 귀찮아서 완전히 입을 꾹 다물어 버렸습니다.

분명 그다음 날 밤의 일이었을 텐데, 숙소에 도착해 밥을 먹고 이제 그만 자볼까 하는 참에 우리는 갑자기 난해한 화제로 토론을 벌였습니다. K는 어제 자신이 니치렌에 대해 얘기했는데 내가 상대해 주지 않았던 게 영 마음에 들지 않았던 것입니다. 정신적인 향상심이 없는 자는 바보라면서 나를 아주 경박한 사람이라는 식으로 몰아붙였습니다. 그런데 내 마음속에는 아가씨 일이 똬리를 틀고 있었기 때문에 그의 모멸에 가까운 말을 그저 웃으며 받아 줄 수 없었습니다. 나는 나대로 해명에 나섰던 것입니다.

31

그때 나는 인간답다는 말을 여러 번 들먹였습니다. K는 내가 그 인간답다는 말에 나 자신의 약점을 모두 감추려 든다고 했습니다. 과연 나중에 생각해 보니 K의 말이 맞았습니다. 하지만 인간답지 않다는 말의 의미를 어떻게든 K에게 납득시키기 위해 그 말을 들고 나선 나는 애초 출발점이 이미 대항적이었기 때문에 그런 걸 반성할 여유는 없었습니다. 나는 더욱더 내 생각을 주장했습니다. 그러자 K는 자신의 어떤 점을 두고 인간답지 않다는 거냐고 물었습니다. 나는 그에게 말해 주었습니다. 너는 인간답다. 어쩌면 지나치게 인간다운지도 모른다. 하지만 입 끝으로는 인간답지 않은 말만 한다. 그리고 인간답지 않은 듯이 처신하려고 한다.

내가 그렇게 말했을 때, 그는 단지 자신의 수양이 부족해서 남들에게 그렇게 보일지도 모르겠다고 대답했을 뿐, 전혀 반박하려 들지 않았습니다. 나는 맥이 빠졌다기보다 오히려 딱한 마음이 들었습니다. 곧바로 토론을 끝내 버렸습니다. 그의 말투도 차츰 가라앉았습니다. 만일 내가 그가 알고 있는 것처럼 옛사람을 잘 알게 된다면 이런 공격은 하지 않을 거라고 잠시 툴툴거렸을 뿐입니다. K가 입에 올린 옛사람이란 물론 영웅도 아니고 호걸도 아닙니다. 영혼을 위해 육체를 혹사하고 도를 위해 몸을 채찍질했던, 이른바 난행고행한 사람을 가리키는 것입니다. K는 나에게 그가 얼마나 그것 때문에 괴로워하는지 알아주지 않는 게 너무도 안타깝다고 분명히 말하더군요.

　K와 나는 그뿐, 금세 잠이 들었습니다. 그러고는 그다음 날부터 다시 평소의 행상 같은 모습으로 돌아가 끙끙 땀을 흘리며 걷고 또 걸었습니다. 하지만 나는 길을 걸으면서 그날 밤의 일을 문득 떠올리곤 했습니다. 나에게 더할 수 없이 좋은 기회가 주어졌는데 왜 모른 척 그냥 지나쳤을까, 하는 후회가 몰려왔습니다. 인간답다는 추상적인 단어 대신 좀 더 직접적이고 간단한 이야기를 K에게 털어놓았으면 좋았을 텐데, 라고 생각한 것입니다. 실은 내가 그런 말을 지어낸 것도 아가씨에 대한 내 감정이 밑바탕에 있었기 때문에, 사실을 증류해 마련한 이론 따위를 K의 귀에 집어넣기보다 원래 형태 그대로 그의 눈앞에 드러내 놓는 편이 나한테는 분명 득이 됐겠지요. 내가 그렇게 하지 못한 것은 학문적 교제를 바탕으로 쌓아 온 우리 두 사람의 친밀함에 저절로 일종의 타

성이 생겨 그것을 과감하게 타파할 만큼의 용기가 없었기 때문이라는 것을 이 자리에서 고백합니다. 너무 잘난 척했던 것이라고 해도, 허영심이 문제였다고 해도 똑같은 얘기겠지만, 내가 말하는 잘난 척이나 허영심의 의미는 일반적인 것과는 약간 다릅니다. 귀하가 그걸 알아주기만 한다면 나로서는 족합니다.

우리는 새까맣게 타서 도쿄로 돌아왔습니다. 돌아왔을 때, 내 기분은 다시 바뀌어 있었습니다. 인간답다느니 인간답지 않다느니 하는 시답잖은 이론은 거의 머릿속에 남아 있지 않았습니다. K에게서도 종교가 같은 모습은 전혀 찾아볼 수 없었습니다. 아마 그때는 그의 마음속 어디에도 영혼이 어떻다느니 육체가 어떻다느니 하는 문제는 깃들어 있지 않았겠지요. 우리는 다른 인종 같은 얼굴로 바쁘게 돌아가는 도쿄를 둘레둘레 바라봤습니다. 그러고는 료고쿠에 가서 그 무더위에 샤모[18]를 먹었습니다. K는 그 힘으로 고이시카와까지 걸어가자고 하더군요. 체력으로 말하자면 K보다 내가 더 강했으므로 얼른 그러자고 했지요.

하숙집에 도착했을 때, 아주머님이 우리 꼴을 보고 깜짝 놀랐더군요. 우리는 까맣게 탄 것만이 아니라 무턱대고 걸어 다녀서 비쩍 말랐던 것입니다. 아주머님은 그래도 튼튼해진 것 같다면서 칭찬을 해주었습니다. 아가씨는 그 말이 앞뒤가 맞지 않는다면서 또 웃었습니다. 여행 전에는 이따금 화가

18 닭고기를 진한 육수에 끓여 내는 냄비 요리로, 한여름에도 땀을 뻘뻘 흘려 가며 먹는 맛이 각별하다고 알려져 있다.

났던 나도 그때만은 유쾌한 기분이었습니다. 상황이 상황인데다 오랜만에 들은 웃음소리였기 때문이겠지요.

32

그뿐만 아니라 아가씨의 태도가 얼마 전과는 달라진 것 같았습니다. 오랜만에 여행에서 돌아온 우리가 평소대로 자리를 잡기까지 매사에 여자 손이 필요했지만, 이래저래 돌봐주는 아주머님은 어찌 됐든 아가씨는 모든 일에 나를 우선시하고 K는 뒷전인 것 같았습니다. 그게 노골적으로 드러났다면 나도 좀 난처했을지 모릅니다. 경우에 따라서는 불쾌한 마음도 들었을 텐데, 아가씨는 그런 점에서 아주 영리해서 나는 흐뭇했던 것입니다. 즉 나만 알 수 있게 특유의 상냥함을 나한테 조금 더 베풀어 주었습니다. 그래서 K는 딱히 불쾌한 얼굴을 하는 일도 없이 태연했지요. 나는 마음속으로 은밀히 K에 대한 승리의 노래를 불렀습니다.

이윽고 여름도 지나고 9월 중순 무렵부터 우리는 다시 학교 수업에 출석해야 했습니다. K와 나는 각자의 시간표에 따라 하숙집에 드나드는 시간이 다시 달라졌습니다. 내가 K보다 늦게 돌아오는 건 일주일에 세 번 정도였지만, 언제 들어와도 아가씨의 자취를 K의 방에서 발견하는 일은 없었습니다. K는 늘 그 눈빛 그대로 〈지금 오냐?〉를 규칙처럼 반복했습니다. 나도 거의 기계처럼 간단하고 무의미한 인사를 했습니다.

　아마 10월 중순쯤이었을 겁니다. 늦잠을 자는 바람에 입은 옷 그대로 급히 학교에 간 적이 있었습니다. 구두끈을 묶는 시간도 아까워 조리를 발에 꿰자마자 뛰쳐나갔습니다. 그날은 시간표상으로는 K보다 내가 먼저 귀가하는 날이었습니다. 그렇게만 생각하고 도착하자마자 현관 격자문을 드르륵 열었습니다. 그런데 집에 없을 줄 알았던 K의 목소리가 언뜻 들렸습니다. 그와 동시에 아가씨의 웃음소리가 내 귀에 울렸습니다. 평소처럼 시간이 걸리는 구두가 아니었기 때문에 나는 곧장 현관으로 올라가 중간의 장지문을 열었습니다. 늘 그렇듯이 책상 앞에 앉은 K가 보였습니다. 하지만 아가씨는 이미 그곳에 없더군요. K의 방에서 마치 도망치듯이 사라지는 뒷모습을 얼핏 봤을 뿐입니다. 나는 K에게 어떻게 일찍 들어왔느냐고 물어봤습니다. K는 몸이 좋지 않아 쉬었다고 했습니다. 내 방으로 건너가 가만히 앉아 있으려니, 잠시 후 아가씨가 차를 내왔습니다. 아가씨는 그제야 잘 다녀왔느냐고 내게 인사를 건네더군요. 나는 웃으면서 아까는 왜 도망쳤느냐고 물어볼 만큼 통 큰 사람이 못 됩니다. 그러면서 속으로는 계속 끙끙 앓는 인간이지요. 아가씨는 금세 자리에서 일어나 마루를 건너 안방으로 갔습니다. 하지만 K 방 앞에 멈춰 서더니 안과 밖에서 두세 마디를 서로 주고받았습니다. 방금 전의 얘기를 이어서 하는 모양인데, 앞부분을 듣지 못한 나는 무슨 내용인지 전혀 알 수 없었습니다.

　그러고는 점점 아가씨의 태도가 천연덕스러워졌습니다.

집에 K와 내가 함께 있을 때도 자주 K의 방 앞 마루에서 그를 불렀습니다. 그러고는 안으로 들어가 한가하게 얘기를 나누었습니다. 물론 우편물을 들고 오기도 하고 빨랫감을 두고 가기도 했으니, 그 정도의 교류라면 한 집에 사는 이상 당연한 일이라고 해야겠지만, 어떻게든 아가씨를 독점하고 싶은 강한 일념에 휘둘리던 나는 그게 아무래도 당연한 일 이상으로 보였던 것이지요. 어떤 때는 아가씨가 일부러 내 방에 오는 건 피하고 K에게만 간다는 생각까지 했을 정도입니다. 그렇다면 왜 K를 하숙집에서 내보내지 않았느냐고 귀하는 묻겠지요. 하지만 그래서는 내가 K를 무리하게 끌고 들어온 취지가 무색해질 뿐입니다. 나는 그렇게 할 수는 없었습니다.

33

11월, 차가운 비가 내리던 날의 일이었습니다. 나는 외투를 적시며 여느 때처럼 곤냐쿠엔마를 지나 좁은 언덕길을 올라 하숙집으로 돌아왔습니다. K의 방은 텅 비었지만 화로에는 방금 갈아 넣은 불이 훈훈하게 타오르고 있었습니다. 나도 어서 벌건 숯불에 언 손을 녹여야겠다 싶어서 서둘러 내 방 장지문을 열었습니다. 그런데 내 화로에는 하얗게 식은 재만 남았을 뿐, 불씨조차 꺼져 있더군요. 나는 몹시 불쾌했습니다.

그때 내 발소리를 듣고 나온 사람은 아주머님이었습니다.

말없이 방 한가운데 서 있는 나를 보더니 미안하다는 듯이 외투를 받아 주고 옷을 갈아입는 것도 도와주더군요. 그러고는 내가 춥다고 하자 곧장 옆방에서 K의 화로를 들고 왔습니다. 내가 K는 벌써 왔느냐고 물었더니, 아주머님은 왔다가 다시 나갔다고 했습니다. 그날도 K는 나보다 늦게 끝나는 시간표였기 때문에 어떻게 된 건가 싶었습니다. 아주머님은 아마 뭔가 볼일이 있어 나갔을 거라고 했습니다.

나는 잠시 방에 앉아 책을 읽었습니다. 집 안이 고요히 가라앉아 어느 누구의 말소리도 들려오지 않는 동안에 초겨울 추위와 적적함이 내 몸속을 파고드는 느낌이었습니다. 바로 책을 엎어 놓고 자리에서 일어섰습니다. 불현듯 사람들로 북적거리는 곳이 그리워진 것입니다. 마침내 비가 그친 것 같았지만 하늘은 아직 차가운 납덩이처럼 묵직해 보여서, 나는 만일을 위해 뱀눈 우산[19]을 어깨에 메고 포병 공창 뒤의 토담을 따라 동쪽으로 언덕길을 내려갔습니다. 그때는 아직 도로 정비가 되지 않은 시절이라서 언덕길이 지금보다 훨씬 경사져 있었습니다. 폭도 좁고 그렇게 반듯하지도 않았지요. 게다가 밑으로 내려가면 남쪽을 높은 건물이 가로막은 데다 배수도 잘 되지 않아 길바닥이 질퍽질퍽했습니다. 특히 좁은 돌다리를 건너 야나기초로 나가는 길이 더 심했습니다. 나막신으로도 장화로도 마음 놓고 건너갈 수 없었습니다. 누구든 길 한가운데 좁고 길게 헤쳐진 진창길을 조심조심 지나가야

19 중심부와 아랫부분을 둥글게 색칠하고 중간은 흰색으로 비워 뱀의 눈 무늬를 그려 낸 전통 지우산.

했습니다. 폭이 기껏해야 한두 자밖에 안 되니 별수 없이 마치 길에 깔린 허리띠를 딛고 가는 듯한 꼴이었습니다. 사람들이 모두 한 줄로 서서 살금살금 빠져나갔습니다. 그리고 나는 그 가는 띠 위에서 덜컥 K를 마주쳤습니다. 발밑에만 정신이 쏠려 있던 나는 마주할 때까지 그의 존재를 전혀 알아차리지 못했습니다. 느닷없이 앞이 가로막혀 눈을 들었다가 비로소 앞에 서 있는 K를 알아본 것이지요. 나는 K에게 어디에 갔었느냐고 물었습니다. K는 잠깐 저기 좀, 이라고 할 뿐이었습니다. 항상 그렇듯이 무심한 대답이었습니다. K와 나는 좁은 띠 위에서 서로 엇갈렸습니다. 그러자 K 바로 뒤에 젊은 여자가 서 있는 게 보였습니다. 근시안이라서 그때까지 알아보지 못했는데, K가 건너간 뒤에 여자의 얼굴을 보니 다름 아닌 하숙집 아가씨여서 깜짝 놀랐습니다. 아가씨는 그리 봐서 그런지 얼굴이 살짝 붉어진 채 내게 인사를 하더군요. 그 무렵의 여자들은 요즘과는 달리 앞머리를 이마쪽으로 둥글게 내리지 않았습니다. 머리 한가운데로 뱀이 똬리를 틀듯이 돌돌 틀어 올렸지요. 나는 멍하니 아가씨의 그 머리를 보고 있었지만, 다음 순간 둘 중 누구든 길을 양보해야 한다는 것을 깨달았습니다. 나는 마음먹고 질퍽한 진흙탕에 한쪽 발을 짚었습니다. 그러고는 비교적 딛기 쉬운 자리를 아가씨에게 내주며 건너가라고 했습니다.

나는 야나기초 거리로 나갔습니다. 하지만 어디로 가야 할지 알 수 없었습니다. 어디를 가봐도 재미가 없을 것 같았습니다. 흙탕물이 튀거나 말거나 진창길을 마구잡이로 철벅철

벅 걸었습니다. 그러고는 금세 집으로 되돌아왔습니다.

34

나는 K에게 아가씨와 함께 나갔었느냐고 물어봤습니다. K는 그렇지 않다고 하더군요. 마사고초에서 우연히 만나 함께 돌아온 것이라고 설명했습니다. 더 이상 깊이 캐묻는 것은 삼가야 했습니다. 하지만 식사 때 다시 아가씨를 향해 똑같은 질문을 하고 싶어졌습니다. 그러자 아가씨는 내가 싫어하는 그 웃음을 지었습니다. 그러고는 결국 어디 갔었는지 알아맞혀 보라는 겁니다. 그 무렵에는 내가 아직 고지식했기 때문에 그런 식으로 젊은 여자에게 진지하지 못한 대우를 받자 내심 화가 났습니다. 그런데 그것을 눈치챈 사람은 한 식탁에 둘러앉은 이들 중 아주머님 한 명뿐이었습니다. K는 오히려 무심했습니다. 아가씨는 어떤가 하면, 알면서도 일부러 그러는지 순진해서 정말로 모르는지 분명히 구별이 되지 않는 구석이 있었습니다. 아가씨는 젊은 여자로서는 사려가 깊은 편이었습니다. 다만 그 젊은 여자에게 공통되는 내가 싫어하는 부분도 있었던 것이겠지요. 그리고 그 싫은 부분은 K가 이 집에 들어온 뒤로 비로소 내 눈에 띄기 시작했습니다. 그걸 K에 대한 나의 질투심이라고 해야 할지 아니면 나에 대한 아가씨의 기교라고 봐야 할지 구별하기가 좀 애매했습니다. 나는 지금도 결코 그때의 질투심을 부정할 마음은 없습니다. 앞서도 여러 번 말했던 대로 나는 사랑의 이면에서 그런 내 감정을 분명하게 의식했으니까요. 게다가 다른 사람이 보기에는 아무것도 아닌 사소한 일에 그런 감정이 고개를 쳐들었으니까요. 이건 여담이지만, 그런 질투심이 사랑의 반쪽 면이 아닌가 싶습니다. 나는 결혼한 뒤로 그런 감정이 점점 옅어지는 것을 깨달았습니다. 그 대신 애정도 결코 원래만큼 맹렬하지는 않았던 것이지요.

나는 더 이상 머뭇거리지 말고 아예 눈 딱 감고 상대에게 내 마음을 하소연해 볼까 하고 생각했습니다. 그 상대라는 건 아가씨가 아니었습니다, 아주머님 얘기입니다. 아주머님에게 따님을 내게 주십사고 분명하게 담판을 벌이자고 생각했던 것입니다. 하지만 그렇게 결심했으면서도 나는 하루하루 단행의 날을 뒤로 미뤘습니다. 그런 내가 참으로 우유부단한 사람처럼 보이겠지요. 그리고 그렇게 봐도 상관은 없지만, 실제로 내가 일을 추진하지 못했던 것은 의지력이 부족했기 때문이 아닙니다. K가 들어오기 전에는 남의 손에 놀아나기 싫다는 고집이 나를 억눌러 한 발짝도 움직이지 못했습니다. K가 들어온 뒤에는 어쩌면 아가씨가 K 쪽에 마음이 있는 게 아닌가 하는 의심이 끊임없이 나를 가로막았습니다. 정말로 아가씨가 나보다 K에게 마음이 기울었다면, 이 사랑은 입 밖에 낼 가치가 없다고 판단했던 것이지요. 체면이 깎이는 게 창피하다든가 하는 것과는 얘기가 조금 다릅니다. 내 쪽에서 아무리 좋아했더라도 상대가 다른 사람에게 사랑의 눈길을 보내고 있다면, 나는 그런 여자와 맺어지는 건 싫었습니다. 세상에는 상대가 좋아하건 말건 다짜고짜 자신이 점찍은 사람을 아내로 삼고서 기뻐하는 자도 있지만, 그건 우리보다 훨씬 닳아빠진 사내이거나, 아니면 사랑의 심리를 제대로 이해하지 못한 둔감한 사내나 하는 짓이라고 당시의 나는 생각했던 것입니다. 일단 아내로 맞아들이면 그럭저럭 마음도 잡히는 법이라는 이론 따위는 도저히 받아들일 수 없을 만큼 내 마음은 뜨거웠습니다. 즉 지극히 고상한 사랑의 이론가였습니다. 동시에 가장 우원(迂遠)한 사랑의 실천가였던 것이지요.

오래도록 함께 지내는 동안, 정작 누구보다 중요한 아가씨에게 직접 내 마음을 털어놓을 기회가 간혹 있었는데도 나는 일부러 그것을 피했습니다. 일본의 관습으로는 그런 건 허용되지 않는 일이라는 자각이 그 무렵의 내게는 아주 강했습니다. 하지만 결코 그것만이 나를 속박했다고 할 수는 없습니다. 일본인, 특히 일본의 젊은 여성은 그런 경우 상대에게 스스럼없이 자신의 생각을 있는 그대로 입 밖에 낼 만한 용기가 없다고 판단했던 것입니다.

35

그런 까닭에 나는 어느 쪽으로도 나아가지 못한 채 그곳에 못 박혀 있었습니다. 몸이 좋지 않을 때 낮잠을 자면 눈만 깨어나 주위의 사물이 분명하게 보이는데도 도무지 팔다리를 움직일 수 없는 경우가 있습니다. 때때로 나는 남모르게 그런 고통을 느꼈던 것입니다.

얼마 후에 해가 바뀌고 봄이 되었습니다. 하루는 아주머님이 K에게 백인일수(百人一首) 가루타 놀이[20]를 할 테니 친구가 있으면 데려오지 않겠느냐고 물었습니다. 그러자 K가 즉시 친구 따위는 한 명도 없다고 대답해서 아주머님이 깜짝 놀라더군요. 정말로 K에게는 친구라고 할 만한 사람이 한 명도 없었습니다. 길에서 만나면 인사하는 정도의 사람은 다소 있었지만, 그런 이들도 결코 함께 가루타를 할 만큼 친한 건 아니었지요. 아주머님은 그러면 내 친구라도 불러오는 게 어떻겠냐고 다시 물었지만, 나는 그런 떠들썩한 놀이를 할 마음이 없어서 건성으로 억지 대답을 하고는 그냥 넘어갔습니다. 그런데 저녁나절에 K와 나는 결국 아가씨에게 끌려 나가고 말았습니다. 손님은 하나도 오지 않았는데 집안사람들끼리만 모여 가루타를 했으니 아주 조용조용했지요. 게다가 그런 놀이를 해본 적이 없는 K는 완전히 곁에서 팔짱 끼고 지켜보는 구경꾼 같았습니다. 나는 K에게 대체 백인일수를 알기는 하느냐고 물어봤습니다. K는 잘 모른다고 대답하더군요. 내 말을 들은 아가씨는 아마도 내가 K를 무시했다고 생각한 모양

---

20 백인일수는 옛 시인 1백 인의 시조를 한 편씩 엄선한 시집으로, 시가 적힌 1백 장의 카드를 깔아 놓고 시의 첫 구절을 읽으면 누가 그다음 구절의 카드를 먼저 찾아내느냐를 겨루는 놀이다. 가루타는 카드라는 뜻의 포르투갈어 carta에서 유래했다. 주로 정초에 실내에서 하는 놀이로, 당시에는 남녀 교제를 위한 드문 기회이기도 했다.

입니다. 그때부터 눈에 띄게 K 편을 들어 주기 시작했습니다. 나중에는 둘이 거의 한편이 되어 나를 공격하는 모양새였습니다. 상대의 태도 여하에 따라서는 자칫 싸움이 났을지도 모릅니다. 다행히 K의 태도는 처음과 전혀 달라진 데가 없었습니다. 그의 어디에서도 의기양양한 기색을 발견하지 못한 나는 별 탈 없이 그 자리를 마무리할 수 있었습니다.

그로부터 2~3일 뒤였을 겁니다. 아주머님과 아가씨는 아침부터 이치가야의 친척 집에 간다면서 집을 나섰습니다. K도 나도 아직 학교가 시작되지 않은 때였기 때문에 빈집을 지키듯이 뒤에 남겨졌습니다. 나는 책도 읽기 싫고 산책도 나가기 싫어 그저 멍하니 화롯가에 팔꿈치를 얹고 턱을 괸채 생각에 잠겼습니다. 옆방에 있는 K도 아무 소리가 없었습니다. 양쪽 다 있는지 없는지 모를 정도로 조용했습니다. 하긴 이건 우리 둘 사이에는 별로 드문 일도 아니었기 때문에 나는 별로 신경도 쓰지 않았습니다.

10시쯤 되자 K가 불쑥 중간의 장지문을 열고 내 얼굴을 마주 보았습니다. 그는 문턱에 선 채 내게 무슨 생각을 하느냐고 묻더군요. 나는 애초에 아무 생각도 없었습니다. 혹시 생각을 했다면 여느 때처럼 아가씨 문제였는지도 모릅니다. 그 아가씨에게는 물론 아주머님이 딱 붙어 있었지만, 최근에는 K까지 떼려야 뗄 수 없는 인물처럼 내 머릿속을 빙글빙글 맴돌면서 문제를 더욱 복잡하게 만들었던 것이지요. K와 얼굴을 마주한 나는 그때까지 어렴풋이 그를 일종의 방해물처럼 의식했으면서도 분명하게 그렇다고 말할 수는 없었습니다.

나는 여전히 그의 얼굴을 보며 침묵했습니다. 그러자 K 쪽에서 성큼성큼 내 방에 들어와 내가 쬐고 있던 화로 앞에 앉더군요. 나는 얼른 양 팔꿈치를 화롯가에서 내리고 그것을 살짝 K 쪽으로 밀어 주었습니다.

웬일로 K가 평소답지 않은 얘기를 꺼내더군요. 아주머님과 아가씨는 이치가야의 어디에 갔느냐는 것입니다. 아마 숙모님 댁일 거라고 대답했습니다. 그러자 K는 그 숙모님은 어떤 분이냐고 다시 물었습니다. 나는 이 댁과 똑같이 군인의 부인이라고 알려 주었습니다. 그러자 여자들은 대부분 정월 보름이 지나서야 새해 인사를 다니는데 왜 이렇게 일찍 갔느냐고 묻더군요. 나는 왜 그런지는 모른다고 대답할 수밖에 없었습니다.

36

K는 아주머님과 아가씨 얘기를 좀체 멈추지 않았습니다. 나중에는 나도 대답을 못 할 만큼 깊은 속사정까지 캐물었습니다. 나는 귀찮다기보다 이상하다는 느낌에 휩싸였습니다. 전에 내가 그 두 사람을 화제로 삼아 말을 건넸을 때의 반응을 생각하면 아무래도 그의 태도가 영 다르다는 것을 느끼지 않을 수 없었지요. 결국 어째서 오늘은 그런 얘기만 하느냐고 물어봤습니다. 그러자 그가 갑자기 입을 꾹 다물더군요. 하지만 나는 그의 꾹 다문 입가가 달싹달싹하는 것을 주시했

습니다. 그는 원래 말수가 적은 사람입니다. 평소에 뭔가 말하려고 하면 말을 뱉기 전에 우선 입가를 달싹거리는 버릇이 있었습니다. 그의 입술이 일부러 그의 의지에 반항하듯이 쉽게 열리지 않는 데에는, 그가 하려는 말의 무게도 실려 있었던 것이겠지요. 일단 목소리가 입을 뚫고 나오면 그 말에는 보통 사람보다 두 배는 강한 힘이 있었습니다.

그의 입가를 슬쩍 바라본 순간, 나는 또 뭔가가 나오겠구나 하고 금세 눈치를 챘던 것인데, 그것이 과연 어떤 말을 내뱉을 준비인지는 전혀 예상할 수 없었습니다. 그래서 그토록 깜짝 놀랐던 것입니다. 그의 무거운 입에서 아가씨에 대한 절절한 사랑 고백이 흘러나온 순간의 나를 상상해 보십시오. 그가 휘두른 마술봉에 단번에 화석이 된 듯한 꼴이었습니다. 나는 입을 달싹거릴 능력조차 상실했습니다.

그 순간의 나는 두려움 덩어리였다고 할까요, 아니면 괴로움 덩어리였다고 할까요, 어쨌든 하나의 덩어리였습니다. 돌덩어리나 쇳덩어리처럼 머리부터 발끝까지 굳어 버렸습니다. 숨을 쉬는 탄력성마저 잃었을 만큼 굳어 버렸습니다. 다행스럽게도 그 상태가 길게 이어지지는 않았습니다. 한순간 뒤에 나는 다시 인간다운 기분을 되찾았습니다. 그리고 곧바로 아아, 하고 탄식했습니다. 선수를 빼앗겼다고 생각한 것입니다.

하지만 그다음에 어떻게 해야 할지 전혀 판단이 서지 않았습니다. 아마도 그런 판단을 할 만큼의 여유가 없었던 것이겠지요. 겨드랑이의 서늘한 땀이 셔츠에 배어드는 것을 꾹 참고 견디며 나는 꼼짝 않고 있었습니다. 그동안에 K는 평소와 똑같이 무거운 입을 열고 자신의 속마음을 띄엄띄엄 털어 놓았습니다. 나는 괴로워서 견딜 수가 없었습니다. 아마도 그 괴로움은 큼직한 광고처럼 내 얼굴에 또렷한 글씨로 나붙 었을 겁니다. 아무리 K라도 그걸 깨닫지 못했을 리가 없었지 만, 그는 또 그대로 자신의 일에만 온 신경을 집중하고 있었 기 때문에 내 표정 따위에 주의를 기울일 틈이 없었겠지요. 그의 고백은 처음부터 끝까지 똑같은 어조로 일관했습니다. 무겁고 느린 대신, 도저히 쉽게 뒤엎을 수 없다는 느낌을 내 게 던져 준 것입니다. 내 마음은 반쯤은 그의 고백을 듣고 있 고 반쯤은 어떻게 해야 하나 하는 고민으로 끊임없이 소용돌 이쳤기 때문에 세세한 점은 거의 귀에 들어오지 않은 것이나 마찬가지였지만, 그래도 그의 입에서 나오는 말의 어조만은 강하게 가슴을 울렸습니다. 그래서 나는 앞서 말했던 괴로움 뿐만 아니라 일종의 두려움까지 느꼈습니다. 즉 상대는 나보 다 강하다는 공포감이 싹트기 시작했던 것입니다.

한바탕 K의 고백이 끝났을 때, 나는 어떤 말도 할 수 없었 습니다. 내 쪽에서도 그에게 똑같은 고백을 해야 할지, 아니 면 털어놓지 않는 게 나을지, 하는 이해득실을 따지느라 침 묵하고 있었던 게 아닙니다. 그냥 아무 말도 할 수 없었습니 다. 또한 말할 마음도 나지 않았습니다.

점심때 K와 나는 밥상 앞에 앉았습니다. 하녀가 시중을 들 어 주는 가운데, 나는 다른 어느 때보다 맛없는 식사를 했습니다. 우리는 식사 중에도 거의 말을 하지 않았습니다. 아주 머님과 아가씨는 언제 돌아올지 알지 못했습니다.

37

　우리는 각자 방으로 돌아오고는 그뿐, 얼굴을 마주하지 않았습니다. K가 조용한 것은 아침나절과 똑같았습니다. 나도 꼼짝 않고 생각에 잠겼습니다.

　나는 당연히 내 속마음을 K에게 털어놓아야 한다고 생각했습니다. 하지만 그러기에는 이미 때를 놓쳐 버린 듯한 마음도 들었습니다. 왜 아까 K의 말을 가로막고 내 쪽에서 역습을 하지 않았는지, 그게 큰 실수였던 것 같다는 생각이 들었습니다. 최소한 K의 말을 받아 그 자리에서 내 생각을 있는 그대로 밝혔더라면 그나마 나았을 거라는 생각도 들었습니다. K의 고백이 일단락된 지금에 와서야 내 쪽에서 다시 똑같은 얘기를 꺼내는 건 아무리 생각해 봐도 이상했습니다. 나는 그런 부자연스러움을 이겨 내는 방법을 알지 못했습니다. 내 머릿속은 회한으로 어지럽게 뒤흔들렸습니다.

　K가 다시 중간 장지문을 열고 내게 돌진해 온다면 좋겠다고 생각했습니다. 내 입장에서는 조금 전에 완전히 불의의 일격을 당한 것이나 마찬가지였습니다. K에게 대응할 준비고 뭐고 없었습니다. 나는 오전에 잃어버린 것을 이번에야말로 되찾자고 잔뜩 벼르고 있었습니다. 그래서 때때로 눈을 들어 장지문을 쳐다봤습니다. 하지만 그 장지문은 아무리 시간이 지나도 열리지 않았습니다. 그리고 K는 영구히 조용하기만 했습니다.

　그러다 보니 내 머릿속은 점점 그 조용함에 휘둘리기 시작했습니다. K가 지금 저 장지문 너머에서 무슨 생각을 할까, 그게 신경이 쓰여 견딜 수가 없었습니다. 평소에도 늘 이런 식으로 문짝 한 장을 사이에 두고 둘 다 침묵하는 경우가 많았고, K가 조용하면 조용할수록 그의 존재를 잊어버리기 일쑤였으니까, 그때의 나는 어딘가 비정상이었다고 봐야겠지요. 그런데도 내가 먼저 나서서 장지문을 열 수가 없었습니다. 일단 말할 때를 놓쳐 버린 나는 그가 다시 행동에 나서 주기를 기다리는 것 말고는 달리 방도가 없었던 것입니다.

결국 나는 가만히 있을 수 없었습니다. 억지로 가만히 있으면 K의 방에 뛰어들 것 같았기 때문이지요. 별수 없이 자리에서 일어나 마루로 나갔습니다. 거기서 거실로 들어가 별다른 목적도 없이 철 주전자의 뜨거운 물을 찻잔에 따라 한 잔 마셨습니다. 그러고는 현관으로 갔습니다. 일부러 K의 방을 피하듯이 그렇게 집을 나와 길거리 한가운데 서 있는 나 자신을 발견했습니다. 물론 어딘가 갈 곳도 없었습니다. 단지 가만히 있을 수 없었을 뿐입니다. 그래서 방향이고 뭐고 상관없이 정월의 거리를 무턱대고 걸었습니다. 아무리 걷고 또 걸어도 내 머릿속은 K의 일로 가득했습니다. 나도 K를 떨쳐 버릴 생각으로 돌아다녔던 게 아닙니다. 오히려 자진해서 그의 모습을 곱씹으며 길거리를 배회했던 것입니다.

그는 나에게 도저히 이해하기 힘든 사람으로 보였습니다. 왜 그런 일을 느닷없이 내게 털어놓았는가, 왜 그의 사랑은 그렇게 털어놓지 않으면 안 될 만큼 간절해졌는가, 그리고 평소의 그 K는 대체 어디로 사라져 버렸는가. 하나같이 나로서는 이해하기 힘든 문제였습니다. 나는 그가 강하다는 것을 알고 있었습니다. 또한 그가 진실하다는 것도 알고 있었습니다. 그리고 내가 취해야 할 태도를 정하기 전에 그에게 따져 봐야 할 것이 많다고 생각했습니다. 동시에 앞으로 그를 상대해야 한다는 게 어쩐지 기분 나빴습니다. 나는 정신없이 거리를 걸으면서도 자기 방에 가만히 앉아 있는 그의 얼굴을 계속 눈앞에 떠올렸습니다. 게다가 아무리 걷고 또 걸어 봤자 결코 그의 마음을 바꿀 수 없다는 목소리가 어디선가 자꾸 들려왔습니다. 나에게는 그가 일종의 마물(魔物)처럼 생각되었기 때문이겠지요. 나는 영구히 그의 저주를 받은 게 아닐까 하는 마음까지 들었습니다.

잔뜩 지쳐서 하숙집에 돌아왔을 때, 그의 방은 여전히 인기척 하나 없이 조용했습니다.

38

내가 돌아오고 잠시 후 밖에서 인력거 소리가 들렸습니다. 요즘 같은 고무바퀴가 없던 시절이라서 덜컥덜컥 불쾌한 소리가 상당히 멀리에서도 귀를 울렸습니다. 인력거는 이윽고 문 앞에서 멈췄습니다.

저녁 식사에 불려 나간 것은 그로부터 30분쯤 지난 뒤였지만, 아직 아주머님과 아가씨가 벗어 놓은 나들이옷이 옆방을 울긋불긋 물들이며 어지르고 있었습니다. 두 사람은 밥이 늦어지면 우리에게 미안할 것 같아 시간에 맞추려고 서둘러 돌아왔다고 했습니다. 하지만 아주머님의 그런 친절은 K와 나에게 거의 아무 효과도 없는 것이나 마찬가지였습니다. 나는 식탁에 앉아서도 말을 아끼는 사람처럼 퉁명스러운 대꾸만 했습니다. K는 나보다 더 과묵했습니다. 모처럼 모녀가 함께 외출하고 돌아온 참이라서 두 사람의 기분이 평소보다 밝았기 때문에 우리의 태도는 더더욱 눈에 띄었겠지요. 아주머님은 내게 무슨 일이 있었느냐고 물었습니다. 나는 몸이 좀 좋지 않다고 대답했습니다. 실제로 나는 몸이 좋지 않았습니다. 그러자 이번에는 아가씨가 K에게 같은 질문을 건넸습니다. K는 나처럼 몸이 좋지 않다고 하지는 않았습니다. 그저 말하기가 싫어서라고 했습니다. 아가씨는 왜 말하기가 싫으냐고 재우쳐 물었습니다. 그 순간 나는 문득 무거운 눈꺼풀을 들어 K의 얼굴을 보았습니다. K가 어떻게 대답할지 호기심이 생겼던 것입니다. K의 입은 항상 그렇듯이 살짝 달싹거렸습니다. 모르는 사람이 보면 마치 대답을 망설이는 것으로 보일 뿐입니다. 아가씨는 웃으면서 또 뭔가 난해한 문제를 생각했지요, 라고 말했습니다. K의 얼굴이 조금 불그레해졌습니다.

그날 밤 나는 평소보다 일찍 잠자리에 들었습니다. 식사 때 몸이 좋지 않다고 했던 게 걱정이 되었는지 아주머님이 10시쯤에 메밀차를 들고 왔습니다. 하지만 내 방은 벌써 컴컴했습니다. 아주머님은 아휴, 이런, 하면서 중간 장지문을 살짝 열었습니다. 램프 불빛이 K의 책상에서 흐릿하게 내 방에 비스듬히 꽂혔습니다. K는 아직 깨어 있는 것 같았습니다.

아주머님은 머리맡에 앉아, 아마 감기에 걸린 모양이니 몸을 따듯하게 해주는 게 좋다면서 찻잔을 내 얼굴 옆에 내밀었습니다. 어쩔 수 없이 아주머님이 보는 앞에서 걸쭉한 메밀차를 마셨습니다.

그리고 밤늦게까지 어둠 속에서 생각했습니다. 하긴 똑같은 문제가 제자리를 빙빙 맴돌 뿐, 아무런 결실도 없었습니다. 문득 K는 지금 옆방에서 뭘 하고 있을까, 라는 생각이 떠올랐습니다. 반쯤 무의식중에 나는 어이, 하고 불러 봤습니다. 그러자 그쪽에서도 응, 하고 답했습니다. K도 아직 깨어 있었던 것입니다. 나는 아직 안 자냐고 장지문 너머로 물었습니다. 이제 자려고, 라는 간단한 대답이 돌아왔습니다. 뭘 하고 있었느냐고 나는 다시 물었습니다. 이번에는 대답이 없었습니다. 그 대신 5~6분쯤 지났나 싶을 때쯤 벽장을 드르륵 열고 이불을 펴는 소리가 손에 잡힐 듯이 들려왔습니다. 나는 지금 몇 시냐고 다시 물었습니다. K는 1시 20분이라고 했습니다. 이윽고 램프를 훅 불어 끄는 소리가 들리고 집안이 온통 깜깜한 적막에 빠져들었습니다.

하지만 내 눈은 그 어둠 속에서 더욱더 말똥말똥해질 뿐이었습니다. 나는 다시 반쯤 무의식중에 어이, 하고 K를 불렀습니다. K도 앞서와 똑같은 투로 응, 하고 답했습니다. 나는 오늘 아침 그가 말했던 일에 대해 좀 더 자세한 얘기를 하고 싶은데 어떠냐고 드디어 말을 꺼냈습니다. 물론 장지문 너머로 그런 대화를 주고받을 생각은 아니었지만, 우선 K의 대답만은 바로 들을 수 있다고 예상했습니다. 그런데 K는 아까부터 두 번을 어이, 라고 부르면 두 번 다 응, 이라고 대답했던 것처럼 순순히 응해 주지 않았습니다. 이번에는 글쎄, 라고 나지막한 목소리로 떨떠름하게 말끝을 흐린 것입니다. 나는 또 한 번 가슴이 철렁했습니다.

39

K의 떨떠름한 반응은 다음 날에도 그다음 날에도 그의 태도에 고스란히 드러났습니다. 자신이 먼저 그 문제를 꺼낼 기미는 결코 보이지 않았습니다. 하긴 그럴 기회도 없었습니다. 아주머님과 아가씨가 온종일 함께 외출이라도 하지 않고서는 우리 둘이 느긋하게 그런 얘기를 나눌 수도 없었으니까요. 나는 그걸 잘 알고 있었습니다. 잘 알면서도 이상하게 초조했습니다. 그 결과 처음에는 그가 다가오기를 기다릴 생각으로 은밀히 대비했었는데, 나중에는 기회가 닿는 대로 내가 먼저 말을 꺼내기로 결심했습니다.

동시에 소리 없이 아주머님과 아가씨를 관찰했습니다. 하지만 아주머님의 태도에도 아가씨의 모습에도 딱히 평소와 달라진 점은 없었습니다. K의 고백 이전과 이후에 그들의 기색에 이렇다 할 차이가 없다면 그의 고백은 단순히 나에게만 했던 것이고, 정작 중요한 본인에게도, 그리고 보호자인 아주머님에게도 아직 말하지 않은 게 분명했습니다. 그렇게 생각하니 마음이 좀 놓였습니다. 그래서 무리하게 기회를 만들어 애기를 꺼내기보다 자연스럽게 찾아오는 기회를 놓치지 않는 게 좋겠다는 생각에 그 문제는 당분간 건드리지 않고 덮어 두기로 했습니다.

이렇게 말하면 아주 간단하게 들리겠지만, 그런 마음의 경과에는 밀물과 썰물 같은 여러 오르내림이 있었습니다. 나는 K의 흔들림 없는 모습을 보고 거기에 다양한 의미를 부여했습니다. 아주머님과 아가씨의 언동을 관찰하고, 두 사람의 마음이 과연 지금 드러난 그대로일까 의심해 보기도 했습니다. 그리고 인간의 가슴속에 설치된 복잡한 기계가 시곗바늘처럼 명료하고 거짓 없이 시계판 위의 숫자를 가리킬 수 있을까, 하고 생각해 봤습니다. 요컨대 나는 동일한 사안을 이렇게도 보고 저렇게도 본 끝에, 마침내 그런 결론을 내린 것이라고 생각해 주십시오. 좀 더 어렵게 말하자면, 결론을 내렸다느니 하는 말은 결코 이럴 때 써서는 안 되는 것인지도 모르지요.

그러는 사이에 다시 학교 강의가 시작되었습니다. 우리는 시간표가 같은 날에는 둘이 나란히 집을 나섰습니다. 상황이 맞아떨어지면 돌아올 때도 역시 함께 왔습니다. 겉으로 보기에 K와 나는 이전과 전혀 달라진 게 없는 것처럼 친했지요. 하지만 마음속으로는 각자 자기 생각만 하고 있었을 게 틀림없습니다. 어느 날 나는 길거리에서 K에게 불쑥 캐물었습니다. 가장 먼저 물어본 것은 지난번의 고백은 나에게만 했느냐, 아니면 아주머님이나 아가씨에게도 알렸느냐는 점이었습니다. 내가 앞으로 취해야 할 태도는 그 질문에 대한 그의

선생님과 유서 **265**

대답 여하에 따라 정해야 한다고 생각했던 것이지요. 그러자 그는 아직 다른 어느 누구에게도 털어놓지 않았다고 분명하게 말하더군요. 상황이 내가 추측했던 그대로였기 때문에 내심 반색을 했습니다. 나는 K가 나보다 대담하다는 것을 잘 알고 있었습니다. 그의 배짱에는 못 당한다는 자각도 있었습니다. 하지만 한편으로는 묘하게도 그를 믿었습니다. 학자금 문제로 양가를 3년이나 속여 온 그였지만, 그에 대한 내 믿음은 조금도 무너지지 않았으니까요. 그 일로 오히려 더욱더 그를 믿게 되었을 정도입니다. 그래서 아무리 의심이 많은 나도 그의 분명한 대답을 부정할 마음은 들지 않았던 것이지요.

나는 다시 그에게 네 사랑의 감정은 어떻게 할 작정이냐고 물었습니다. 그게 단순한 고백에 지나지 않았는지, 아니면 그 고백에 대한 현실적인 효과도 원하는지 물어본 것이지요. 그런데 그 얘기에 아무 대답이 없었습니다. 입을 꾹 다물고 고개를 숙인 채 걸음을 옮기더군요. 나는 괜히 감추지 말고 네 생각을 그대로 얘기해 달라고 부탁했습니다. 그는 너한테 아무것도 감출 이유가 없다고 분명하게 단언하더군요. 하지만 내가 알고 싶은 점에 대해서는 한마디도 답해 주지 않았습니다. 길거리라서 나도 일부러 붙잡아 세우면서까지 캐물을 수는 없었습니다. 결국 그 정도에서 얘기를 끝내야 했습니다.

40

어느 날 나는 오랜만에 학교 도서관에 갔습니다. 넓은 책상 한 귀퉁이에서 창문 너머 비쳐 드는 햇살을 등에 받으며 새로 들어온 외국 잡지를 뒤적여 보고 있었습니다. 담당 교수님이 전공 학과에 관한 어떤 사항을 조사해 오라는 과제를 냈기 때문입니다. 하지만 내게 필요한 내용이 영 눈에 띄지 않아 두 번 세 번 다른 잡지를 빌려야 했습니다. 마지막으로 겨우 내게 필요한 논문을 찾아내 집중해서 읽기 시작했습니다. 그런데 갑자기 폭 넓은 책상 맞은편에서 작은 소리로 내 이름을 부르는 사람이 있었습니다. 나는 흠칫 눈을 들어 그곳에 서 있는 K를 보았습니다. K는 허리를 꺾듯이 책상에 숙이고 내게 얼굴을 바짝 댔습니다. 알다시피 도서관에서는 다른 사람에게 방해가 될 만큼 큰 소리로 이야기할 수 없기 때문에 K의 그 몸짓은 누구나 하는 평범한 행동이었지만, 그때만은 뭔가 이상한 기분이 들었습니다.

K는 작은 소리로 공부하느냐고 물었습니다. 나는 잠깐 조사할 게 있다고 대답했습니다. 그래도 K는 여전히 내게서 얼굴을 떼지 않았습니다. 여전히 나지막한 말투로 함께 산책하지 않겠느냐고 하더군요. 나는 잠시 기다려 주면 가겠다고 했습니다. 그는 그러면 기다리겠다면서 얼른 내 앞의 빈자리에 앉았습니다. 그러자 정신이 산만해져서 도무지 잡지에 집중할 수 없었습니다. 어쩐지 K가 뭔가 다른 속셈이 있어 담판이라도 하러 찾아온 것만 같았습니다. 별수 없이 읽고 있

던 잡지를 덮어 놓고 일어서려고 했습니다. K는 태연하게도 이제 끝났느냐고 묻더군요. 아무래도 상관없다고 대답하고는 잡지를 돌려주고 K와 도서관을 나섰습니다.

딱히 갈 곳도 없어서 우리는 다쓰오카초에서 이케노하타로 나가 우에노 공원으로 들어갔습니다. 그때 그는 갑작스레 지난번 일에 대해 먼저 입을 열었습니다. 전후의 상황을 종합해 보면 K는 그 얘기를 하려고 일부러 나를 산책에 데려온 모양이었습니다. 하지만 그의 태세는 아직 현실적인 방향으로는 전혀 나아가지 못했더군요. 그저 막연하게 내게 어떻게 생각하느냐고 물었으니까요. 어떻게 생각하느냐는 그 질문은 사랑의 늪에 빠진 자신을 내가 어떤 시선으로 보느냐는 것입니다. 한마디로 그는 현재의 자신에 대한 내 평가를 듣고 싶었던 것이지요. 거기서 나는 그가 평소와 다르다는 것을 분명하게 알 수 있었습니다. 거듭 되풀이하는 것 같지만, 그의 천성은 남의 생각에 신경을 쓸 만큼 나약하지 않았습니다. 자신이 이렇다고 믿으면 그대로 혼자서 끝까지 밀고 나갈 만큼 배짱도 있고 용기도 있는 사람이었어요. 양가 사건으로 그의 그런 특징이 내 가슴속에 또렷이 찍혀 있었기 때문에, 그 당연한 결과로서 이번에는 그가 다르다고 분명하게 인식할 수 있었습니다.

이 판국에 내 평가 따위가 왜 필요하냐고 K에게 물었을 때, 그는 평소와 달리 맥없는 말투로 자신이 이렇듯 나약한 인간이라는 게 실은 창피하다고 하더군요. 그리고 이래저래 망설이느라 자기도 자기 자신을 알 수 없어서 내게 공정한 평가를 청할 수밖에 없게 되었노라고 말했습니다. 나는 틈을 두지 않고 망설인다는 게 무슨 뜻이냐고 재우쳐 물었습니다. 그는 나아가야 할지 물러서야 할지, 그걸 망설이는 것이라고 설명했습니다. 나는 즉시 한 걸음 앞으로 나갔습니다. 그러고는 그에게 물러서려고 마음먹으면 물러설 수 있느냐고 물었습니다. 그러자 그는 거기서 말이 턱 막혔습니다. 그저 괴롭다고만 하더군요. 실제로 그의 표정은 힘든 기색이 역력했습니다. 만일 상대가 아가씨만 아니었다면, 나는 얼마나 듣기 좋은 답변을 그 바짝 마른 얼굴에 자비로운 비처럼 쏟아 부어 주었을까요. 내가 생각해도 나는 그럴 만큼의 선한 동정심은 갖고 태어난 인간이라고 믿고 있습니다. 하지만 그때의 나는 달랐습니다.

41

나는 마치 다른 유파와 무술 시합을 하는 사람처럼 주의 깊게 K를 살펴봤습니다. 내 눈, 내 마음, 내 몸, 나라는 이름이 붙은 모든 것을 한 치의 빈틈도 없이 준비해서 K에게 맞선 것이지요. 죄 없는 K는 구멍투성이였다기보다 오히려 활짝 열어젖히고 있었다고 하는 게 적절할 만큼 무방비 상태였습니다. 은밀히 보관해 온 요새의 지도를 제 손으로 내게 건네주고, 제 눈앞에서 찬찬히 들여다볼 수 있게 해준 꼴이었습니다.

K가 이상과 현실 사이에서 방황하며 휘청거리는 것을 발견한 나는 일격에 그를 쓰러뜨릴 수 있는 지점만을 노렸습니다. 그리고 곧장 그의 허점을 파고들었습니다. 나는 그를 향해 갑자기 엄숙하고도 사뭇 공정한 태도를 취했습니다. 물론 계략에서 나온 것이었지만, 그 태도에 어울릴 만한 팽팽한 긴장감이 있었기 때문에 나 자신이 우습다거나 창피하다고 느낄 여유는 없었습니다. 우선 나는 〈정신적으로 향상심이 없는 자는 바보다〉라는 말을 내뱉었습니다. 이건 둘이서 보슈를 여행할 때 K가 나에게 했던 말입니다. 그가 했던 말을 그와 똑같은 어조로 다시 그에게 던져 준 것입니다. 하지만 결코 복수는 아니었습니다. 복수보다 더 잔혹한 의미의 말이었다는 것을 고백합니다. 그 한마디로 나는 K 앞에 놓인 사랑으로 향하는 길을 틀어막으려 했던 것입니다.

K는 정토진종 사찰에서 태어난 사람입니다. 하지만 그의 성향은 중학교 때부터 결코 생가의 종지(宗旨)와 가까운 것은 아니었습니다. 각 종단의 교리를 제대로 분별하지 못하는 내가 이런 말을 할 자격이 없다는 건 잘 알지만, 남녀 문제와 관련된 점만은 그렇게 알고 있습니다. K는 전부터 정진이라는 말을 좋아했습니다. 나는 그 말속에 금욕이라는 의미도 포함될 것이라고 해석했습니다. 하지만 나중에 실제로 들어보니 그보다 훨씬 더 엄격한 의미여서 깜짝 놀랐습니다. 도를 위해 모든 것을 희생해야 한다는 게 그의 첫 번째 신조였기 때문에 절욕(節慾)이나 금욕은 물론, 설령 욕망을 떠난 사랑 그 자체라도 도에는 방해가 된다는 것입니다. K가 혼자

힘으로 살아가던 무렵에 그에게서 자주 그런 주장을 듣곤 했습니다. 그 무렵부터 아가씨를 마음속에 두고 있었던 나는 자연히 그의 주장에 반대하지 않을 수 없었습니다. 내가 반대하면 그는 매번 딱하다는 얼굴을 했습니다. 그건 동정보다 모멸이 더 강하게 드러난 표정이었습니다.

우리는 그런 과거를 거쳐 왔기 때문에 〈정신적으로 향상심이 없는 자는 바보다〉라는 말은 분명 K에게 아픈 말이었을 게 틀림없습니다. 하지만 앞서 말했던 대로 나는 그 한마디로 그가 어렵사리 쌓아 온 과거를 무너뜨릴 생각은 아니었습니다. 오히려 그것을 지금까지 해왔던 대로 더욱 높이 쌓아 올리게 하려고 했던 것이지요. 그것이 도에 가닿든 하늘에 가닿든 상관없었습니다. 나는 단지 K가 갑작스레 삶의 방향을 바꿔서 나와 이해 충돌을 일으킬까 봐 두려웠던 것입니다. 요컨대 내 말은 단순한 이기심의 발로였습니다.

「정신적으로 향상심이 없는 자는 바보다.」

나는 똑같은 말을 두 번 되풀이했습니다. 그러고는 그 말이 K에게 어떤 영향을 끼치는지 지그시 지켜보았습니다.

「바보지.」 이윽고 K가 말했습니다. 「그래, 나는 바보야.」

K는 그 자리에 멈춰 선 채 꼼짝도 하지 않았습니다. 지그시 땅바닥만 보고 있었습니다. 그 순간 나도 모르게 움찔했습니다. K가 마치 도둑질을 하다가 주인에게 들키자 강도로 돌변한 사람처럼 느껴졌기 때문입니다. 하지만 그렇다고 하기에는 그의 목소리가 너무도 힘이 없다는 것을 깨달았습니다. 나는 그의 눈빛을 살펴보고 싶었지만, 그는 끝내 내 얼굴

을 쳐다보지 않았습니다. 그러고는 다시 천천히 걸음을 옮겼습니다.

42

나는 K와 나란히 걸으면서 그의 입에서 나올 그 다음 말에 은근히 기대를 걸었습니다. 어쩌면 잠복하듯이 기다렸다는 게 더 적당할지도 모르겠습니다. 그때 나는 K를 속여 먹어도 괜찮다고까지 생각했으니까요. 하지만 나도 교육받은 만큼의 양심은 있어서, 만일 누군가 내 곁에 다가와 너는 비겁하다, 라고 한마디 속삭여 주는 사람이 있었다면 그 순간 퍼뜩 정신을 차렸을지도 모릅니다. 만일 그 사람이 K였다면 나는 아마도 그 앞에서 얼굴을 붉혔겠지요. 다만 K는 나를 꾸짖기에는 너무도 정직했습니다. 너무도 단순했습니다. 너무도 인격이 선량했던 것입니다. 사랑에 눈이 먼 나는 그것에 경의를 표하는 것을 잊어버리고, 도리어 그 점을 노렸습니다. 그점을 이용해 그를 쓰러뜨리려 했던 것입니다.

K는 잠시 뒤에 내 이름을 부르며 돌아보았습니다. 이번에는 내가 저절로 발을 멈췄습니다. 그러자 K도 멈춰 섰습니다. 나는 그제야 겨우 K의 눈을 똑바로 마주 볼 수 있었습니다. K는 나보다 키가 컸기 때문에 자연히 그의 얼굴을 올려다보지 않으면 안 되었습니다. 나는 그 자세로 늑대 같은 마음을 죄 없는 양에게로 향했던 것입니다.

「이제 그 얘기는 그만하자.」그가 말했습니다. 그의 눈빛에
도, 그의 말에도 기묘한 비통함이 담겨 있었습니다. 나는 잠
시 아무 말도 나오지 않았습니다. 그러자 K는 〈그만해 줘〉라
고 이번에는 부탁하듯이 말했습니다. 그 순간 나는 그에게
잔혹한 대답을 던졌습니다. 늑대가 빈틈을 노려 양의 목덜미
를 덥석 물어뜯듯이.

「그만해 달라니, 이건 내가 꺼낸 얘기가 아니지. 애초에 네
가 들고 나온 얘기 아닌가? 하지만 네가 그만하고 싶다면 그
래도 상관없어. 하지만 그저 입으로만 그만해 봤자 소용없겠
지. 네가 진심으로 그만할 각오가 없어서는. 대체 너는 평소
의 주장을 어떻게 할 생각이냐?」

내가 그렇게 말했을 때, 키가 큰 그가 내 앞에서 저절로 위
축되어 작아진 느낌이 들었습니다. 그는 항상 말했던 대로
매우 고집 센 사람이지만, 한편으로는 남보다 두세 배는 정
직한 사람이었기 때문에 자신의 모순을 심하게 비난받았을
때는 결코 태연할 수 없는 성품이었던 것입니다. 나는 그의
모습을 보고 드디어 마음이 놓였습니다. 그러자 그가 불쑥
〈각오?〉라고 말했습니다. 그리고 내가 아직 뭔가 대답하기도
전에 〈각오, 그래, 각오라면 없는 것도 아니지〉라고 덧붙였습
니다. 혼잣말 같은 투였습니다. 또한 꿈속에서 중얼거리는
말 같았습니다.

우리는 그것으로 얘기를 끝내고 고이시카와의 하숙집 쪽
으로 발길을 돌렸습니다. 비교적 바람이 덜한 따뜻한 날이었
지만, 그래도 겨울이라서 공원 안은 쓸쓸하기만 했습니다.

특히 서리를 맞아 푸르름을 잃은 삼나무 숲의 다갈색이 거뭇 거뭇한 허공에 우듬지를 나란히 하고 우뚝 서 있는 것을 돌아보았을 때는 추위가 등짝을 깨무는 듯한 기분이었습니다. 우리는 해질 녘의 혼고다이를 종종걸음으로 빠져나와 다시 맞은편 언덕으로 올라가려고 고이시카와 골짜기로 내려갔습니다. 그때쯤에야 겨우 외투 안으로 몸의 온기가 느껴졌을 정도입니다.

걸음을 서두른 탓도 있겠지만, 돌아오는 길에 우리는 거의 입을 열지 않았습니다. 하숙집에 도착해 식탁을 마주했을 때, 아주머님이 왜 늦었느냐고 물었습니다. 나는 K가 청해서 우에노에 갔다고 대답했습니다. 아주머님은 이렇게 추운데, 라면서 놀란 기색이었습니다. 아가씨는 우에노에 뭐가 있길래 갔느냐고 자꾸 물었습니다. 아무것도 없지만 그냥 산책을 했다고 대답해 두었습니다. 평소 말수가 적은 K는 여느 때보다 더 말이 없었습니다. 아주머님이 말을 건네도, 아가씨가 웃어도 제대로 대꾸조차 하지 않았습니다. 그러고는 밥을 몰아넣듯이 급히 먹고는 내가 아직 자리에서 일어나기도 전에 자기 방으로 갔습니다.

43

그 무렵은 각성이니 신생활이니 하는 말이 아직 없던 시절입니다. 하지만 K가 낡은 자신을 훌훌 벗어던지고 남들처럼 새로운 방향으로 달려가지 못한 것은 현대적인 사고방식이 부족했기 때문이 아니었습니다. 그에게는 벗어던져 버릴 수 없을 만큼 귀중한 과거가 있었기 때문입니다. 그는 여태까지 그것을 위해 살아왔다고 해도 과언이 아니겠지요. 그래서 K가 곧장 사랑의 대상을 향해 돌진하지 않았다고 해서, 결코 그 사랑이 미적지근했다는 증거가 될 수는 없습니다. 아무리 치열한 감정이 불타올라도 그는 함부로 행동할 수 없었습니다. 그에게 앞뒤를 분간 못 할 만큼의 충동이 일어나지 않는 이상, K는 어떻든 잠시 멈춰 서서 자신의 과거를 돌아보아야 했습니다. 그러다 보면 지금까지 해왔던 대로 과거가 가리키는 길을 걸어가야 하는 것이지요. 게다가 그에게는 현대인에게는 없는 고집과 인내가 있었습니다. 나는 그 양쪽 시점에서 그의 마음을 정확히 꿰뚫어 보고 있었다고 생각합니다.

우에노에서 돌아온 그날 밤은 나에게는 비교적 안정된 밤이었습니다. 자기 방으로 돌아간 K의 뒤를 쫓아가 나는 그의 책상 옆에 앉았습니다. 그러고는 일부러 두서없는 잡담을 주절거렸습니다. 그는 귀찮아하는 눈치였습니다. 내 눈빛에는 승리의 기색이 번뜩였겠지요. 내 목소리에는 분명 의기양양한 울림이 있었습니다. 나는 K와 잠시 한 화로에서 손을 녹인 뒤 내 방으로 왔습니다. 다른 일에서는 어떻게도 그를 당해 내지 못했던 나도 그때만큼은 K에 대해 두려울 게 없다고 자각했습니다.

나는 곧 편안하게 잠들었습니다. 하지만 내 이름을 부르는 소리에 퍼뜩 눈을 떴습니다. 바라보니 중간의 장지문이 두

자쯤 열렸고, 거기에 K의 검은 그림자가 서 있었습니다. 그리고 그의 방에는 저녁나절 그대로 아직 불이 켜져 있었습니다. 느닷없이 세계가 바뀐 나는 잠시 입을 열지 못한 채 멍하니 그 광경을 바라보았습니다.

그러자 K가 벌써 자느냐고 물었습니다. 그는 항상 밤늦도록 깨어 있는 사람입니다. 나는 검은 그림자 같은 그를 향해 무슨 일이냐고 되물었습니다. K는 별일 아니다, 그냥 벌써 자는지 아직 깨어 있는지 궁금해서 변소에 다녀오는 길에 물어봤을 뿐이다, 라고 하더군요. K는 램프 불빛을 등지고 있어서 안색이나 눈빛은 전혀 알아볼 수 없었습니다. 하지만 목소리는 평소보다도 오히려 침착할 정도였습니다.

이윽고 K는 열린 장지문을 꼭 닫았습니다. 내 방은 그 즉시 원래의 어둠으로 되돌아왔습니다. 그 어둠 속에서 나는 조용한 꿈을 꾸고자 다시 눈을 감았습니다. 그리고 그뿐, 나는 아무것도 알지 못했습니다. 하지만 다음 날 아침에 간밤의 일을 생각해 보니 어쩐지 이상했습니다. 혹시 모두 다 꿈이었나 하는 생각이 들었습니다. 그래서 밥을 먹을 때 K에게 물었습니다. 그는 실제로 장지문을 열고 나를 불렀다고 하더군요. 왜 그랬느냐고 물었더니 딱히 분명한 대답도 하지 않았습니다. 그러더니 슬슬 시들해질 때쯤에야 요즘 잠은 잘 자느냐고 도리어 K가 내게 물었습니다. 나는 뭔가 이상하다는 느낌이 들었습니다.

그날은 마침 같은 시간에 강의를 듣는 날이었기 때문에 우리는 잠시 후 함께 집을 나섰습니다. 아침부터 간밤의 일이 마음에 걸렸던 나는 도중에 다시 K를 추궁했습니다. 하지만 K는 여전히 흡족할 만한 대답을 하지 않았습니다. 나는 지난번 그 일에 대해 뭔가 얘기할 생각이었던 게 아니냐고 재우쳐 물었습니다. K는 그렇지 않다고 강한 말투로 딱 자르더군요. 어제 우에노에서 〈이제 그 이야기는 그만하자〉고 말하지 않았느냐고 나무라는 것처럼 들렸습니다. K는 그런 점에서 예민한 자존심을 가진 사람입니다. 문득 그 생각이 나면서 나는 그가 말했던 〈각오〉라는 단어를 머릿속에 떠올렸습니다. 그러자 지금까지 전혀 마음에 걸리지 않았던 그 두 글자가 묘한 힘으로 내 머릿속을 짓누르기 시작했습니다.

44

K가 맺고 끊는 게 분명한 성격이라는 건 나도 잘 알고 있었습니다. 그리고 그가 이번 일에 대해서만은 유독 우유부단한 것도 충분히 이해하고 있었습니다. 즉 나는 일반적인 경우를 잘 알고 있는 상태에서 예외의 경우까지 정확히 파악했다는 생각에 의기양양했던 것이지요. 그런데 〈각오〉라는 그의 말을 머릿속에서 몇 번 곱씹어 보는 사이에 의기양양했던 기분은 점차 빛을 잃고 나중에는 휘청휘청 흔들리기 시작했습니다. 이번 경우도 어쩌면 그에게는 예외가 아닐지 모른다는 생각이 들었던 것입니다. 모든 의혹과 번민과 오뇌를 단번에 해결할 최후의 수단을 그는 가슴속에 첩첩 넣어 둔 게

아닐까 하는 의심이 들었습니다. 그런 새로운 조명으로 각오
라는 두 글자를 다시 되짚어 본 나는 흠칫 놀랐습니다. 그때
내가 만일 그 놀람으로 다시 한번 그가 입에 올린 각오의 내
용을 공평하게 따져 보았다면 그나마 나았을지도 모릅니다.
하지만 슬프게도 나는 외눈박이였습니다. 그저 K가 아가씨
에게 기어코 돌진할 것이라는 뜻으로 그 말을 해석했습니다.
맺고 끊는 게 분명한 그의 성격을 사랑이라는 방면으로도 발
휘한다는 게 바로 그의 각오일 거라고 굳게 믿어 버린 것입
니다.

　나한테도 마지막 결단이 필요하다는 목소리를 나는 마음
의 귀로 들었습니다. 곧장 그 목소리에 응해서 용기를 내어
떨쳐 일어났습니다. K보다 먼저, 그리고 K가 알지 못하는 사
이에 일을 해치워야 한다고 각오를 정했습니다. 나는 은밀히
기회를 노렸습니다. 하지만 이틀이 지나도 사흘이 지나도 그
기회를 잡을 수 없었습니다. K가 집에 없을 때, 그리고 아가
씨가 외출했을 때를 기다려 아주머님과 담판을 해보기로 마
음먹은 것이지요. 하지만 둘 중 한쪽이 없으면 또 다른 쪽이
방해를 하는 식으로 날짜만 지나가고, 어떻게도 〈지금이다!〉
라고 생각되는 상황이 만들어지지 않았습니다. 나는 초조했
습니다.

　일주일 후, 결국 더 이상 견디지 못하고 나는 꾀병을 부렸
습니다. 아주머님도 아가씨도 K 본인까지도 일어나라고 재
촉하는데, 나는 억지 대답만 하고 10시까지 이불을 둘러쓰고
누워 있었습니다. 그리고 K와 아가씨가 나가고 집 안이 조용

해진 때를 기다려 잠자리에서 나왔습니다. 내 얼굴을 보자마자 아주머님은 어디가 아프냐고 물었습니다. 식사는 머리맡에 갖다줄 테니 좀 더 누워 있는 게 좋겠다고 충고도 해주었습니다. 몸에 이상이 없는 나는 전혀 누워 있고 싶지 않았습니다. 세수를 하고 평소처럼 거실에서 밥을 먹었습니다. 그때 아주머님은 큰 화로 너머에서 식사 시중을 들어 주었습니다. 내가 아침밥인지 점심밥인지 모를 밥그릇을 손에 든 채 어떤 식으로 그 얘기를 꺼낼지 고심하고 있었기 때문에 겉으로 보기에는 실제로 몸이 좋지 않은 환자처럼 보였겠지요.

나는 식사를 마치고 담배를 피웠습니다. 내가 자리를 뜨지 않자 아주머님도 화로 곁을 떠나지 못했습니다. 하녀를 불러 밥상을 물리고는 철 주전자에 물도 붓고 화롯가도 닦으면서 내게 맞춰 주었습니다. 나는 아주머님에게 뭔가 다른 볼일이 있으시냐고 물었습니다. 아주머님은 아니라고 대답했지만, 이번에는 그쪽에서 왜 그러느냐고 되물었습니다. 실은 잠깐 얘기할 게 있다고 말했습니다. 아주머님은 무슨 얘기냐면서 내 얼굴을 보았습니다. 아주머님의 태도는 내 기분과는 전혀 다른 가벼운 투였기 때문에, 나는 그다음에 할 말을 잠시 머뭇거렸습니다.

별수 없이 한참이나 말을 빙빙 돌린 끝에 혹시 K가 최근에 무슨 얘기를 하지 않았느냐고 물어보았습니다. 아주머님은 뜻밖이라는 듯이 〈무슨 얘기를?〉이라고 다시 되물었습니다. 그러고는 내가 대답하기도 전에 〈학생에게는 뭔가 얘기했어?〉라고 도리어 그쪽에서 묻더군요.

45

K가 털어놓은 고백을 아주머님에게 전할 생각이 없었던 나는 〈아뇨〉라고 말해 버리고는, 금세 내 거짓말을 꺼림칙하게 느꼈습니다. 별수 없이 실제로 그가 나한테 따로 어떤 부탁도 한 적이 없다는 생각으로 얼른 K에 관한 일은 아니라고 말을 바꿨습니다. 아주머님은 〈그래?〉라면서 내 다음 말을 기다렸습니다. 그러니 어쨌든 얘기를 꺼내지 않으면 안 되었습니다. 불쑥 〈아주머님, 따님을 제게 주십시오〉라고 말했습니다. 아주머님은 내 예상을 벗어날 만큼 놀라는 기색은 아니었지만, 그래도 잠시 아무 대답도 못 하고 내 얼굴만 빤히 쳐다보았습니다. 일단 말을 시작했으니 아주머님이 아무리 내 얼굴을 빤히 쳐다봐도 그런 것에 주춤할 수는 없었습니다. 〈따님을 주십시오, 꼭 주십시오〉라고 말했습니다. 〈제 아내로 주십시오〉라고 말했습니다. 아주머님은 나이가 있는 만큼 나보다 훨씬 더 침착했습니다. 〈그래도 괜찮지만, 얘기가 너무 갑작스럽지 않아?〉라고 묻더군요. 내가 〈갑작스럽게 그러고 싶습니다〉라고 얼른 대답했더니, 아주머님은 웃음을 터뜨렸습니다. 그러고는 〈충분히 잘 생각한 건가?〉라고 다짐을 했습니다. 나는 말을 꺼낸 건 갑작스러웠어도 생각은 갑작스러운 게 아니라고 강한 어조로 사정을 설명했습니다.

그러고는 다시 두세 가지 문답이 오갔지만 그건 이미 잊어버렸습니다. 남자처럼 똑 부러진 데가 있는 아주머님은 보통 여자와는 다르게 이런 경우에 아주 편하게 대화할 수 있는 사람이었습니다. 〈좋아, 내 딸을 주겠네〉라고 말했습니다. 〈주겠다느니 뭐니 위세 좋은 말을 할 처지는 아니지. 제발 데려가 줘. 학생도 알다시피 아버지 없는 가엾은 아이잖아〉라고 나중에는 아주머님 쪽에서 부탁을 했습니다.

애기는 간단명료하게 정리되었습니다. 시작해서 끝날 때까지 채 15분도 걸리지 않았을 것입니다. 아주머님은 아무 조건도 내걸지 않았습니다. 친척들과 상의할 필요도 없고, 나중에 얘기하면 그걸로 충분하다고 했습니다. 당사자의 의향조차 확인해 볼 것 없다고 단언했습니다. 그런 점에서는 학문을 한 내 쪽이 오히려 형식에 얽매인다는 생각이 들 정도였습니다. 친척은 어찌 됐든 당사자에게는 미리 말해서 승낙을 얻는 게 순서인 것 같다고 내가 얘기했을 때, 아주머님은 〈괜찮아, 내가 그 애가 싫다는 곳에 시집보낼 리 있겠어?〉라고 말했습니다.

내 방으로 돌아온 나는 일이 너무 쉽게 척척 진행되는 바람에 도리어 기분이 이상했습니다. 과연 이래도 괜찮을까 하는 의심이 어디선가 머릿속을 파고들었을 정도입니다. 하지만 대체로 내 미래의 운명은 이걸로 정해졌다는 각오와 함께 나의 모든 것이 새로워졌습니다.

점심때 다시 거실로 나가 아주머님에게 아침에 나눈 얘기를 따님에게는 언제 전해 줄 생각이시냐고 물었습니다. 아주머님은 자신만 알고 있으면 언제 얘기해도 상관없을 거라는 식으로 말했습니다. 이렇게 되면 어쩐지 나보다 상대 쪽이 남자 같아서 나는 얌전히 자리에서 일어서려고 했습니다. 그러자 아주머님이 나를 붙잡고 만일 빨리 전하기를 원한다면 오늘이라도 좋다, 교습에서 돌아오면 바로 얘기하겠다, 라고 했습니다. 그렇게 해주시는 게 나로서는 좋겠다고 대답하고, 다시 내 방으로 왔습니다. 하지만 잠자코 내 책상 앞에 앉아서 두 사람이 소곤소곤 나누는 얘기를 멀리서 듣고 있을 나를 상상해 보니 어쩐지 차분하게 있을 수가 없었습니다. 결국 나는 모자를 쓰고 밖으로 나왔습니다. 그런데 언덕길 밑에서 또 아가씨를 만났습니다. 아무것도 모르는 아가씨는 나를 보고 놀란 모양이었습니다. 내가 모자를 벗고 지금 오느냐고 인사를 건네자, 아픈 건 이제 다 나았느냐고 의아하다는 듯이 물었습니다. 나는 〈예, 나았어요, 나았습니다〉라고 대답하고 스이도바시 쪽으로 성큼성큼 모퉁이 길을 돌아가 버렸습니다.

46

사루가쿠초에서 진보초 길로 나가 오가와마치 쪽으로 꺾어 들었습니다. 그 부근을 걷는 것은 항상 헌책방을 기웃거리는 게 목적이었지만, 그날은 도저히 손때 묻은 책 따위를 들여다볼 마음이 나지 않았습니다. 길을 걸어가면서도 끊임없이 하숙집 일을 생각했습니다. 조금 전의 아주머님이 떠올랐습니다. 그리고 아가씨가 집에 들어간 다음을 상상했습니다. 즉 그 두 가지 일이 내 걸음을 옮기게 한 셈이었습니다.

게다가 이따금 거리 한가운데서 나도 모르게 멈춰 섰습니다. 그러고는 지금쯤 아주머님이 벌써 딸에게 그 얘기를 했을까, 라고 생각했습니다. 또 어떨 때는 벌써 그 얘기를 끝냈을 거라고도 생각했습니다.

결국 만세이바시를 건너고 묘진 언덕을 올라 혼고다이로 갔고, 거기서 다시 기쿠자카를 내려와 마침내 고이시카와 골짜기까지 왔습니다. 내가 걸은 거리는 3개 구(區)에 걸쳐 일그러진 원을 그렸다고 할 수 있지만, 그 기나긴 산책 동안 나는 K에 대해서는 거의 아무 생각도 하지 않았습니다. 지금 그때의 나를 되돌아보며 왜 그랬을까, 나 자신에게 물어봐도 전혀 알 수가 없습니다. 그저 이상하고 또 이상할 뿐입니다. 내 마음이 K를 잊어버릴 만큼 몹시 긴장했었다고 하면 그뿐이겠지만, 내 양심이 또한 그걸 허용할 리 없었으니까요.

K에 대한 내 양심이 부활한 것은 하숙집 격자문을 열고 현관에서 거실로 들어갔을 때, 즉 항상 그렇듯이 그의 방을 지나가려던 순간이었습니다. 그는 항상 하던 대로 책상을 마주하고 책을 보고 있었습니다. 그리고 항상 하던 대로 책에서 눈을 들어 나를 쳐다봤습니다. 하지만 그는 항상 하던 대로 〈지금 오냐?〉라고는 하지 않았습니다. 〈아픈 건 이제 다 나았어? 의사에게라도 다녀오는 거야?〉라고 물었습니다. 그 찰나에 나는 그 앞에 손을 짚고 사과하고 싶었습니다. 게다가 그때의 충동은 결코 약한 게 아니었습니다. 만일 K와 내가 단둘이 광야 한가운데 서 있기라도 했었다면, 나는 분명 양심의 명령에 따라 그 자리에서 그에게 사과했을 것입니다. 하

지만 집 안쪽에 사람이 있었습니다. 나의 본성은 거기서 덜컥 멈춰 버렸습니다. 그리고 슬프게도 영구히 부활하지 않았습니다.

저녁 식사 때 K와 나는 다시 얼굴을 마주했습니다. 아무것도 모르는 K는 그저 침울할 뿐, 조금도 내게 의혹의 눈길을 던지지 않았습니다. 아무것도 모르는 아주머님은 평소보다 기분이 좋아 보였습니다. 오직 나 혼자만 모든 것을 알고 있었습니다. 나는 납덩이같은 밥을 먹었습니다. 그때 아가씨는 여느 때처럼 함께 식탁에 앉지 않았습니다. 아주머님이 재촉하자 옆방에서 〈곧 갈게요〉라고 대답할 뿐이었습니다. 그걸 K는 의아한 듯 듣고 있었습니다. 나중에는 어쩐 일이냐고 아주머님에게 묻더군요. 아주머님은 아마 쑥스러워서 그러는 모양이라면서 슬쩍 내 얼굴을 보았습니다. K는 더욱더 의아하다는 듯이 뭐가 쑥스러우냐고 물었습니다. 아주머님은 미소를 지으며 다시 내 얼굴을 쳐다봤습니다.

식탁에 앉았을 때부터 나는 아주머님의 얼굴 표정을 통해 일이 어떻게 되었는지 대략 짐작했습니다. 하지만 아주머님이 K에게 설명해 주려고 내 앞에서 모든 걸 얘기한다면 나는 견딜 수 없다고 생각했습니다. 아주머님이 워낙 그런 얘기도 태연히 해버릴 사람이라서 나는 속이 탔습니다. 다행히 K는 다시 원래처럼 침묵으로 돌아갔습니다. 평소보다 기분이 좋았던 아주머님도 결국 내가 두려워했던 얘기까지는 하지 않고 넘어갔습니다. 나는 안도의 한숨을 내쉬며 내 방으로 건너왔습니다. 하지만 앞으로 나는 K에게 어떤 태도를 취해야 할지, 고심하지 않을 수 없었습니다. 나는 이런저런 변명을 마음속으로 만들어 봤습니다. 하지만 어떤 변명도 K와 얼굴을 마주하고 늘어놓기에는 부족했습니다. 비겁한 나는 결국 직접 나서서 K에게 설명하기가 싫어졌습니다.

47

그렇게 2~3일을 보냈습니다. 그 2~3일 동안 K에 대한 끊임없는 불안이 내 가슴을 무겁게 짓눌렀다는 것은 더 말할 필요도 없겠지요. 그러잖아도 어떻게든 하지 않으면 그에게 미안하다고 생각했으니까요. 게다가 아주머님의 기색이며 아가씨의 태도가 계속 나를 쿡쿡 찌르듯이 자극하는 바람에 더욱더 괴로웠습니다. 어딘가 남자 같은 기질을 가진 아주머님이 언제 내 얘기를 식탁에서 K에게 줄줄 말해 버릴지 모릅니다. 그 이후로 유난히 눈에 두드러지는 나에 대한 아가씨의 행동거지도 K의 마음을 흔드는 의심의 씨앗이 될지도 모릅니다. 나는 어떻게든 나와 이 모녀 사이에 성립된 새로운 관계를 K에게 알리지 않으면 안 될 위치에 서 있었습니다. 하지만 윤리적인 약점이 있다는 걸 스스로 잘 알고 있었던 나로서는 그게 또 몹시도 어려운 일처럼 느껴졌습니다.

어쩔 수 없어서 아주머님에게 부탁해 K에게 정식으로 얘기해 달라고 할까, 라고도 생각해 봤습니다. 물론 내가 없을 때 해야겠지요. 하지만 아주머님에게 K와의 일을 사실대로 알려 주게 되면 직간접의 차이가 있을 뿐, 면목이 없기는 마찬가지입니다. 그렇다고 지어낸 얘기를 해달라고 하면 아주머님이 그 이유를 캐물을 게 뻔하지요. 만일 아주머님에게 모든 사정을 털어놓고 부탁한다면, 나는 자진해서 스스로의 약점을 연인과 그 모친 앞에 낱낱이 드러내지 않으면 안 됩니다. 고지식했던 나에게 그건 내 미래의 신뢰가 걸린 일이라고밖에는 생각되지 않았습니다. 결혼하기 전부터 사랑하는 사람의 신뢰를 잃는 것은 설령 털끝만큼이라도 내게는 견딜 수 없는 불행처럼 보였습니다.

한마디로 나는 정직한 길을 걷는다면서 그만 발을 헛디디고 만 어리석은 사람이었습니다. 혹은 교활한 인간이었습니다. 그리고 그것을 알고 있는 것은 오로지 하늘과 내 마음뿐이었습니다. 하지만 다시 일어나 또 한 걸음 앞으로 내딛기 위해서는 지금 헛디딘 것을 반드시 주위 사람에게 알려야만 하는 곤경에 빠진 것입니다. 끝까지 그 일만은 감추고 싶었습니다. 동시에 어떻게든 앞으로 나아가야 했습니다. 나는 그 중간에 낀 채 옴짝달싹 못 했습니다.

5~6일이 지난 후, 아주머님이 갑작스럽게 K에게 그 얘기를 했느냐고 물었습니다. 나는 아직 말하지 않았다고 대답했습니다. 그러자 왜 말하지 않았느냐고 아주머님이 나무라더군요. 그 질문 앞에 나는 온몸이 바짝 굳었습니다. 그때 나를 소스라치게 했던 아주머님의 말을 지금도 잊지 않고 기억합니다.

「어쩐지 내가 그 얘기를 했더니 K의 얼굴이 이상해지더라고. 학생이 잘못했네. 평소에 그토록 친한 사이인데 여태 아무 말도 안 하고 모른 체하고 있었다니.」

그때 K가 뭔가 말하지 않았느냐고 아주머님에게 물었습니다. 딱히 별말은 없었다고 하더군요. 하지만 나는 좀 더 자세히 캐묻지 않고서는 견딜 수가 없었습니다. 아주머님은 애초에 아무것도 감출 이유가 없었습니다. 별 얘기는 없었는데, 라면서 K의 그때 모습을 낱낱이 얘기해 주었습니다.

아주머님의 말을 종합해 생각해 보니, K는 그 최후의 타격을 놀라움 속에서도 매우 차분하게 받아들인 모양이었습니다. 아가씨와 나 사이에 맺어진 새로운 관계에 대해 K는 처음에 그렇습니까, 라는 단 한마디만 했다고 합니다. 하지만 아주머님이 〈자네도 축하해 줘〉라고 말하자, 그는 비로소 아주머님의 얼굴을 보고 미소를 지으며 〈축하드립니다〉라고 말한 뒤 자리를 떴답니다. 그리고 거실 장지문을 열기 전에 다시 아주머님을 돌아보며 〈결혼식 날짜는 언제입니까?〉라고 물었다는군요. 그러고는 〈뭔가 축하 선물을 하고 싶은데 제가 돈이 없어서 해드릴 수가 없군요〉라고 말했다고 합니다. 아주머님 앞에 앉아 있던 나는 그 얘기를 듣고 가슴이 미어지는 듯한 고통을 느꼈습니다.

48

계산해 보니 아주머님이 K에게 그 얘기를 하고 벌써 이틀

쯤이 지난 시점이었습니다. 그동안 K는 내게 이전과 달라진 모습을 전혀 보이지 않았기 때문에 나는 아무것도 몰랐습니다. 그의 초연한 태도는 설령 겉으로만 그런 것이었다고 해도 경탄할 만했습니다. 그와 나를 머릿속에 나란히 놓고 보니 그쪽이 훨씬 더 훌륭해 보였습니다. 나는 계략으로는 이 겼지만 인간으로서는 졌다는 느낌이 가슴속에 소용돌이쳤습니다. K가 내심 나를 얼마나 경멸했을까, 라는 생각에 나 혼자 얼굴을 붉혔습니다. 하지만 이제 새삼 창피를 무릅쓰고 K 앞에 나선다는 것은 내 자존심에 큰 고통이었습니다.

직접 얘기할까 그만둘까 망설이며 어쨌든 다음 날까지 기다리자고 마음먹은 게 토요일 밤이었습니다. 그런데 그날 밤에 K가 자살해 버린 것입니다. 나는 지금도 그 광경을 떠올리면 오싹해집니다. 항상 동쪽으로 베개를 두고 자던 내가 그날 밤만은 우연히 서향으로 잠자리를 편 것도 뭔가 운명이었는지도 모르겠습니다. 나는 머리맡에서 들이치는 찬바람에 퍼뜩 눈을 떴습니다. 고개를 들어 보니 항상 꼭 닫혀 있던 K와 내 방 사이의 장지문이 지난번 그날 밤과 비슷한 정도로 열려 있었습니다. 하지만 지난번처럼 K의 검은 그림자는 그곳에 없었습니다. 나는 무슨 암시를 받은 사람처럼 이불 위에 팔꿈치를 짚고 몸을 일으켜 K의 방을 들여다봤습니다. 램프가 어슴푸레 켜져 있었으니까요. 이부자리도 깔려 있었습니다. 하지만 덮는 이불이 발로 걷어찬 것처럼 아래쪽에 뭉쳐져 있었습니다. 그리고 K는 반대편을 향해 엎드려 있었지요.

나는 어이, 하고 불러 봤습니다. 하지만 아무 대답도 없었습니다. 어이, 왜 그래, 라고 다시 K를 불렀습니다. 그래도 K의 몸은 전혀 움직임이 없었습니다. 나는 곧바로 일어나 문턱까지 갔습니다. 거기서 그의 방 안을 어두운 램프 불로 살펴보았습니다.

그때 내가 받은 첫 느낌은 K에게서 갑작스럽게 사랑 고백을 들었던 때의 그것과 거의 같았습니다. 내 눈은 그의 방 안을 한번 보자마자 마치 유리 의안처럼 움직이는 능력을 상실했습니다. 나는 말뚝처럼 선 채 굳어 버렸습니다. 그것이 질풍처럼 나를 통과한 뒤 다시 아아, 큰일 났다, 라고 생각했습니다. 이제 어떻게도 돌이킬 수 없다는 검은빛이 내 미래를 꿰뚫고 한순간에 내 앞에 가로놓인 전 생애를 무시무시하게 비췄습니다. 그리고 나는 덜덜 떨기 시작했습니다.

그래도 나는 끝내 나 자신을 잃을 수 없었습니다. 즉각 책상 위에 놓인 편지로 눈길이 갔습니다. 그건 예상했던 대로 내 앞으로 되어 있었습니다. 정신없이 봉투를 뜯었습니다. 하지만 그 안에는 내가 예상했던 말은 하나도 없었습니다. 나에게 크나큰 고통을 안겨 줄 글귀가 그 안에 줄줄이 적혀 있을 거라고 예상했던 것입니다. 그리고 혹시 그게 아주머님이나 아가씨의 눈에 띈다면 큰 경멸을 받을 것이라는 공포감이 있었습니다. 나는 잠깐 훑어본 뒤에 우선 다행이라고 생각했습니다. (물론 세상에 대해 다행이라는 얘기지만, 그 세상 이목이 그때의 내게는 무엇보다 중대하게 보였던 것입니다.)

편지 내용은 간단했습니다. 그리고 오히려 추상적이었습

니다. 자신은 박지약행(薄志弱行)으로 도저히 앞날에 희망이 없어 자살한다, 라는 것뿐이었습니다. 거기에 여태까지 내게 신세를 진 데 대한 감사 인사가 지극히 간결한 글귀로 그 뒤에 덧붙여져 있었습니다. 신세를 진 김에 사후 처리도 부탁한다는 말도 있었습니다. 아주머님에게 폐를 끼치게 되어 미안하니 부디 사죄해 달라는 구절도 있었습니다. 고향에는 나더러 소식을 전해 달라는 부탁도 있었습니다. 꼭 필요한 것들이 한 구절씩 적혀 있는데, 아가씨의 이름만은 어디에서도 보이지 않았습니다. 끝까지 읽자마자 나는 K가 일부러 피해 줬다는 것을 깨달았습니다. 하지만 내가 가장 통절하게 느낀 것은 마지막에 남은 먹물로 덧붙인 듯한, 좀 더 빨리 죽었어야 하는데 왜 여태까지 살아 있었을까, 라는 뜻의 글귀였습니다.

나는 떨리는 손으로 편지를 접어 다시 봉투에 넣었습니다. 그리고 일부러 사람들의 눈에 띄도록 원래대로 책상 위에 내려놓았습니다. 그리고 돌아섰을 때 비로소 장지문에 튄 핏물을 보았습니다.

49

불현듯 나는 K의 머리를 껴안듯이 두 손으로 안아 들었습니다. K의 죽은 얼굴을 꼭 한 번 보고 싶었던 것입니다. 하지만 엎드려 있는 그의 얼굴을 아래쪽에서 들여다보자마자 나는 얼른 손을 놓아 버렸습니다. 오싹했던 것뿐만이 아닙니다.

그의 머리가 몹시도 무겁게 느껴졌기 때문입니다. 방금 내 손바닥을 스친 차가운 귀와 평소와 다름없이 짧게 깎은 검은 머리칼을 위에서 멍하니 바라보았습니다. 눈물은 전혀 나지 않았습니다. 오로지 무서웠을 뿐입니다. 그리고 그 무서움은 눈앞의 광경이 감각 기관을 자극해 일어나는 단순한 공포만은 아니었습니다. 홀연히 차가워진 이 친구가 암시해 준 무서운 운명을 깊이 실감했던 것입니다.

아무 생각도 없이 나는 다시 내 방으로 돌아왔습니다. 그리고 네 평이 채 못 되는 방 안을 빙빙 돌았습니다. 아무 의미가 없더라도 당분간 그렇게 움직이라고 내 머리가 내게 명령했던 것입니다. 나는 어떻게든 하지 않으면 안 된다고 생각했습니다. 동시에 이미 어떻게도 할 수 없는 일이었습니다. 방 안을 빙빙 돌지 않고서는 견딜 수가 없었습니다. 우리 안에 갇힌 곰 같은 모습으로. 나는 언뜻언뜻 안으로 가서 아주머님을 깨우자고 생각했습니다. 하지만 여자에게 이런 끔찍한 꼴을 보여서는 안 된다는 마음이 금세 나를 가로막았습니다. 아주머님은 어찌 됐든 아가씨를 놀라게 하는 건 도저히 할 수 없다는 강한 의지가 나를 붙잡았습니다. 나는 다시 방 안을 빙빙 돌기 시작했습니다.

그동안에 내 방의 램프를 켰습니다. 그리고 흘끔흘끔 시계를 봤습니다. 그때의 시계만큼 더디게 가는 것도 없었습니다. 내가 방을 나선 시간은 정확히 알지 못하지만, 이미 새벽이 머지않았던 것만은 분명합니다. 빙빙 돌면서 그 새벽을 애타게 기다린 나는 영구히 어두운 밤이 계속되는 게 아닌가 하는 생각에 시달렸습니다.

　우리는 보통 7시 전에 일어났습니다. 학교 강의가 주로 8시에 시작되기 때문에 그러지 않고서는 시간을 맞출 수 없었으니까요. 그래서 하녀는 6시쯤이면 일어나곤 했습니다. 하지만 그날 내가 하녀를 깨우러 간 것은 아직 6시가 되기 전이었습니다. 그랬더니 아주머님이 오늘은 일요일이라고 알려 주더군요. 아주머님은 내 발소리에 잠이 깼던 것이지요. 나는 아주머님에게 일어나셨다면 잠깐 내 방으로 와주십사고 말했습니다. 아주머님은 잠옷 위에 평상복 하오리를 걸치고 내 뒤를 따라왔습니다. 방으로 들어서자마자 나는 지금까지 열려 있던 중간 장지문을 얼른 닫았습니다. 그리고 아주머님에게 엄청난 일이 생겼다고 작은 소리로 고했습니다. 아주머님은 대체 무슨 일이냐고 물었습니다. 나는 턱으로 가만히 옆방을 가리키며 〈놀라지 마세요〉라고 말했습니다. 아주머님은 얼굴이 창백해졌습니다. 〈아주머님, K가 자살을 했습니다〉라고 내가 다시 말했습니다. 아주머님은 그 자리에 못 박힌 듯 내 얼굴을 보며 말문이 막혀 버렸습니다. 그때 나는 불쑥 아주머님 앞에 무릎을 꿇고 머리를 숙였습니다. 〈죄송합니다. 제 잘못입니다. 아주머님에게도 따님에게도 죄송하게 됐습니다〉라고 사죄했습니다. 실은 아주머님을 마주하기 전까지 나는 그런 말을 할 생각도 못 했습니다. 하지만 아주머님의 얼굴을 보자 나도 모르게 그런 말이 줄줄 흘러나왔습니다. K에게 사죄할 길을 잃어버린 내가 그렇게 아주머님과 아가씨에게 사죄할 수밖에 없었던 것이겠지요. 즉 나의 본성이 평소의 나를 제치고 얼떨결에 참회의 말을 하게 했던 것입니다. 아주머님이 내 말을 그런 깊은 뜻으로 해석하지 않았던 것은 나로서는 다행스러운 일이었습니다. 창백해진 얼굴로 〈학생은 생각지도 못했던 일이니 어쩔 수 없지〉라고 위로하듯이 말해 주었습니다. 하지만 그 얼굴은 경악과 공포가 새겨진 것처럼 바짝 굳어 있었습니다.

50

아주머님에게는 안됐지만 나는 다시 일어나 조금 전에 닫았던 장지문을 열었습니다. 그때는 K의 램프에 기름이 떨어졌는지 방 안은 거의 깜깜한 어둠 속이었습니다. 나는 되돌아가 내 램프를 들고 입구에 서서 아주머님을 돌아보았습니다. 아주머님은 내 뒤에 숨듯이 두 평도 안 되는 K의 방을 쳐다보았습니다. 하지만 안으로 들어가려고 하지 않았습니다. 내게 방 안은 그대로 두고 덧문을 열어 달라고 말하더군요.

그 후, 아주머님은 역시나 군인의 아내였던 만큼 능숙하게 일을 처리해 나갔습니다. 나는 의사한테도 갔습니다. 그리고 경찰서에도 갔습니다. 모두 아주머님의 지시에 따른 것이었습니다. 아주머님은 그런 절차가 끝나기까지 아무도 K의 방에 들이지 않았습니다.

K는 작은 나이프로 경동맥을 끊어 단숨에 죽었습니다. 그 밖에 상처는 하나도 없었습니다. 내가 꿈처럼 어슴푸레한 불

빛에 봤던 장지문의 핏자국은 그의 목덜미에서 한 번에 튀었다고 하더군요. 환한 대낮에 분명하게 그 흔적을 다시 봤습니다. 그리고 인간의 피가 얼마나 세차게 뿜어져 나오는지를 알고 깜짝 놀랐습니다.

아주머님과 나는 가능한 한 모든 수단과 방법을 동원해 K의 방을 청소했습니다. 다행히 그의 피는 대부분 이불에 흡수되고 다다미에는 거의 묻지 않아서 그나마 뒤처리는 간단했습니다. 둘이서 그의 사체를 내 방으로 옮겨 평소처럼 잠든 자세로 눕혔습니다. 그런 뒤에 나는 그의 본가에 전보를 치러 나갔습니다.

다시 집에 돌아왔을 때, K의 머리맡에는 벌써 선향(線香)이 피워져 있었습니다. 안에 들어서자마자 절집 같은 향냄새가 코를 찌르고 그 연기 속에 모녀가 앉아 있었지요. 아가씨의 얼굴을 본 것은 그 전날 저녁 이후로 그때가 처음이었습니다. 아가씨는 울고 있었습니다. 아주머님도 눈이 붉어졌습니다. 사건이 나고 그때까지 울기를 잊고 있던 나는 그제야 덩달아 슬퍼할 수 있었습니다. 내 가슴은 그 슬픔 덕분에 얼마나 편안해졌는지 모릅니다. 고통과 공포에 사로잡혔던 마음에 한 방울의 촉촉함을 내려 준 것도 그때의 그 슬픔이었습니다.

나는 말없이 두 사람 옆에 앉았습니다. 아주머님이 나한테도 향불을 올리라고 하더군요. 나는 향을 피워 올리고 다시 말없이 앉아 있었습니다. 아가씨는 나에게 아무 말도 하지 않았습니다. 어쩌다 아주머님과 한두 마디 주고받았지만, 그것도 당장 필요한 용건뿐이었습니다. 아가씨는 아직 K의 생전에 대해 얘기할 정도의 여유가 없었던 것이지요. 그래도 나는 간밤의 끔찍한 광경을 보이지 않고 넘어가서 그나마 다행이라고 내심 생각했습니다. 젊고 아름다운 사람에게 끔찍한 것을 내보이면 모처럼의 아름다움이 그로 인해 파괴되지 않을까 두려웠던 것입니다. 공포가 내 머리카락 끝까지 달했을 때조차 나는 그런 생각을 도외시한 채 움직일 수는 없었습니다. 아무 죄 없는 아름다운 꽃을 마구 채찍질하는 듯한 불쾌감이 그 속에 박혀 있었으니까요.

고향에서 K의 아버지와 형이 왔을 때, K의 유골을 어디에 묻을지에 대해 내 의견을 밝혔습니다. 그의 생전에 함께 조시가야 근처를 자주 산책하곤 했습니다. K는 그곳을 아주 마음에 들어 했습니다. 그래서 반쯤 농담 삼아 그렇게 좋으면 죽었을 때 여기에 묻어 주겠노라고 약속했던 기억이 있었기 때문입니다. 지금 그 약속대로 K를 조시가야에 묻어 준들 그게 무슨 공덕이 되겠느냐는 생각도 했습니다. 하지만 내가 살아 있는 한, 나는 K의 무덤 앞에 무릎을 꿇고 다달이 새롭게 참회하고 싶었습니다. 자신들이 여태껏 내팽개치다시피 했던 K를 내가 이래저래 돌봐 준 데 대한 도리라고 생각했던 것인지, K의 아버지도 형도 내 의향을 받아들여 주었습니다.

51

    K의 장례식에서 돌아오는 길에 그의 친구 하나가 K는 왜 자살했을까, 라는 질문을 했습니다. 사건이 난 이후, 나는 이미 수없이 그 질문에 시달려 왔습니다. 아주머님도 아가씨도, 고향에서 온 K의 아버지와 형도, 부고를 받고 온 지인도, 그와 아무 연고도 없는 신문 기자까지도 매번 내게 똑같은 질문을 던졌으니까요. 내 양심은 그때마다 쿡쿡 찔리는 것처럼 아팠습니다. 그리고 그 질문의 이면에서 매번 네가 죽였다고 얼른 실토해라, 라는 목소리를 들었습니다.

    내 대답은 누구에게나 똑같았습니다. 단지 그가 내 앞으로 남겨 둔 편지 내용을 되풀이했을 뿐, 그 밖에는 단 한마디도 덧붙이지 않았습니다. 장례식에서 돌아오는 길에 똑같은 질문을 던지고 똑같은 대답을 들은 K의 친구는 품속에서 신문 한 장을 꺼내 내게 보여 주었습니다. 나는 걸음을 옮기면서 그 친구가 손끝으로 짚어 준 부분을 봤습니다. 거기에는 K가 부모 형제에게 의절을 당하는 바람에 염세적이 되어 자살했다고 적혀 있었습니다. 나는 말없이 그 신문을 접어 친구의 손에 돌려주었습니다. 친구는 그 밖에도 K가 정신 이상으로 자살했다는 기사도 있었다고 알려 주더군요. 경황이 없어 거의 신문을 읽을 틈이 없었던 나는 전혀 그런 쪽으로는 듣지도 알지도 못했지만, 속으로는 내내 마음에 걸렸던 참이었습니다. 무엇보다 하숙집 가족에게 폐가 되는 기사가 나올까 봐 걱정이었습니다. 특히 아가씨의 이름이 단 한 글자라도 관계자로 거론된다면 그건 참을 수 없다고 생각했습니다. 나는 그 친구에게 그 밖에 다른 기사는 없었느냐고 물었습니다. 친구는 자신의 눈에 띤 것은 그 두 종류뿐이라고 하더군요.

내가 지금 사는 집으로 이사한 것은 그 얼마 뒤였습니다. 아주머님도 아가씨도 그 집에서 살기를 꺼려했고, 나도 그날의 기억을 밤마다 되풀이하는 게 고통스러웠기 때문에 상의 끝에 옮기기로 했던 것입니다.

이사하고 두 달쯤 지나 나는 무사히 대학을 졸업했습니다. 졸업하고 반년도 지나지 않아 마침내 나는 아가씨와 결혼했습니다. 겉에서 보기에는 모든 일이 예상대로 흘러갔으니까 경사스러운 일이라고 해야겠지요. 아주머님도 아가씨도 아주 행복해 보였습니다. 나도 행복했습니다. 하지만 내 행복에는 늘 검은 그림자가 따라다녔습니다. 이 행복이 결국은 나를 슬픈 운명으로 이끌어 가는 도화선이 아닐까, 라고 생각했습니다.

결혼을 했을 때 아가씨가 — 이미 아가씨가 아니니 아내라고 하겠습니다 — 아내가 무슨 생각을 했는지 둘이 함께 K의 성묘를 하러 가자는 말을 꺼냈습니다. 나는 의미도 없이 그저 움찔 놀랐습니다. 왜 갑자기 그런 생각을 했느냐고 물었습니다. 아내는 둘이 나란히 찾아가면 K가 무척 기뻐할 거라고 말하더군요. 나는 아무것도 모르는 아내의 얼굴을 멀거니 쳐다보다가, 왜 그런 얼굴을 하느냐고 묻는 말에 비로소 정신을 차렸습니다.

아내가 하자는 대로 둘이 나란히 조시가야에 갔습니다. K

의 새 묘비에 물을 뿌려 닦아 주었습니다. 아내는 그 앞에 선
향과 꽃을 꽂았습니다. 둘이서 머리 숙여 합장했습니다. 아
내는 필시 나와 혼인한 소식을 알리면 K가 기뻐해 줄 것이라
고 생각했겠지요. 나는 마음속으로 내가 잘못했다는 말만 거
듭할 수밖에 없었습니다.

그때 아내는 K의 묘비를 쓰다듬으며 참 훌륭한 묘비라고
평하더군요. 그 묘비는 대단한 것도 아니었지만, 내가 직접
석공을 찾아가 골라온 내력이 있는 터라 아내는 그 점을 강
조해 말하고 싶었던 것이겠지요. 새 묘비와 새 아내, 그리고
땅 밑에 묻힌 K의 새 백골을 머릿속에 차례차례 떠올리며 나
는 차갑게 비웃는 운명의 꾸짖음을 느끼지 않을 수 없었습니
다. 그 뒤부터 나는 결코 아내와 함께 K의 무덤을 찾지 않기
로 했습니다.

52

망우(亡友)에 대한 그런 느낌은 언제까지고 계속되었습니
다. 실은 나도 처음부터 그걸 두려워했습니다. 몇 해 전부터
바라 왔던 결혼조차 불안 속에서 식을 올렸다고 해야겠지요.
하지만 제 앞날을 내다보지 못하는 인간의 일인지라 어쩌면
이 결혼으로 나도 심기일전, 새로운 삶을 시작할 단초가 되
어 줄지 모른다고 생각했던 것입니다. 그런데 마침내 남편으
로서 아침저녁으로 아내와 얼굴을 마주하고 보니 내 헛된 희

망은 준엄한 현실 앞에 맥없이 무너지고 말았습니다. 아내와 얼굴을 마주하다 보면 돌연 K에 대한 두려움이 덮쳐드는 것입니다. 즉 아내가 중간에서 언제까지고 K와 나를 한데 묶어 놓고 풀어 주지 않는 것이지요. 아내의 어디에서도 부족함을 느껴 본 적이 없지만, 단 한 가지 바로 그 점에서 그녀를 멀리하려고 했습니다. 그러니 아내의 마음에 그게 금세 전해졌겠지요. 전해지기는 했는데 아내는 그 연유를 알지 못합니다. 이따금 아내가 왜 그렇게 깊은 생각에 잠겨 있느냐, 뭔가 마음에 들지 않는 일이 있느냐고 캐물었습니다. 웃으며 넘어갈 수 있을 때는 그나마 괜찮은데, 때에 따라서는 아내도 신경이 날카로워집니다. 마침내는 〈당신은 나를 싫어하지요?〉라든가, 〈아무래도 나한테 숨기는 일이 있는 게 틀림없어요〉라든가, 원망의 말도 들어야 했습니다. 그때마다 나는 몹시 괴로웠습니다.

몇 번이나 아예 마음먹고 아내에게 사실대로 털어놓으려고 했던 적도 있습니다. 하지만 막상 입을 열려고 하면 나 아닌 어떤 다른 힘이 불쑥 튀어나와 나를 억누르는 것입니다. 나를 잘 이해해 주는 귀하에게 이런 설명은 필요 없겠으나, 꼭 얘기해야 할 일이므로 말해 두도록 하겠습니다. 그때 나는 아내에게 나 자신을 거짓되게 꾸미려는 마음은 전혀 없었습니다. 만일 내가 망우에 대한 것과 똑같은 선한 마음으로 아내 앞에서 참회를 했다면, 아내는 기쁨의 눈물을 흘리며 내 죄를 용서해 주었을 게 틀림없습니다. 그런데도 그렇게 하지 않았던 나에게 어떤 이해타산도 있었을 리 없지요. 나는 단지 아내의 기억 속에 시커먼 점 하나가 찍히는 것을 견딜 수 없어 털어놓지 않았던 것입니다. 단 한 방울의 잉크라도 그 순백의 바탕에 가차 없이 뿌려지는 건 나에게 크나큰 고통이었다는 것으로 이해해 주십시오.

1년이 지나도 K를 잊지 못한 나는 늘 마음이 불안했습니다. 그 불안을 떨쳐 내기 위해 애써 책에 몰두하려 했습니다. 맹렬한 기세로 공부하기 시작했습니다. 그리고 그 결과를 세상에 내놓는 날이 오기를 기대했습니다. 하지만 억지로 목적을 만들고, 억지로 그 목적이 달성되는 날을 기대한다는 것은 거짓된 일이라서 유쾌하지 않더군요. 도저히 책 속에 마음을 파묻을 수 없었습니다. 나는 다시 팔짱을 낀 채 세상을 바라보았습니다.

아내는 그것을 당장 먹고살 만하니 마음이 해이해진 것이라고 봤던 모양입니다. 처가 쪽에도 모녀 두 사람쯤은 그럭저럭 먹고살 만큼 재산이 있었던 데다 나도 굳이 직업을 구하지 않아도 별 지장이 없는 형편이었기 때문에 그렇게 생각한 것도 당연하지요. 실제로 나도 얼마간 망가진 부분이 있었을 겁니다. 하지만 사회 활동에 나서지 못한 주된 원인은 전혀 그런 데 있지 않았습니다. 작은아버지에게 사기를 당했던 당시에 나는 남을 믿을 수 없다고 절실히 느꼈던 게 사실이지만, 남을 좋지 않게 본 것뿐이지 아직 나 자신은 정확한 사람이라는 마음을 갖고 있었습니다. 세상이야 어떻든 나만은 반듯한 인간이라는 신념이 어딘가에 있었던 것이지요. 그러던 게 K와의 일로 여지없이 무너지고, 나 역시 그 작은아버지와 똑같은 인간이라는 의식이 들면서 갑작스레 휘청거렸습니다. 남에게 진저리를 냈던 내가 나 자신에게도 진저리가 나서 어떻게도 해볼 수가 없었던 것입니다.

53

산 채로 책 속에 파묻히지 못한 나는 영혼을 술에 빠뜨리려나 자신을 잊으려고 해본 시기도 있었습니다. 나는 그리 술을 좋아하는 편은 아닙니다. 하지만 마시려 들면 마실 수 있는 체질이라서, 오로지 양에 의지해 정신을 놓아 버리려고 애를 썼던 것이지요. 이 천박한 방법은 한동안 해보니 사람을 더욱더 염세적으로 만들었습니다. 만취의 한복판에서 문득 나 자신의 위치를 알겠더군요. 일부러 이런 짓으로 나 자신을 속이는 어리석은 사람이라는 걸 또렷하게 깨닫는 것이지요. 그러면 온몸이 부르르 떨리면서 눈도 마음도 깨버립니다. 때로는 아무리 술을 마셔도 그 거짓된 상태에조차 빠지지 못해 한없이 마음이 가라앉는 일도 생겼습니다. 게다가 그런 기교를 부려 유쾌함을 사들인 뒤에는 반드시 침울한 반동이 찾아옵니다. 나는 내가 가장 사랑하는 아내와 장모님에게 번번이 그런 꼴을 보여야만 했습니다. 게다가 두 사람은 그들로서는 당연한 입장에서 나를 이해해 보려고 했습니다.

장모님이 이따금 아내에게 껄끄러운 얘기를 하는 모양이었습니다. 아내는 그런 얘기를 내게 숨겼습니다. 하지만 아

내도 아내 나름대로 나를 다그치지 않을 수 없었겠지요. 다
그친다고 해도 결코 심한 말은 아니었습니다. 아내의 말을
듣고 내 감정이 격해진 일이라고는 한 번도 없을 정도니까요.
아내는 때때로 뭐가 마음에 들지 않는지 어려워 말고 얘기해
달라고 애걸했습니다. 그리고 당신 장래를 생각해 술을 끊으
라고 충고하더군요. 언젠가는 울면서 〈당신은 요즘 사람이
변했어요〉라고 했습니다. 그것뿐이라면 괜찮을 텐데 〈K씨가
살아 있었다면 당신이 이렇게 되지는 않았겠지요〉라고 하는
것입니다. 그럴지도 모른다고 대답했지만, 내 대답의 의미와
아내가 받아들인 의미가 전혀 다른 것이라서 나는 마음속으
로 울었습니다. 그런데도 아내에게 아무것도 설명해 줄 엄두
가 나지 않았습니다.

　나는 때때로 아내에게 사과했습니다. 대부분 술에 취해 늦
게 돌아온 다음 날 아침입니다. 아내는 그저 웃기만 했습니
다. 혹은 아무 말이 없었습니다. 때로는 눈물을 뚝뚝 떨구기
도 했습니다. 어느 쪽이건 나 자신이 불쾌해서 견딜 수 없었
습니다. 그러니 아내에게 사과하는 건 곧 나 자신에게 사과
하는 것 같은 일이었지요. 나는 결국 술을 끊었습니다. 아내
의 충고 때문에 끊었다기보다 나 자신이 싫어져서 끊었다고
하는 게 적절하겠지요.

　술은 끊었지만 아무것도 할 마음이 나지 않았습니다. 별수
없이 책이나 읽었지요. 하지만 읽고 나면 그대로 내던졌습니
다. 아내가 이따금 무엇 때문에 공부하느냐고 물었습니다.
그저 쓴웃음만 지었습니다. 하지만 마음속으로는 이 세상에

서 내가 가장 믿고 사랑하는 단 한 사람조차 나를 이해할 수 없다고 생각하면 참으로 슬펐습니다. 이해받을 방법이 있는데도 그럴 용기를 내지 못하는 것이라고 생각하면 더욱더 슬펐습니다. 나는 적막했습니다. 모든 것과 단절된 채 이 세상을 단지 나 혼자 살아가는 듯한 마음이 든 적도 많았습니다.

동시에 나는 K가 세상을 떠난 원인을 수없이 생각해 봤습니다. 그때 당시에는 머릿속에 온통 사랑이라는 두 글자만 가득했던 탓이겠지만, 내 관찰은 오히려 단순하고 직선적이었습니다. K는 그야말로 실연 때문에 자살했다고 얼른 결론을 내려 버린 것입니다. 하지만 차츰 차분해진 마음으로 똑같은 상황을 바라보니, 그렇게 쉽사리 판단할 일이 아니라는 생각이 들었습니다. 현실과 이상의 충돌인가. 아니, 그것도 여전히 충분한 해석이 아니지요. 마침내는 K가 나처럼 달랑 혼자뿐인 외로움을 견딜 수 없어 갑작스럽게 일을 저지른 게 아닌가 하는 의심이 들었습니다. 그리고 역시 섬뜩했습니다. 나도 K가 걸어간 길을 K와 똑같이 걷고 있다는 예감이 시시때때로 바람처럼 내 가슴속을 스쳐 갔기 때문입니다.

54

그러던 참에 장모님이 병이 났습니다. 의사에게 보였더니 도저히 나을 수 없다는 진단이 나왔습니다. 나는 힘닿는 한 간절한 마음으로 간호를 했습니다. 그건 환자 본인을 위해서

였고, 또한 사랑하는 아내를 위해서였지만, 좀 더 큰 의미에서 말하자면 결국은 인간을 위해서였습니다. 그때까지 나는 뭔가 꼭 하고 싶은데 아무것도 못 하고 별수 없이 팔짱만 끼고 있었던 게 틀림없습니다. 세상과 단절되었던 내가 처음으로 손을 내밀어 조금이나마 좋은 일을 했다는 자각을 얻은 것은 그때였습니다. 속죄라고 이름 붙일 만한 기분에 사로잡혔던 것이지요.

장모님은 돌아가셨습니다. 나와 아내 둘만 남았습니다. 아내는 이제 이 세상에서 믿고 의지할 사람은 단 한 사람뿐이라고 하더군요. 나 자신조차 믿지 못하는 나는 아내의 얼굴을 보며 나도 모르게 눈물지었습니다. 그리고 아내를 불행한 여자라고 생각했습니다. 또한 불행한 여자라고 입 밖에 내어 말하기도 했습니다. 아내는 왜냐고 물었습니다. 그녀는 내 말의 의미를 이해하지 못하는 것입니다. 나도 그것을 설명해 줄 수가 없습니다. 아내는 울었습니다. 내가 평소에 비뚤어진 생각으로 아내를 바라보기 때문에 그런 말을 하는 것이라고 원망하더군요.

장모님을 잃은 뒤, 최대한 아내에게 다정하게 대했습니다. 하지만 아내를 사랑했기 때문만은 아니었습니다. 그 다정함에는 개인을 떠나 좀 더 넓은 배경이 있었던 것 같습니다. 마침 장모님을 간호해 드린 것과 똑같은 의미에서 내 마음이 움직였으니까요. 아내는 만족스러운 것처럼 보였습니다. 하지만 그 만족 속에는 남편을 이해할 수 없어서 생겨나는 흐릿하고 희박한 것이 어딘가에 포함된 것 같았습니다. 하지만 아내가 나를 이해한다고 해도 그 부분은 늘어나면 늘어났지 줄어들 리는 없습니다. 여자는 큰 범위의 인도적 입장에서 나오는 애정보다 다소 도리에 벗어나더라도 자신에게만 집중되는 다정함을 더 반기는 성향이 남자보다 강한 것처럼 보이니까요.

하루는 아내가 남자의 마음과 여자의 마음은 아무래도 하나가 될 수 없는 거냐고 묻더군요. 나는 젊은 시절이라면 가능할 것이라고 그냥 애매한 대답만 했습니다. 아내는 자신의 과거를 돌이켜 보는 듯하더니 이윽고 작은 한숨을 내쉬었습니다.

내 가슴속에는 그때부터 이따금 무서운 그림자가 번뜩였습니다. 처음에는 그게 우연히 외부에서 엄습해 왔습니다. 나는 깜짝 놀랐습니다. 오싹했습니다. 하지만 잠시 지나다 보니 내 마음이 그 무서운 번뜩임에 응하게 되더군요. 나중에는 외부에서 달려오지 않아도 내 가슴속에 태어날 때부터 숨어 있었던 것처럼 생각되었습니다. 그런 기분이 들 때마다 혹시 내 머리가 이상해진 게 아닐까, 의심도 해봤습니다. 하지만 나는 의사에게든 누구에게든 진찰을 받아 볼 생각은 없었습니다.

그저 인간의 죄라는 것을 깊이 실감했을 뿐이지요. 그 느낌이 다달이 나를 K의 묘 앞으로 데려갔습니다. 그 느낌이 내 손으로 장모님을 간호하게 했습니다. 그리고 그 느낌이 아내에게 다정하게 해주라고 지시했습니다. 그 느낌 때문에 길가의 낯선 이에게 채찍으로 맞고 싶다는 생각까지 한 적이 있습니다. 그런 단계를 하나하나 거치다 보니 남에게 채찍질을 당하기보다 나 스스로 나를 채찍질해야 한다는 생각이 들더군요. 나 스스로 나를 채찍질하기보다 내 손으로 나를 죽여야 한다는 생각이 드는 겁니다. 별수 없이 나는 이미 죽었다고 생각하고 살아가기로 결심했습니다.

그렇게 결심한 뒤로 오늘까지 벌써 몇 년째일까요. 나와 아내는 처음 그대로 사이좋게 지냈습니다. 우리 부부는 결코 불행하지 않았어요. 행복했습니다. 하지만 내가 가진 한 부분, 나로서는 간단치 않은 그 부분이 아내에게는 항상 암흑으로만 보였겠지요. 그걸 생각하면 아내에게 참으로 측은한 마음이 듭니다.

55

죽었다고 생각하고 살아가기로 결심한 내 마음은 때때로 외계의 자극에 통통 튀어 오릅니다. 하지만 내가 어떤 쪽으로든 힘껏 나아가려고 하면 그 즉시 무서운 힘이 어디선가 달려와 내 마음을 움켜쥐고 옴짝달싹 못 하게 합니다. 그리고 그 힘은 찍어 누르듯이, 너는 아무것도 할 자격이 없는 인간이다, 라고 얘기합니다. 그 한마디에 나는 바짝 움츠러듭니다. 한참 지나서 다시 일어서려고 하면 또다시 압박이 들어옵니다. 이를 악물고 왜 이렇게 나를 방해하느냐고 소리를 내지릅니다. 불가사의한 힘은 차가운 목소리로 비웃습니다. 그야 네가 더 잘 알잖아, 라고 말합니다. 나는 다시 시들시들

움츠러듭니다.

별다른 파란곡절도 없이 단조로운 나날을 이어 온 나의 내면에서는 늘 그런 고통스러운 전쟁이 벌어졌다는 것을 알아주십시오. 아내가 지켜보며 답답해하기 전에 나 스스로 몇 배나 더 답답한 마음에 시달렸는지 모를 정도입니다. 이 감옥에서 더 이상 버틸 수 없게 되었을 때, 또한 그 감옥을 어떻게도 때려 부술 수 없게 되었을 때, 아마도 내가 가장 손쉬운 노력으로 실행할 수 있는 것은 자살밖에 없다고 느꼈습니다. 귀하는 왜냐고 눈이 둥그레질지도 모르지만, 항상 내 마음을 움켜쥐러 달려오는 그 불가사의하고 무서운 힘은 내 움직임을 다양한 방향에서 틀어막으며 나를 위해 오로지 죽음의 길만을 자유롭게 열어 둡니다. 옴짝달싹하지 않고 산다면 모를까, 조금이라도 움직이려 하면 그 길을 통하지 않고서는 나는 어디로도 나아갈 수 없었습니다.

오늘에 이르기까지 이미 두세 번, 운명이 이끄는 가장 편한 쪽으로 가려고 한 적이 있었습니다. 하지만 그때마다 아내가 마음에 걸렸습니다. 물론 그 아내를 함께 데려갈 용기는 없습니다. 아내에게 모든 것을 털어놓지도 못하는 사람인데 내 운명의 희생물로 아내의 목숨을 빼앗는 난폭한 짓이라니, 생각하는 것조차 무서웠습니다. 내게 나만의 숙명이 있는 것처럼 아내에게는 아내의 운명이 있겠지요. 공연히 우리를 한 묶음으로 엮어 불에 던지는 것은 언어도단이라는 점에서도 차마 할 수 없는 극단적인 짓일 뿐입니다.

동시에 내가 떠난 뒤의 아내를 상상하면 참으로 가엾습니다. 장모님이 돌아가셨을 때, 이제 이 세상에 믿고 의지할 사람은 당신밖에 없다고 했던 그녀의 말을 나는 뼈에 사무치게 기억하고 있습니다. 나는 매번 망설였습니다. 아내의 얼굴을 보며 그만두기를 잘했다고 생각한 적도 있습니다. 그러고는 또 옴짝달싹 못 하고 움츠러듭니다. 다시금 뭔가 미흡한 듯한 아내의 눈빛을 받아야 하는 것이지요.

기억해 주십시오. 나는 그렇게 살아왔습니다. 처음 귀하를 가마쿠라에서 만났을 때도, 귀하와 함께 교외를 산책했을 때도, 내 마음속은 별반 다를 게 없었습니다. 내 뒤에는 항상 그 검은 그림자가 따라다녔습니다. 아내를 위해 목숨을 질질 끌며 그런 세상 속을 걸어온 꼴이었지요. 귀하가 대학을 졸업하고 고향에 돌아갈 때도 마찬가지였습니다. 9월에 다시 만나기로 약속했던 건 거짓말이 아니었습니다. 정말로 만날 마음을 먹고 있었어요. 가을이 가고 겨울이 오고 그 겨울이 다 가더라도 반드시 만날 생각이었습니다.

그런데 여름 무더위가 기승을 부리던 참에 메이지 천황이 붕어하셨습니다. 그때 나는 메이지 시대의 정신이 천황에서 시작해 천황으로 끝났다는 마음이 들었습니다. 그 시대에 가장 큰 영향을 받은 우리가 앞으로도 살아남는 것은 분명 시대에 뒤처지는 짓이라는 느낌이 강하게 가슴을 쳤습니다. 나는 분명하게 아내에게 그런 말을 했습니다. 아내는 웃기만 하고 대꾸해 주지 않았지만 무슨 생각을 했는지 불쑥, 그러면 순사(殉死)라도 하면 되겠다고 나를 놀리더군요.

56

나는 순사라는 말을 거의 잊고 살았습니다. 평소에 쓸 필요가 없는 말이라서 기억 속에 가라앉은 채 썩어 가고 있었던 것이겠지요. 아내의 농담에 비로소 그 말을 다시 떠올렸을 때, 나는 그녀에게 만일 내가 순사한다면 메이지의 시대정신에 순사할 작정이라고 대답했습니다. 그 대답도 물론 농담에 지나지 않았지만, 나는 그때 어쩐지 그 낡아 버린 불필요한 말에 새로운 의미를 담아냈다는 기분이 들더군요.

그로부터 한 달쯤이 지났습니다. 천황의 장례가 치러지던 날 밤, 나는 여느 때처럼 서재에 앉아 조포(弔砲) 소리를 들었습니다. 나에게는 그것이 메이지 시대가 영구히 떠났다는 것을 알리는 소리처럼 들렸습니다. 나중에 보니 그것은 노기 장군이 영구히 떠났다는 것을 알리는 소리[21]이기도 했더군요. 그의 사망을 알리는 호외를 손에 들고 나도 모르게 아내에게 순사다, 순사다, 라고 말했습니다.

신문에서 노기 장군이 죽기 전에 남긴 글을 봤습니다. 세이난 전쟁 때 적군에게 깃발을 빼앗긴 이후 송구스러운 심정에 죽자, 죽자, 생각하면서도 어쩌다 보니 오늘날까지 살아왔다는 뜻의 글귀를 보았을 때, 나도 모르게 손가락을 꼽으며 노기 장군이 죽음을 각오한 채 살아온 세월을 헤아려 봤습니다. 세이난 전쟁이 1877년에 일어났으니 지금 1912년까

21 노기 마레스케 부부가 메이지 천황의 운구차가 궁성을 떠나는 것을 알리는 조포 소리가 울리기를 기다려 자결한 것을 말한다.

지는 35년의 거리가 있습니다. 노기 장군은 그 35년 동안 죽자, 죽자, 생각하면서 죽을 기회만 기다린 셈입니다. 그런 사람에게는 살아 있던 35년이 더 괴로웠을까, 아니면 칼로 몸을 찌른 그 한순간이 더 괴로웠을까, 하고 생각했습니다.

그로부터 2~3일 지나 나는 마침내 자살하기로 결심했습니다. 노기 장군이 죽은 이유를 내가 잘 이해할 수 없었던 것처럼 귀하도 내가 자살하는 연유를 분명하게 이해하지 못할지도 모르지만, 만일 그렇다면 그건 시대의 추이에 따른 사람의 차이라서 어쩔 수 없습니다. 혹은 개인이 가지고 태어난 성격의 차이라고 말하는 게 더 정확할지도 모르겠군요. 어떻든 나는 내가 할 수 있는 한, 이 불가사의한 나라는 존재를 귀하에게 이해시키고자 지금까지의 글에 온힘을 다 쏟아부었다고 생각합니다.

나는 아내를 남기고 갈 것입니다. 내가 없어도 아내가 의식주에 걱정이 없다는 게 그나마 다행입니다. 아내에게 참혹한 공포감을 안기는 건 바라지 않습니다. 아내에게는 피를 보이지 않고 떠날 생각입니다. 아내가 모르는 사이에 조용히 이 세상을 떠나려 합니다. 내가 죽은 뒤에 아내에게는 뜻밖에 급사한 것으로 해주었으면 합니다. 정신 이상을 일으킨 것으로 해도 나는 만족합니다.

죽기로 결심한 지도 벌써 열흘이 넘었지만, 그 대부분은 귀하에게 이 기나긴 자서전 한 편을 남기는 데 썼다는 것을 기억해 주십시오. 처음에는 귀하를 직접 만나 이야기할 생각이었으나 글로 쓰다 보니 오히려 나 자신을 더 확실하게 그려 낼 수 있었던 것 같아 기쁩니다. 나는 술에 취해 이 글을 쓴 것이 아닙니다. 나를 만들어 낸 내 과거는 인간 경험의 한 부분으로서 나 외에는 어느 누구도 말할 수 없는 것이니, 이를 거짓 없이 글로 써서 남기는 내 노력은 인간을 파악하는 데 있어서 귀하에게도, 또한 그 밖의 사람들에게도 전혀 헛수고는 아닐 것이라고 생각합니다. 와타나베 가잔[22]은 한단지몽(邯鄲之夢)[23]을 그리기 위해 죽을 때를 일주일 뒤로 미뤘다는 이야기를 바로 얼마 전에 들었습니다. 남들이 보기에는 쓸모없는 짓이라고 평할 수도 있겠지만, 본인으로서는 나름대로 합당한 요구가 마음속에 있었으니 그럴 만도 했다고들 얘기하지 않습니까. 내가 바친 노력도 단순히 귀하에 대한 약속을 지키기 위해서만은 아닙니다. 반 이상은 나 자신의 요구에 따라 움직인 결과인 것이지요.

하지만 나는 지금 그 요구를 완수했습니다. 이제 더 이상 할 일은 아무것도 없습니다. 이 편지가 귀하의 손에 들어갈 때쯤에 나는 이미 이 세상에 없을 것입니다. 진즉에 죽었을

22 渡辺崋山(1793~1841). 에도 말기의 문인화가이자 서양학자. 당시의 서양 학문인 난학(蘭學)에도 정통하여 도쿠가와 막부의 엄격한 쇄국 정책에 반대하다가 자택에 연금되었다. 후에 제자들이 그를 위한 자선 전시회를 계획하자 자신의 집안과 영주에게 누를 끼치게 될까 염려하여 자결했다. 일본 미술에 서양화 원근법을 도입한 것으로 유명하다.

23 가잔이 자결하기 직전에 그린 것으로 알려진 「황량일취몽(黃粱一炊夢)」이라는 그림을 말한다. 중국 당나라 때 심기제가 쓴 풍자 소설 『침중기(枕中記)』 속에서 따온 것이다. 황량일취몽은 〈찰기 없는 메조[黃粱]로 죽을 쑤는[一炊] 아주 짧은 동안의 꿈〉이라는 뜻으로, 덧없는 인생을 비유한 말이다. 조나라 수도 〈한단〉에서 꾼 꿈이라고 하여 〈한단지몽(邯鄲之夢)〉이라고도 한다.

테니까요. 아내는 열흘 전쯤에 이치가야의 숙모님 댁에 갔습니다. 숙모님이 병환으로 일손이 부족하다고 하길래 내가 권해서 보냈습니다. 아내가 집에 없는 사이에 이 긴 글의 대부분을 썼습니다. 간간이 아내가 집에 들를 때는 얼른 감춰 버렸습니다.

나는 내 과거를 좋은 것이든 나쁜 것이든 모조리 사람들에게 참고로 제공할 생각입니다. 하지만 아내 한 사람만은 예외로 해주십시오. 아내에게는 어떤 것도 알리고 싶지 않습니다. 내 과거에 대한 아내의 기억을 가능한 한 순백의 상태로 보존해 주고 싶은 것이 내 유일한 바람이니, 내가 죽은 다음에도 아내가 살아 있는 한은 귀하에게만 고백한 비밀로서 모든 것을 부디 가슴속에 묻어 두기 바랍니다.

역자 해설
순수한 탓에 안타까운 청춘의 초상

　『마음』(1914)은 갓 스무 살이 되는 대학생 〈나〉와 서른에 접어든 〈선생님〉 사이에 있었던 일을 3부로 나누어 회상하는 형식으로 펼쳐진다. 1, 2부는 〈나〉의 시점에서 선생님과의 만남과 교류의 경위를 관찰하듯이 서술하고, 3부는 그 〈선생님〉에게서 받은 두툼한 편지의 내용을 그대로 올리는 구성이다. 그 일로부터 일정한 시간이 흘러 〈나〉는 청춘의 시절을 건너와 그때를 되짚어 보는 것이다. 나쓰메 소세키는 49세의 나이에 병마로 세상을 떠났다. 『마음』은 그 2년 전인 1914년 4월부터 8월까지 『아사히 신문』에 〈마음: 선생님의 유서〉라는 제목으로 연재했던 소설이다.

　메이지 천황의 죽음이 뉴스로 등장하는 장면을 통해 한 시대가 막을 내리는 때를 시대 배경으로 한다는 것을 알 수 있다. 〈나〉의 아버지와 메이지 천황의 병이 교차하고, 이어서 천황의 장례일에 맞춰 장군 노기 마레스케가 할복 자결한 사건이 신문 지상을 통해 알려진다. 노기 마레스케의 〈순사(殉死)〉 사건은 이 작품에서 중요한 의미를 갖고 있다.

1867년 도쿠가와 막부의 대정봉환(大政奉還)으로 시작된 메이지 시대는 44년 동안 이어졌으며, 쇄국에서 개방으로 방향을 틀면서 서구 문물이 물밀듯이 밀려 들어온 시기였다. 발전된 기술과 제도를 적극적으로 수용하고 부국강병을 향해 달려가는 다급한 시류 속에서 사람들의 생각은 미처 그것을 따라잡지 못한다. 봉건적 관습과 윤리 도덕이 아직 소화하지 못한 서구의 사상과 뒤섞인 채 사람들의 마음은 불안감에 빠지는 양상을 보인다. 그런 가운데 노기 마레스케는 천황의 장례 조종(弔鐘)에 맞춰 이미 에도 시대 때부터 금지해 온 순사(殉死)를 감행한다.

주군이 죽었다고 뒤따라 자결한 노군인의 사망 소식은 사람들을 충격에 빠뜨리는 일대 사건으로 찬반양론을 일으켰다. 충의에 목숨을 던진 그를 기려 장례 행렬이 지나는 길가에 20만 명의 사람이 운집하여 애도했다고 한다. 〈권위의 명령 없이 거행된 국민장〉으로 일컬어질 정도였다. 〈일본 도덕의 적극적 표현〉(니토베 이나조), 〈권위 있는 죽음〉(미야케 세쓰레), 〈직감적인 감동을 느꼈다〉(우치다 로안)라는 구세대 지식인들의 긍정적 조사가 줄을 이었다. 문단에서는 모리 오가이가 즉각 노기 마레스케를 위한 소설 『오키쓰야고에몬의 유서』를 발표했다.

하지만 새로운 다이쇼 시대를 담당하게 될 젊은 지식인들은 생각이 달랐다. 무샤노코지 사네아쓰는 〈인류적〉이지 않은 행동이자 〈서구의 원래의 생명을 불러 일깨울 가능성〉이 전혀 없는 행위이며 이것을 찬미하는 것은 〈불건전한 이성〉

이 아니고서는 불가능하다고 말했다. 신진 작가 시가 나오야와 아쿠타가와 류노스케 등은 개인의 가치를 말살하는 전근대적인 짓이라는 냉소적 비판을 가하였다. 1922년에 발표한 아쿠타가와 류노스케의 『장군』은 노기 마레스케를 풍자한 소설이었다. 그러나 노기의 순사에 비판적인 태도를 취하는 신문사와 지식인들에게는 불매 운동과 사적인 협박이 연일 이어졌다.

『마음』은 이 사건(1912년 9월)의 영향을 받아 집필한 작품으로 알려져 있다. 휘하의 신진 문인들이 고인을 지나치게 비판하는 것을 제지하는 한편, 거꾸로 그들이 받게 될 위협 또한 막아 보려는 의도가 있었다.

그렇다면 나쓰메 소세키는 이 사건에 어떤 생각을 가졌을까. 첫 부분에 나오는 다음 장면은 어쩌면 그 답을 찾는 데 중요한 단초가 될 수 있을 것 같다.

백사장이 혼잡하고 내 머릿속이 산만했는데도 금세 선생님을 발견한 것은 그 곁에 한 서양인이 함께 있었기 때문이다.

그 서양인의 유난히 하얀 피부색이 매점에 들어서자마자 내 주의를 끌었다. 순수한 일본식 유카타를 입은 그는 그것을 걸상 위에 벗어 두고 팔짱을 긴 채 바다 쪽을 바라보며 서 있었다. 그는 우리가 입는 짧은 잠방이 속곳 하나 말고는 아무것도 몸에 걸치지 않고 있었다. 나는 무엇보다 그게 가장 신기했다.(12쪽)

〈나〉가 〈선생님〉을 처음 발견하는 장면이다. 그가 서양인과 동행하고 있었다는 것은 곧 지식인이라는 것을 의미한다. 그런 그에게 〈아직 어린 학생〉이던 내 시선이 쏠린 것이다. 서구의 신사조에 대한 호기심과 그것을 흡수하려는 열망이 있었기 때문일 것이다. 하지만 그와 함께 있던 서양인은 오히려 〈순수한 일본식 유카타와 잠방이 속곳〉 차림이었다. 이쪽보다 더 수준 높은 그쪽에 동경을 품고 거기서 발전된 뭔가를 탐구하려던 학생의 시선에는 〈우선 그게 가장 신기했다〉. 그들보다 열등할 터인 우리 것을 그대로 쓰고 있는 서양인에게서 이질감을 느끼는 모습이 재미있다. 아마도 서양인 쪽에서는 어린 학생이 자신을 신기하게 바라보는 게 신기했을지도 모른다. 동양과 서양의 만남, 다른 세계에 대한 동경, 그리고 타인이나 다른 세대에 대한 판단은 어쩌면 서로에 대한 막연한 이미지, 설익은 선입견이 빚어내는 〈오해〉의 연속이다. 어쩌면 소세키는, 이념이든 사상이든 내면을 파고들면 매우 단순한 오해가 있을 뿐인지도 모른다, 그런 것에 극단으로 치닫는 것은 순수하기는 하나 어리석은 짓이다, 라는 말을 하고 싶었는지도 모른다.

나쓰메 소세키는 부모가 이미 나이가 많을 때 태어난 다섯 번째 아들이다. 당시에는 노령의 출산이 민망한 일이어서 딱하게도 환영받지 못한 아기였다. 부친은 가구라자카에서 다카다바바에 이르는 일대를 관할하는 나누시(名主)였다. 공무를 돕던 집안의 서생 시오바라 쇼노스케를 좋게 보고 관할

구역을 분할해 주고 혼인도 주선했었는데, 소세키를 그 집에 양자로 보낸다. 하지만 시오바라가 여자 문제를 일으키고 이혼하면서 이 양자 결연은 크게 틀어진다. 결국 소세키는 9세 때 다시 친부모 밑으로 돌아오지만, 호적 문제는 지지부진 시간을 끌고 양육비를 핑계로 돈을 요구하는 양부로 인해 소세키는 나중까지 골머리를 앓게 된다.

그런 가운데서도 두뇌가 명석해서 큰형은 막냇동생을 고관으로 출세시켜 그가 집안을 일으켜 주기를 바랐다. 덕분에 비교적 일찍부터 영어 공부를 시작했다. 외국어는 발 빠르게 서구 문물을 받아들여 출세할 수 있게 해주는 중요한 도구였다. 도쿄 대학 영문과에 다닐 때부터 번역과 강사 일이 들어왔다. 졸업 후에는 고등 사범 학교, 마쓰야마와 구마모토 지방의 고교에서 교사로 근무하며 경제적으로 자립할 수 있었다.

문부성의 국비로 영국 런던에서 2년여 동안 체재한 것도 영어 교육법 연구를 위한 유학이었다. 국비 보조는 쥐꼬리만 하고 영어 공부는 어려웠다. 공부하면 할수록 일본인이 영어를 가르치는 것의 한계가 느껴졌다. 다른 유학생들을 접하면서 때로는 과학에 관심을 가져 보기도 했다. 영어 교육자라는 미래에 대해 회의에 빠진 그에게는 암중모색의 시간이었다. 이즈음에 신경 쇠약 증세가 깊어져 평생의 병이 되었다.

타국 생활을 견디지 못해 예정보다 일찍 돌아오기는 했지만, 그래도 유학생은 귀한 존재였다. 귀국 후에 도쿄 대학 강사로 채용되어 연봉 8백 엔을 받았다. 『마음』 본문에서 시골 사람들이 대학 출신인 〈나〉에게 〈대략 1백 엔쯤〉은 월급을 받는 취직 자리를 기대한다는 것을 감안하면 놀랄 만큼 큰 액수다. 다만 선임자였던 귀화 외국인 고이즈미 야쿠모의 강의가 〈일단 입을 열면 순식간에 교실 전체를 시적인 분위기로 감싸고 도취하게 해버리는〉 명강의였던 데 비해 나쓰메의 분석적인 딱딱한 강의는 인기를 끌지 못했다. 고이즈미 교수를 다시 데려오자는 운동이 일어나고, 이런 문과에서는 배울 것이 없다면서 전과(轉科)해 버리는 학생까지 있었다.

게다가 당시 담당했던 후지무라 미사오라는 16세의 도쿄 대학 교양학부 학생이 수업 중에 나쓰메 교수에게서 〈너의 영문학에 대한 생각은 방식이 잘못되었다〉라는 꾸지람을 듣고, 며칠 뒤 닛코의 게곤노타키(華厳滝) 폭포에 뛰어들어 자살하는 사건이 발생한다. 1903년 5월의 일이었다. 염세주의에 빠진 일류대 학생의 죽음은 당시 사회에 큰 파장을 불러 일으켰다. 그를 모방하는 자가 속출하고 게곤노타키는 자살의 명소가 될 정도였다. 〈고뇌 청년〉이라는 신조어가 생기고 이에 대한 논의가 분분했다. 그는 폭포 옆 물참나무 등걸의 껍질을 네모반듯하게 벗겨 내고 나무의 흰 살에 유서를 남겼다. 그 내용 중에 인용한 셰익스피어의 「햄릿」의 등장인물 호레이쇼에 대한 언급은 잘못된 것이라는 게 나중에 밝혀졌다. 그가 읽은 셰익스피어 초기 번역자들의 번역본부터가 틀려먹었다. 젊은이들을 홀리는 염세주의는 쇼펜하우어에 심취한 탓이다. 이 유서에 감도는 인생에의 회의와 번민은 시대의 분위기를 생생하게 반영한 것이다, 라는 등의 말들이 나왔다. 자료와 정보가 부족한 가운데 서구의 신사조를 다급하게 받아들이던 시절의 당황스러운 오해의 에피소드였다. 어쨌든 이 사건으로 나쓰메는 도쿄 대학 교단에서의 입지가 좁아졌다. 신경 쇠약은 더욱더 악화되었다.

인생 최악의 펀치에 몰렸을 때, 나쓰메는 신경 치료의 일환으로 창작에 뛰어들었다. 처음으로 쓴 작품『나는 고양이로소이다』(1905)가 뜻밖의 호평을 받아 비로소 문단에 등단했다. 그의 나이 38세 때였다. 일본 근대 문학의 대문호로 손꼽히는 이미지와는 달리 상당히 늦은 나이의 등단이었다. 작가 생활은 49세에 사망하기까지 불과 10년 남짓이었다. 그 사이에 중장편 15편과 수많은 단편, 평론과 수필 등의 작품을 남겼다. 만년필로 원고지를 채우는 손 글씨로, 신경 쇠약과 위궤양과 당뇨병 등의 병치레에 시달리면서 써낸 것이었다. 유소년기의 한학과 한시, 청년기의 영문학을 두루 거치는 먼 길을 돌아 마침내 그 모든 경험을 쓸어 담는, 그야말로 적성에 맞는 길을 찾은 것이다.

이후 소세키는「런던탑」(1905),『도련님』(1906) 등을 연달아 발표하여 단연 인기 작가로서 자리를 잡았다. 마흔 살에 최고 연봉의 모든 교직을 사퇴하고 전업 작가로 나서며, 『아사히 신문』에 입사하여 집중적으로 작품을 발표했다. 대부분의 작품이 신문에 연재한 것이었다. 연재 소설은 대중을 의식하는 속성을 가진 것이다. 끊임없이 그들의 기대에 부응하는 〈재미〉를 담아내야 한다. 나쓰메 소세키의 소설에서 〈재미〉가 빠지지 않는 이유일 것이다. 그는 청년 작가가 아니었다. 작품마다 삶의 온갖 실체적인 경험을 바탕으로 하는 원숙하고도 느긋한 중년의 연륜이 배어난다. 동양에 통달하고 서양을 어지간히 섭렵한 끝에 비로소 설익은 오해의 단계를 지나 내 것으로 소화하면서 양극단을 절충하는, 매우 현실적인 그만의 철학이 담긴 소설 세계를 구축한 것이다.

『마음』은 구세대의 인물이 신세대를 향해 자신의 내면의 갈등을 드러내 보여 주는 이야기이다. 무거운 주제지만, 지나온 청춘의 순수를 그리워하고 오류를 지적하며 인생의 본질을 관조하는 작가의 농익은 시선이 담겨 있다. 급변하는 시대의 추이를 지켜보며 극단으로 치우치는 일 없이 한 시대에 마침내 종언을 고하고 새로운 시대로의 문을 열어 두는 작품으로 평가받는 연유이다.

『마음』의 1부 「선생님과 나」에는 추리 소설처럼 전체를 관통하는 수수께끼와 복선이 촘촘히 깔려 있다. 장이 거듭될수록 독자들은 부쩍 호기심과 궁금증이 더해 간다. 바닷가 해수욕장에서 우연히 만난 선생님은 처음부터 고독한 사람이라는 인상이었다. 말할 수 없는 비밀을 가진 듯한 그 이미지에 〈나〉는 더욱더 선생님에게 끌려든다. 거기에 부인 시즈의 존재감은 전편에 걸쳐 매우 희박한 것이 눈에 띈다. 당시 여성의 지위가 그런 수준이었기 때문이리라. 『마음』은 원래 더많은 단편을 모아 큰 작품으로 구상했다고 한다. 어쩌면 시즈 편이 이어질 예정이었는지도 모른다.

2부 「부모님과 나」에서는 옛 관습과 신사조, 세대 간의 갈

등이 그려진다. 국가와 주군, 가문에 충의를 다하는 봉건주의적 사고는 철폐해야 할 구악으로 치부하고, 한 사람 한 사람의 자아를 존중하고 성장시키는 데 방점을 두는 개인주의가 싹트던 시절이었다. 인습에 젖은 시골 풍경, 입신 출세와 성공을 바라는 세속적인 욕망을 목도하고 진저리를 치는 모습은 바로 요즘의 세태처럼 익숙하다. 기성세대와 관습을 모범으로 삼아 온 시기를 지난 젊은 기운은 그것을 짊어지고 비판하고 개량하면서 극복하려 몸부림친다. 새로운 세계로 나아가려 할 때 반드시 거쳐야 하는 관문의 과정인 것일까. 다만 작가의 시선은 기성세대의 모습을 있는 그대로 제시하면서, 자연스러운 추이로서 바라본다면 그 또한 나무랄 데 없는 진실이라는 것을 보여 준다.

　「공부를 시키면 사람이 매사 이론이 많아져서 탈이야.」
（118쪽）

　「자식을 대학까지 공부시키는 것도 좋은 점 나쁜 점이 있더라. 어렵사리 가르쳐 놓으면 절대 고향에 돌아오지를 않잖아. 이래서야 부모 자식 사이를 떼어 놓으려고 공부를 시킨 꼴이지 뭐냐.」(128쪽)

　〈나〉는 선생님의 안부를 확인하기 위해 기차에 뛰어오른다. 결국 아버지의 임종을 못 지킬 것이 암시되는데, 이는 〈나〉에게도 두고두고 한이 될 일인지도 모른다.

3부 「선생님과 유서」에서는 그동안 어렴풋이 보였던 〈선생님〉의 비밀이 그 자신의 고백을 통해 상세히 밝혀진다. 노기의 순사에 기대어 자살을 결심하고, 자신의 목숨과 함께 매장해 버리고 싶었던 경험을 이 세상에 단 한 명뿐인 〈진실한〉 후배에게 전해 주는 편지글이다. 그는 부모를 장티푸스로 연달아 잃고, 가장 의지하고 신뢰했던 작은아버지에게 배신을 당하면서 인간 전반에 대한 불신이 싹튼다. 그것이 〈인간 세상의 어두운 그늘〉이 되어 뿌리 깊게 자리 잡는다. 하지만 너무도 순수했던 탓에 그 그늘은 실제보다 과장된 것이었는지도 모른다. 그는 후에 동향 친구 K와의 관계에서는 정반대의 입장에 처하게 된다.

나 역시 그 작은아버지와 똑같은 인간이라는 의식이 들면서 갑작스레 휘청거렸습니다. 남에게 진저리를 냈던 내가 나 자신에게도 진저리가 나서 어떻게도 해볼 수가 없었던 것입니다.(300~301쪽)

당시 신학제의 대학은 하나뿐이었고 엘리트 학생은 모두의 선망의 대상이었다. 각 지역에서 도쿄로 와서 기숙사 생활을 하는 〈대학생〉의 풍경이 재미있게 묘사된다. 특히 K와 함께 보쇼 반도를 여행하는 모습은 수많은 동서고금의 문학 속 청춘의 편력과 어깨를 나란히 할 만큼 훌륭한 부분이 아닌가 싶다.

K는 〈정진〉으로 자신을 채찍질하여 강한 인간이 되는 것

을 목표로 탐구에 돌진하는 인물이다. 절에 틀어박혀 공부하면서 염주를 헤아리고, 기독교 성서를 읽는 한편 〈기회가 닿는다면 코란도 읽어 볼 생각〉이라고 한다. 그가 서양의 심령학자 〈스베덴보리가 어쩌고저쩌고하는 바람에〉 그런 쪽에 무지했던 〈나〉는 내심 열등감을 느끼기도 한다. 거기에 〈단 그 의미는 나도 모릅니다〉라는 〈나〉의 감상이 아이러니하다.

하지만 그렇듯 치열하게 정진하던 K를 〈나〉는 하숙집 아가씨와의 삼각관계 속에서 잔혹하게 배신하고 만다. 두 사람의 엇갈림의 비극이 가장 가슴 아프게 드러나는 대목은 이 장면이 아니었을까.

> 그리고 거실 장지문을 열기 전에 다시 아주머님을 돌아보며 〈결혼식 날짜는 언제입니까?〉라고 물었다고 합니다. 그러고는 〈뭔가 축하 선물을 하고 싶은데 제가 돈이 없어서 해드릴 수가 없군요〉라고 말했다고 합니다. 아주머님 앞에 앉아 있던 나는 그 얘기를 듣고 가슴이 미어지는 듯한 고통을 느꼈습니다.(287쪽)

K의 갑작스러운 자결을 애석해하는 마음은 독자도 마찬가지였으리라. 청춘의 자아는 순수한 탓에 현실과의 괴리가 절벽처럼 높게 느껴지고, 쉽사리 염세주의에 몸을 던지는 위험한 함정이 되는지도 모른다. 마지막에 휘몰아치듯이 몰려오는 〈선생님〉의 회한이 겹겹의 파동으로 번지면서 독자의 영혼에 진한 여운을 남긴다.

만년의 나쓰메 소세키는 〈칙천거사(則天去私)〉를 이상으로 삼았다고 한다. 작은 나를 버리고 보편적인 자연의 도리에 따라 살아가고자 한 것이다. 그가 마지막으로 도달한 철학이자 문학관이었다. 그러한 달관의 시선으로 젊은 청춘이 빠질 수 있는 고뇌를 그려 나간 작품이 곧 『마음』이다. 이어서 『한눈팔기』(1915)에서는 과거의 작가 자신을 도마 위에 올려 그 의미를 묻고, 『명암』(1916)에서는 노련한 기량을 구사하는 대장편을 목표로 병든 몸으로 끊임없이 글을 써 내려갔지만, 위궤양 발작으로 이 소설은 결국 완성하지 못한 채 영면하였다.

끝으로, 이 책의 번역 원본으로는 夏目漱石, 『定本 漱石全集 9』(東京: 岩波書店, 2017)을 사용했음을 밝힌다

2022년 1월
양윤옥

나쓰메 소세키 연보

1867년 출생 2월 9일 아버지 나쓰메 나오카쓰(直克)와 어머니 지에(千枝) 사이에서 5남 3녀 중 막내로 태어남. 이름은 긴노스케(金之助). 이때 아버지 나이는 쉰, 어머니 나이는 마흔하나였음. 태어난 날과 시가 경신(庚申)날 신시(申時)라 자칫하면 도둑이 될 수도 있다는 미신 때문에 이를 피하기 위해 金 자를 넣어 이름을 지었다고 함. 어머니 지에는 나오카쓰의 후처로 뒤늦게 아이를 낳은 것을 몹시 수치스럽게 여겼다고 함. 형제는 배다른 누이가 둘에 4남과 3녀는 긴노스케가 태어나기 전에 이미 사망했으므로 실제로는 6형제였음. 태어난 지 얼마 후, 요쓰야(四谷)에서 고물상을 하는 부부가 잠시 긴노스케를 맡아 키우다가 다시 집으로 돌려보냄.

1868년 메이지 1년, 1세 나쓰메 가문은 대대로 우시고메(牛込) 주변과 다카다노바바(高田馬場) 일대의 11구역을 관할하는 촌장을 지내 그 세력이 대단했으나, 메이지 유신과 더불어 가운이 기욺. 이해에 시오바라 마사노스케(鹽原昌之助, 당시 29세)의 양자가 됨. 메이지 1년에 에도가 도쿄로 개명되고, 메이지 2년에 도쿄 시가지를 50반구미(番組)로 나눈 구역 개편에 따라 시오바라가는 신주쿠(新宿)에서 아사쿠사(淺草)로 이사함.

1872년 5세 시오바라가의 장남으로 호적에 오름. 세 살 때 받은 종두 접종 때문에 천연두에 걸려 흉터가 남음.

1874년 7세 공립 도다(戶田) 소학교 하등소학 제8급에 입학. 이듬해 제

8급과 7급 수료.

1876년 ^{9세} 양부모 이혼. 긴노스케는 호적은 그대로 둔 채 양어머니와 함께 나쓰메가로 돌아옴. 이치가야(市ヶ谷) 소학교로 전학. 긴노스케는 이때 친부모를 조부모로 알았다고 함.

1878년 ^{11세} 친구들끼리 돌려 보는 잡지에 한문 투의 글 〈마사시게론 (正成論)〉을 실음. 4월 이치가야 소학교 상등소학 제8학급 졸업. 10월 긴카(錦華) 학교 소학심상과(尋常科) 2급 후기 졸업.

1879년 ^{12세} 3월 히도쓰바시(一ツ橋) 중학(도쿄 부립 제1중) 입학.

1881년 ^{14세} 1월 21일 친어머니 지에 사망. 부립 제1중 중퇴. 한문을 배우기 위해 당시 한학을 전문적으로 가르치는 사설 교육 기관으로 게이오(慶應) 의숙과 어깨를 나란히 했던 니쇼(二松) 학사로 전학.

1883년 ^{16세} 도쿄 대학 예비문(현 도쿄 대학의 전신 중 하나)에 들어가기 위해 유명 입시 전문 학원이던 세이리쓰(成立) 학사에 입학해 영어를 배움.

1884년 ^{17세} 9월 도쿄 대학 예비문 예과 입학.

1886년 ^{19세} 4월 도쿄 대학 예비문이 제1고등중학으로 개칭. 7월 복막염에 걸려 진급 시험을 치르지 못함. 성적이 나빠 낙제했지만 이후 졸업할 때까지 수석을 놓치지 않음.

1887년 ^{20세} 3월과 6월 맏형과 둘째 형이 죽음. 사설 교육 기관이었던 에토(江東) 의숙의 강사로 취직, 의숙의 기숙사에서 학교를 다니다 과립성 결막염에 걸려 집에서 통학.

1888년 ^{21세} 1월 호적을 정리하고 나쓰메 성을 되찾음. 7월 제1고등중학 예과 졸업. 9월 제1고등중학 본과 영문과 입학.

1889년 ^{22세} 동급생이며 소세키의 문학과 인생에 큰 영향을 미친 마사오카 시키(正岡子規)를 알게 됨. 같은 학급에 언문 일체, 신체시 운동의

선구자로 메이지 시대의 소설가, 시인, 평론가인 야마다 비묘(山田美妙), 상급에 야마다 비묘와 함께 겐유샤(硯友社) 동인으로 활동한 가와카미 비잔(川上眉山), 오자키 고요(尾崎紅葉) 등이 있었음. 마사오카 시키의 『칠초집(七艸集)』에 대해 한문으로 비평, 9편의 칠언절구를 덧붙이면서 시키의 필명 중 하나였던 소세키를 호로 사용하게 됨. 9월 기행문집『보쿠세쓰로쿠(木屑錄)』를 씀.

1890년 23세   7월 제1고등중학 본과 졸업. 9월 도쿄 제국 대학 문과 대학 영문과에 입학했으나 이때부터 염세주의에 빠졌고, 신경 쇠약에 시달리기 시작함. 문부성 대비생(貸費生)이 됨.

1891년 24세   7월 문부성 특대생이 됨. 과립성 결막염 때문에 다니던 이노우에 안과에 가다가 첫사랑의 여인이라 일컬어지는 〈귀여운 여자〉를 만남. 같은 달, 연인이었다는 설도 있는 형수 도세(登世)가 입덧 때문에 죽자 큰 충격을 받음. 딕슨 교수의 부탁으로 고전『호조키(方丈記)』영역.

1892년 25세   4월 징병 관계로 분가 신청서를 제출, 홋카이도로 본적을 옮겨 징병을 피함. 5월 도쿄 전문학교(현재의 와세다 대학)의 강사가 됨. 여름에 시키와 함께 교토, 마쓰야마(松山, 시키의 고향) 등지를 여행하는 길에 시키의 제자이며 훗날『두견새(ホトトギス)』를 통해 소세키를 소설가의 길로 인도하게 되는 시인 다카하마 교시(高浜虚子)를 알게 됨.

1893년 26세   7월 영문과를 졸업, 대학원에 진학. 10월 도쿄 고등 사범 학교의 영어 촉탁 교사가 됨.

1894년 27세   10월 고이시가와(小石川)에 있는 비구니 절 호조인(法藏院)에 하숙. 12월 폐결핵에 걸려 가마쿠라(鎌倉)의 엔카쿠지(圓覺寺)에서 참선하며 치료에 임했으나 큰 효과는 없었음. 일본 사람이 영문학을 한다는 것에 위화감을 느끼기 시작하면서 신경 쇠약, 강박 관념 등의 증세가 심해짐.

1895년 28세   4월 에히메(愛媛)현 마쓰야마 중학에 부임. 8월 시키가 마쓰야마로 돌아와 소세키의 하숙집에서 같이 살게 됨. 하이쿠에 열중하면서 수많은 가작을 남김. 12월 몇 가지 혼담 가운데 2대 귀족원 서기관장(현재의 참의원 사무총장의 전신) 나카네 시게카즈(中根重一)의 장녀 교코(鏡子)와 맞선, 약혼.

1896년 29세　4월 구마모토(熊本) 제5고등학교 강사로 부임. 6월 결혼, 구마모토에서 신혼 생활 시작. 7월 제5고의 교수가 됨.

1897년 30세　6월 아버지 나오카쓰의 죽음으로 상경. 긴 여행의 피로를 이기지 못한 교코가 도쿄에서 유산.

1898년 31세　7월 교코가 심각한 히스테리 증세를 보이며 구마모토 시내를 흐르는 시라강에 몸을 던지는 사건이 발생. 교코는 어부의 손에 목숨을 건졌지만 소세키는 이로 인해 신경이 쇠약해졌고, 다섯 번째 이사를 하게 됨. 이해『나는 고양이로소이다(吾輩は猫である)』에 등장하는 이학사 간게쓰의 모델이라 일컬어지는 데라다 도라히코(寺田寅彦, 당시 제5고 재학 중)가 소세키를 방문.

1899년 32세　맏딸 후데코(筆子) 태어남. 소세키는 영어과 주임이 됨.

1900년 33세　일과 아내의 간병에 지친 소세키는 상경하기를 간절하게 희망하는 한편, 교육보다는 문학에 관심이 기욺. 7월 문부성으로부터 영어 연구를 위해 만 2년 동안 영국 유학을 다녀오라는 발령을 받고 도쿄로 올라옴. 구마모토에서 산 4년 3개월 동안 소세키는 결혼이라는 새로운 환경에 적응하지 못하는 아내와의 불화, 영문학에 대한 회의 등의 이유로 무려 여섯 번이나 이사를 하는 등 가정적으로는 매우 불우했음. 반면 시키와 교류하면서 주옥같은 하이쿠를 다수 남겼음. 또한 구마모토 생활은『풀베개(草枕)』, 「210일(二百十日)」이란 작품을 낳았고, 『나는 고양이로소이다』, 『산시로(三四郎)』에도 큰 영향을 미쳤음. 9월 8일 요코하마 항에서 영국으로 출발. 10월 20일 런던 도착.

1901년 34세　1월 둘째 딸 쓰네코(恒子) 태어남. 5월 화학자 이케다 기쿠나에(池田菊苗)가 런던을 방문, 두 달 동안 함께 하숙 생활. 이케다의 영향으로〈문학론〉저술을 계획함. 귀국할 때까지〈문학론〉저술에 몰두. 유학비 부족과 고독감, 그리고 일본인으로 영문학을 연구하는 것에 대한 위화감 때문에 신경 쇠약 재발.

1902년 35세   여름 심각한 신경 쇠약 증세를 보임. 9월 메이지 시대의 대표적인 작가로 하이쿠, 단가, 신체시, 소설 등 다방면으로 활약했던 시키가 7년 동안 앓던 결핵으로 사망. 10월 스코틀랜드 여행. 12월 5일 런던을 출발하여 귀국길에 오름.

1903년 36세   1월 귀국. 3월 『나는 고양이로소이다』를 집필하게 되는 혼고(本鄕)구[현재의 분쿄(文京)구] 센다기(千駄木)로 이사. 4월 제1고등학교 강사가 되는 동시에 도쿄 제국 대학 영문과 강사를 겸임. 5월 제1고의 제자인 후지무라 미사오(藤村操)가 게곤(華嚴) 폭포에 몸을 던져 자살하는 사건이 발생. 다시 신경 쇠약 증세가 도지면서 때로 아내와 자식에게 폭력을 휘두르는 일도 있었음. 11월 셋째 딸 에이코(榮子) 태어남.

1904년 37세   4월 메이지 대학 강사 겸임. 7월 어린 고양이 한 마리가 집에 기어들었는데, 드나드는 안마사가 복고양이라 하여 교코가 귀여워함. 12월 다카하마 교시의 권유로 시키 산하의 모임인 〈산회(山會)〉에서 『나는 고양이로소이다』의 1장을 발표.

1905년 38세   1월 『나는 고양이로소이다』를 당시 다카하마 교시가 주재했던 문예 잡지 『두견새』에 발표. 1회로 끝날 예정이었으나 호평을 얻어 같은 잡지에 장편으로 연재하게 됨. 이때부터 작가로 살아갈 뜻을 굳히고 「런던탑(倫敦塔)」, 「칼라일 박물관(カーライル博物館)」을 연이어 발표. 세속을 떠나 인생을 관조하는 작풍이 당시 주류였던 자연주의와 대립된다 하여 여유파라 불림. 12월 넷째 딸 아이코(愛子) 태어남.

1906년 39세   4월 『도련님(坊っちゃん)』을 『두견새』에 발표. 9월 『풀베개』를 『신쇼세쓰(新小說)』에, 「210일」(210일은 입춘에서 210일 되는 날로, 태풍이 불기 시작하는 때를 뜻함)을 『주오코론(中央公論)』에 발표. 이해부터 소세키의 집에 독문학을 공부하는 고미야 도요다카(小宮豐隆, 『산시로』의 모델로 여겨지는 인물로 훗날 소세키 연구에 정진함), 스즈키 미에키치(鈴木三重吉, 일본 아동 문학의 아버지라 일컬어지는 인물), 모리다 소헤이(森田草平, 소세키의 주선으로 『아사히 신문』에 소설을 발표하면서 문단에 데뷔하게 되는 인물) 등이 드나들게 되는데, 스즈키가 면회일을 목요일로 한정하여 훗날의 〈목요회〉의 기틀을 마련함. 목요회

는 소세키 선생 시절의 제자와 소세키를 따르는 젊은 문인들이 목요일마다 소세키의 집에 모여 갖가지 토론을 벌였던 모임으로, 소세키가 죽은 후에는 그의 기일인 9일로 날짜가 바뀌어 모임의 이름도 9일회로 변경되었음. 목요회에 참가했던 인물 가운데 아쿠타가와 류노스케(芥川龍之介) 등 많은 이들이 훗날 일본 근대 문학의 중추가 됨.

1907년 [40세] 1월 『태풍(野分)』을 『두견새』에 발표. 3월 『아사히 신문』의 주필이며 메이지 3대 기자의 한 명이었던 이케베 산잔(池邊三山)의 방문을 받고 아사히 신문사 입사를 결심. 월급 2백 엔. 1년에 1백 회 정도의 장편을 쓴다는 조건. 도쿄 제국 대학과 제1고에 사표를 제출하고 전업 작가의 길을 걷기 시작함. 3월 말~4월 교토, 오사카 여행. 5월 3일 〈입사의 변〉을 도쿄 『아사히 신문』에 발표. 6월 장남 준이치(純一) 태어남. 전업 작가로서 첫 작품인 『우미인초(虞美人草)』를 『아사히 신문』에 연재하기 시작. 당시의 총리대신 사이엔지 고보(西園寺公望)로부터 문사 초대회에 초대되지만 거절. 9월 와세다 미나미초(南町)로 이사. 이 시기부터 위장병에 시달림.

1908년 [41세] 1~4월 『갱부(坑夫)』 연재. 6월 「문조(文鳥)」, 7~8월 「열흘 밤의 꿈(夢十夜)」 발표. 9~12월 『산시로』 연재. 12월 차남 신로쿠(伸六) 태어남.

1909년 [42세] 6~10월 『그 후(それから)』 연재. 9~10월 만주와 조선 여행. 「만한 여기저기(滿韓ところどころ)」 발표. 11월 25일 아사히 문예란 신설.

1910년 [43세] 3~6월 『산시로』 『그 후』에 이어지는 전기 삼부작 『문(門)』을 연재하는 중에 위궤양으로 나가요(長予) 위장 병원에 입원. 막내 딸 히나코(ひな子) 태어남. 8월 전지 요양차 슈젠지(修善寺) 온천 여관에 투숙. 24일 다량의 객혈로 한때 위독한 상태에 빠졌다가 위기를 모면하고 점차 회복. 10월 도쿄로 돌아와 다시 입원. 죽음의 갈림길을 오갔던 당시의 경험은 훗날 「유리문 속(硝子戶の中)」에 상세하게 묘사됨. 「생각나는 일(思ひ出す事など)」 발표.

1911년 44세　2월 문학 박사 학위 고사. 6월과 8월 나가노와 간사이(關西) 지방으로 강연 여행. 위궤양 재발. 오사카에서 입원. 9월 도쿄로 올라와 치질 수술. 11월 히나코 급사.

1912년 45세, 다이쇼 1년　1~4월 후기 삼부작의 첫 작품이 되는『피안 너머까지(彼岸過迄)』연재. 12월~이듬해 4월 후기 삼부작의 두 번째 작품『행인(行人)』을 연재하다가 병으로 중단.

1913년 46세　11월『행인』완결.

1914년 47세　4~8월 후기 삼부작의 마지막 작품이 되는『마음(こころ)』연재. 9월 네 번째 위궤양 재발로 와병. 11월 가쿠슈인(學習院)에서 〈나의 개인주의〉란 제목으로 강연.

1915년 48세　1~2월『유리문 속』연재. 5월 위궤양으로 재차 쓰러짐. 6~9월 자전적 소설로 마지막 완성작이 된『미치구사(道草)』연재. 12월〈신시초(新思潮)〉를 중심으로 활동하던 아쿠타가와 류노스케가『라쇼몽(羅生門)』을 발표한 직후, 구메 마사오(久米正雄) 등과 함께 목요회에 가담.

1916년 49세　1월 류머티즘을 치료하기 위해 유가와라(湯河原)에 감. 4월 당뇨병 진단을 받아 치료 시작. 5월 26일『명암(明暗)』을 연재하기 시작. 11월 22일 위궤양 재발, 상태 악화. 12월 9일 숨을 거둠.『명암』은 미완으로 끝남. 소세키의 주치의였던 나가요 마타로가 시신을 해부, 이때 적출된 뇌는 도쿄 대학 의학부에 기증됨. 아오야마 묘지에서 치러진 장례식에서 아쿠타가와 류노스케가 접수를 맡음.

열린책들 세계문학 276 마음

옮긴이 양윤옥 일본 문학 전문 번역가. 히라노 게이치로의 『일식』으로 2005년 일본 고단샤가 수여하는 노마 문예 번역상을 수상했다. 옮긴 책으로 히가시노 게이고의 『나미야 잡화점의 기적』, 『그대 눈동자에 건배』, 『라플라스의 마녀』, 무라카미 하루키의 『1Q84』, 『여자 없는 남자들』, 『직업으로서의 소설가』, 다자이 오사무의 『인간 실격』, 사쿠라기 시노의 『호텔 로열』, 『빙평선』, 스미노 요루의 『너의 췌장을 먹고 싶어』, 『또 다시 같은 꿈을 꾸었어』 등 다수의 작품들이 있다.

지은이 나쓰메 소세키 **옮긴이** 양윤옥 **발행인** 홍예빈·홍유진
발행처 주식회사 열린책들 **주소** 경기도 파주시 문발로 253 파주출판도시
전화 031-955-4000 **팩스** 031-955-4004 **홈페이지** www.openbooks.co.kr
Copyright (C) 주식회사 열린책들, 2022, *Printed in Korea.*
ISBN 978-89-329-1276-9 04830 **ISBN** 978-89-329-1499-2 (세트)
발행일 2022년 2월 20일 세계문학판 1쇄

열린책들 세계문학
Open Books World Literature

001 **죄와 벌** 표도르 도스또예프스끼 장편소설 ㅣ 홍대화 옮김 ㅣ 전2권 ㅣ 각 408, 512면

003 **최초의 인간** 알베르 카뮈 장편소설 ㅣ 김화영 옮김 ㅣ 392면

004 **소설** 제임스 미치너 장편소설 ㅣ 윤희기 옮김 ㅣ 전2권 ㅣ 각 280, 368면

006 **개를 데리고 다니는 부인** 안똔 체호프 소설선집 ㅣ 오종우 옮김 ㅣ 368면

007 **우주 만화** 이탈로 칼비노 단편집 ㅣ 김운찬 옮김 ㅣ 416면

008 **댈러웨이 부인** 버지니아 울프 장편소설 ㅣ 최애리 옮김 ㅣ 296면

009 **어머니** 막심 고리끼 장편소설 ㅣ 최윤락 옮김 ㅣ 544면

010 **변신** 프란츠 카프카 중단편집 ㅣ 홍성광 옮김 ㅣ 464면

011 **전도서에 바치는 장미** 로저 젤라즈니 중단편집 ㅣ 김상훈 옮김 ㅣ 432면

012 **대위의 딸** 알렉산드르 뿌쉬낀 장편소설 ㅣ 석영중 옮김 ㅣ 240면

013 **바다의 침묵** 베르코르 소설선집 ㅣ 이상해 옮김 ㅣ 256면

014 **원수들, 사랑 이야기** 아이작 싱어 장편소설 ㅣ 김진준 옮김 ㅣ 320면

015 **백치** 표도르 도스또예프스끼 장편소설 ㅣ 김근식 옮김 ㅣ 전2권 ㅣ 각 504, 528면

017 **1984년** 조지 오웰 장편소설 ㅣ 박경서 옮김 ㅣ 392면

019 **이상한 나라의 앨리스** 루이스 캐럴 환상동화 ㅣ 머빈 피크 그림 ㅣ 최용준 옮김 ㅣ 336면

020 **베네치아에서의 죽음** 토마스 만 중단편집 ㅣ 홍성광 옮김 ㅣ 432면

021 **그리스인 조르바** 니코스 카잔차키스 장편소설 ㅣ 이윤기 옮김 ㅣ 488면

022 **벚꽃 동산** 안똔 체호프 희곡선집 ㅣ 오종우 옮김 ㅣ 336면

023 **연애 소설 읽는 노인** 루이스 세풀베다 장편소설 ㅣ 정창 옮김 ㅣ 192면

024 **젊은 사자들** 어윈 쇼 장편소설 ㅣ 정영문 옮김 ㅣ 전2권 ㅣ 각 416, 408면

026 **젊은 베르테르의 슬픔** 요한 볼프강 폰 괴테 장편소설 ㅣ 김인순 옮김 ㅣ 240면

027 **시라노** 에드몽 로스탕 희곡 ㅣ 이상해 옮김 ㅣ 256면

028 **전망 좋은 방** E. M. 포스터 장편소설 ㅣ 고정아 옮김 ㅣ 352면

029 **까라마조프 씨네 형제들** 표도르 도스또예프스끼 장편소설 ㅣ 이대우 옮김 ㅣ 전3권 ㅣ 각 496, 496, 460면

032 **프랑스 중위의 여자** 존 파울즈 장편소설 ㅣ 김석희 옮김 ㅣ 전2권 ㅣ 각 344면

034 **소립자** 미셸 우엘벡 장편소설 ㅣ 이세욱 옮김 ㅣ 448면

035 **영혼의 자서전** 니코스 카잔차키스 자서전 ㅣ 안정효 옮김 ㅣ 전2권 ㅣ 각 352, 408면

037 **우리들** 예브게니 자먀찐 장편소설 ┆ 석영중 옮김 ┆ 320면

038 **뉴욕 3부작** 폴 오스터 장편소설 ┆ 황보석 옮김 ┆ 480면

039 **닥터 지바고** 보리스 빠스쩨르나끄 장편소설 ┆ 박형규 옮김 ┆ 전2권 ┆ 각 400, 512면

041 **고리오 영감** 오노레 드 발자크 장편소설 ┆ 임희근 옮김 ┆ 456면

042 **뿌리** 알렉스 헤일리 장편소설 ┆ 안정효 옮김 ┆ 전2권 ┆ 각 400, 448면

044 **백년보다 긴 하루** 친기즈 아이뜨마또프 장편소설 ┆ 황보석 옮김 ┆ 560면

045 **최후의 세계** 크리스토프 란스마이어 장편소설 ┆ 장희권 옮김 ┆ 264면

046 **추운 나라에서 돌아온 스파이** 존 르카레 장편소설 ┆ 김석희 옮김 ┆ 368면

047 **산도칸 ─ 몸프라쳄의 호랑이** 에밀리오 살가리 장편소설 ┆ 유향란 옮김 ┆ 428면

048 **기적의 시대** 보리슬라프 페키치 장편소설 ┆ 이윤기 옮김 ┆ 560면

049 **그리고 죽음** 짐 크레이스 장편소설 ┆ 김석희 옮김 ┆ 224면

050 **세설** 다니자키 준이치로 장편소설 ┆ 송태욱 옮김 ┆ 전2권 ┆ 각 480면

052 **세상이 끝날 때까지 아직 10억 년** 스뜨루가츠끼 형제 장편소설 ┆ 석영중 옮김 ┆ 224면

053 **동물 농장** 조지 오웰 장편소설 ┆ 박경서 옮김 ┆ 208면

054 **캉디드 혹은 낙관주의** 볼테르 장편소설 ┆ 이봉지 옮김 ┆ 232면

055 **도적 떼** 프리드리히 폰 실러 희곡 ┆ 김인순 옮김 ┆ 264면

056 **플로베르의 앵무새** 줄리언 반스 장편소설 ┆ 신재실 옮김 ┆ 320면

057 **악령** 표도르 도스또예프스끼 장편소설 ┆ 박혜경 옮김 ┆ 전3권 ┆ 각 328, 408, 528면

060 **의심스러운 싸움** 존 스타인벡 장편소설 ┆ 윤희기 옮김 ┆ 340면

061 **몽유병자들** 헤르만 브로흐 장편소설 ┆ 김경연 옮김 ┆ 전2권 ┆ 각 568, 544면

063 **몰타의 매** 대실 해밋 장편소설 ┆ 고정아 옮김 ┆ 304면

064 **마야꼬프스끼 선집** 블라지미르 마야꼬프스끼 선집 ┆ 석영중 옮김 ┆ 384면

065 **드라큘라** 브램 스토커 장편소설 ┆ 이세욱 옮김 ┆ 전2권 ┆ 각 340, 344면

067 **서부 전선 이상 없다** 에리히 마리아 레마르크 장편소설 ┆ 홍성광 옮김 ┆ 336면

068 **적과 흑** 스탕달 장편소설 ┆ 임미경 옮김 ┆ 전2권 ┆ 각 432, 368면

070 **지상에서 영원으로** 제임스 존스 장편소설 ┆ 이종인 옮김 ┆ 전3권 ┆ 각 396, 380, 496면

073 **파우스트** 요한 볼프강 폰 괴테 희곡 ┆ 김인순 옮김 ┆ 568면

074 **쾌걸 조로** 존스턴 매컬리 장편소설 ┆ 김훈 옮김 ┆ 316면

075 **거장과 마르가리따** 미하일 불가꼬프 장편소설 ┆ 홍대화 옮김 ┆ 전2권 ┆ 각 364, 328면

077 **순수의 시대** 이디스 워튼 장편소설 ┆ 고정아 옮김 ┆ 448면

078 **검의 대가** 아르투로 페레스 레베르테 장편소설 ┆ 김수진 옮김 ┆ 384면

079 **예브게니 오네긴** 알렉산드르 뿌쉬낀 운문소설 ┆ 석영중 옮김 ┆ 328면

080 **장미의 이름** 움베르토 에코 장편소설 ┆ 이윤기 옮김 ┆ 전2권 ┆ 각 440, 448면

082 **향수** 파트리크 쥐스킨트 장편소설 ┆ 강명순 옮김 ┆ 384면

083 **여자를 안다는 것** 아모스 오즈 장편소설 ┆ 최창모 옮김 ┆ 280면

084 **나는 고양이로소이다** 나쓰메 소세키 장편소설 ┆ 김난주 옮김 ┆ 544면

085 **웃는 남자** 빅토르 위고 장편소설 ┆ 이형식 옮김 ┆ 전2권 ┆ 각 472, 496면

087 **아웃 오브 아프리카** 카렌 블릭센 장편소설 ┆ 민승남 옮김 ┆ 480면

088 **무엇을 할 것인가** 니꼴라이 체르니셰프스끼 장편소설 ┆ 서정록 옮김 ┆ 전2권 ┆ 각 360, 404면

090 **도나 플로르와 그녀의 두 남편** 조르지 아마두 장편소설 ┆ 오숙은 옮김 ┆ 전2권 ┆ 각 408, 308면

092 **미사고의 숲** 로버트 홀드스톡 장편소설 ┆ 김상훈 옮김 ┆ 424면

093 **신곡** 단테 알리기에리 장편서사시 ┆ 김운찬 옮김 ┆ 전3권 ┆ 각 292, 296, 328면

096 **교수** 샬럿 브론테 장편소설 ┆ 배미영 옮김 ┆ 368면

097 **노름꾼** 표도르 도스또예프스끼 장편소설 ┆ 이재필 옮김 ┆ 320면

098 **하워즈 엔드** E. M. 포스터 장편소설 ┆ 고정아 옮김 ┆ 512면

099 **최후의 유혹** 니코스 카잔차키스 장편소설 ┆ 안정효 옮김 ┆ 전2권 ┆ 각 408면

101 **키리냐가** 마이크 레스닉 장편소설 ┆ 최용준 옮김 ┆ 464면

102 **바스커빌가의 개** 아서 코넌 도일 장편소설 ┆ 조영학 옮김 ┆ 264면

103 **버마 시절** 조지 오웰 장편소설 ┆ 박경서 옮김 ┆ 408면

104 **10 1/2장으로 쓴 세계 역사** 줄리언 반스 장편소설 ┆ 신재실 옮김 ┆ 464면

105 **죽음의 집의 기록** 표도르 도스또예프스끼 장편소설 ┆ 이덕형 옮김 ┆ 528면

106 **소유** 앤토니어 수전 바이어트 장편소설 ┆ 윤희기 옮김 ┆ 전2권 ┆ 각 440, 488면

108 **미성년** 표도르 도스또예프스끼 장편소설 ┆ 이상룡 옮김 ┆ 전2권 ┆ 각 512, 544면

110 **성 앙투안느의 유혹** 귀스타브 플로베르 희곡소설 ┆ 김용은 옮김 ┆ 584면

111 **밤으로의 긴 여로** 유진 오닐 희곡 ┆ 강유나 옮김 ┆ 240면

112 **마법사** 존 파울즈 장편소설 ┆ 정영문 옮김 ┆ 전2권 ┆ 각 512, 552면

114 **스쩨빤치꼬보 마을 사람들** 표도르 도스또예프스끼 장편소설 ┆ 변현태 옮김 ┆ 416면

115 **플랑드르 거장의 그림** 아르투로 페레스 레베르테 장편소설 ┆ 정창 옮김 ┆ 512면

116 **분신** 표도르 도스또예프스끼 장편소설 ┆ 석영중 옮김 ┆ 288면

117 **가난한 사람들** 표도르 도스또예프스끼 장편소설 ┆ 석영중 옮김 ┆ 256면

118 **인형의 집** 헨리크 입센 희곡 ┆ 김창화 옮김 ┆ 272면

119 **영원한 남편** 표도르 도스또예프스끼 장편소설 ┆ 정명자 외 옮김 ┆ 448면

120 알코올 기욤 아폴리네르 시집 | 황현산 옮김 | 352면

121 지하로부터의 수기 표도르 도스또예프스끼 장편소설 | 계동준 옮김 | 256면

122 어느 작가의 오후 페터 한트케 중편소설 | 홍성광 옮김 | 160면

123 아저씨의 꿈 표도르 도스또예프스끼 장편소설 | 박종소 옮김 | 312면

124 네또츠까 네즈바노바 표도르 도스또예프스끼 장편소설 | 박재만 옮김 | 316면

125 곤두박질 마이클 프레인 장편소설 | 최용준 옮김 | 528면

126 백야 외 표도르 도스또예프스끼 소설선집 | 석영중 외 옮김 | 408면

127 살라미나의 병사들 하비에르 세르카스 장편소설 | 김창민 옮김 | 304면

128 뻬쩨르부르그 연대기 외 표도르 도스또예프스끼 소설선집 | 이항재 옮김 | 296면

129 상처받은 사람들 표도르 도스또예프스끼 장편소설 | 윤우섭 옮김 | 전2권 | 각 296, 392면

131 악어 외 표도르 도스또예프스끼 소설선집 | 박혜경 외 옮김 | 312면

132 허클베리 핀의 모험 마크 트웨인 장편소설 | 윤교찬 옮김 | 416면

133 부활 레프 똘스또이 장편소설 | 이대우 옮김 | 전2권 | 각 308, 416면

135 보물섬 로버트 루이스 스티븐슨 장편소설 | 머빈 피크 그림 | 최용준 옮김 | 360면

136 천일야화 앙투안 갈랑 엮음 | 임호경 옮김 | 전6권 | 각 336, 328, 372, 392, 344, 320면

142 아버지와 아들 이반 뚜르게네프 장편소설 | 이상원 옮김 | 328면

143 오만과 편견 제인 오스틴 장편소설 | 원유경 옮김 | 480면

144 천로 역정 존 버니언 우화소설 | 이동일 옮김 | 432면

145 대주교에게 죽음이 오다 윌라 캐더 장편소설 | 윤명옥 옮김 | 352면

146 권력과 영광 그레이엄 그린 장편소설 | 김연수 옮김 | 384면

147 80일간의 세계 일주 쥘 베른 장편소설 | 고정아 옮김 | 352면

148 바람과 함께 사라지다 마거릿 미첼 장편소설 | 안정효 옮김 | 전3권 | 각 616, 640, 640면

151 기탄잘리 라빈드라나트 타고르 시집 | 장경렬 옮김 | 224면

152 도리언 그레이의 초상 오스카 와일드 장편소설 | 윤희기 옮김 | 384면

153 레우코와의 대화 체사레 파베세 희곡소설 | 김운찬 옮김 | 280면

154 햄릿 윌리엄 셰익스피어 희곡 | 박우수 옮김 | 256면

155 맥베스 윌리엄 셰익스피어 희곡 | 권오숙 옮김 | 176면

156 아들과 연인 데이비드 허버트 로런스 장편소설 | 최희섭 옮김 | 전2권 | 각 464, 432면

158 그리고 아무 말도 하지 않았다 하인리히 뵐 장편소설 | 홍성광 옮김 | 272면

159 미덕의 불운 싸드 장편소설 | 이형식 옮김 | 248면

160 프랑켄슈타인 메리 W. 셸리 장편소설 | 오숙은 옮김 | 320면

161 **위대한 개츠비** 프랜시스 스콧 피츠제럴드 장편소설 | 한애경 옮김 | 280면

162 **아Q정전** 루쉰 중단편집 | 김태성 옮김 | 320면

163 **로빈슨 크루소** 대니얼 디포 장편소설 | 류경희 옮김 | 456면

164 **타임머신** 허버트 조지 웰스 소설선집 | 김석희 옮김 | 304면

165 **제인 에어** 샬럿 브론테 장편소설 | 이미선 옮김 | 전2권 | 각 392, 384면

167 **풀잎** 월트 휘트먼 시집 | 허현숙 옮김 | 280면

168 **표류자들의 집** 기예르모 로살레스 장편소설 | 최유정 옮김 | 216면

169 **배빗** 싱클레어 루이스 장편소설 | 이종인 옮김 | 520면

170 **이토록 긴 편지** 마리아마 바 장편소설 | 백선희 옮김 | 192면

171 **느릅나무 아래 욕망** 유진 오닐 희곡 | 손동호 옮김 | 168면

172 **이방인** 알베르 카뮈 장편소설 | 김예령 옮김 | 208면

173 **미라마르** 나기브 마푸즈 장편소설 | 허진 옮김 | 288면

174 **지킬 박사와 하이드 씨** 로버트 루이스 스티븐슨 소설선집 | 조영학 옮김 | 320면

175 **루진** 이반 뚜르게네프 장편소설 | 이항재 옮김 | 264면

176 **피그말리온** 조지 버나드 쇼 희곡 | 김소임 옮김 | 256면

177 **목로주점** 에밀 졸라 장편소설 | 유기환 옮김 | 전2권 | 각 336면

179 **엠마** 제인 오스틴 장편소설 | 이미애 옮김 | 전2권 | 각 336, 360면

181 **비숍 살인 사건** S. S. 밴 다인 장편소설 | 최인자 옮김 | 464면

182 **우신예찬** 에라스무스 풍자문 | 김남우 옮김 | 296면

183 **하자르 사전** 밀로라드 파비치 장편소설 | 신현철 옮김 | 488면

184 **테스** 토머스 하디 장편소설 | 김문숙 옮김 | 전2권 | 각 392, 336면

186 **투명 인간** 허버트 조지 웰스 장편소설 | 김석희 옮김 | 288면

187 **93년** 빅토르 위고 장편소설 | 이형식 옮김 | 전2권 | 각 288, 360면

189 **젊은 예술가의 초상** 제임스 조이스 장편소설 | 성은애 옮김 | 384면

190 **소네트집** 윌리엄 셰익스피어 연작시집 | 박우수 옮김 | 200면

191 **메뚜기의 날** 너새니얼 웨스트 장편소설 | 김진준 옮김 | 280면

192 **나사의 회전** 헨리 제임스 중편소설 | 이승은 옮김 | 256면

193 **오셀로** 윌리엄 셰익스피어 희곡 | 권오숙 옮김 | 216면

194 **소송** 프란츠 카프카 장편소설 | 김재혁 옮김 | 376면

195 **나의 안토니아** 윌라 캐더 장편소설 | 전경자 옮김 | 368면

196 **자성록** 마르쿠스 아우렐리우스 명상록 | 박민수 옮김 | 240면

197 **오레스테이아** 아이스킬로스 비극 । 두행숙 옮김 । 336면

198 **노인과 바다** 어니스트 헤밍웨이 소설선집 । 이종인 옮김 । 320면

199 **무기여 잘 있거라** 어니스트 헤밍웨이 장편소설 । 이종인 옮김 । 464면

200 **서푼짜리 오페라** 베르톨트 브레히트 희곡선집 । 이은희 옮김 । 320면

201 **리어 왕** 윌리엄 셰익스피어 희곡 । 박우수 옮김 । 224면

202 **주홍 글자** 너대니얼 호손 장편소설 । 곽영미 옮김 । 360면

203 **모히칸족의 최후** 제임스 페니모어 쿠퍼 장편소설 । 이나경 옮김 । 512면

204 **곤충 극장** 카렐 차페크 희곡선집 । 김선형 옮김 । 360면

205 **누구를 위하여 종은 울리나** 어니스트 헤밍웨이 장편소설 । 이종인 옮김 । 전2권 । 각 416, 400면

207 **타르튀프** 몰리에르 희곡선집 । 신은영 옮김 । 416면

208 **유토피아** 토머스 모어 소설 । 전경자 옮김 । 288면

209 **인간과 초인** 조지 버나드 쇼 희곡 । 이후지 옮김 । 320면

210 **페드르와 이폴리트** 장 라신 희곡 । 신정아 옮김 । 200면

211 **말테의 수기** 라이너 마리아 릴케 장편소설 । 안문영 옮김 । 320면

212 **등대로** 버지니아 울프 장편소설 । 최애리 옮김 । 328면

213 **개의 심장** 미하일 불가꼬프 중편소설집 । 정연호 옮김 । 352면

214 **모비 딕** 허먼 멜빌 장편소설 । 강수정 옮김 । 전2권 । 각 464, 488면

216 **더블린 사람들** 제임스 조이스 단편소설집 । 이강훈 옮김 । 336면

217 **마의 산** 토마스 만 장편소설 । 윤순식 옮김 । 전3권 । 각 496, 488, 512면

220 **비극의 탄생** 프리드리히 니체 । 김남우 옮김 । 320면

221 **위대한 유산** 찰스 디킨스 장편소설 । 류경희 옮김 । 전2권 । 각 432, 448면

223 **사람은 무엇으로 사는가** 레프 똘스또이 소설선집 । 윤새라 옮김 । 464면

224 **자살 클럽** 로버트 루이스 스티븐슨 소설선집 । 임종기 옮김 । 272면

225 **채털리 부인의 연인** 데이비드 허버트 로런스 장편소설 । 이미선 옮김 । 전2권 । 각 336, 328면

227 **데미안** 헤르만 헤세 장편소설 । 김인순 옮김 । 264면

228 **두이노의 비가** 라이너 마리아 릴케 시 선집 । 손재준 옮김 । 504면

229 **페스트** 알베르 카뮈 장편소설 । 최윤주 옮김 । 432면

230 **여인의 초상** 헨리 제임스 장편소설 । 정상준 옮김 । 전2권 । 각 520, 544면

232 **성** 프란츠 카프카 장편소설 । 이재황 옮김 । 560면

233 **차라투스트라는 이렇게 말했다** 프리드리히 니체 산문시 । 김인순 옮김 । 464면

234 **노래의 책** 하인리히 하이네 시집 । 이재영 옮김 । 384면

235 **변신 이야기** 오비디우스 서사시 | 이종인 옮김 | 632면

236 **안나 까레니나** 레프 똘스또이 장편소설 | 이명현 옮김 | 전2권 | 각 800, 736면

238 **이반 일리치의 죽음 · 광인의 수기** 레프 똘스또이 중단편집 | 석영중 · 정지원 옮김 | 232면

239 **수레바퀴 아래서** 헤르만 헤세 장편소설 | 강명순 옮김 | 272면

240 **피터 팬** J. M. 배리 장편소설 | 최용준 옮김 | 272면

241 **정글 북** 러디어드 키플링 중단편집 | 오숙은 옮김 | 272면

242 **한여름 밤의 꿈** 윌리엄 셰익스피어 희곡 | 박우수 옮김 | 160면

243 **좁은 문** 앙드레 지드 장편소설 | 김화영 옮김 | 264면

244 **모리스** E. M. 포스터 장편소설 | 고정아 옮김 | 408면

245 **브라운 신부의 순진** 길버트 키스 체스터턴 단편집 | 이상원 옮김 | 336면

246 **각성** 케이트 쇼팽 장편소설 | 한애경 옮김 | 272면

247 **뷔히너 전집** 게오르크 뷔히너 지음 | 박종대 옮김 | 400면

248 **디미트리오스의 가면** 에릭 앰블러 장편소설 | 최용준 옮김 | 424면

249 **베르가모의 페스트 외** 옌스 페테르 야콥센 중단편 전집 | 박종대 옮김 | 208면

250 **폭풍우** 윌리엄 셰익스피어 희곡 | 박우수 옮김 | 176면

251 **어셴든, 영국 정보부 요원** 서머싯 몸 연작 소설집 | 이민아 옮김 | 416면

252 **기나긴 이별** 레이먼드 챈들러 장편소설 | 김진준 옮김 | 600면

253 **인도로 가는 길** E. M. 포스터 장편소설 | 민승남 옮김 | 552면

254 **올랜도** 버지니아 울프 장편소설 | 이미애 옮김 | 376면

255 **시지프 신화** 알베르 카뮈 지음 | 박언주 옮김 | 264면

256 **조지 오웰 산문선** 조지 오웰 지음 | 허진 옮김 | 424면

257 **로미오와 줄리엣** 윌리엄 셰익스피어 희곡 | 도해자 옮김 | 200면

258 **수용소군도** 알렉산드르 솔제니찐 기록문학 | 김학수 옮김 | 전6권 | 각 460면 내외

264 **스웨덴 기사** 레오 페루츠 장편소설 | 강명순 옮김 | 336면

265 **유리 열쇠** 대실 해밋 장편소설 | 홍성영 옮김 | 328면

266 **로드 짐** 조지프 콘래드 장편소설 | 최용준 옮김 | 608면

267 **푸코의 진자** 움베르토 에코 장편소설 | 이윤기 옮김 | 전3권 | 각 392, 384, 416면

270 **공포로의 여행** 에릭 앰블러 장편소설 | 최용준 옮김 | 376면

271 **심판의 날의 거장** 레오 페루츠 장편소설 | 신동화 옮김 | 264면

272 **에드거 앨런 포 단편선** 에드거 앨런 포 지음 | 김석희 옮김 | 392면

273 **수전노 외** 몰리에르 희곡선집 | 신정아 옮김 | 424면

274 **모파상 단편선** 기 드 모파상 지음 | 임미경 옮김 | 400면

275 **평범한 인생** 카렐 차페크 장편소설 | 송순섭 옮김 | 280면

276 **마음** 나쓰메 소세키 장편소설 | 양윤옥 옮김 | 344면

각 권 8,800~15,800원